춘하추동 대행자

봄의 춤 下

illustration 스오우

아카츠키 카나

목차

가을의 대행자

이와이즈키 나데시코

「생명 부패」 능력을 가진 가을의 대행자. 대행자로서 가장 임기가 짧고 어리다. 린도우를 매우 신뢰하며 좋아한다.

가을의

아지

호위관
자. 다
않고,
과보호

의 대행
역적에
방을 알
세이를

봄의 대행자 호위관

히메다카 사쿠라

유괴당한 히나기쿠를 줄곧 찾아다녔던 종자. 주인을 지키지 못했던 과거를 후회하고 있다. 이테쵸를 스승 그 이상으로 좋아했으나, 어떤 사건을 계기로 몹시 미워하게 되었다.

등 장 인 물 소 개

대행자 호위관

·미 린도우

일을 비즈니스로 여기려는 종
른 사람들이 보기에는 그렇지
본인도 자각 없이 나데시코를
하고 있다.

여름의 대행자 호위관

하자쿠라 아야메

루리의 언니이자 종자. 결혼하게 되면서 호위관을 졸업할 예정이다. 어릴 때부터 루리에게 휘둘리고 있지만, 동생이 행복하길 바라고 있다.

여름의 대행자

하자쿠라 루리

「생명 사역」 능력을 가진 여름의 대행자. 밝고 다정한 성격이지만, 언니에게는 솔직해지지 못한다. 아야메가 호위관을 그만두는 것에 반대하고 있다.

춘하추동 대행자

봄의 춤

下

네 명의 현인신이 있었다.

봄에는 벚꽃의 융단을.
여름에는 녹음의 바다를.
가을에는 은행의 장막을.
겨울에는 백은의 요람을.

부유한 자에게도 가난한 자에게도, 영웅에게도 죄인에게도.
귀천도 공덕도 관계없이 계절의 총애를 삼라만상에 선사하니.
신에게 그 권능을 받아 사명을 짊어지는 자.
그 이름은 사계의 대행자.
춘하추동을 맡은 그들은 그렇게 불렸다.

"준비되셨습니까? 히나기쿠 님."

지금, 한 소녀신이 가슴에 사명감을 품고서 일어서려고 한다.
성은 카요, 이름은 히나기쿠. 사계의 신으로부터 받은 계절은『봄』.
자신을 납치하여 오랫동안 굴욕을 준『역적』과 맞서고자, 똑같은 피해를 입은 동포를 구하고자, 계절을 관장하는 독립 기관인 사계청에 발을 들였다.
히나기쿠는 무거운 참나무문 앞에서 연분홍색 입술 사이로 숨을 내쉬며 호흡을 골랐다.
"무례한 눈길이나 말을 던지는 자도 있을지 모릅니다. 각오하시길."

종자 사쿠라가 속삭였다. 소녀신의 아군은 그녀뿐. 가장 사랑하는 이 소녀뿐이다.

눈앞에 있는 문을 열면 되돌릴 수 없다. 무시할 수도 있었지만, 이곳에 왔다.

이 앞에 있을 싸움은 분명 두 사람을 상처 입힐 것이다. 하지만 주인도 종자도 상처 입는 것을 택했다.

지금 이때가, 싸울 때라고 생각했으니까.

"괜찮아."

히나기쿠는 살며시 손을 내밀어 종자의 손을 잡았다.

"사쿠라가, 지켜줄 거야. 그렇, 지?"

봄꽃의 이름을 가진 그녀의 기사는 주인의 말을 듣고 가슴이 뜨거워졌다.

얼마 전 일인데도 벌써 그립게 느껴지는 말이었다.

자신의 신이 이렇게 말하면, 사쿠라가 대답할 말은 정해져 있었다.

"네, 당신을 지키겠습니다."

세상에서 의지할 수 있는 사람은 서로뿐.

"당신을 지키고 언젠가 죽겠습니다."

모두가 아군인 것은 아니다. 믿을 수 있는 자는 한정되어 있다.

"그것이 사쿠라의 행복입니다."

두 소녀는 누군가를 지킴으로써 이 불합리한 세계에 복수하려 하고 있었다.

"안, 돼. 둘이서, 사는, 거야."

"……네."

"히나기쿠도, 사쿠라, 지킬 테니까, 둘이서, 사는 거야. 살자, 사쿠라."

"네, 히나기쿠 님. 당신께서 바라시는 대로……. 그럼, 갑니다."

문이 소리를 내며 열리려고 했다. 히나기쿠는 실내에서 새어 나오는 빛이 눈부셔서 눈을 감았다.

시야가 차단되자 다른 감각이 예민해졌다. 자신이 일으킨 기적의 은총이 느껴졌다.

건물 안에 있어도 알 수 있었다. 밖에는 벚꽃이 흩날리고 있다.

햇빛은 부드럽고 찬란하며.

공기는 따뜻하다.

봄의 신인 그녀에게 가장 좋은 계절이다.

『숨바꼭질을 하자, 히나기쿠.』

그때, 히나기쿠의 머릿속에 목소리가 울렸다.

『엄마가 이제 됐다고 하기 전까지 찾으면 안 돼.』

먼 옛날에 잃어버린 사람의 목소리였다.

『네가 언젠가, 언젠가, 너무 졸려져서.』

카요 히나기쿠의 이야기가 시작되는 기점은 지금보다 훨씬 옛날로 거슬러 올라간다.

『더는 눈을 뜨고 있을 수 없게 되면.』

히나기쿠의 엄마, 유키야나기 코바이의 대까지.

『이제 됐다고 말해주러 갈게.』

—어머니.

어떤 목소리였는지도 잊어버렸을 텐데 왜 떠올리고 말았을까.

—이제 곧, 데리러, 와 주는, 거예요?

사계의 대행자의 세대교체는 초자연적으로 이루어진다.

그때 가장 적합한 자에게 자연스럽게 이능이 양도되며, 몸에 표식이 떠오른다.

양도에 핏줄은 관계없다. 가까운 친척 중에서 다음 계승자가 나오는 사례는 극히 드물었다. 그 특이한 사례가 일어난다면 길조라기보다는 흉조에 가까웠다. 신의 보이지 않는 손길이 느껴지기 때문이다.

대행자 카요 히나기쿠는 처음부터 어딘가 비틀려 있었다. 모친에게 받은 것은 저주와도 같았고, 집착이 담겨 있으나, 무구한 것이었다. 사람들은 그 기도를 사랑이라고 부르지만, 때로는.

가시 돋친 장미의 모습을 하고 있을 때가 있다.

가시 돋친 사랑으로 누군가를 감싸고서 행복하다고 말하는 자는,
언젠가 그 가시로 남을 죽일 것이다.

서 장

봄의 대행자

유키야나기 코바이

태양이 저물고 있었다.

바람이 불자 벚꽃잎이 안개처럼 흩날렸다.

"코바이, 보여?"

휑한 목소리가 들렸다. 오라고 손짓해서, 나는 그의 곁으로 다가갔다. 봄의 마을을 한눈에 볼 수 있는 이 언덕은 아름다워서 밀회를 하기 좋은 곳이었다. 눈 아래 펼쳐진 세계는 노을빛으로 물들고 있었다.

"곧 있으면 밤이야. 황혼의 사수의 일솜씨는 언제 봐도 용기가 난단 말이지."

용기가 난다니, 희한한 말이다. 어떤 부분이 말인가요, 라고 묻자 그는 비소했다.

"아침이 오고, 밤이 와. 영원은 없어. 내가 증오하는 자도 언젠가 죽는다는 유한함을 믿게 돼."

멋진 말을 기대했으나 그는 평소와 똑같았다. 이런 말을 아무렇지도 않게 했다. 거짓말로도 그런 말은 하면 안 된다는 생각이 없었다. 봄인데, 겨울 같은 사람.

—봄은 겨울을 쉽게 좋아하게 된다고 하지만.

그래서 나는 그를 좋아하는 걸까. 눈앞에 있는 사람에게서 따뜻한 상냥함을 받은 적은 거의 없다. 거의 없었기에 가끔 상냥함을 받게 되면 눈물이 날 만큼 기쁘다.

"이 마을에는 죽었으면 하는 녀석들이 너무 많아."

"순게츠 님……."

“하지만, 참고 견디며 싸울 때를 기다리겠어. ……특히나 이장은 끈질기게 살겠지만, 언젠가는 죽겠지.”

그는 자기 자신에게 들려주듯 말했다. 실제로 그럴 것이다.

—불쌍한 사람.

참을 수 없는 일을 강요받으며 살아온 사람이다.

참는 동안 증오가 가슴에 쌓이고. 토해낼 수 없어서 고통스러워하고. 그리고 문득 생각난 것처럼 욕한다. 그 반복이다. 하지만 그런 모습을 아무한테나 보여주지는 않는다.

조금 떨어진 곳에서 호위관이 이쪽을 지켜보고 있었다.

입술을 보고서 대화를 읽고 있을 것이 틀림없다. 들더라도 상관없는 걸까 걱정되었다. 마을의 반대 세력에게 알려지기라도 하면 뭔가 공격을 받을 텐데.

—날 믿는 거야.

한 가지 추측에 도달하자 가슴이 뜨거워졌다. 숭배받고는 있지만 그건 표면적일 것일 뿐, 실제로 나는 모든 사람을 위해 사는 부품 중 하나일 뿐이다. 남을 위한 헌신을 강요받다 보니 몸도 마음도 차갑게 식어버렸다.

그래서 이런 감정을 느끼면 떨렸다. 호위관도 포함하여 나를 인정하는 것이라면, 그건 그와의 관계 구축에서 칭찬할 만한 일이었다. 분명, 아마도 그럴 것이다.

이런 저녁에 산책하러 가자고 제안할 정도니까 함께 있는 게 싫지는 않을 터다.

—가슴이 타버릴 것 같아.

얼굴에 드러내지는 않지만, 마음에 뜨겁게 불이 붙었다. 맨 처음 인사한 것은 분명 10대 때였다. 그로부터 해를 거듭하여 마침내 이런 사이가 되었다. 이 사람은 누구도 길들일 수 없는 짐승 같은 구석이 있었다. 그의 믿음을 얻은 것은 다른 사람에게서 받을 수 없는 황홀함을 안겨 줬다.

절대 길들여지지 않는 짐승의 갈기를 만진 것 같은 기분이 들었다.

"그런 말만 하면 남을 상처 입혀요."

내가 일단 타이르듯 말하자 그는 코웃음 쳤다.

"왜 누군가가 상처받을 걸 고려해야 하지? 내가 신경 쓸 이유는 없어."

"……이장은 어머니시잖아요."

"그게 뭐 어쨌는데. 혈연은 태어나면서 딸려오는 부속품 같은 거잖아. 그걸 감사히 여기고 소중히 해봤자 무슨 소용이야. 가족 같은 건 원래 필요 없어."

증오에 차 말하는 그를 봐도 나는 그를 싫어할 수 없었다.

나 자신도 입으로는 착한 말로 설득하고 있지만 사실은 그게 어떤 것인지 잘 모른다. 그런 입장이니까 말하고 있을 뿐이다. 그림책이나 영화 등의 이야기와 정서 교육으로 『사랑』을 배우고, 다른 사람들이 만족하도록 대충 모방하고 있을 뿐.

하지만 그를 좋아하게 되면서 모두가 말하는 『연모』를 어느 정도 이해했다.

—사랑도, 연모도, 어리석은 감정이야.

한없이 추락하는데도 사랑스럽게 여기고 만다.

더는 좋아하면 안 되는 사람인데도 애틋하다.

"……하지만 집안에 머무시는 거군요. 카요의 가주가 되면 얽매이게 될 거예요."

"대신 권력이 손에 들어오잖아. 어느 정도의 부자유는 아깝지 않아."

위정자로서 주저하지 않는 대답이었다.

분명 이런 사람이 세상에 일정 수는 필요할 것이다.

내게는 도저히 불가능했다. 나는 그저 담담히 기적을 일으킬 뿐이다.

내년도, 내후년도, 그다음 해도 쭉 똑같다. 오색찬란한 계절을 세상에 선물한다.

나 자신은 아무것도 받지 못하더라도 계속 바친다. 이건 사명이니까.

"자신을 받쳐 줄 무기를 원하시는 거군요, 슌게츠 님."

그는 대견하다는 듯 내 머리를 쓰다듬었다. 그 손바닥에 뺨을 비비고 싶어졌지만, 꾹 참았다. 예전에는 이 사람과 결혼할 줄 알았지만, 그가 가문을 잇게 되면서 이루어질 수 없는 꿈이 되었다.

아마 그는 약혼자가 생긴 것을 보고하고 싶을 것이다. 하지만 아무리 기다려도 말하지 않았다.

우리에게 남은 시간이 흘러갔다. 해가 저무는 이 세계처럼, 앞으로 얼마 남지 않았다.

그는 모른다. 내가 이미 이장에게 그 이야기를 듣고 승낙했음을.

약혼 파기를 강요받은 것은 아니다. 우리는 서로를 좋아하지만, 어딘가가 파멸적이라서 가정을 꾸리기에는 적합하지 않았다. 그러니 멀어지는 편이 낫다.

줄곧 어린아이 같은 두 사람. 꿈속에서 둥실둥실 살고 있다. 하지만 그래서는 안 된다.

"싸울 때가 올 때까지…… 기다리는 건 괴롭지 않나요."

"……버팀목이 있어."

당신을 좋아한다고 말할 수 있는 나도.

당신이 속박할 수 있는 나도, 앞으로 얼마 남지 않았다.

"형제를 실각시키고, 카요의 가주가 되고, 언젠가 이장이 되어서 권력도 손에 넣으면, 그다음은……."

"그걸로 끝이야. 내 대에 할 수 있는 일을 하고 나면 눈 깜짝할 사이에 내 인생이 끝나겠지."

"……마을에 바른길을 깔아주시면 좋겠어요."

"노인들은 사계청과 너무 유착했어. 그 녀석들이 죽어서 사라질 때까지 시간이 걸려. 나는 그때나 활약할 수 있겠지. 서로 오래 살자. 내가 만드는 마을을 반드시 너에게 보여주겠어."

"네."

"이렇게 말해놓고 내가 먼저 죽을 것 같지만."

그런 슬픈 말은 하지 않았으면 좋겠다고 생각했다.

언젠가 그런 때가 찾아올 것이다. 내가 더 젊다. 뭔가 큰 병이라도 앓지 않는 한, 분명 오래 산다. 하지만 나는 오래 살고 싶지 않았다.

솔직히 이미 지칠 대로 지쳤다.

"제가 먼저일지도 몰라요."

신으로 있어야 하는 이 매일에.

누군가의 도구로 쓰여야 하는 이 인생에.

이용당하는 것으로만 존재를 증명할 수 있는 자신에게.

지칠 대로 지쳤다.

"……그런 슬픈 소리 하지 마."

'아아.'

나는 생각했다.

이런 점이다.

평소에는 상냥함이 보이지 않는 남자인데, 가장 중요한 때에는 반드시 이런 말을 건네준다.

"네 임종을 보는 건 사양이야. 내가 먼저 가겠어."

그것이 나를 살렸었는데.

"저도 마찬가지예요. 당신의 임종을 보고 싶지 않아요. 당신이 지켜봐 주는 가운데 죽고 싶어요."

이제 받을 수 없다.

"……어린 게, 건방진 소리 하지 마."

이제 당신에게 받을 수 있는 건 아무것도 없다.

내 인생에서, 당신처럼 강렬한 빛은 두 번 다시 나타나지 않는다.

멀리서라도 좋다. 줄곧 보고 싶은데.

"내가 뜻을 이루지 못하고 죽더라도 봄을 깔도록 해. ……너는 내 뒤를 좇을 것 같아서 걱정이야."

역시 참을 수 없어서. 머리를 쓰다듬어 주던 손을 잡아 뺨을 비볐다.

이 온기도 마지막이다. 지금만큼은 허락해주길.

"네…… 슌게츠 님."

이제 석양이 사라진다. 아름다운 시간은 한순간이다.

타소가레[#1]는 참 절묘한 말이다. 그가 점점 보이지 않는다. 그를 잃는다.

내가 할 수 있는 일은 이제 한정되어 있다. 이 마음을 소중히 간직할 뿐이다.

"슌게츠 님, 이제 해가 저물어요."

나는 신이지만, 사랑에 빠지고 말았으니까.

"그래."

"말씀하셔도 돼요. 헤어지자고. 저는, 죽지 않아요."

사랑에, 빠졌으니까.

"……코바이."

"저는, 죽지 않아요."

#1 타소가레 일본어로 황혼. 誰そ彼라는 표기는 「거기 누구인가」라는 뜻이다.

당신을 좋아하는 채로, 죽고 싶었다.

제 1 장

봄의 대행자

유키야나기 히나기쿠

나룻배가 벚꽃이 떠 있는 수면을 나아가고 있었다.

연분홍색 꽃잎이 무리지어 둥실둥실 떠다녔다.

나룻배가 그것을 가르듯 나아갔다. 갈라진 꽃잎들은 배가 지나가자 다시 바람에 흔들리고 모여서 벚꽃 융단을 만들었다. 깜빡 잠이 들 것 같은 부드러운 햇살이, 색을 입기 시작한 나무들의 색채가, 새들의 지저귐이 전부 완벽한 조화를 이루어 행복하기 그지없는 봄날을 만들어내고 있었다.

온 세상이 벚꽃으로 가득했다. 이곳이 어디인지 모른다면 꿈을 꾸고 있거나 현세가 아닌 다른 곳에 잘못 들어왔다고 생각하는 자도 있을 것이다. 배에 탄 손님은 너무나도 아름다운 자연에 도취되어 감탄의 한숨을 쉬었다.

손님은 두 명이었고, 둘 다 여성이었다. 한 명은 『아련함』이란 단어를 그대로 아름다운 여성으로 만든 것 같은 사람으로, 봄의 세계에 동조하듯 존재하고 있었다. 단아한 기모노 차림이었고, 묶어올린 침향색 머리에 매화꽃 비녀가 꽂혀 있었다. 얼핏 보이는 목덜미가 하얗고 요염했다. 나이는 20대로도, 30대로도 보였다. 청초한 소녀의 얼굴을 간직한 채 그대로 성인이 된 것 같은 사람이었다.

다른 한 명은 네다섯 살쯤 되어 보이는 여자아이였다. 아마 친딸일 것이다. 고운 아이였다. 모친이 『아련함』이라면 아이는 『가련함』이라고 할 수 있었다. 얼굴은 닮지 않았지만 머리카락과 눈의 색은 비슷했다. 모친의 머리카락 색이 침향색이라면, 딸은 호박색. 모친의 눈이 노란 지르콘이라면 딸은 황수정. 그렇게 나란히 보면 모녀지간임을 알 수 있었다.

뱃사공에게 이 계절의 풍경은 익숙했다.

그리고 처음으로 이곳의 봄 풍경을 보는 자가 넋이 나가 매료되는 모습을 지켜보는 것도 그에게는 연례행사였다. 그의 땅도 아니고 그의 벚꽃도 아니지만, 그는 자신의 일을 자랑스럽게 여겼고 또한 이 땅을 사랑했기에 『아무렴 그렇겠지』 하고 말하듯 눈을 접었다. 수면에 살짝 손을 담그고서 꽃잎을 건드리며 놀던 손님이 고개를 들고 사공에게 말했다.

"어머니의 봄이에요."

또랑또랑한 목소리였다. 딸이 쭈뼛거리면서도 자랑하듯 말했다.

"알고 있습니다, 히나기쿠 님."

"어머니는 봄의 대행자님이야. ……굉장하죠……?"

"네, 봄의 마을 사람들은 모두 어머님을 우러르고 있습니다. 어머님은 마을의 자랑이에요."

뱃사공의 말에 거짓은 없었으나 모친은 그 말을 듣고 아픔을 참는 듯한 표정을 지었다. 히나기쿠라고 불린 딸은 어머니의 속마음도 모르고 기뻐하며 신난 모습으로 다시 말했다.

"에니시에 갔다가."

"네."

"처음으로, 금방 돌아와 주셨어."

"잘됐군요."

"처음으로 어머니와 보내는 봄이야. 이거, 기념으로 간직할래."

물속에서 유달리 아름다운 꽃잎을 잡았다. 강에 떠 있는 수천 개의 벚꽃 꽃잎 중 하나를 마치 보석처럼 다뤘다. 이 아이, 히나기쿠에게는 무엇보다도 아름다운 보물일 것이다.

어린아이는 자신이 멋지다고 생각한 것을 바로 누군가와 공유하고 싶어 한다. 아이들에게 세상은 이제 막 시작된 것이라서, 어른들에게는 굳이 멈춰서 볼 필요가 없는 것이어도 찬란하게 빛나는 것처럼 느꼈다. 이때의 히나기쿠에게는, 엄마가 가져온 봄의 증명이 『멋진 것』이었다.

"이거, 말려서 누름꽃으로 만들 거야."

물에 젖어 반짝반짝 빛나는 꽃잎을 보고, 사공은 미소 지었다. 온종일 밖에서 이곳을 지키고 있는 그는 아이를 좋아하는 신사였다. 노를 잡고 있지 않았다면 히나기쿠의 머리를 쓰다듬어 줬을 것이다. 온화한 봄날 오후였지만, 상냥한 시간은 그리 오래가지 않았다.

조용히 있던 모친이 마침내 입을 열었다.

"히나기쿠…… 꽃잎, 원래 있던 대로 둬……."

엄마의 말을 듣고 히나기쿠의 얼굴이 흐려졌다.

"하지만 어머니가 만든 벚꽃, 예뻐."

"앞으로 만날 분은 이런 일을 하는 아이를 싫어해……."

결코 꾸짖는 말투는 아니었다. 굳이 따지자면 기도하듯 간청하고 있었다.

"……하지만."

"부탁이야, 히나기쿠. 그분이…… 히나기쿠를 좋아해줬으면 해."

히나기쿠는 어쩔 수 없이 손바닥에 있던 꽃잎을 다시 물에 띄웠다. 그녀의 작은 손에서 떨어진 벚꽃 꽃잎은 머지않아 무리로 되돌아갔다. 얌전히 따라준 제 자식을 보고 모친은 안도한 듯 한숨을 쉬고서 말했다.

“고마워, 히나기쿠. 마지막으로 확인할게.”

“네, 어머니…….”

“자기소개를 해보자. ……할 수 있겠니?”

“네. 저는 **유키야나기** 히나기쿠. 아케보노에서 왔어요. 유키야나기 코바이의 딸이고, 올해 다섯 살이 돼요.”

상당히 연습했는지 술술 말했다. 모친인 코바이가 잘했다고 칭찬하자 히나기쿠는 기쁨을 나타내듯 일어나서 엄마의 품으로 뛰어들었다.

“노를 젓고 있을 때는 일어나시면 안 됩니다.”

뱃사공이 인자하게 나무랐고, 히나기쿠는 작게 웃으며 죄송하다고 사과했다. 코바이는 제 자식과 포옹한 것인데도 깜짝 놀란 모습이었다. 지금까지 쓰다듬어준 적도, 안아준 적도 별로 없었는지 히나기쿠를 조심조심 마주 안았다. 한번 안아보니 뭔가 느낀 것이 있었는지 더 꽉 껴안고 살포시 미소 지었다.

이것이 히나기쿠가 엄마에게 안긴 최후의 순간이었지만, 본인은 아직 그 사실을 몰랐다.

코바이와 히나기쿠는 뱃사공에게 배웅받으며 새로운 땅에 발을 들였다.

두 사람은 지금까지 테이슈에 있는『아케보노』라는 지역에서 남몰래 살았었다.

하지만 모친이 딸과 함께 보내는 시간은 1년 중 절반도 되지 않았다. 모친의 입장 때문에 어쩔 수 없었다.

아련함을 그린 듯한 여성 유키야나기 코바이는 야마토의 현인신, 사계의 대행자. 현역『봄』.

나라를 위해, 사람들을 위해, 새해부터 몇 달간은 반드시 집을 비웠다. 류구에서 에니시까지 가는 긴 길을 북상하여 벚꽃 전선을 일으켰다. 그것이 그녀의 사명이었다.

대행자는 계절 현현을 끝낸 뒤에도 할 일이 있었다. 사계를 관리하는 사계청의 조사원이 각지를 조사하여 봄이 빠짐없이 퍼졌는지 확인했고, 이상이 있으면 즉각 보고되어 다시 현현 의식을 치러야 했다. 또한 사계의 대행자가 모두 모이는 사계 회의라는 행사가 여름에 있어서 준비해야 했다. 사계 회의에서 춤을 선보여야 하기에, 스승이 붙어서 매일 연습해야 했다. 그러고 나면 늦여름이나 가을쯤이 되어야 신변이 정리되었다. 그때부터는 휴가이지만, 새해가 되면 다시 움직이기 시작한다.

그게 봄의 대행자의 1년이었다. 다른 사람에게 아이를 맡기지 않으면 키울 수 없었다. 하지만 바쁘기로는 현대인 대다수가 바빴고, 대행자보다도 사계청 직원의 업무 시간이 훨씬 더 길었다. 코바이가 아이를 멀리하며 생활하고 있는 것은 전적으로 사계의 대행자가 항상 폭력에 노출되는 존재이기 때문이었다.

통상 업무에 더해, 암살이나 음모에 휘말리는 거친 일이 따랐다.

그리고 유키야나기 코바이가 어떤 인물과 정을 통해 아이를 가졌다는 게 문제였다.

상대는 봄의 마을을 좌지우지하는 명가 중 하나인 카요 가문의 현 가주, 카요 슌게츠.

코바이와 슌게츠의 사랑은 부모의 추천으로 시작됐다.

사계의 대행자의 후손인 마을 사람들은 혈통을 남기기 위해 선을 보거나 정략결혼을 하는 일이 많았고 카요 가주의 세 번째 아내가 데려온 아이였던 슌게츠는 이복형제 중에서 최하위 서열로 자랐다.

열 살까지는 저택에서 하인이나 다름없이 지내다가 이윽고 다른 형제를 뛰어넘는 총명함이 두각을 나타내기 시작했다. 카요의 후계자 싸움에 후보자로 참전하게 되었을 즈음 만난 것이 코바이였다.

슌게츠는 처음에 코바이를 『뭐 이렇게 멍한 여자가 다 있지』라고 생각했다. 코바이도 슌게츠를 『뭐 이렇게 무례한 사람이 다 있지』라고 생각했지만, 서로 다른 두 사람이기에 강하게 끌렸을지도 모른다. 말로 표현하지는 않아도 어느새 서로 사랑하게 되었다. 운명이 조금 달랐다면 평범하게 결혼하여 아무런 문제 없이 가정을 꾸리고, 애정을 쏟으며 아이를 키울 수 있었을지도 모른다. 이제는 덧없는 이야기였다.

슌게츠가 실제로 결혼하게 되는 아가씨와 만난 것은 친척의 장례식장에서였다.

봄의 마을의 명가에서 태어나 온실 속 화초처럼 곱게 자란 아가씨는 공교롭게도 상복을 입은 슌게츠에게 첫눈에 반했다. 젊은 아가씨는 저분이 누구냐고 물었고, 사방팔방으로 손을 쓴 끝에 좋은 조건으로 카요 가문에 맞선을 제안했다.

대행자와의 혼인은 가문의 위엄을 높여준다. 코바이는 슌게츠의 경력을 빛내주기 위해 배정된 것이었다. 하지만 유키야나기 가문 자체는 마을이나 사계청에 영향력이 있는 집안이 아니었고 자본력도 부족했기에, 정치적인 의미에서 슌게츠의 신부는 다른 사람으로 정해졌다.

대행자를 배출한 것은 영예로운 일이지만, 마을의 권력 투쟁에 낄 만한 힘은 없었다. 차기 대행자가 혈연으로 선발되지 않는다는 점도 큰 요인이었다. 단순한 장식, 한 세대뿐인 영화보다도 몇 세대까지 이어질 이익을 가져올 집안과 이어지는 편이 권력 기반을 다지는 데 유리했다.

코바이와 슌게츠는 노을 지는 언덕 위에서 하늘이 어두워지고 아침을 맞이할 때까지 이 일에 관해 이야기했으나, 결국은 코바이가 물러나기로 결단했다. 카요 슌게츠는 누구나 『냉철』하다고 평가하는 남자였기에 정략결혼도 잘 해낼 거라고 코바이도 다른 사람들도, 슌게츠 자신도 그렇게 생각했다.

그렇게 생각했지만, 그렇게 되지 않았기에 히나기쿠가 태어났다.

슌게츠는 혼인을 조건으로 가주 자리를 손에 넣었으나 결혼은 조기에 파탄 났다.

성격 불일치, 호의의 온도 차. 그러한 것이 조금씩 결혼 생활을 좀먹었다.

이윽고 코바이에게도 다른 맞선 이야기가 나왔고, 그것을 가만히 볼 수 없었던 슌게츠가 뒤에서 손을 써 방해하기 시작했다. 두 사람은 헤어지자고 이야기한 이후로 한동안 만나지 않았지만, 자신의 맞선이 잘 풀리지 않는 원인을 알게 된 코바이가 그를 만나러 가서 따졌다. 한바탕 크게 싸우고 헤어져야 했을 두 사람은 헤어지지 않고 밀회를 거듭했다. 그 이후로는 순식간에 진창에 빠져 버렸다.

모든 것을 손에 넣으려고 한 남자는, 유일하게 서툴렀던 일 때문에, 사람을 사랑한 것 때문에 자신이 쌓아 올린 빛나는 경력을 망쳤다. 코바이의 임신 사실과 함께 슌게츠는 부도덕한 사랑을 공표했다.

결국 이 애증극은 칼부림이 일어나며 종막을 맞았다. 카요의 정처가 식칼로 코바이와 갓 태어난 히나기쿠를 죽이려고 한 것이 결정타가 되었다. 한때 국가 치안 기구가 마을을 드나드는 사태가 벌어졌고, 마을 사람들은 일련의 소동을 『추악하기 짝이 없다』라고 평했다.

가장 불쌍한 것은 정처와의 사이에서 태어난 죄 없는 남자아이와 마을에서 쫓겨나야 하는 잘못이 없는 히나기쿠였다. 남자아이는 비호받을 수 있는 입장이었고 사람들의 동정을 받았으니 그나마 나았다.

코바이 모녀는 주로 정처 파벌의 가문들로부터 음습한 괴롭힘을 받았고, 그것은 이윽고 일상화되었다. 대놓고 비난하는 자는 적었지만, 안 보이는 곳에서 이루어지는 괴롭힘은 사람을 병들게 하기 충분했다.

자신이 사랑한 여자와 딸이 하마터면 칼에 찔려 죽을 뻔한 일을 겪기도 했기에 슌게츠는 두 사람을 원조하여 바깥에 숨겼다. 이후로 코바이는 마을에 가까이 가지 않고 히나기쿠의 조모에 해당하는 인물과 함께 아이를 키웠지만, 그 조모도 얼마 전에 죽고 말았다. 그리하여 현재에 이르렀다.

"그런데 정말 가도 돼요? 나는 마을에 있으면 안 된다고…… 할머니도 그랬는데……."

히나기쿠가 모친에게 소박한 의문을 던졌다. 그 질문은 코바이의 가슴을 따끔거리게 했다.

코바이는 줄곧 불합리한 가르침으로 히나기쿠를 타일렀기 때문이다.

『너는 봄의 마을에 가면 안 돼』.

『너는 투정 부리면 안 돼』.

『너는 모두가 인정하도록 행동해야 해』라고.

히나기쿠는 그 저주를 한 몸에 받고서도 비뚤어지지 않고 엄마를 사랑하는 딸로 자랐다. 만나면 죄책감이 들기에 멀리하며 키웠는데도 아랑곳없이 엄마를 좋아해서 곤혹스러웠다. 히나기쿠가 이런 성격으로 자란 것은 아이를 키운 조모 덕분이리라.

—내게는 엄격한 사람이었는데.

손녀에게는 보살처럼 인자한 조모였다. 하지만, 그 사람도 이제 없다.

"……비호해 줄 분이 있으니까 괜찮아. 히나기쿠, 전혀 걱정하지 않아도 돼."

코바이는 아이를 맡길 곳이 필요했다.

그때 손을 내밀어 준 것이 카요 슌게츠였다. 지금까지도 경제적 지원은 해줬지만, 히나기쿠의 존재는 정식으로 인정되지 않았었다. 그러나 앞으로는 히나기쿠를 무대로 내보내는 방향으로 움직일 것이다. 조모의 죽음을 계기로 딸을 봄의 마을로 옮기는 것도 존재의 인정을 향한 첫걸음이었다.

코바이는 나룻배 위에서 기침했다. 입 안에 피 맛이 번졌다.

—좋은 일이 되지는 않겠지만, 최대한 할 수 있는 일을 해야 해.

침과 피를 꿀꺽 삼키며 그렇게 생각했다.

"……조심하세요. 부디 건강을 챙기시길."

"만나서 좋았어요. 그쪽도 몸조심하세요. 오래 사시고요……."

뱃사공과 코바이는 구면이었는지 악수하고서 아쉬워하며 헤어졌다.

강을 건넌 다음에는 걸어야 했다. 이미 광대한 봄의 마을 부지에 들어와 있었다.

히나기쿠는 코바이의 손을 잡고 걸었다. 아장아장 걸으며 눈을 바쁘게 움직였다.

짐승도 거의 안 다닐 것 같은 산길을 한동안 걸어가니 탁 트인 곳에 도착했다. 그곳에 청색 기모노를 입은 자들이 서 있었다. 중년 남성이 한 명, 노파가 한 명. 남성이 두 사람을 먼저 알아차리고 히나기쿠 쪽으로 걸어왔다.

"……."

남자는 두 사람을 보고 뭔가 말하려고 했지만, 말문이 막힌 것 같았다.

"누구예요? 어머니."

코바이가 미소 짓고서 히나기쿠를 앞으로 밀었다.

"히나기쿠…… 연습한 거 말해보렴."

히나기쿠는 엄마를 올려다봤다가 고개를 끄덕였다.

"저는 유키야나기 히나기쿠. 아케보노에서 왔어요. 유키야나기 코바이의 딸이고 올해 다섯 살이 돼요."

예쁘게 인사했다. 어른이라면 잘했다며 칭찬해줘야 했다. 하지만 남자는 웃지도 않고 칭찬하지도 않으며 복잡한 표정을 하고 있었다.

"……카요 슌게츠다."

히나기쿠는 그 얼굴을 보고 깨달았다. 아무래도 이 남성은 자신이 달갑지 않은 것 같았다. 타인의 감정을 민감하게 알아차리는 아이로 성장한 히나기쿠는 그와의 교류를 일찌감치 포기했다. 고개를 숙이고 자신의 신발을 볼 수밖에 없었다. 얼른 이 인사가 끝나기를 바라면서.

"코바이, 잘 왔어."

두 사람을 기다리고 있었던 인물, 슌게츠는 눈빛이 날카로운 남자였다. 아마 40대 정도일 것이다. 코에서 뺨까지 뭔가에 베인 듯한 큰 흉터가 있었다. 원래부터 남자다운 얼굴인데 그 흉터 때문에 더 험상궂어 보였다. 기모노에 향을 입혔는지 가까이 오니까 백단향 냄새가 났다.

"몸은 어때."

"오늘은 좋아요……."

"오늘만 좋아선 곤란해……. 좀 더 빨리 왔다면 여러 가지로……."

"마을이 무서웠어요……. 저도, 숨겨주실 거죠?"

성인 남녀 두 사람은 뭐라 말할 수 없는 분위기로 대화를 계속했다.

"……숨길 생각은 없지만, 조용히 쉴 수 있는 곳을 준비해뒀어. 최대한 몸조리해."

"네. 히나기쿠를 잘 부탁드려요."

코바이가 깊이 머리를 숙였고, 남자는 한 손으로 눈을 덮고서『그러지 마』라고 쓴소리했다.

"머리 숙이지 마. 보고 싶지 않아. 와 달라고 애원한 사람은 나야."

"그래도 앞으로 계속 부탁드릴 거니까요……."

"저건…… 돌봐줄 자를 준비해뒀어."

"감사합니다, 슌게츠 님."

"너 혼자만의 문제가 아니라고 백번은 말했을 텐데."

"……네, 죄송해요…… 그 상처도."

"네가 다치지 않았으니까 됐어."

"……그분은 지금 어디 계시나요?"

"병원에……."

"그 후, 다치셨나요……?"

"……마음을 다쳤지. 그래서 여러 서류가 진행되질 않아."

"그럼 어째서 저를 부르셨죠……? 저는 당연히……."

"조만간 헤어질 거야. 저 혼자 열을 올렸던 거니까. 게다가 이 모양이 됐으니……. 상대의 부모를 설복시켰어. 혼인하기 전에, 계약이라고 몇 번이나 확인했어."

"……저는, 그렇게까지 냉담해질 수 없어요……. 헤어지지 않으셨다면, 이 얘기는."

"냉담해지면 돼. 알 사람만 이해해주면 돼. ……돌아가는 건 허락 못해. 그보다도 지금은 네가…….”

거기까지 말하고서, 슌게츠의 말이 멈췄다. 이때까지 얌전히 듣고만 있던 히나기쿠가 코바이와 슌게츠 사이로 들어와 크게 팔을 벌렸기 때문이다. 히나기쿠는 황수정색 눈을 글썽거리며 슌게츠를 노려보았다.

“어머니를 괴롭히지 말아요.”

싸우고 있다고 여긴 것 같았다. 두 사람 사이에 흐르는 가시 돋친 분위기, 그 속에 있는 남녀의 미묘한 감정을 이해할 나이도 아니었다. 슌게츠는 얼떨떨하게 히나기쿠를 보았다.

코바이도 놀라서 입을 벌렸지만, 그 입술은 이내 호를 그렸다. 웃고 나서, 코바이로서는 드물게도 먼저 딸의 머리를 쓰다듬었다. 히나기쿠는 깜짝 놀랐다가 기뻐하며 해맑게 웃었다.

“히나기쿠, 괜찮아……. 엄마를 괴롭히는 게 아니야. 고마워.”

“정말……?”

“응, 정말. 그리고 이분은…… 우리를 지켜주실 분이니까 무서운 사람이라고 여기지 말렴. ……아버지, 야.”

방금 들은 말을 바로 이해하기는 어려웠다.

“……아버지?”

히나기쿠는 두 사람을 번갈아 보았다. 슌게츠는 쏟아지는 시선을 견디지 못하고 눈을 피했다.

“어머니…… 이 사람…… 제 아버지예요?”

조심조심 말하는 히나기쿠를 보며 코바이는 쓴웃음을 지었다.

“그래, 맞아. 하지만…….”

코바이는 고개를 저었다. 자신들, 어른이 벌인 일을 히나기쿠에게 설명하고 싶지는 않았다.

"아니, 아무것도 아니야……. 내가 사라진 세계에서, 너를 지켜줄 거야……."

히나기쿠는 어리둥절한 얼굴로 눈을 깜빡였다.

"또 봄을 현현하러 가요? 이미 봄인데?"

"……사실 엄마는 몸이 별로 좋지 않아. 그래서 치료하러 가야 해. 히나기쿠는 엄마가 없어도 괜찮아. 이전 생활과 별로 다르지 않아. 그렇지?"

"모처럼…… 모처럼, 함께 있는데?"

"항상 곁에 없었어. 할머니가 히나기쿠를 키운 것과 같아. 나랑 같이 안 있는 게 나아."

"그렇지 않아요."

"아니, 그래. ……엄마는 나쁜 여자라서, 같이 있으면 히나기쿠까지 나쁜 말을 들어……."

담담히 말하는 코바이 옆에서 모녀를 지켜보는 슌게츠는 쓴 것을 씹은 것처럼 인상을 쓰고 있었다.

"어머니랑 같이 있을 수 있다면 나쁜 말을 들어도 상관없어요."

"엄마가 싫어. 날 욕하는 건 괜찮아. 하지만 히나기쿠가 나쁜 말을 듣는 건…… 너무너무 슬퍼……."

"……저도 어머니가 나쁜 말을 들으면 슬퍼요……."

"미안해, 히나기쿠. 분명 아케보노에 있을 때보다 슬픈 일이 많이 일어날 거야. 하지만…… 부디 참고 견뎌줘……. 너라면 분명 나보다 행복한 인생을 살 수 있을 거야."

"행복하지 않아도 돼요. 어머니랑 같이 있고 싶어요."

"히나기쿠…… 어른이 되면 마을을 떠나렴. 어릴 때보다도 어른이 되고 나가는 게 더 자유로워. 그때까지만 참아줘. 너한테 뭐라고 하는 사람이 나타나도, 참고 견디며 싸울 때를 기다리는 거야. 너의 앞날에 반드시 꽃필 때가 있을 테니까……."

"참고 견디며, 싸울 때를 기다려요……?"

그 말은 아득한 옛날, 노을 지는 세계에서 슌게츠가 코바이에게 했던 말이었다. 그 말이 돌고 돌아 지금 히나기쿠에게 주어졌다.

"그래. 힘든 순간이 있어도 살아남는 거야……. 살기 위해 도망쳐도 돼. 도망치는 건 지는 게 아니야. 아무튼, 사는 거야. 그리고 다시 싸울 날을 기다리는 거야. ……마음에 칼을 품고서……."

"싸우고 싶지 않아요."

"그렇지……. 하지만 싸워야 할 때도 있어. 엄마가 모든 것으로부터 지켜주고 싶지만…… 네 인생이니까……."

그리고 코바이는 아쉬운 듯 히나기쿠의 머리를 쓰다듬었다.

"사는 건 너만 할 수 있는 일이야, 히나기쿠."

"……슬슬 아가씨를 먼저 보내시죠."

뒤에서 대기하던 노파가 마침내 입을 열었다. 명백하게 경계심을 풀고자 하는 웃음을 지으며 히나기쿠의 팔을 잡았다.

"시, 싫어!"

히나기쿠는 노파의 꺼칠꺼칠한 손에 놀라서 몸을 틀었다.

"어머니."

한 걸음, 엄마와 멀어졌다.

“히나기쿠, 착하게 있어야 해.”

한 걸음씩 엄마와의 거리가 강제로 멀어졌다.

“어머니, 여기서 헤어져요? 저는 또 집을 봐요? 언제까지 착하게 있으면 돼요?”

“언제까지나, 착하게 있어줘…….”

발에 힘을 주고 손을 뻗었지만 엄마는 그저 서 있을 뿐, 움직이지 않았다.

“착하게 있을게요. 착한 아이가 될게요. 그러니까…… 다음 보름달이 뜨기 전에 만날 수 있어요?”

코바이는 대답하지 않았다.

“그럼 여름이 되면?”

코바이는 대답하지 않았다.

“가을이, 가을이 되면……?”

코바이는, 대답하지 않았다.

“겨울이…….”

히나기쿠의 태양 같은 눈에 커다란 눈물방울이 맺혔다.

“겨울이 되면, 만날 수 있어요? 어머니……!”

비명을 지르듯 외치자 마침내 코바이는 대답해 줬다.

“훨씬 나중이야, 히나기쿠! 훨씬 나중에, 기다리고 있을게!”

대답이 돌아와서 눈물이 흘러넘쳤다.

“나, 나중, 언제?”

“한참, 한참 나중에!”

코바이가 뛰어가려고 하는 것을 슌게츠가 팔을 벌려서 저지했다.

"……여섯 살이 되면?"

"더, 더 나중에!"

코바이가 슌게츠의 어깨 위로 얼굴을 내밀고서 외쳤다. 히나기쿠가 버둥거렸기에 결국 노파가 안아 버렸다. 히나기쿠는 그래도 어떻게든 엄마의 얼굴을 보려고 했다.

"어, 어른이, 어른이 되면?"

"더…… 더 나중이야! 숨바꼭질을 하자, 히나기쿠! 엄마가 이제 됐다고 하기 전까지 찾으면 안 돼. 네가 언젠가, 언젠가, 너무 졸려져서 더는 눈을 뜨고 있을 수 없게 되면 이제 됐다고 말해주러 갈게!"

"그런 거…… 싫어……!"

결국 울부짖는 히나기쿠를 안고서 노파는 잔달음질 쳤다.

"어머니, 제발요. 혼자 두지 말아요. 제발요, 착한 아이가 될 테니까……."

히나기쿠는 울었다. 그 울음소리는 한없이 산속에 울려 퍼졌다.

산짐승들이 무슨 일이냐며 멀찍이서 새로운 주민을 바라보았다.

히나기쿠의 이야기는 언제나 눈물에서 시작된다. 그런 운명이라고 말해 버리면 그걸로 끝이지만, 이때의 눈물은 너무나도 짜디짰다.

"착한 아이가 될 테니까 혼자 두지 말아요……."

어린 히나기쿠의 기도는 산속에 녹아들었다.

아무도 그 기도를 들어주지 않았다.

봄바람이 휘잉 불어와 그 말조차 지워버렸다.

봄바람이 두 사람 사이에 있었던 작별의 여운까지 지우듯 바람이 산속을 지나갔다.

혼자 두지 말아요.

혼자 두지 말아요.

혼자 두지 말아요.

아직 신이 아니었던 소녀의 소원은, 끝내 이루어지지 않았다.

그로부터 한 달 후.

유키야나기 코바이는 카요 가문의 한 별장에서 사망한 채 발견되었다.

몇 년 전부터 큰 병을 앓아 내연 관계의 남편과 밀월을 보내듯 요양하려던 차였다고 한다. 최초 발견자인 카요 슌게츠는 한때 코바이 살해 혐의를 받았으나, 유서가 발견되고 시신 발견 당시의 모습도 있어서 코바이의 죽음은 자살로 판정되었다.

병을 비관하여 자살한 것인지, 슌게츠와의 관계성을 고민한 끝에 자살한 것인지는 누구도 알 수 없었다.

남겨진 딸, 히나기쿠는 봄의 마을에 준비된 슌게츠 명의의 저택에서 남몰래 지내고 있었다. 하지만 코바이가 죽은 직후, 히나기쿠는 비명을 지르며 격통을 호소하기 시작했다.

목 뒤쪽이 무엇인가에 긁힌 것처럼 갑자기 부어올랐기 때문이다. 그 상처는 생명을 품기라도 한 듯 움직여 히나기쿠의 피부에 꽃을 그렸다.

성흔, 또 다른 이름은 신의 멍. 그것을 맨 처음 본 사람은 함께 사는 하인이었다. 하인이 다른 사람을 부르러 간 사이에, 히나기쿠의 능력은 개안했다.

하인이 다시 돌아왔을 때는, 방 전체에 봄꽃이 피어 있었다. 정신 나간 사람처럼 『자꾸 이름을 불러, 무서워』라고 말하며 쓰러져 있는 히나기쿠에게 아무도 다가가려 하지 않았다.

전대미문의 세대교체. 엄마한테서 딸에게로, 봄의 대행자의 이능이 양도되었다.

코바이가 의도적으로 양도한 것은 아니었다. 사계의 대행자는 초자연적으로 선택되며 인간의 의지는 개입되지 않는다.

하지만 마치 코바이가 그러길 바란 것처럼 딸, 히나기쿠가 대행자의 역할을 이어받았다.

히나기쿠가 차기 봄의 대행자라는 것은 눈 깜짝할 사이에 마을 전체로 퍼져 파문을 일으켰다.

몸에 대행자의 증명이 나타나며 생긴 아픔이 채 가시기도 전에 열에 시달리는 상태로 장례식에 참석하게 된 히나기쿠는 비몽사몽한 상태였다고 한다. 그때 일을 거의 기억하지 못했다.

다만 맨 처음 인사하고 나서 그때까지 만나지 않았던 부친이 장례식에서 했던 말만큼은 기억했다.

『저주받았어. 네가 죽인 거나 마찬가지야.』

히나기쿠는 저택으로 돌아오고 나서 차가운 이불 속에서 그 말을 계속 되풀이했다.

—저주받았어, 저주받았어, 저주받았어.

엄마가 죽은 게 자신의 탓이라면 어떻게 속죄해야 할지 몰라 히나기쿠는 울었다.

이리하여 세상에 새로운 봄의 대행자가 태어났다.

제 2 장

봄의 호위관

히메다카 사쿠라

봄의 마을에 여름이 찾아와 있었다.

유키야나기 코바이가 죽은 후 처음으로 찾아온 계절이었다.

여름의 대행자가 테이슈에 가져온 계절의 순환으로 마을에 심어진 복숭아나무의 꽃이 지고 열매가 열려 향긋한 냄새가 온 마을에 가득했다.

어딘가에 파는 것도 아니고, 그저 전통 있는 경관을 지키기 위해 심어진 복숭아나무는 자연의 기쁜 선물로 여겨지며 마을 사람들에게 사랑받았다.

이 시기 봄의 마을의 경관은 그야말로 도원향이었다.

예년 같았으면 달마다 계절을 축하하는 제사가 열렸겠지만, 그해는 봄의 대행자의 사망으로 애도하는 형태가 되어 축제 음악도, 축하주도 없었다. 어딘가 쓸쓸한 여름이었다.

새로운 봄의 대행자는 이미 탄생하여 마을에서 매일 봄을 현현하는 수행 중이었다.

원래부터 다른 사람과 엮이지 않는 곳에서 남몰래 지내던 아이가 대행자가 되었기에 그 모습을 본 사람은 한정되어 있었다.

귀를 막아도 들리는 소문 때문에 어른들은 어째서 그녀가 그런 취급을 받는지 알고 있었다. 하지만 마을 아이들에게는 추문을 들려줄 수 없어서 정보가 거의 전해지지 않았다. 그렇게 되니 상상력 넘치는 아이들은 점점 대행자를 괴담처럼 취급하기 시작했다.

『입이 세 개 달렸고 눈은 네 개. 생김새는 악귀 그 자체이지 않을까?』

『몸에 도마뱀 꼬리가 있다고 누가 그랬어.』

『악마의 눈을 가지고 있어서 그 눈을 보면 생명을 흡수당한대.』
그저 아이들 사이에서 유행하는 허무맹랑한 소문이었다.
이윽고 아이들은 봄의 대행자뿐만 아니라 그녀가 산다는 저택도 장난감으로 삼았다.
이르기를, 봄의 대행자가 사는 저택에는『거대한 뱀』이 있고 갓난아기를 잡아먹는다더라.
이르기를, 봄의 대행자가 사는 저택에는『황금 복숭아』가 있는데 그걸 팔면 평생 돈 걱정 없다더라.
이르기를, 봄의 대행자가 사는 저택에는『시간을 앞당기는 거울』이 있는데 그걸 보면 바로 늙어서 죽는다더라.
이런 괴담이나 소문이 유행하면 아이들은 담력 테스트를 시작하고 장난이 횡행하게 된다. 카요 슌게츠가 지은 저택의 담장은 눈 깜짝할 사이에 아이들이 남긴 낙서로 가득해졌다.
오늘도 한 아이가 저택 앞에 있었다.
"……."
마을 변두리에 있는 낙서 담장 너머의 저택을 바라보고 있는 아이는 흑요석처럼 반짝이는 머리카락을 가진 소녀였다.
이름은 히메다카 사쿠라라고 했다.
훗날 이 저택 안에서 새장 속 새처럼 지내고 있는 아가씨의 기사가 될 소녀지만, 당시에는 그녀도 평범한 아이였다. 미래에 대행자 호위관이 될 그녀는 이때 학생이었다.
봄의 대행자의 후손들이 설립한 초등학교에 다니는 초등학교 2학년생이었다.

교육 기관으로 기능은 하고 있지만, 재적한 학생은 전부 마을 사람이었다.

그녀도 학교에 소문이 자자한 무시무시한 봄의 대행자의 저택을 엿보러 온 것이었다.

하지만 다른 아이들처럼 호기심이나 무지하고 잔혹한 장난기 때문에 온 것이 아니라 명확한 목표가 있었다.

—황금 복숭아를 손에 넣으면 어디다 팔지? 애초에 팔 수 있나?

그녀는 도둑질을 계획하고 있었다.

사쿠라의 세계에서 『가족』이란 것이 사라지고 한 달 정도 지났을 때였다.

물론 하늘에서 뚝 떨어진 것은 아니기에 사쿠라에게도 부모는 존재했다.

도박으로 재산을 탕진하고 파산한 끝에 어린 사쿠라를 마을에 두고서 내빼는 사건을 일으킨 남녀가 사쿠라의 부모였다.

사계의 대행자의 혈족은 대체로 마을 안에서, 혹은 사계청과 관련된 작은 세계 속에서 일생을 마치는 것이 의무였다. 그렇기에 답답한 『사계의 대행자의 후손』이라는 세계에서 벗어나고 싶어 하는 자들이 많았다. 사쿠라의 부모는 특히 그 성향이 강했다.

그런 자들은 대개 오락으로 인생을 망쳤다. 바깥세상의 도박에 빠져서 빚을 졌다. 돈을 빌린 곳이 평범한 금융 기관이 아니었다는 점도 좋지 않았다.

일이 커지자 눈 깜짝할 사이에 딸을 버리고 마을에서 도망치기에 이르렀다.

자신의 부모와 가정환경이 다른 곳과 비교하면 조금 이상하다는 것은 사쿠라도 어릴 때부터 어렴풋이 알아차리고 있었지만, 부모가 도망가면서 그건 확실한 사실이 되었다.

남겨진 그녀에게 빚이 상속되지는 않았지만, 그 대신 집도 소지품도 잃었다.

사쿠라의 성은『히메다카』. 히메다카 일문은 마을에서도 대행자 호위관을 많이 배출한 혈통이었다. 하지만 일문의 망신이라며 친척에게 보호받지 못하고, 오갈 데 없는 혈족의 아이를 관리하는 자원(慈院)이라는 시설에 맡겨졌다.

히메다카 본가의 가주가 말하길, 부모는 언젠가 발견되겠지만 다시는 마을 땅을 밟을 수 없을 거라고 했다. 사쿠라에게는 의지할 어른이 한 명도 없었다.

—쓸모없는 부모 같으니라고. 자식은 왜 낳았어?

이 당시 사쿠라는 모든 어른을 저주하고 있었다.

특히 부모에 관해서는 자신을 세상에 내보낸 것부터 원망하고 있었다. 이 일련의 사건이 봄의 대행자 저택 불법 침입을 꾀하는 것으로 이어졌다. 소문의 진위를 확인하기로 한 것이다. 운이 좋으면 돈 될 만한 것을 챙기고 싶었다. 무일푼으로 내던져진 현 상황에서 벗어나고 싶어서, 충동적이고 계획성이 없는 행동은 분출할 곳 없는 분노를 어디에 풀어야 할지 알 수 없어서 폭주한 결과라고 할 수 있었다.

자원에서 먹여주고 재워주는 것은 고맙지만 빈말로도 쾌적한 생활이라고는 할 수 없었고, 동급생들은 사쿠라를 멀리했다. 마음은 먹구름에 덮여 있었다.

그것이 면죄부가 되지는 않지만, 그런 상태였다.

평소의 사쿠라였다면 딱 봐도 누군가가 지어낸 이야기인『황금 복숭아』를 믿어보기로 하지도 않았을 것이다. 바보 같다며 웃어넘길 것이 틀림없다.

아무 근거도 없는 소문의 저택에 숨어들기로 결단할 만큼 정신적으로 궁지에 몰려 있었다. 돈이 필요했던 것은 사실이지만, 그게 진짜 이유는 아니었다.

돈이 있더라도 아이의 신분으로는 어떤 것도 할 수 없다. 야마토에서는 뭘 하든 신분 증명을 요구하고 나이를 확인하는 일이 많았다. 결국 비호해줄 어른이 필요했다. 사쿠라도 그건 알고 있었다. 하지만 사쿠라는 그녀를 비호해줘야 할 자들에게 버림받았다.

본래 받아야 할 것을 받지 못하는 슬픔. 자신은 그걸 받을 가치가 없다고 판단된 것에 대한 분함. 그 모든 것에 화가 나고, 참을 수가 없고, 자신 혼자서 뭔가를 바꾸고 싶다. 하지만 아이 신분으로는 그럴 수 없어서.

그래서 현 상황을 바꿀 뭔가와 만나고 싶어서 행동에 나섰다.

—현관 정문으로 들어가는 건 무리야.

산책하는 척 걸어다니며 관찰한 결과, 가로수를 타고 올라가 담장을 넘기로 했다. 몸을 움직이는 데 재능이 있는 사쿠라는 척척 나무를 올라 순식간에 담장 위에 도달했다. 저택에서 사람 소리는 들리지 않았다. 집을 비운 걸지도 모른다.

시각은 하교 후 저녁 식사 시간 무렵, 하늘이 조금씩 노을빛으로 물들고 있었다. 곧 있으면 해가 진다. 그러면 집에 불이 켜질 것이다. 봄과는 다른 바람이 뺨을 어루만졌다.

노을은 여름의 녹음조차 전부 주황빛으로 물들였다.

"……."

그 아름다운 노을빛 하늘을 몇 초간 멍하니 바라보았다.

세계를 물들이는 계절이란 색을 바꾸는 것이 사계의 대행자라면, 이 세상에 아침과 밤을 가져오는 것은 『새벽의 사수』와 『황혼의 사수』라고 한다. 봄의 마을에서 태어난 사쿠라도 일반인과 비교하면 초자연적 세계의 주민이지만, 사수들 또한 그러했다.

오늘도 어딘가에서 누군가가 자신의 의무를 다했다. 그 멋진 결과가 바로 지금 사쿠라가 보고 있는 광경이었다. 그렇게 생각하니 계절도, 아침도, 밤도 하나뿐인 소중한 것이라고 느껴졌다.

이 마을은 답답하고, 감옥 같고, 상냥하지 않아서 평생 여기서 살기는 싫지만.

—아름다워.

자연과 하늘의 은총으로 색칠되는 모습은 정말로 아름다웠다.

세상은 이렇게나 아름답다. 그런데 자신은 뭐 하고 있는 걸까. 그런 생각이 들어서 왠지 슬퍼졌다.

평안하게 조건 없이 주어지는 것. 그것은 대체로 누군가의 보이지 않는 노력으로 실현될 때가 많다.

어딘가에서 노력하고 있는 사람이 있는데, 자신은 아무것도 안 하고 있다. 그것을 깨닫고 말았다.

—뭐 하고 있는 거지.

피폐한 마음이기에 사무치는 것이 있는 저녁의 주황빛 노을이 사쿠라를 감쌌다.

이 마을 사람들의 생활에 낄 수도 없는 소외자 한 명이 저녁노을에 물들었다.

사쿠라는 담장 위에서 저택을 내려다보았다. 이 저택 안에 자신과 똑같이 소외당하고 있는 사람이 있다. 이매망량처럼 소문이 난 봄의 대행자다.

몇 살인지는 모르지만, 기본적으로 새로 탄생하는 대행자의 나이는 대체로 어리니 그렇게 나이 차이가 나지는 않을 것이다. 어려도 다섯 살, 많아도 10대 중반쯤이리라.

대행자는 대개 일찍 죽거나 오래 사는 경우, 양극단으로 나뉜다.

어느 쪽이든 인생의 대부분을 마을에 묶이게 된다.

직무를 거부할 수는 없다. 사쿠라는 어른이 되면 조금은 편해질지도 모르지만, 현인신은 대부분의 자유를 잃고 산다.

비교하고 안심했다기보다는 이곳에도 자신처럼 불편하게 사는 사람이 있다는 공감이 생겨났다.

—복숭아나무만 보고 돌아가자.

그때는 이미 도둑질할 마음은 완전히 사라져서 소문의 정체를 밝혀내고 싶다는 호기심만이 남아있었다. 정원 쪽에 복숭아나무가 보였다. 그렇게 큰 나무는 아니었다.

아무나 자유롭게 먹어도 되는 마을의 복숭아나무들과 다르지 않아 보였다. 그렇다면 열매 중 하나가 황금인 걸까.

그대로 슬그머니 이동한 사쿠라는 뛰어서 정원에 착지했다. 가까이에서 봐도 역시 특별한 구석은 없었다. 애초에 이 저택의 공사가 시작된 것이 작년인가 재작년쯤이었다. 그때까지 이곳에 『황금 복숭아』가 있다는 소문이 난 적은 없었다.

—역시 소문은 소문인가.

조금 아쉬웠지만 그렇게 깊이 낙담하지는 않았다.

오히려 아름다운 경치를 보고 정신을 차려서 도둑질하지 않아 다행이라는 생각이 들었다.

불법 침입은 저지르고 말았지만 정원의 나무를 봤을 뿐이다. 아무 짓도 하지 않고 돌아가면 된다.

—돌아가자.

나쁜 짓을 저지르고 싶었던 것은 아니다. 누군가를 상처 입히고 싶었던 것도 아니다. 뭔가 자신을 도와줄 만한 것을 얻고 싶었을 뿐이다.

—내 인생에 그런 건 없어.

저녁때의 미지근한 바람을 맞고 있는 복숭아나무를 보며 생각했다.

—운명을 바꿀 만한 존재 같은 건, 만날 수 없어.

하지만 그게 나을지도 모른다.

그런 존재는 안 만나는 편이 분명 평온한 생활을 보낼 수 있을 것이다.

사쿠라는 화려한 인생을 바라지 않았다.

그저 다른 아이들이 당연하게 받는 애정을 받으며 자라고 싶었다.

자신이 이런 취급을 받을 만큼 누구에게도 가치가 없는 존재라는 걸 알고 싶지 않았다. 그때 저녁노을에 시선을 빼앗겨 멈춰 서지 않았다면 분명.

"누구……?"

그곳에서, 한 소녀와 만나지 않았다면 평온한 인생을 살았었을지 모른다.

"……새로운 가사 도우미……?"

더 평화롭고, 상냥함에 휩싸인 인생을.

"아니면, 도둑……?"

사랑과 닮았지만 사랑이라는 말로는 부족한 감정 따위 모른 채.

"만약 그렇다면…… 내 물건 중에서 줄 수 있는 건 주겠지만……."

폭력도, 복수도, 연정도, 우정도, 남들과 같은 온도로 냉정하게 느껴서.

"그 복숭아는 아직 덜 익었어. 그러니까 안 따는 게 나아. 아니면 좀 더 나중에……."

누군가가 그만하라고 하면 바로 그만두는.

"말랑말랑…… 맛있어지면 가르쳐 줄까……? 있지, 너는 누구야?"

그런 인생을 살 수 있었을지도 모른다.

하지만, 공교롭게도 만나고 말았다. 사쿠라에게 있어 운명의 여자아이와.

"나, 나는……."

그날, 히메다카 사쿠라와 유키야나기 히나기쿠의 시간이 처음으로 교차했다.

도둑과 새장에 갇힌 신, 세상에서 소외된 두 소녀의 이야기는 이렇게 시작되었다.

사쿠라가 주거 침입죄를 추궁받는 일 없이 히나기쿠와 우정을 키우게 된 것은 전적으로 히나기쿠가 고독했기 때문이다.

히나기쿠는 엄마가 죽은 후 매일 봄의 대행자로서 수행하고 있었다.

다른 아이들과 달리 일어나면 수행하고, 취향도 묻지 않고 준비된 밥을 먹고, 시간이 되면 강제로 불이 꺼져서 자야 하는 나날을 보내고 있었다. 완전히 관리된 환경. 사육당하고 있는 것과 같았다.

그런 히나기쿠에게 또래 여자아이가 갑자기 정원에 나타난 것은 불행한 일이 아니었다. 외로운 나날에 불어온 상쾌한 바람이었다. 밤하늘에서 가장 먼저 빛나는 별을 찾은 것 같은 희소식이었다.

—친구가 되어 줄지도 몰라.

절실한 마음으로, 복숭아를 따러 온 거라면 맛있게 익었을 때 알려주겠다는 말까지 했다.

한편, 사쿠라는 책망하지 않고 다정하게 말하는 어린 여자아이의 태도에 당황하고 말았다. 게다가 그 아이는 시간 가는 것도 잊고서 바라볼 만큼 사랑스러워서 완전히 마음을 빼앗겨 버렸다.

저택에 침입한 사정을 횡설수설 이야기했다. 말하다 보니 슬퍼져서 울었다. 꾹꾹 눌러뒀던 마음이 많았다.

『부모가 날 버렸어.』

『자원에 있기 싫어. 옷 갈아입을 곳조차 주어지지 않는 곳은 싫어.』

『친구라고 생각했던 아이들은 어른들한테 말을 들었는지 완전히 멀어져 버렸어.』

『외로워. 매일 외로워. 정상적인 가정에서 태어나고 싶었어.』

『앞으로 내가 어떻게 될지 몰라서 무서워.』

『나도 외로워. 어머니가 죽어버렸어.』

『어머니가 죽은 건 내 탓이라고 아버지가 그랬어.』

『봄의 대행자 같은 거 하고 싶지 않아. 수행도 전혀 모르겠어.』

『어째서 나는 밖에 나가면 안 돼? 그렇게 부끄러운 존재야?』

『할머니 댁에 돌아가고 싶어. 하지만 돌아갈 수 없어.』

두 사람은 각자 자신들이 품고 있는 불안을 털어놓았다. 이야기할수록 서로의 사정에 동정하고 공감했다. 소녀들의 수다는 하인이 히나기쿠의 모습을 보러 올 때까지 이어졌다.

『또 올게요!』

『정말? 또 올 거야?』

운 좋게 들키지 않고 숨었지만, 대행자의 집에 숨어들었다는 걸 어른들이 알면 사쿠라가 크게 혼날 터였다. 그날은 또 만나자고 약속하고 헤어졌다.

사쿠라를 보내고 난 뒤『이제 안 오는 게 아닐까』하고 히나기쿠는 내심 불안하게 여겼지만, 다음 날 사쿠라는 하굣길에 사죄의 의

미로 들꽃을 꺾어 왔다.

그녀들 사이에 특별한 연결 고리가 생겨나려고 했다.

그 후 두 사람은 급속도로 친해졌다.

사쿠라는 휴일이나 하굣길에 반드시 히나기쿠를 만나러 갔다.

얼마 전까지 만나는 인물이라고는 가정 교사와 조모뿐이었고, 부친에게 맡겨진 뒤로는 사회와 단절된 생활을 보내던 히나기쿠는 사쿠라로부터 많은 것을 흡수했다.

지금 아이들 사이에서 유행하는 것, 구전으로 남은 이 지역의 율동, 동요 등은 물론이고 선대 봄의 대행자의 무덤이 지금 어디 있는지까지, 사쿠라는 히나기쿠가 원하면 첩보원처럼 조사해서 알려줬다. 그때까지 모친의 무덤이 어느 방향에 있는지도 몰랐던 히나기쿠에게는 눈물이 날 만큼 기쁜 일이었다. 그때의 두 사람은 아직 주종 관계가 아니었지만, 자연스럽게 사쿠라가 히나기쿠를 경애해 마지않게 되었다.

시간이 지날수록, 서로를 알수록, 단순히 외로움을 달래는 게 목적이 아니라 그저 함께 있으며 서로를 아끼는 것이 행복이 되었다.

그러나 밀월 같은 시간은 오래가지 않았다.

저택을 드나들며 수발을 들던 히메다카 일문의 사람이 사쿠라를 발견하고 크게 혼내는 사건이 일어났기 때문이다.

히나기쿠는 야마토에 단 한 명뿐인 봄의 대행자. 그런 귀인에게 함부로 접근해선 안 된다.

사쿠라는 즉각 저택 출입을 금지당했다.

마을이 지원하는 자원에서 사는 사쿠라는 어른이 뭔가를 금지하면 그걸 따를 수밖에 없었다. 안 그러면 고아나 다름없는 사쿠라는 살 수 없었다.

학교에서도 일주일간 재택 학습을 하라고 해서 무릎을 끌어안고 우는 나날이 이어졌다.

그대로 잔혹하게 시간이 흘러갈 줄 알았지만, 이 일은 빠르게 해결됐다.

"히메다카 사쿠라를 제게서 떼어놓겠다면, 봄의 책무를 다하지 않겠어요."

지금까지 얌전히『착한 아이』로 지내던 히나기쿠가 방에서 농성하며 수행을 거부했기 때문이다. 수행 재개를 조건으로 사쿠라의 저택 방문을 정식으로 허가하라고 자신을 관리하는 자들에게 요구했다.

이걸 받아들이지 않는다면 수행하지 않겠다. 수행하지 않으면 봄은 오지 않는다. 그러면 곤란한 건 당신들 아니냐. 그렇게 어른들을 적으로 돌렸다.

무슨 일이 생겼을 때 농성하며 모든 것을 거부하는 것은 히나기쿠가 화났을 때 쓰는 대처법일 것이다. 그녀를 관리하는 어른들은 처음에 가볍게 여겼다. 현인신이라고 해도, 아직 어린아이라고.

"그런 말을 하는 아이에게는 저녁을 주지 않을 겁니다."

"필요 없어요."

한 끼라도 밥을 굶으면 울면서 먼저 애원하고 용서를 구할 거라고 얕보았다.

하지만 아무리 기다려도 히나기쿠는 항복하지 않았다.

"……이장님에게 말은 꺼내볼 테니 이제 그만 밥을 드세요."

"그 아이가 제 눈앞에 와서 허락받았다고 말할 때까지 안 먹을 거예요."

식사가 담긴 쟁반을 들고서 방에 들어오려고 하는 하인을 쫓아내 버렸다.

몇 명이 붙어서 억지로 먹이려고 하면 방 전체를 벚나무들로 채워서 자신과 어른들 사이에 울타리를 만들었다. 이래서는 굶어 죽을 거라며 하인들은 혼란에 빠졌다.

사실 히나기쿠는 직접 앵두나무를 만들어 몰래 열매를 먹었지만 그걸 아는 사람은 없었고, 결국 히메다카 일문의 문주가 사쿠라를 데려와 『제발 식사해 주십시오』 하고 머리를 숙였다.

사쿠라는 히나기쿠가 자신과 만나기 위해 이런 일까지 벌였다는 말을 듣고 매우 놀랐지만 기쁘지 않을 리가 없었다. 더더욱 히나기쿠에게 심취했다.

그 이후의 전개는 빨랐다.

이 소동 끝에 사쿠라는 히나기쿠의 『학우』가 되었다.

이전과 달리 감시하는 사람이 붙었지만 자유롭게 만날 수 있었다. 감시라는 굴레가 있어도 이득이 더 컸다. 기쁜 일이었다. 행동 범위는 제한되었지만, 두 사람은 그 안에서 아이답게 놀며 즐겁게 지냈다.

어른들은 처음에 사쿠라를 귀찮은 부속물 정도로만 생각했으나 그 평가는 점차 바뀌었다. 사쿠라가 저택에 다니게 되면서 히나기쿠의 봄 현현 능력이 비약적으로 성장했기 때문이다. 수행을 소홀히 하면 친구를 빼어갈지도 모른다는 생각이 히나기쿠의 이능을 개화시켰다. 대행자의 힘은 마음에서 비롯된다. 히나기쿠는 사쿠라를 위해 강해졌다.

그렇게 되니 사쿠라를 어떻게 취급할지도 생각해야 했다.

사쿠라는 대행자 호위관을 많이 배출한 명가인 히메다카 일문의 아이였다. 그 집안의 아이라는 것은 사쿠라의 인생에 전혀 도움을 주지 않았었지만, 그 혈통이란 점도 있어서 사쿠라는 빠른 시일 내에 호위관이 되라는 명령을 받았다. 상담이 아니라 명령이었다. 다른 마땅한 인재도 없었다. 마음을 닫은 히나기쿠의 곁에서 그녀가 봄의 대행자로 기능할 수 있도록 지키며 아낄 수 있는 자는 마을에 없었다. 새엄마도, 이복 오빠도, 부친조차도 저택에 오지 않았다. 적임자는 사쿠라뿐. 사쿠라로서는 더 바랄 나위가 없는 영광이었다.

대행자 호위관으로 임명된 후, 사쿠라는 초등학교를 퇴학하고 카요의 저택에 살며 일하게 되었다. 그러면서 두 사람이 보내는 시간은 더 늘었다. 사쿠라는 이 마을에서 나가고 싶다고 생각했었지만, 사명을 얻은 뒤로는 그런 마음도 완전히 사라졌다.

자원에서 홀대받으며 지내다가 히나기쿠의 한마디에 생활의 격이 높아진 것도 하나의 요인이긴 했다. 하지만 그것보다도, 무엇보다도.

누군가가 자신이란 존재를 바라는 것이 좋았다.

부모에게 버려진 사쿠라는 믿을 사람이 사쿠라뿐이라는 것처럼 따르는 히나기쿠가 참을 수 없이 귀여웠다. 그녀를 지키는 것, 기쁘게 하는 것, 점차 그것이 사쿠라의 행복으로도 이어졌다. 히나기쿠를 챙기는 것도, 미리 뭔가를 준비해서 히나기쿠를 기쁘게 하는 것도 즐거웠다.

히나기쿠가 웃는 모습을 볼 수 있다면 뭐든 할 수 있을 것 같았다. 아직 자신보다 작은 이 소녀를 소중히 여기고 싶었다. 함부로 말하는 어른들에게 맞서 싸우는 칼이 되고 방패가 되어 주고 싶었다.

사실 그건 사쿠라가 누군가에게 받고 싶었던 일이었다.

누군가를 필요로 하고, 누군가에게 필요한 존재가 되는 것. 고독했던 사쿠라의 마음에 그 생각은 단비처럼 스며들었다.

아직 어려서 장래를 깊이 생각하지 않았다고도 할 수 있지만, 결국 온갖 사건이 지나간 뒤에도 이 순수함이 계속되었으니 이 만남은 진짜였을 것이다.

그때는, 사랑하는 소녀가 몇 년이나 돌아오지 않게 될 줄은 생각도 못 했었다.

"히나기쿠 님, 안 돼애애애애애애애애! 가지 마세요, 가지 마세요, 두고 가지 마세요, 싫어, 싫, 어, 싫어어어어! 제발요, 제가 대신 죽을 테니까, 안돼, 안돼, 히나기쿠 님, 히나기쿠 님, 히나기쿠 니이이이이이이이이이임! 로우세이 님, 도와주세요! 여기서 내보내 주세요! 히나기쿠 님이, 히나기쿠 님이, 히나기쿠 님……! 가지 마세요, 가지 마세요, 가지 마세요, 가지 마세요, 가지 마세요, 제발요, 가지 마세요, 혼자 두지 마세요, 히나기쿠 님, 살해, 살해당할 거야, 히나기쿠 님, 안 돼요, 가지 마세요, 제발요, 가지 마세요, 저도 데려가 주세요! 저도 데려가 주세요! 저도 갈게요, 저도 갈 테니까……! 뭐든 할게요, 원하는 게 있다면 드릴게요, 빼어야 하는 거면 빼어 올게요…… 제발요, 데려가지 마세요, 데려가지 마세요, 데려가지 마세요, 기다려 주세요……! 기다려요, 기다려요, 기다려요, 히나기쿠 님, 안돼애애애애애애애! 히나기쿠 님, 히나기쿠 님, 히나기쿠 님, 제발요, 돌아와 주세요! 안돼요! 히나기쿠 님, 히나기쿠 님, 히나기쿠 님, 절 지키지 마세요! 제가 지킬게요, 당신을, 제가 지킬게요, 제가 지키겠어요, 싫어, 싫어, 싫어, 싫어, 싫어, 싫어어어어어어어어어어어어어어어! ……정말로, 가버리셨나요……? 발소리가, 안 들려…… 이테쵸 님…… 이테, 쵸, 님…… 아아…… 로우세이 님, 이테쵸 님이, 숨을, 안 쉬어요…… 말도 안 돼, 어째서…… 로우세이 님, 지혈하는 거, 도와주세요! 피가, 피가, 피가, 피가, 피가, 피가, 피가, 옷을, 옷을 벗어서 묶어드려야 해요, 이테쵸 님, 히나기쿠 님, 아아, 이제, 어떻게 해야…… 나는 됐어! 이 정도로 안 죽어! 됐으니까 지금은 이테쵸 님을…… 얼른, 이테쵸 님을 병원으로, 아아, 그리고 히나기쿠 님을, 히나기쿠 님을 쫓아야 해, 구, 국가 치안 기구, 맞아, 사이렌, 사이렌……이 울리고 있으니까, 근처에 있을 거야. 로우세이 님, 그대로 계속 불러 주세요, 둘이서 외치면, 알아차릴지도 몰라요, 이테쵸 님, 괜찮아요. 반드시 살릴게요. 반드시, 반드시, 살릴게요. 죽으면 안돼요, 히나기쿠 님이, 히나기쿠 님이 몸을 던져서 지켜 주셨다고요! 죽지 말아요…… 제발…… 죽지 말아요…… 도와, 도와주세요! 여기예요오오오오오오오오! 누구 없어요?! 아무나아아아아아아아아아아아아아아! 도와주세요오오오오오오오! 여기에, 여기에 있어요! 부상자가 있어요! 아무나, 아무나, 아무나아아아아아아아아아아! 여기요오오오오오오오오오오! 도와주세요오오오오오오오오! 도와주세요오오오오오오오오오오오오오오오! 제발, 아무나, 눈치채줘…… 여기요오오오오오오오오오오! 누구 없어요?! 아무나아아아아아아! 여기예요! 여기 있어요! 봄의…… 봄의 대행자가, 아아, 여기에, 겨울의 대행자와 호위관이 있어요! 호위관은 숨을 안 쉬어요! 밖에서 건드려 주세요! 위해를 가하지 않겠다는 의지가 있다면, 분명 열어줄 거예요! 그분이라면 분명 그런 술법을 쓰셨을 거예요! 아아…… 네, 네, 맞아요, 밖으로 옮길게요. 로우세이 님…… 네, 둘이서, 하나 둘 셋 하면 들기로 해요. 갈게요. 하나 둘 셋! …… 팔, 팔을 당겨요! 배에 총을 맞았어요! 저요……? 저는 어찌 되든 좋아요! 그 사람을 맡길게요, 저는 쫓아가야 해요! 나의 신이…… 제…… 친구가 납치당했어요…… 저희를 지키고, 유괴당해서…… 아아, 어째서 이런 일이, 부탁드려요, 히나기쿠 님을 도와주세요, 히나기쿠 님을 도와주세요, 히나기쿠 님을……."

전부 엉망이었다.
—이 시간이 쭉 계속될 거라고.
전부 엉망이었다.
—외로워도 둘이서라면 살아갈 수 있을 거라고.
전부 엉망이었다.
—나와 히나기쿠 님이라면 분명 어디서든 괜찮을 거라고.
전부 엉망이었다.
—그렇게 생각했는데.
전부 엉망이었다.
—히나기쿠 님, 지금 어디 계신가요.
전부 엉망이었다.
—외로우신가요, 괴로우신가요.
전부 엉망이었다.
—쭉 같이 있자고 약속했잖아요.
전부 엉망이었다.
—어째서 혼자 가신 거예요.
그날은 전부 엉망이었다.

히나기쿠 님, 절 혼자 두지 말아주세요. 제발, 돌아와주세요.

히나기쿠 님이 안 계셔도 일상은 계속됐다. 계속되지 않아도 되는데, 심장은 계속 움직였다.

1년째, 아직 믿고 있었다. 분명 찾을 수 있다. 그건 내일일지도, 아니, 모레일지도 모른다.

"히나기쿠 님."

2년째, 로우세이 님이 또 목을 매달려고 했다. 이테쵸 님은 간병인처럼 딱 붙어서 돌보고 있다. 나는 성격이 나빠서, 로우세이 님의 상태가 좋아져야 히나기쿠 님을 찾을 수 있다고 생각하고 말았다.

"히나기쿠 님, 히나기쿠 님."

"히나기쿠 님, 히나기쿠 님, 히나기쿠 님."

3년째, 벽장 속에서 우는 나를 이테쵸 님이 찾아내는 일이 많아졌다.

이 사람은 언제나 다른 사람만 챙긴다. 그게 가여워서 당신도 울어도 된다고 말하니 소리 죽여 울었다. 다들 지쳤다. 이테쵸 님의 머리를 끌어안으며 그렇게 생각했다.

"히나, 기쿠, 님."

"히, 나."

"히나기쿠 님."

4년째, 오늘도 히나기쿠 님은 찾지 못했다. 지금 이렇게 1초가 지나가는 동안에도 고통받고 있으실지도 모른다. 그렇게 생각하면 가슴이 괴로워지고 머리를 쥐어뜯고 싶어진다. 거울을 별로 보지 않았었는데 흰머리가 많이 늘었다. 돌아왔을 때 네가 예쁜 모습이어야 히나기쿠가 기뻐할 거라고 로우세이 님은 말했지만, 나는 기원하듯이 머리를 그대로 뒀다. 어서 돌아와요.

"……히나기쿠 님."

"히나기쿠 님!"

"……히나기쿠, 님."

"히나기쿠 님……."

5년째, 버려졌다. 어째서, 어째서, 어째서, 어째서, 믿었는데. 로우세이도, 이테쵸도 배신자다. 왜 마을의 결정을 뒤집어 주지 않는 거지? 히나기쿠 님이 유괴당한 건 겨울의 탓인데. 돈이 다 떨어지든, 사람이 부족하든 알 바 아니다. 인명보다 소중한 건 없을 터다. 이제 히나기쿠 님이 어찌 되든 좋은 건가? 시간이 지나면 잊어버려도 되는 건가? 그렇게 간단히 버릴 수 있는 건가?

어째서, 어째서, 어째서, 어째서, 어째서, 어째서, 어째서, 어째서. 좋아했는데, 지금은 죽이고 싶다.

"히나기쿠."

"……이테쵸……."

"히나기쿠, 님, 히나기쿠."

"로우세이."

"히나기쿠 님."

6년째, 몸을 팔려고 했지만 접객업도 물장사도 적성에 안 맞았다. 예쁘게 꾸미고서 남자 옆에 앉아만 있으면 된다고 했는데 다리를 만져서 때려 버렸다. 히나기쿠 님을 찾는데 돈이 부족하다. 이테쵸가 만들어 준 통장에 어째선지 매달 돈이 들어오지만 쓰기 싫다. 쓰면 추적당할 거다. 가끔 미행하는 자가 있는데, 그것도 녀석이 보낸 걸까. 나를 찾는 데 들일 수고를 히나기쿠 님을 찾는 데 쓰라고, 가출 조사 탐정에게 윽박지른 적도 여러 번이다. 그냥 나를 내버려 뒀으면 좋겠다. 겨울 따위, 떠올리고 싶지도 않다.

"히나기쿠 님…… 히나기쿠 님…… 히나기쿠 님."

"히나기쿠 님."

"히, 나…… 기쿠…… 님……."

"히나기쿠, 히나기쿠, 님."

"히나기쿠 님…… 히, 나……."

"히나기쿠 님, 히나기쿠 님, 히나기쿠 님, 히나기쿠 님, 히나기쿠 님, 히나기쿠 님……?"

7년째, 가끔 내가 정말로 살아있는지 알 수 없어진다.

자신을 뒤에서 바라볼 때가 있는데, 그럴 때면 너무 무섭다. 어쩌면 병원에 가야 하는 걸지도 모른다. 하지만 낼 돈도 없다. 거점을 몇 개 만들어서 살 곳은 걱정 없게 되었다. 남을 돕거나, 남을 패거나. 그러다 보니 인연이 생겨서 도와주는 사람도 늘었다. 여기서 지내라고 말해주는 사람도 있지만 수락할 수는 없다.

그러면 히나기쿠 님은 누가 도와준단 말인가?

다들 이제 잊어버렸을 것이다. 나만큼은 잊지 않았다. 절대로, 절대로, 절대로.

"히나기쿠 님."

잊지 않는다, 절대로.

"히나기쿠, 님."

당신을 계속 찾는다. 분명 당신도 기다리고 있다.

"히나기쿠 님, 히나기쿠 님."

히나기쿠 님, 저를 기억하시나요.

"히나기쿠 님, 히나기쿠 님, 히나기쿠 님."

당신에게는 당신을 지키는 칼이 있어요.

"히, 나기쿠, 님."

당신이 없는 세계에서 살고 있지만, 아직 여기 있어요.

"히나기쿠 님……."

잊지 않았어요, 히나기쿠 님.

"히나기쿠 님."

8년째, 당신이 돌아왔다.

하지만 아니라고 한다. 내가 아는 히나기쿠 님이 아니라고 한다.

그 사람은 이미 죽어버려서 돌아오지 않고, 너무나도 힘든 일이 일어나서, 견딜 수 없어서, 그래서 죽어버렸다고 새로운 당신이 말했다. 유괴당했을 때, 8년째에, 역적의, 두령이, 자신의 부하와, 아, 아이, 아, 이를, 아이, 를, 만들, 만, 만들, 만들라, 고, 했다고. 대행자는, 혈족 중에서 개화, 하니까, 만약, 히나기쿠 님, 의 피를, 이은, 아이를, 역적 측, 에서도, 양산, 그래, 양산, 하게 되면, 새로운, 마을, 이 생기, 생기지 않겠냐, 고, 생각, 생각해서, 이제, 생리, 가, 아이, 도, 낳을 수, 있을, 테니까, 괜찮지 않냐, 고, 고, 고, 고고고고고, 고, 고, 말, 말해, 말해서, 그래서, 그래서, 저항, 저항, 을, 물론, 했고, 했고, 고, 고, 그래, 서, 그래서, 그때, 그때, 나, 나를, 떠올, 려서, 도와달라, 고, 했다고, 울며, 울며, 도와달라, 고, 했다, 고, 로우세이, 로우세이, 로우세이, 로우세이, 가, 좋아한다, 고 말해, 줬는, 줬는, 데, 이런, 이런, 일은, 절대로, 싫어, 아아, 싫어, 싫어, 싫어, 싫어, 싫어, 싫어, 싫어, 싫어, 싫어, 아아, 싫다, 다, 다, 다, 다, 고, 고, 고. 아아, 히나기쿠 님, 히나기쿠님, 그래서, 그래서…… 싸우셨군요. 그리고 당신은, 아아…… 당신은, 제가 사랑했던 당신은, 제가, 만났던 당신은, 제 친구였던 당신은, 그래서, 그래서, 그래서, 그래서, 그래서, 그래서, 그래서, 그래서, 그래서, 그래서, 그래서.

그래서, 죽어버린 거군요, 히나기쿠 님.

당신은, 어머님의 분부를 지켜 참고 견디며 싸울 때를 기다렸습니다. 포기하지 않고 살았습니다.

아아, 잘하셨습니다. 정말 훌륭하십니다. 하지만 받아들이기 힘든 일이 일어나서.

그렇게 새로운 당신이 태어났습니다. 대신 싸운 거군요.

무서우셨죠, 두려우셨죠. 그때의 당신을 꽉 안아주고 싶습니다.

히나기쿠 님, 히나기쿠 님, 히나기쿠 님. 괜찮습니다. 제가 지키겠습니다. 당신의 마음을. 당신의 신체를.

당신을 고통스럽게 하는 모든 이로부터 당신을 지키겠습니다. 믿어주세요, 히나기쿠 님.

저는 줄곧 당신을 찾아다녔습니다. 정말로 찾아다녔습니다. 왜 그랬냐고요?

당신께서 말씀해주시지 않았습니까. 복숭아가 맛있게 익으면 알려주겠다고.

그때 당신께서 베푸신 다정함이, 저를 나무라지 않고 용서해 주신 것이, 그 만남이.

저를 바꿔주셨습니다, 히나기쿠 님. 저는 죄인의 아이고, 도둑이고, 불필요한 존재지만.

하지만 당신은 그때 저를 친구로 삼아 주셨지 않았습니까?

이유 같은 건 그것으로 충분합니다, 히나기쿠 님.

9년째, 당신을 고치는 것이 내 역할이 되었다.

여름, 당신은 뭘 하든 울기만 했다.

밥도 제대로 먹지 못했다. 먹기 싫다고 그릇을 뒤엎었다. 하지만 당신은 거부 반응을 보일 때마다 울면서 미안하다고 했다. 당신은 뒤죽박죽 조각나 버렸다. 모두가 당신을 죽였다. 그래서 몸도 마음도 조각나 형태를 잃었다. 당신은 인간답게 살지도 못할 만큼 상처 입었다. 하지만 괜찮아요, 제가 있어요. 당신을 외톨이로 만들지 않겠어요. 그렇지, 복숭아를 먹죠.

밖에 나가지 않으셔서 모르셨죠? 벌써 여름이에요.

기억하시나요? 저와 처음 만났을 때. 맞아요, 그 저택의 복숭아는 아직 덜 익었을까요.

그러면 맛있게 익을 때까지 기다리죠, 히나기쿠 님. 함께 언제까지고 기다려요.

가을, 당신은 뭘 하든 화냈다.

네, 괴로우시죠. 마을이 당신을 버린 것보다도 아버지가 당신을 버려서 괴로우신 것 아닌가요? 이제 그만하죠. 제가 가족이 되겠습니다. 피가 꼭 섞여야 하나요?

당신을 위해서라면 저는 뭐든 될 겁니다. 당신의 칼도, 친구도, 사매도.

괜찮습니다, 히나기쿠 님. 언젠가 분명 전부 괜찮아질 겁니다.

자, 보세요. 예쁜 가을이에요. 새로운 대행자의 가을이에요. 아직 어리다고 해요.

그 아이가 만드는 가을은 예쁘네요. 아주 예쁜 가을이에요. 내년에도 같이 봐요, 히나기쿠 님.

겨울, 당신은 뭘 하든 내가 필요했다.

속눈썹에도 서리가 생기는 추운 날에 당신은 다시 쫓겨난 나를 찾아줬다.

그 풍경을 잊을 수 없다. 따각따각, 당신이 서툰 걸음 소리를 내며 나를 찾아 준 그날을.

히나기쿠 님, 그 후로 많이 회복됐네요.

당신은 무척 노력하셨습니다. 한때는 사람이기조차 포기할 뻔했었죠.

하지만 당신은 살았습니다.

정말로, 정말로 훌륭하십니다.

수없이 우셨죠. 저도 함께 울었습니다.

당신께서 뒤엎은 밥상을 치우는 건 힘들었습니다.

당신께서 스스로 자해하는 모습을 보는 건 힘들었습니다.

당신께서 죽고 싶다고 말할 때마다 살아주셨으면 하여 속으로 훌찍훌찍 울었습니다.

하지만 당신은 사셨습니다.

아무도 칭찬해주지 않는다고요?

제가 칭찬하겠습니다.

당신의 어머니 대신.

당신의 아버지 대신.

몇 번이고 칭찬하겠습니다. 네, 몇 번이고 안아 드리겠습니다.

당신께서 죽은 자신을 안고 산다면 저도 그걸 따르겠습니다.

죽은 당신도, 지금의 당신도, 제게는 똑같이 당신입니다.

히나기쿠 님, 당신과 함께 지낼 수 있다면 겨울도 기쁩니다.

이 세계가 눈에 뒤덮여 아무것도 안 보이게 되어도, 당신의 목소리만 들린다면 그걸로 좋습니다.

맹신적인가요? 자기희생이 과한가요? 제가 무서우신가요?

저는 약합니다. 당신에게 매달리지 않으면 자신을 일으켜 세울 수 없습니다. 어릴 때부터 그렇습니다.

강한 척하지만, 전부 무섭습니다.

사는 게 싫습니다. 하지만 당신과 함께 있으면 저는 강해질 수 있습니다.

사실은 그저 울보고 고집불통일 뿐인 제가 당신을 위해서라면 강해질 수 있습니다.

당신은 저를 좋게 만들어 줍니다.

사실은 대단치 않은 저를 좋게 만들어 줍니다.

당신을 위해서라면 얼마든지. 저는 세상과 싸울 겁니다.

히나기쿠 님, 히나기쿠 님. 저희는 약합니다. 하지만 둘이서라면 어떨까요.

저는 당신을 지킵니다. 당신도 제게는 봄을 줍니다.

그러니까 괜찮습니다. 함께 갑시다. 자, 손을 주세요.

걸을 수 없다면 업겠습니다. 목이 마르면 제 눈물이라도 드리겠습니다.

부탁드립니다. 손을 잡아주세요. 이대로는 싫습니다. 함께 가요.

당신이 누구인지, 어떤 존재인지 세상에 알려줘야 합니다.

그렇잖아요?

이대로 끝날 수는 없습니다. 저희는 약하다는 이유로 상처 입기만 했습니다.

벚꽃을 피워 줍시다. 봄을 전하는 겁니다.

방관했던 녀석들에게. 핍박했던 녀석들에게 말해주는 겁니다.

우리를 상처 입히는 모든 이에게 고한다.

아쉽게 됐구나. 조소는 집어넣어라. 치켜드는 그 손은 부숴 주겠다.

거기서 손가락이나 빨며 보고 있어라. 우리는 약하지 않다.

『살아주겠다, 똑똑히 봐라.』

그리하여, 소녀 히나기쿠와 사쿠라의 운명은 모든 것과 교차하여 현재로 귀환한다.

—봄을 피우자. 모든 사람에게 봄을.

내일이 오지 않길 바라는 사람에게도.
내일이 오길 기도하는 사람에게도.

—벚꽃을 흩날리자. 계절만큼은 평등하다. 죄인에게도, 선인에게도 동등하게 계절을.

"저는 히메다카 사쿠라. 신분은 사계의 대행자 호위관입니다. 그리고 여기 계신 분이 카요 히나기쿠 님. 이 나라의 봄의 대행자십니다."

—멋진 계절을 선사하니. 그것이 세상을 향한 복수다.

"**카요**, 히나기쿠, 라고, 합니다."

이제부터는 각오한 자만이 나아갈 수 있는 전장이다.

BOOKS
춘하추동 대행자 봄의 춤 下
발매 기념 한정 특전
[NOT FOR SALE]
©Kana Akatsuki 2021
Illustration: Suoh
KADOKAWA CORPORATION

흘린 눈물로 목욕재계는 끝냈다.
자, 춘하추동 공동 전선의 시작이다.

제 3 장

춘하추동

야마토국 테이슈, 테이토. 나라의 수도에 존재하는 사계청.

언뜻 보면 도심에서 흔히 볼 수 있는 고층 빌딩 같지만, 안에 들어가면 이곳이 사계청이라는 것을 알 수 있다.

현관홀의 천장에는 꽃을 이미지하여 특별히 주문한 샹들리에가 있고, 청사 내에는 음악 방송으로 늘 자연의 새소리나 시냇물 소리가 음악이 나왔다. 예로부터 다양한 예술가가 묘사한 사계의 신들의 조각상과 그림이 여기저기에 장식되어 방문자를 환영했다.

그런 사계청 청사 19층에, 긴급히 설립된 가을의 대행자 수사본부가 있었다.

이번 가을 유괴에 대응하여 국가의 안전을 담당하는 국가 치안 기구가 빠르게 대책 본부를 설립했으나, 그것과는 별개로 사계청에서도 독자적으로 수사본부를 만들었다. 두 기관의 공동 수사였다.

현재 사계청의 수사본부는 어수선한 분위기에 휩싸여 있었다.

방문 약속 없이 나타난 인물이 너무나도 의외의 존재였기 때문이다.

설탕 과자처럼 달콤하면서도 유리구슬처럼 투명한 목소리가 수사본부에 울렸다.

"카요, 히나기쿠, 라고, 합니다."

카요 히나기쿠, 야마토국에 한 명뿐인 봄의 대행자가 갑자기 강림했다.

수사원 수십 명이 얼굴을 맞대고 있는 방에 나타난 소녀신은 그야말로 꽃처럼 가련하고 사랑스러웠다.

꽃잎들이 떠다니는 수면처럼 물결치는 호박색 머리. 신부를 연상시키는 순백색 장식이 그 머리를 꾸몄다.

전통식과 서양식을 절충하여 현대적으로 디자인된 하카마. 수사본부에 들어온 순간 향기로운 꽃 내음이 사람들의 코를 간질였다. 긴박했던 수사본부가 단숨에 봄기운에 휩싸였다.

“소식, 을, 듣고, 뭔가, 힘이, 되고, 싶어서, 찾아왔, 습니다.”

균열이 생기는 것처럼 말이 띄엄띄엄했다. 긴장했는지, 얼굴은 굳어 있었다.

봄의 대행자가 인사한 후 살짝 휘청거리자, 종자가 기사처럼 살며시 허리를 안아 부축했다.

호위관은 흑발을 높이 묶은 미인으로, 이쪽도 눈길을 끄는 존재였다.

고양이처럼 커다란 눈이 주의 깊게 주변을 살피고 있었다. 아니, 위협하고 있었다. 서 있는 모습이 어딘가 겨울의 종자 칸게츠 이테쵸를 방불케 했다.

『이들이 바로 10년간 납치됐었던 봄의 소녀와 복귀한 종자인가』 하고 다들 숨을 삼켰다.

완전히 얼어버린 수사원들 중에서 가장 먼저 움직인 사람은 가을의 마을 경비부 소속의 여성 직원, 나가츠키였다.

“보, 봄의 대행자님, 그리고 종자님!”

커피를 다 마시고 무기력하게 들고 있었던 종이컵을 와그작 찌그러뜨리며 사무용 의자에서 일어나 꼬이는 다리를 어떻게든 움직여서 히나기쿠 앞으로 달려갔다.

"처, 처음 뵙겠습니다……! 나, 아니, 저는 사계청의 나가츠키 레이코라고 합니다. 마을에서 경비부에…… 나데시코 님의 경비 시스템을 담당하, 했었습니다. 직위는 관리관입니다."

나가츠키는 며칠간 안 씻고 옷도 안 갈아입었는지 후줄근한 흰 가운 차림이었다.

허둥지둥 머리를 매만져 정돈하고서 인사했다.

"나가츠키, 씨, 반가, 워요. 이번에…… 생각지도, 못한, 일이, 일어나서…… 많이, 낙심하셨, 겠어요."

히나기쿠가 목소리를 낮추고 안타까워하며 위로의 말을 건넸다. 물론 그건 성인들 사이에서는 당연한 인사였지만, 상대는 현재 곤경에 빠진 가을의 대행자 이와이즈키 나데시코와 똑같은 일을 겪었던 아가씨였다.

그런 아가씨가 긴급 상황 속에서 격려하고 수색을 돕기위해 왔다. 그 사실만으로도 감격스러웠다.

"아닙니다. 저희야말로…… 그, 그게, 저는……."

직장이 폭격당하고 아직 며칠밖에 안 지났다. 가을의 마을뿐만 아니라 다양한 사건 관계자로부터 경비 시스템의 허술함을 추궁받고 있었다. 상당히 지쳤을 것이다. 그 탓인지 나가츠키의 눈에 참지 못한 눈물이 고였다.

"……와주셔서…… 정말로, 감사, 합니다……. 무척 든든합니다…… 봄의 대행자님……."

"울지, 마세요……. 힘을, 보탤, 게요."

히나기쿠는 시린 마음을 따뜻하게 감싸듯 나가츠키의 손에 살며시 자신의 손을 포갰다.

"가을의 대행자님의 호위관은 계시나? 가능하다면 얘기하고 싶어."

사쿠라가 호위관을 찾듯 주위를 둘러보았다. 말을 꺼내니 젊은 아가씨인데도 관록이 느껴졌다.

"……."

한편, 부름을 받았지만 경직되어 있었던 아자미 린도우는 바로 반응하지 못했다.

멍하니 있었다기보다는 너무 놀라서 숨 쉬는 것조차 잊은 것이었다.

—왜, 나타났지.

린도우보다도 훨씬 어린 두 소녀.

—뭘 하려고.

그가 주인을 잃기 전에 바보라고 폄하했던 봄의 주종이었다. 그 두 사람이 굳이 수사본부에 나타났다.

—왜.

린도우가 움직이지 못하고 있으니 나가츠키가 훌쩍이며 이름을 불렀다.

"아자미! 아자미! 안 오고 뭐 해!"

울면서 오라고 해서 린도우도 어색하게 두 사람 앞으로 갔다. 그리고 봄의 주종을 향해 상체를 한껏 숙여 인사했다.

"처음 뵙겠습니다. 가을의 대행자 이와이즈키 나데시코……의 호위관, 아자미 린도우입니다……."

"고개를, 들어, 주세요."

깊이 머리를 숙이자 히나기쿠가 속삭였다.

그 말을 듣고 고개를 들어 다시금 찬찬히 상대를 보았다. 과연, 이건 그야말로 봄의 대행자라고 린도우는 생각했다. 히나기쿠라는 이름에 걸맞은, 봄의 요정 같은 모습이었다.

—이렇게 작은 아가씨였나.

린도우가 키가 커서 더 그렇게 느끼는 것이기도 하지만, 그렇다고 해도 몸집이 작은 아가씨였다.

입실했을 때는 아주 거대해 보였었다.

현인신이 지닌 비인간적인 분위기에 압도되어 그렇게 생각했을 것이다.

같은 호위관인 사쿠라는 히나기쿠와 달리 제법 키가 컸지만 그래도 호리호리했다. 나이는 스무 살쯤이라고 했던가. 그렇게 들었지만, 아직 얼굴이 앳돼 보였다.

린도우의 눈에는 학생으로만 보였으나, 칼을 찬 모습은 매우 그럴싸했다. 여기사 같은 모습이었다.

—이 두 사람이 바로 10년 전에 습격받고 올해 복귀한 소녀 주종.

린도우의 머릿속에 문득 나데시코의 작은 뒷모습이 떠올랐다.

이 두 사람도 그렇게 작았을 때 지금 린도우가 맛보고 있는 일을 겪었다는 사실이, 본인들을 바로 앞에서 보고 있기에 생생히 느껴졌다.

자신들로 바꿔서 생각해보니 너무나도 막막했다.

나데시코가 납치당하고 일주일이 지났다. 앞으로 약 10년간 린도우는 이 나라에 가을을 가져오지 못하는 죄와 대행자를 지키지 못했다는 회한을 견뎌야만 하는 것인가.

—나데시코를, 10년이나 잃는다고?

생각만 해도 무서웠다. 그런 자신이 한심해지기도 했다. 안 그래도 몸에 힘이 들어가지 않을 만큼 절망스러운데, 이것이 10년이나 계속된다는 상상은 공포심을 부추겼다.

그렇게 오랫동안 돌아오지 않는다면 포기해버릴 것 같은데, 포기한다는 생각만 해도 누군가가 목을 조르는 듯한 느낌이 들었다. 구원은 없다. 반복한다. 영원히 고통스럽다.

—나데시코.

호위관은 사계의 대행자를 위해 평생을 바치는 일이라고 하지만, 린도우는 그렇게 깊이 들어갈 생각이 없었다. 체력이 받쳐줄 때까지 일하면서 동시에 후임을 키워 물려주고, 적당한 나이가 되면 은퇴하려고 했다. 무예가 뛰어난 자신에게 걸맞은 멋진 일이라고 생각하지만 대행자를 가족처럼 여길 생각은 없었다. 어디까지나 비즈니스의 관계였다.

—나데시코.

가족처럼 여길 생각은 없었다.

마음을 내줄 생각은 없었는데.

『린도우.』

작은 가을의 소녀신이 부르는 소리가 머릿속을 떠나지 않았다.

—나의 나데시코를 돌려줘.

안아 들었을 때 코를 간질이던 부드러운 머리카락의 감촉. 전폭적인 신뢰가 담겨있던 눈동자.

뭘 하든 자신을 부르는 아이는 귀찮았다. 얼른 어른이 되어서 보살필 필요가 없어지면 좋겠다고 생각했다. 하지만 지금은.

—나의.

우수수 쏟아지는 낙엽처럼 호의를 보냈던 그 아이가 그리웠다.

—나의 가을이야.

머릿속을 떠나지 않았다. 왜 지키지 못했는가. 그렇게나 외로워했는데.

—나의 가을인데, 왜 지금 곁에 없지?

그때는 상상도 못 했다.

자신의 신이 납치당하면 실제로 어떤 일이 일어날지. 얼마나 큰 절망이 눈앞을 뒤덮을지. 아무리 이능을 가지고 있어도 어린아이가 혼자 역적을 해치우고 탈출하는 것이 얼마나 황당무계한 일인지, 그만큼 궁지에 몰렸기에 벌어진 사태라는 것을 가볍게 생각했다.

—나는 바보야. 상상도 못 했어.

관계없는 타인들은 얼마든지 말할 수 있다.

이래야 했다, 저래야 했다. 린도우도 그런 말을 하는 인간 중 한 명이었다.

하지만 지금은 그런 말을 할 수 없었다.

—이렇게 잔혹한 일인 줄 몰랐어.

린도우는 막막한 모습으로 봄의 주종 앞에 우두커니 서 있었다.

히나기쿠와 사쿠라는 린도우에게도 인사하고 위로를 건넸다. 린도우는 어색하게 대답했다.

“감사합니다……. 여기까지 오시느라 피곤하실 텐데…… 응접실은 아니어도 앉으실 수 있는 방으로 안내하겠습니다.”

다른 수사원들에게 인사를 끝내고 히나기쿠, 사쿠라, 린도우, 나가츠키는 다른 방에서 이야기를 나누게 되었다. 의제는 『역적의 대행자 유괴』였다.

“피해를 당했을 때 상황을 알고 싶어요. 기록 등을 전부 공유해주면 좋겠어요.”

“……두 분이 보신다고 해서 해결되는 건…….”

린도우가 소극적으로 말했지만 나가츠키가 바로 준비했다. 파괴되지 않은 감시 카메라에 남아있던 영상을 복구한 데이터를 태블릿 단말째 넘겼다.

“저기, 잠시…… 혼자서, 봐도, 될까요……?”

간청하듯 말해서 세 사람은 물론 괜찮다고 대답했다.

―사건을 상기시키는 장면을 보는 건 괴로울 텐데.

그래도 협력하려고 하는 히나기쿠가 린도우에게는 너무나도 이상하게 여겨졌다.

다행히 유리창으로 안쪽 모습이 보이는 개방적인 구조의 방이었기에 세 사람은 복도로 나갔다. 사쿠라, 린도우, 나가츠키 순으로 늘어서서 대화를 시작했다.

“아자미 님, 나가츠키 씨, 조금 복잡한 얘기를 해도 될까요?”

사쿠라가 조심스레 물어서 두 사람은 어색하게 고개를 끄덕였다.

“갑자기 방문해서 죄송합니다. 알리지도 않고 찾아와서 놀라셨겠죠. 사실 사계청과 마을의 승인을 받지 않고 저희끼리 단독으로 벌인 일입니다."

"네……? 그, 그게 무슨 말씀인가요?"

나가츠키가 얼빠진 목소리를 냈다.

"말씀드린 대로입니다. 에니시에서 봄 현현을 끝냈으니 원래는 테이슈에 있는 봄의 마을이나 봄 별궁으로 돌아가야 하지만, 멋대로 이쪽으로 왔습니다."

"어, 네에에에?"

사쿠라는 한층 더 이상한 소리를 내는 나가츠키를 재미있다는 듯 보았다.

"봄의 대행자와 호위관은 책무를 다했으니 이제부터 자유행동에 들어가겠다고 통보는 했습니다. 사계청 봄 부문과 봄의 마을은…… 다른 계절 기관과 비교해도 여전히 신화시대에 사는 노인네들의 모임이라서 허락을 기다리다가는 내년이나 되어야 도움을 드릴 체제가 갖춰질 테니까요. 그래서 이럴 수밖에 없었습니다. 이동 중의 호위는 여전히 붙어있으니 그 부분은 걱정하지 마세요. 저희를 경호할 필요는 없습니다."

"……어째서 이렇게까지 해주시는 겁니까."

린도우가 낮은 목소리로 물었다.

"……아자미 님은 아무래도 저희의 행동에 회의적이신 것 같군요."

사쿠라는 위압감을 주는 린도우의 외모에 기죽지 않고 눈을 맞추고서 말했다.

"똑같이 계절을 관장하는 자들이지만 이번 대의 봄과 가을은 한 번도 만난 적이 없어. 이렇게까지 해주실 이유가 없어."

"아자미, 모처럼 와주셨는데 무슨 소리야!"

"하지만 사실이야. 호위관 임기가 짧은 나도 알고 있어. 10년 전, 가을은 봄 수색에 참여하지 않았어. 그랬는데 어째서 지금 이렇게 오셨는지 나는 너무 의문스러워."

린도우의 말투가 점점 본연의 말투로 돌아가고 있었다.

지금 그가 감정적인 상태라는 것이 보였다. 더는 겉모습을 꾸밀 여유가 없는 것이다.

"저희에게 뭔가 다른 목적이 있다는 겁니까?"

"그래. 원하는 게 있다면 빨리 말해줘. 금전인가? 아니면 다른 무언가?"

"아자미!"

"안타깝게도 가을은 봄보다 예산이 적어. 금전을 요구해도 대응할 수 있을지 알 수 없어."

한번 말을 꺼내자 린도우는 멈출 수 없었다.

"……미사일을 처맞고 침입당한 지금, 가을의 경비 부문은 웃음거리야. 평판이 땅에 처박힌 우리가 내줄 수 있는 건 거의 없어……."

가슴속이 너무나도 복잡했다.

눈앞의 아가씨는 자신이 안전권에 있을 적에 깔보았던 상대다. 그런 상대가 어째선지 이쪽의 위기를 알고 나타났다. 자존심이 센 린도우는 지금 일어나고 있는 모든 일을 용납할 수 없었다.

"뭔가 목적이 있다면 지금 확실하게 해두고 싶어. ……협력을…… 거절하려고 하는 말은 아니야……."

자신이 나데시코를 구하지 못한 것도.

많은 사람의 힘을 빌리지 않으면 아무것도 못 한다는 것도.

종자라는 존재는 대행자에게 무슨 일이 생기면 바로 입장이 위태로워진다는 것도.

전부 받아들이기 어려운 현실이었다.

"지푸라기라도 잡는 심정으로, 부탁하고 싶어……."

이전에 얕보았던, 자신보다 어린 봄의 종자에게 린도우는 괴로운 목소리로 신음하듯 말했다.

"……나데시코를…… 나의 가을을 구하는 걸 도와준다면 종자인 내 장기 정도는 내놓겠어. 준비가 필요한 대가라면 미리 알고 싶어……."

적나라한 말에 사쿠라는 눈을 몇 번 깜빡였다. 예상치 못한 말이었을 것이다.

나가츠키는 조마조마한 모습으로 사쿠라의 대답을 기다렸다.

잠시 후, 사쿠라는 생긋 미소 지었다.

"아자미 님."

그리고 또렷한 목소리로 말했다.

"종자로서 제법 훌륭한 근성입니다. 마음에 들었습니다."

아마 본심일 것이다. 사쿠라로서는 드물게도 히나기쿠가 아닌 사람에게 웃어줬다.

다만 그 웃음에 상냥함이 담겨 있지는 않았다.

—이 남자는 협력자로 나쁘지 않아.

동료로 삼을 상대를 품평한 결과, 만족했다. 그런 웃음이었다. 사쿠라는 린도우를 똑바로 보며 속삭였다.

"……맞습니다. 목적이 있습니다."

자기가 물어봐 놓고서 깜짝 놀라는 린도우를 보고 시쿠라는 너 실게 웃었다.

"하지만 아자미 님이 생각하는 그런 목적은 아닙니다. 이권이 얽힌 문제도 아니에요. 단순한 동정이라고 하기도 어렵죠. 여러 가지가 얽혀 있습니다. 다만 확실히 해두겠는데…… 우리는 이번 협력의 대가를 가을에 요구하지 않을 겁니다. 이 전선에 참가하는 건 10년 전 일을 보복하고 싶기 때문입니다. 대가는 역적이 지불하게 되겠죠."

사쿠라는 「전선」이라고 말했다. 그 말에 린도우는 눈을 크게 떴다.

—이건, 전쟁인가.

이 10대 아이에게 처음부터 뭔가 꿍꿍이가 있는 것처럼 보인 이유를 마침내 알 것 같았다.

—이 녀석들에게는 전쟁이고, 아직 끝나지 않은 건가.

같은 입장이 되었기에, 린도우는 짧은 말에 담긴 뜻을 순식간에 이해할 수 있었다.

이 굴욕, 이 절망. 미워할 상대는 유괴범들이다.

카요 히나기쿠는 돌아왔다. 하지만 납치로 생긴 상실이 사라지지는 않는다.

겉으로 드러내지 않을 뿐, 아물지 않은 상처는 수두룩할 것이다.

어른을 상대하면서도 기죽지 않고 당돌한 이 봄의 호위관이라면 복수심은 남들보다 배는 더 클 것이다.

그녀들 안에서 역적과의 싸움은 결판이 나지 않은 것이다.

잃어버렸던 10년의 원한은 여전히 존재한다. 그래서 보복할 기회를 놓치지 않고 달려왔다.

물론 가을을 구하고 싶은 마음은 진짜겠지만 그게 전부가 아니었다. 정의하자면, 그녀들에게 있어서 가을을 구출해내는 것은 과거의 자신들을 위한 복수전이라고 할 수 있었다.

"그럼…… 여러 가지로 솔직히 말해야 신뢰를 얻을 수 있을 것 같으니 까놓고 말하겠는데…… 아자미 님, 의심이 드는 건 이해하지만, 여름한테는 아까처럼 말하지 마세요. 여름은 완전한 선의로 오는 거니까 선의를 의심하는 말을 하면 루리 님은 가만있지 않을 거고, 애초에 이 자리를 마련한 우리의 체면이 깎이게 돼요. 양해해줬으면 좋겠네요. 아아…… 겨울한테는 말해도 돼요. 겨울이 욕을 먹어도 저는 신경 안 쓰니까."

린도우와 나가츠키는 사쿠라의 말을 얌전히 듣다가 도중에 의아해했다.

"……네? 히메다카 님, 저기……."

"잠깐, 지금 흘려들을 수 없는 얘기가 나왔는데…… 여름과, 겨울이라고?"

"네. 이 공동 전선에 참가하는 건 봄뿐만이 아닙니다. 여름과 겨울도 옵니다."

나가츠키는 치솟는 흥분을 억누를 수 없었는지 자연스럽게 린도우의 팔을 때렸다.

봄뿐만 아니라 여름과 겨울까지 수색에 참가하는 것은 전대미문이었다.

"……거짓말이지?"

"거짓말이 아닌 편이 좋을 텐데요? 수사는 인해전술이 기본이에요."

작게 고개를 갸웃하며 사쿠라가 말했다. 지그시 올려다보며 말해서 린도우의 심장은 조금 빠르게 뛰었다. 매혹적인 눈을 보니 주춤하게 되었다.

"아니, 그야 그렇지만……."

"10년 전에도 이랬다면 봄을 잃어버리지 않았을지도 모르죠."

"……하지만 다른 계절과는 그렇게 친하지 않고……."

"앞으로 친해지면 돼요. 겨울은 딱히 어찌 되든 좋지만."

"……하지만 봄 하나면 모를까, 다른 계절한테까지 도움을 받을 이유가……."

"……거 되게 답답하네! 순수하게 당신들만을 위한 일은 아니라고 했잖아요!"

사쿠라는 히나기쿠의 모습을 힐끔 확인하고 다시 린도우를 보았다. 허리에 손을 얹고서 인상을 쓰고 말했다.

"이해를 못 하시는 것 같은데, 잘 들으세요, 아자미 님. 지금이 가장 중요한 순간이에요! 이 상황을 잘 끌고 가려면 아자미 님이 마음을 굳게 먹고서 상황을 받아들이고 꾸려 나가야 해요! 아까 말씀하셨죠. 이와이즈키 나데시코 님은 자신의 가을이라고. 당신은 가을의 종자, 호위관, 종복, 나데시코 님을 위해 사는 존재예요! 그런 당신이 잃어버린 가을을 되찾으려면 앞장서서 이끄는 입장이 되어야 해요. 제가 하는 건 자리를 마련하는 것까지예요. 갖춰진 재료를 잘 이용하는 건 가을이 할 일이에요. 그렇게 엉거주춤하게 있다가는 아자미 님이 의심하는 것처럼 이권을 노리는 자들이 수색의 주도권을 쥐게 된다고요! 크게 하는 일도 없으면서 이런저런 인간에게 빌붙어 여론을 조작하고, 큰 지위를 손에 넣기 위해 행동하는 족속이 이 수사본부에 없을 거라고 장담할 수도 없어요. 그런 녀석들에게 본래 당신이 해야 할 역할을 뺏겨도 좋은가요? 그래서 나데시코 님을 구할 수 있겠어요? 진정으로 나데시코 님을 구하고 싶어 하는 자만이 최선의 방법을 취할 수 있어요! 의연하게 구세요!"

린도우는 찍소리도 못하고 입을 다물었다.

—괴로울 정도로, 정론이야.

사쿠라가 린도우와 똑같은 일을 겪었을 때, 그녀는 아홉 살이었다.

어른들에게 맡기고서 어른들에게 놀아난 결과, 봄은 석 달 만에 수색을 중지했다. 그 사실이 있기에 말의 설득력은 상당했다.

어리다고 무시할 수 없는 기백이 그녀의 얼굴과 목소리에 담겨 있었다.

"아자미 님! 자신의 여자를 구하고 싶지 않습니까?!"

"……구하고 싶어."

린도우를 고무하는 사쿠라는 흡사 열혈 지도자 같았다.

"그렇다면 우리를 이용할 작정으로 임하세요! 내 여자를 되찾기 위해서라면 장기도 내놓을 수 있다면서요!"

"그, 그래."

"그럼 근성을 보여! 너의 여자를 위한 일이야!"

—이 아이는 뭐지.

만난 지 한 시간도 되지 않았는데, 이길 엄두가 안 났다.

"……알았어, 알았다고! 나도 근성을 보이겠어! 나의 나데시코를 반드시 구하겠어!"

린도우가 마침내 패기 있는 말을 하자 사쿠라는 만족했는지 한숨을 쉬었다. 린도우는 그런 사쿠라를 어떻게 대하면 좋을지 더더욱 알 수 없어졌지만, 나가츠키는 눈을 반짝이며 보고 있었다.

"히메다카 님……! 저, 저…… 감동했어요……! 아자미가 도중에 움츠러들더라도 제가 반드시 페어리를…… 아니, 나데시코를 구하겠어요."

"야, 나가츠키. 나는 움츠러들지 않았어."

"바로 그거예요. 나가츠키 씨. 못된 족속이 절대 현장을 지휘하지 못하게 하세요. 아자미 님, 현장이 원하는 건 이런 거예요. 열의는 사기를 올려요."

"나데시코를 구하고자 하는 열의라면 나는 누구보다……."

린도우가 뭐라고 대꾸하려 했지만, 그때 히나기쿠가 문밖으로 얼굴을 내밀었다.

"……싸우는, 거야?"

아무래도 사쿠라의 열혈 지도가 싸움으로 보인 듯했다. 걱정하는 표정을 짓고 있었다.

"설마 그럴 리가요."

사쿠라는 재빠르게 태도를 바꿔 히나기쿠 전용인 상냥한 미소를 지었다.

"사쿠라는 그런 짓 안 합니다. 향후 지휘 계통에 관해 이야기하다 보니 열을 올리게 됐을 뿐이에요. 히나기쿠 님, 감시 카메라 영상을 보시고 뭔가 알아내셨나요?"

린도우는 그 빠른 전환을 보고 얼떨떨해졌다.

"있지…… 그 사람, 이었어."

하지만 히나기쿠의 한마디에 사쿠라가 만들어 냈던 미소는 사라져 버렸다.

"정말인가요……."

사쿠라가 심각한 얼굴로 묻자 히나기쿠는 고개를 끄덕였다.

"응, 틀림, 없어. 얼굴, 가렸지만, 체격 보면 알 수 있어."

그렇게 말하고서 히나기쿠는 뭔가를 견디는 듯한 얼굴로 사쿠라에게 몸을 기댔다. 역시 과거를 상기시키는 영상을 보는 건 괴로웠을지도 모른다.

사쿠라는 히나기쿠의 허리를 끌어안아 자연스럽게 위로했다.

"……그런가요. 히나기쿠 님, 수사본부 사람들 앞에서…… 설명하실 수 있겠습니까?"

"응…… 힘낼, 게. 그러려고, 왔는……걸……. 지금, 말할까……? 조금, 길어질, 텐데."

"몇 번씩 똑같은 말을 할 수는 없으니…… 일단 자리를 갖추기로 하죠."

가을 쪽 두 사람이 또 의문스러운 얼굴로 봄의 주종을 보고 있었다. 사쿠라는 둘만의 세상에 들어갔다는 것을 깨닫고 허둥지둥 몸을 떼어 자세를 바로 한 뒤 린도우를 보았다.

"둘이서만 얘기해서 죄송합니다. ……역적의 주모자인 것 같은 사람이 누구인지 판명됐습니다. 국내에서도 유명한 활동가로, 지명수배가 내려진 인물입니다."

"그게 정말인가?!"

"네. 히나기쿠 님이 유괴당하셨을 적에 접촉했던 인물입니다. 봄과 겨울의 수사 기록을 빼 올 수도 있겠지만, 아마 최근 자료는 국가 치안 기구에 요청하는 편이 좋을 겁니다. 맡길 분이 있을까요?"

"제가 할게요!"

"그럼 나가츠키 씨, 부탁드립니다. 주모자로 여겨지는 인물은 국내 최대 역적 집단【카사이】의 두령…… 통칭『고젠』이라고 불리는 여자입니다. 사계의 대행자를 노리는 테러 활동 외에 환경 운동가로도 활동하고 있으니 그쪽 방면으로 조사할 수도 있을 겁니다."

"……【카사이】의 두령…… 고젠. 저도 자세히는 모르지만 존재는 인지하고 있어요. 알겠습니다. 아자미, 자료는 내가 모을게. 수사원에게 정보를 공유해줘."

"……알았어. 카요 님, 귀중한 정보를 알려주셔서 감사합니다. 그…… 이 은혜는 언젠가 갚겠습니다. ……앞으로도 협력을 부탁드립니다."

린도우가 깊이 머리를 숙였다. 하지만 내려가던 머리가 도중에 멈췄다.

히나기쿠가 린도우의 머리를 양손으로 살며시 잡았기 때문이다. 그리고 부드러운 힘으로 밀어 올렸다. 린도우는 어리둥절해하며 얼굴을 들었다. 그러자 봄의 요정과 눈이 마주쳤다.

"저기…… 카요, 님."

린도우의 목소리가 동요로 떨렸다.

청렴하면서도 어딘가 사람을 사로잡는 신기한 분위기를 지닌 소녀였다. 그런 소녀가 만지고 바라보니 신에게 익숙한 린도우도 동요했다.

"고개, 숙이지, 마세, 요."

린도우의 동요 따위 모른 채 히나기쿠는 그의 흐트러진 머리카락을 매만져줬다.

히나기쿠가 린도우보다 훨씬 어리지만, 그 동작은 마치 아들의 머리를 어루만지는 엄마 같았다.

"이렇게, 열심히, 찾고 있잖아요. 고개, 숙이지, 마세요."

평소 린도우의 모습을 아는 사람이 봤다면 그의 야윈 모습에 깜짝 놀랄 것이다.

근사한 남자였는데, 계속 밤을 새우며 제대로 씻지도 않아서 안색이 안 좋았다. 눈 밑은 시꺼멨고, 셔츠는 며칠째 입은 건지 알 수 없었다. 평소에 완벽하게 행동하던 남자가 지금은 딴판으로 망가져 있었다. 히나기쿠는 그런 초췌한 린도우에게 손을 뻗어 만지고 있었다. 한창때인 아가씨인데 조금도 주저하지 않았다.

"아자미 님…… 많이, 괴로우시죠."

마치 린도우를 대신하여 말하듯 속삭였다.

"정말, 많이, 괴로우시죠."

린도우는 너무 놀라서 그저 멍하니 입을 벌리고 있었다.

히나기쿠는 그런 린도우를 계속 쓰다듬었다. 다친 짐승을 치유하는 듯한 손길이었다.

"히나기쿠도, 괴로워, 요."

히나기쿠가 이토록 린도우에게 마음을 쓰는 것은 아마 자신의 호위관인 히메다카 사쿠라 때문일 것이다. 재회했을 때 사쿠라의 모습은 세상을 거절하던 히나기쿠에게도 충격적이었다.

아름다웠던 도검이 녹슬어서 망가져 버린 것 같은 모습이었기 때문이다.

자신이 없는 동안 종자가 얼마나 고뇌했는지. 히나기쿠는 그 모습을 보고 알았다. 그리고 지금 린도우에게서 그 모습을 보았다. 그래서 마음이 넘쳐흘렀다. 도와주고 싶었다.

"어쩌면, 히나기쿠는, 이러려고, 돌아온, 걸지도, 몰라요."

각오 같은 복잡한 감정이 느껴지는 음성으로 히나기쿠는 말했다. 동작, 말, 그녀가 보여주는 모든 것에서 사명감이 용솟음치고 있었다. 무모한 정의감으로 말하는 것과는 달랐다.

『10년 전 납치당했던 여자아이』로서의 사명감이 있었다. 그 슬픔을 결코 되풀이하고 싶지 않다는 기도에서 말미암은 사명감이었다.

"그런, 생각이, 들어요……. 히나기쿠, 사실, 은, 필요 없는, 아이, 였어요. 돌아오지, 않아, 도, 대체품, 바로, 태어나, 요. 히나기쿠, 가, 아니어도 괜찮았어요……."

사쿠라는 슬픈 얼굴로 히나기쿠를 바라보았다.

히나기쿠가 본인의 존재를 그렇게 생각했다는 것은 알았지만, 다시 일어선 지금의 그녀가 말하니 친구로서도 종자로서도 안타까움이 컸다. 그러나 정작 히나기쿠에게 비장감은 없었다.

"대행자, 는, 도구예요. 내면이, 어떻든, 모두에게는, 상관없어요……."

평소 소심하고 겁이 많은 히나기쿠가 평소와 달리 린도우를 똑바로 보고 있었다.

“히나기쿠, 빨리, 죽는 게, 낫다고, 줄곧, 생각하던, 시기, 있었어요.”

린도우를 붙든 손은 부드럽고 작았지만, 다른 사람을 지키고자 하는 순수한 강함이 있었다.

“그러면, 다들, 만족할, 테니까.”

스스로 자신을 상처 입히는 말을 하고 있지만 괜찮았다.

그런 것보다도 전하고 싶은 것이 있다고 히나기쿠의 표정이 말하고 있었다.

오늘 이날, 눈앞에 있는 소녀는.

“하지만, 살았어, 요.”

괴로워도 『산다』를 실행해온 것이다. 사실은 죽고 싶을 때도 있었다.

하지만 결코 자신을 내던지지 않고 살아왔다. 그래서 지금 슬픔의 구렁 속에 있는 사람을 돕는다. 뭔가를 원하지는 않았다. 그저 다른 사람이 씩씩하게 살기를 바랄 뿐이다.

“살아서, 다행이에요.”

지금의 카요 히나기쿠는, 그런 바람을 가진 소녀였다. 완고했던 린도우에게도 손끝의 온도로, 눈동자에 담긴 열기로 히나기쿠가 나타내는 모든 것을 통해 그것이 전달되고 있었다.

“살아서, 할 수 있는 일, 봄, 말고도, 있었어요. 모두, 가, 바라지, 않는, 히나기쿠, 여도, 도움, 이, 돼요…….”

우월감에 잠기려고 온 것도 아니고, 구경하러 온 것도 아니다. 사쿠라는 복수라고 말했지만, 실제로 그녀들의 행동은 헌신에 가까웠다. 적어도 히나기쿠가 방금 한 말을 듣고 린도우는 그렇게 생각했다.

"히나기쿠가, 이러는 거, 당연한, 일이에요. 고개, 숙이지, 마세요……. 지금, 가장, 괴로운 사람, 린도우, 님, 이에요. 뭐든…… 의지해…… 주세, 요."

지금 모든 것에 절망하여 믿지 못하는 린도우에게 히나기쿠라는 존재는.

"은혜, 안 갚아도 돼요. 나데시코, 님이, 돌아오면, 히나기쿠도, 기뻐요……. 정말, 로…… 그저…… 그것뿐, 이에요……."

봄의 온기처럼 포근하게 느껴졌다. 눈을 녹이는 봄 자체로 느껴졌다.

"카요 님…… 감사, 합니다."

린도우는 저도 모르게 울고 말았다.

"다 같이, 되찾아, 요."

린도우는 다 큰 남자가 울면 안 된다고 생각했지만, 히나기쿠는 상관하지 않고 손으로 눈물을 닦아줬다. 풀어지듯 흘러내리는 머리카락도 똑같이 손으로 정돈해 줬다.

"아자미, 님, 종자, 는, 대행자의, 빛, 이에요……. 나데시코, 님, 분명, 기다리고, 있어, 요……. 좌절하지, 말아, 주세, 요……."

"……네, 명심하겠습니다."

눈앞에 있는 소녀의 무구한 상냥함이 린도우의 가슴을 아프도록 찔렀다.

"히나기쿠 님, 그럼……."

사쿠라가 린도우에게 질투하여 손을 떼어 내려고 했을 때, 한 수사원이 네 사람을 찾아왔다. 울고 있는 린도우를 보고 흠칫하며 말했다.

"여, 여러분, 얘기하시는 중에 죄송합니다. 지금 여름의 대행자님께서 도착하셨다고 1층 방문자 접수처에서 연락이 왔습니다! 곧 수사본부에 오실 것 같은데……."

수사원은 말하면서 혼란스러워했다. 덩달아 울음을 터뜨린 자들이 모여있는 모습을 봤으니 당연했다. 나가츠키가 화장이 지워지는 것도 신경 쓰지 않고 눈을 문지르고서 재빨리 움직였다.

"오신다는 얘기는 들었습니다. 맞이할 준비를 하죠! 겨울 분들도 도착하셨나요?"

"나가츠키 씨, 겨울은 마을과 실랑이가 벌어진 모양이라 예정보다 늦게 도착할 거라고 저한테 연락이 왔어요. 하지만 반드시 올 거예요."

사쿠라가 말하자 나가츠키는 고개를 끄덕였다.

"그럼 정보를 공유하는 회의는 일단 겨울 분들 없이 하죠. 봄의 대행자님께서 주모자의 정보도 알려 주셨으니 바로 착수하고 싶어요. 사계청 내 대회의실을 빌릴 수 있을까요?"

수사원은 알겠다고 말하고 다시 멀어졌다.

마치 멈춰있던 시간이 움직이기 시작한 것 같았다. 점점 분주해졌다.

"아자미, 정보 공유도 자료 조사도 내가 해둘게. 여름의 대행자님 일행을 맞이해줄래? 1층 로비에서 온다면 엘리베이터를 이용하겠지. 엘리베이터 앞에서 대기해!"

"아, 알았어."

린도우는 꾸깃꾸깃한 정장 소매로 아직 흐르고 있는 눈물을 닦았다.

"저는 마중을 나가겠습니다. 봄 분들은 어떻게 하시겠습니까?"

"……물론 마중 나가야죠. 겨울이었다면 안 나갔겠지만, 여름 분들이니까요."

"그, 히메다카 님은…… 겨울에 대한 혐오를 이따금 내비치는데…… 싫어합니까?"

"네, 싫어해요. 몸에 밴 버릇 같은 거니까 그냥 흘려들어 주세요. 자, 가죠."

루리와 아야메는 히나기쿠와 사쿠라를 보고서 활짝 웃으며 달려왔다.

이리하여 봄과 여름, 가을이 합류하며 남은 계절은 겨울 하나가 되었다.

현재 가을의 대행자 이와이즈키 나데시코 수사에 『사계의 마을』, 『국가 치안 기구』, 『사계청』이라는 세 집단이 똑같은 목적을 위해 움직이고 있었다.

말할 필요도 없이 『사계의 마을』은 대행자를 배출하는 혈족 집단이다.

『국가 치안 기구』는 야마토국의 경찰권을 소유한 행정 조직.

『사계청』은 국가 운영에 관한 일을 하지만 행정 조직은 아니었다.

한때는 제사청으로 이름을 바꿔서 국영으로 전환하자는 의견도 나왔었지만, 결국 다양한 문제와 간섭, 이권을 둘러싼 사건이 일어나며 독립 기관인 채로 남았다.

야마토국은 계절의 순환으로 국민의 생활이 풍족해지기를 바라며 사계청에 원조를 아끼지 않았고, 사계청은 사계의 마을과 연대하여 나라에 계절을 전했다.

이것이 국가 치안 기구와 사계청, 사계의 마을의 관계였다.

사계청은 사계 전체를 관리하는 조직이지만 봄, 여름, 가을, 겨울로 업무가 나뉘어 있었다.

급여도 예산도 균등하지 않았다. 겨울은 다른 계절보다 독보적으로 높았고, 그다음이 봄. 여름과 가을은 비슷했다. 어느 계절 부문에 배속되느냐에 따라 소속 직원의 미래에 명암이 갈렸다. 이러한 불균등은 주로 신화에서의 역학 관계에서 비롯되었는데, 그로 인해 현대에는 똑같은 조직에 소속되어 있음에도 쉽게 적대 관계가 되었다. 매년 열리는 예산 편성 회의는 『전쟁』이라고 불렸다.

같은 조직 내에 사이가 좋지 않은 다른 조직이 네 개 있다고 이해하면 됐다.

계절의 시기가 다르기에 각 부문이 바쁜 시기도 달랐다.

직원은 모두 『사계청 ○○부 ○○과 겨울 부문』 같이 직명에 담당 계절이 들어갔다. 예를 들어 사계의 대행자의 현현 계획과 일정을 조정하는 것은 사계청 제사부 비서과였다. 사계 회의 같은 연간 행사의 운행도 담당했다.

모든 사계청 직원의 일을 지원하는 것은 사계청 총무부 인사과. 비품 관리 등을 맡은 것은 사계청 총무부 보급과. 대행자를 경호하는 것은 사계청 보전부 경비과였다.

이번에 수사본부를 세운 것은 사계청 보전부 정보과 가을 부문이었다.

주된 직무는 사계청 직원의 업무 효율화를 위한 시스템 개발, 제1선에서 대행자를 경비하는 경비과 직원에의 정보 제공이었다. 이런 비상사태나 역적의 습격이 있을 때, 경비과는 국가 치안 기구와 협력하여 해결에 힘썼다. 국가 치안 기구와 사계청 사이에 우열은 존재하지 않아서 완전히 별개이자 대등한 존재였다.

결국 사계청도 국영 조직이나 마찬가지지만 고집스럽게 현 체제를 유지하는 것은 설령 상대가 정부여도 어딘가의 밑으로는 들어가지 않겠다는 사계청의 권위적인 생각 탓이었다.

나라의 높은 사람에게도, 백성에게도 신비를 관장하는 절벽 위의 꽃 같은 존재로 있고 싶다는 것이 사계청 및 협력 체제에 있는 사계의 마을의 본심이었다.

이 특수한 체제 때문에 국가 치안 기구와 잘 연계하지 못할 때도 있었다.

그 현저한 예가 바로 10년 전 사계청 보전부 경비과 봄 부분에 전달된, 석 달 만에 수사를 종료하겠다는 통보였다. 수사본부 운영을 위한 자금 조달과 일손 부족이 원인이라고 알려져 있으나, 또 다른 소문도 있었다.

유괴당한 봄의 대행자는 봄의 마을 이장의 손녀에 해당했는데 부친은 차기 이장 후보이고, 모친은 자살한 선대 봄의 대행자, 추문을 뿌렸던 유키야나기 코바이였다. 그 딸인 히나기쿠가 사계에게 선택받아 대행자가 된 것을 창피로 여긴 봄의 마을이 이 기회에 연을 끊어 다음 대행자가 불길한 연결 고리 없이 탄생하기를 바라고서 수사 종료를 결정했다는 소문이었다.

어디까지나 소문일 뿐이었지만, 이런 일을『벌일 법하다』고 여겨지는 것이 봄의 마을과 사계청 봄 부문이었다. 혈연 관계자가 유괴당했어도 비정하게 버릴 수 있을 거라고 여겨졌다.

사계청 보전부 정보과 봄 부문은 대행자가 유괴당한 책임을 겨울의 마을과 국가 치안 기구에 전가하고서 수색을 내팽개쳤다. 대신 사건을 막지 못한 겨울의 마을과 사계청 보전부 정보과 겨울 부문이 교대하듯 수사본부를 설립, 국가 치안 기구도 계속하여 수사했다. 그러던 것이 5년 전에 소규모 조사로 전환되었으나 그 후로도 봄의 대행자는 발견되지 않았고, 최종적으로 봄의 대행자 카요 히나기쿠 본인이 역적의 아지트에서 홀로 탈출해 생환한 것이 일의 전말이었다.

현재 경비과 직원은 대부분 가을 별궁 주변으로 탐문 조사를 나간 상태였다.

남아있는 사람은 가을의 마을에서 일시적으로 파견 나온 린도우와 나가츠키, 그리고 사무직인 정보과 직원들이었다. 거기에, 봄의 주종이 끼었다.

봄 주종이 합류하면서 수사원들의 마음속에서는 불꽃이 활활 타올랐다.

탈환 작전을 세우지 못하고 벽에 부딪친 상황에 사계의 대행자가 나타났다.

그걸 기획한 사람이 10년 만에 돌아온 유괴 피해자 카요 히나기쿠와 그 종자였으니 마음이 고양될 수밖에 없었다. 그러한 자들이 사계청 대회의실에 모여 있었다.

대형 프로젝터 스크린이 중앙에 설치된 회의실은 사람들로 북적였다.

"여름의 마을에서 오신 여름의 대행자 하자쿠라 루리 님. 그리고 대행자 호위관 하자쿠라 아야메 님이십니다."

널리 알려진의 사실이지만, 실제로 보는 것은 처음인 수사원을 위해 나가츠키가 사회를 맡아 소개했다. 옆에 선 린도우의 얼굴은 조금 달라져 있었다. 그가 원래 지닌 냉철한 표정이 돌아와 있었다. 사쿠라의 꾸짖음이 효과가 있었던 걸지도 모른다.

"마지막으로 이번 협력 체제를 구축해주신 봄의 대행자 카요 히나기쿠 님과 대행자 호위관 히메다카 사쿠라 님이십니다. 저희 가을의 대행자 이와이즈키 나데시코를 찾기 위해 모여 주셔서 감사드립니다."

"수사원들은 이미 알고 있겠지만 다시금 소개하겠습니다. 가을의 마을의 대행자 호위관 아자미 린도우입니다. 이쪽은 경비부 관리관 나가츠키 레이코……. 바로 본론으로 들어가겠습니다. 이번 일을 벌인 역적에게서는 아직 범행 성명이나 교섭 연락이 없습니다. 전신

BOOKS
춘하추동 대행자 봄의 춤 下
©Kana Akatsuki 2021
Illustration: Suoh
KADOKAWA CORPORATIONN
[NOT FOR SALE]

전투복을 입은 수수께끼의 집단이라 수사는 더없이 어려움을 겪고 있습니다. 그런 상황에 카요 님께 받은 정보를 공유하고 싶습니다."

소개를 마친 린도우가 앞에 있는 프로젝터 스크린을 조작하기 시작했다. 막 도착한 자료 영상이 나왔다. 의자와 책상은 배제되고 전원이 같은 눈높이로 공중에 투영되는 확장 현실 화상을 보는 형태였다.

"이자가 바로 이번 일의 주모자로 여겨지는 인물입니다. 개혁파 역적 조직【카사이】의 두령, 미스즈 헨더슨. 통칭『고젠』이라고 불리고 있습니다."

투영된 영상 속에는 웨이브진 긴 흑발을 지닌 여성이 있었다. 커다란 선글라스를 쓰고서 성큼성큼 걷고 있는 사진, 전투복을 입고서 총을 들고 있는 사진, 자가용 제트기인 것 같은 항공기에 올라타는 사진 등 다양한 장면에서 찍힌 사진들이 나왔다.

이 사진이 최근 찍힌 사진이라면 나이는 30대 초반쯤일 것이다. 모델 체형이라고 단언할 수 있는 멋진 몸매가 모든 사진에서 보였다.

"부친이【카사이】의 전 두령이어서 그 모체를 이어받은 형태로 활동하고 있습니다.【카사이】를 잇기 전에는 외가 쪽 일인 무기 상인 일을 했던 모양이라 그 지반도 마음껏 활용하고 있는 것 같습니다."

야마토국 내에서도 불법 시장을 뒤진다면 총화기를 입수할 수 있지만, 이번에 가을 별궁을 습격한 것 같은 유도 발사체는 거래 루트와 구매자로서의 신용 없이는 입수하기 어려웠다.

과격파 역적 조직의 두령인 부친과 무기 상인 모친 사이에서 태어난 품종.

상대하기 부족함이 없는 수준을 넘어 최악의 적이었다.

"근래에는 환경 운동가로도 활동하면서 해상 국방대의 주목도 받고 있습니다. 10년 전 카요 님 유괴에 관여한 인물이기도 합니다. 카요 님……."

린도우가 이름을 부르자 히나기쿠는 고개를 끄덕였다.

"고젠, 혹은 【카사이】의 인간에 관해 아시는 정보가 있다면 부디 알려주시기 바랍니다."

회의실에 있는 사람들의 시선이 히나기쿠에게 집중되었다.

히나기쿠는 살짝 얼굴을 굳혔지만 결심하고 입을 열었다.

"【카사이】…… 사람들, 에, 관해서는, 자세히, 몰라, 요. 그곳, 은, 사람이, 자주, 바뀌어요. 교체가, 빈번, 해요……."

"리더십…… 통솔이 안 된다는 겁니까? 빠른 행동과 철수를 보면 단결력이 없지는 않은 것 같은데요."

이어서 린도우가 묻자 히나기쿠는 주의 깊게 말을 듣고 나서 고개를 끄덕였다.

"단결력, 은, 굉장히, 강해요. 하지만, 그건, 다 같이, 힘내자…… 하는, 지금, 저희, 의, 단결력, 과는, 달라, 요……."

이렇게 많은 사람 앞에서 이야기하는 데 익숙하지 않은지 히나기쿠는 떠듬거리면서도 열심히 말했다.

"미스즈 씨…… 어어, 히나기쿠, 는…… 『고젠』 씨를, 미스즈, 씨, 라고 불렀, 어요……. 미스즈, 씨, 는…… 아주…… 똑똑하지만…… 아주…… 무서운, 사람, 이라…… 화나면, 정말로, 공기가, 떨리는 것처럼, 느껴질 만큼…… 무섭게, 화내요. 손찌검도, 해요. 그래서,

부하들, 도구처럼, 써요. 그거, 버틸 수 있는, 사람, 만, 남아요.”

대회의실에 있던 수사원 한 명이 보충하듯 입을 열었다.

“10년 전 사건은【카사이】쪽에서 이름을 밝히며 정부와 교섭했습니다. 그녀는 그때부터 두령이었던 것 같습니다.”

수사원이 히나기쿠와 사쿠라를 보았다. 틀리지 않은 정보였기에 사쿠라는 고개를 끄덕였다.

“사계청도 줄곧 쫓고 있는 인물입니다. 학창 시절의 정보가 나오지 않는 것을 보면 공표한 이름도 가명일 가능성이 큽니다. 현재【카사이】는…… 역적 중에서도 가장 두드러진 과격파, 톱 집단입니다. 하지만 10년 전에는 지금만큼 유명하지 않았습니다.【카사이】가 겨울의 마을 습격에 성공한 것도 미스즈 헨더슨이 진두지휘했기 때문입니다. 전 두령으로부터 조직을 물려받아 미스즈가 두령이 된 뒤로 큰 조직 개혁이 일어났다고, 조사로 알아냈습니다. 굳이 딸에게 물려준 이유는 10년이 지난 지금도 그녀가【카사이】의 두령인 걸 보면 알 수 있을 겁니다.”

수사원이 말하자 회의실이 술렁였다.

“저, 저기…… 하나, 더, 말해도, 될까, 요?”

히나기쿠가 조심조심 손을 들자 곧장 조용해졌다.

“……나데시코 님, 의, 안부는…… 당장은, 위험해지지, 않을, 거……예요.”

“그게 정말입니까?!”

린도우의 목소리에 기쁨이 서렸다.

“네. 하지만…… 그게, 좋다고도, 할 수 없어서…….”

"자세히 말씀해 주시겠습니까……?"

"미스즈 씨의, 목적, 아마도, 나데시코 님을…… 자기, 아이, 로, 삼는 것일, 테니까, 요."

"……네?"

"자기 아이……로서, 예뻐하고, 싶다. 그게, 미스즈, 씨, 의, 목적, 이에요……. 적어도, 히나기쿠, 때는, 그랬어요."

그 말은 대회의실에 있는 모두의 체온을 낮췄다.

―유괴당한 카요 히나기쿠는 어째서 오랫동안 죽지 않고 살아 있었는가?

그녀에 관해 말할 때 이 의문은 반드시 나오는 문제였다.

정부와의 교섭이 결렬된 순간 죽이지 않은 이유를 이것저것 생각할 수는 있었다.

부조리한 학대를 당한 것 아닐까?

봄의 능력을 이용해서 악행을 저지르게 한 것 아닐까?

포로로서 아무 의미 없이 그저 인생을 낭비시킨 것 아닐까?

억측은 얼마든지 할 수 있었다.

물론 히나기쿠는 그 답을 국가 치안 기구에 말했을 것이다. 한정된 자만이 알고 있을 뿐, 답은 분명히 있다.

하지만 그것을 히나기쿠 자신이 말하는 게 너무나도 애처로웠다.

그렇기에 지금부터 이야기될『진실』에 전율이 일었다.

"나데시코, 님, 어리다고, 들었어요. 일곱 살, 이죠?『딱 좋은 나이』, 예요. 분명, 미스즈, 씨, 의, 아이가, 되었을, 거예요."
히나기쿠는 담담히 말했다. 그 말에 비통함이나 연민은 없었다.
자신도 맛보았을 고된 경험을 애써 냉정하게 전하고 있었다. 가장 당혹스러워한 사람은 린도우였다.
"나데시코가…… 가을의 대행자가, 유괴범, 역적의 딸이 됐다는 겁니까?!"
그의 이마에 식은땀이 맺혔다.
"네. 이번에, 가을 별궁, 습격, 받았어요. 대행자, 죽어도, 상관없는, 그런 공격, 했죠?"
"네……."
"하지만, 나데시코, 님, 납치당했어요."
"그건……."
"아직, 살아 있었으니까. 숨, 쉬었으니까. 나데시코, 님, 작은, 여자아이, 예요. 미스즈 씨, 과거에, 자기, 자식, 잃었어요. 아주, 아주, 슬펐다고, 했어요. 그렇게 슬픈, 일은, 없다고…… 그 슬픔, 과, 비교하면, 다른, 일은, 아무것도, 아니라고, 했어요. 그러니까, 분명, 나데시코 님, 보고, 생각했을, 거예요."
히나기쿠는 눈썹을 내리고 슬픈 얼굴로 중얼거렸다.
"『갖고 싶다』고……."
부드러우면서도 서늘한 차가움을 품은 그 말은 린도우를 오싹하게 만들었다.
—갖고 싶어서?
히나기쿠에게 화를 내봤자 소용없지만, 어디에도 풀 수 없는 불쾌감이 샘솟았다.

—자기 자식도 아닌 아이를. 그것도 감히 이 나라의 현인신을 갖고 싶어서?

린도우는 도저히 이해할 수 없었다.

"사계의 대행자의 방식을 부정하는 역적이 대행자를 딸로 삼다니? 아무리 거역할 수 없는 두령이라고 해도 내부에서 반발이 있지 않겠습니까."

"【카사이】, 개혁파, 예요. 취급, 은, 아자미 님이, 말씀하신 것처럼, 의문, 가지는 사람, 많았지만…… 존재, 자체는, 환영, 했어요. 히나기쿠, 『생명 촉진』, 능력, 가지고, 있어요. 그게, 있어서, 인정, 받았어요. 가을은…… 『생명 부패』죠?"

"네. 나무들이 색을 잃듯이 온갖 것을 부패시킵니다. 그것과는 별개로…… 생명력 자체를 흡수할 수도 있습니다. 망가뜨릴 수도 있고, 고칠 수도 있죠. 나데시코는 아직 신통력을 잘 다루지 못하지만…… 거의 죽을 뻔한 중상을 입고 타인의 생명력을 흡수하여 자신을 치유한 것 같습니다. 음성은 녹음되지 않았지만 모습은 확인했습니다. 여전히 다음 대행자가 탄생하지 않은 것이 무엇보다 확실한 증거입니다. 해당 영상은 히나기쿠 님도 보셨죠?"

"봤어요. 그렇기에, 히나기쿠, 생각해요. 아마, 그걸, 봤기에, 나데시코, 님, 납치당했을 거예요. 그때, 쓸모 있다고, 생각해서, 히나기쿠, 를, 바로, 죽이지, 않았고, 말하는 대로, 능력, 쓰는, 동안에는, 소중히, 여겨요……."

"……능력은 무엇에 쓴 겁니까?"

히나기쿠는 망설이듯 잠시 입을 다물었다가 결심하고서 입을 열었다.

"칸나비스, 줄곧, 만들었어요."

—칸나비스가 뭐지?

의아해하는 린도우에게 나가츠키가 『칸나비스는 대마초의 학술명이야』라고 가르쳐 줬다.

대마초…… 야마토에서는 금지된 중독성 식물이었다. 그 중독성 때문에 정신뿐만 아니라 신체까지 망가지는 자도 나와서 판매도, 생산도 허락되지 않았다. 의료용으로 쓰이기도 하지만 그런 것들은 국영 의료 현장에서 만들었다. 역적이 생산하고 있다면 물론 불법이다.

"즉, 역적들은 괘씸하게도 봄의 대행자에게 대마초를 재배시켰다는 겁니까?"

"네. 히나기쿠, 가, 만들면, 특별한 거, 만들어져요. 아주, 비싸게, 팔 수 있다고, 해요. 으음, 부……가…… 어, 그…… 부가 가……."

"부가 가치를 말씀하시는 거죠? 히나기쿠 님."

사쿠라가 도와줘서 히나기쿠는 고개를 끄덕였다.

"네, 부가 가치, 생겨서, 그거, 굉장한, 자금원이, 됐어요. 그래서, 미스즈, 씨, 이상한, 말, 해도, 다들, 그냥, 넘어갔어요. 돈, 잔뜩, 벌 수 있으니까. 분명, 나데시코, 님, 도, 뭔가, 이용, 당할 거예요……."

"……어떻게 그런 짓을…… 당신은 당시 여섯 살이지 않았습니까!"

물어뜯을 듯한 린도우의 기세에 히나기쿠는 주춤했다.

"아, 아니, 미안. 봄의 대행자님에게 화낸 건 아니야."

"아자미, 님, 화, 났어요……?"

"화 안 났어, 안 났어. ……미안. 미안해……. 무서웠어?"

자기보다 어린 소녀에게 겁을 주고서 성대하게 헛돌고 있는 린도우를 보다 못한 사쿠라가 끼어들었다.

"……일단 히나기쿠 님의 명예를 위해 말하는데, 아자미 님이 말한 것처럼 강요받은 행위야. 히나기쿠 님은 처벌받지 않았어. 히나기쿠 님이 뭐라고 말씀하시든 재판받을 일은 없고 죄인도 아니야. ……그건 오해하지 마. 그럼 슬슬 원래 하던 얘기로 돌아가지. 아자미 님, 그래도 될까요?"

"그, 그래……. 역적이 사계의 대행자를…… 자기 자식으로 삼았고…… 게다가 도구로도 쓰고 있어. 상당히 일그러져 있어서 비정상적이라고 말할 수밖에 없지만, 그걸 받아들이지 않는다면 이야기가 진행되지 않겠지……."

"네……. 미스즈, 씨, 에게는, 이상하지, 않은, 일, 이니까요……."

린도우는 도저히 이해할 수 없는 사고였다.

그런 비정상적인 곳에 나데시코가 있다는 것 자체를 용납할 수 없었다.

"저기, 아자미, 님. 그러니까, 지금, 은, 괜찮을, 거예요."

"……당장은 죽이지 않는다는 건가?"

"네. 나데시코, 님, 이, 얌전히, 미스즈 씨, 의, 말, 듣는다면……."

린도우는 손으로 입가를 덮고 생각했다. 자신의 주인이 히나기쿠처럼 상황을 헤아리고 얌전히 있을지 의문이었다. 린도우의 생각을 알아차렸는지, 나가츠키가 격려하듯 말했다.

"아자미, 괜찮아. 네가 구해주러 올 거라고 생각하며 분명 얌전히 있을 거야. 그 아이는 너를 백마 탄 왕자님이라고 여기니까."

"……그러길 기도할 수밖에……. 카요 님, 유괴당하고 국내에서 자주 이동하셨습니까? 지금 나데시코가 어디 있을지 짚이는 곳이 있을까요?"

"아마, 국내에, 있을 거예요."

"그 근거는?"

"히나기쿠, 유괴당하고, 정부 교섭, 결렬된 뒤에, 미스즈, 씨, 【카사이】 활동, 한동안, 계속하다가, 외국으로, 나갔어요. 미카미, 씨, 라는, 남자한테, 【카사이】, 를, 일시적으로, 맡기고……. 하지만, 금, 방, 싫증 내고, 돌아왔어요. 외국으로는 안 갈, 거예요……. 어어, 미카미, 씨는, 아름다울 미(美), 자에, 윗 상(上), 자예요."

나가츠키가 태블릿 단말을 조작하여 정보를 검색하기 시작했다. 감시 카메라에 남아있던 가을 별궁 습격 영상이었다. 히나기쿠는 그중에서 여우 같은 눈을 가진 남자를 가리켰다.

"이 사람, 이에요. 미카미, 씨. 자세가 구부정, 하고, 조금, 말랐어요."

체격만 보고 특정하자 린도우는 의심하는 것은 아니었으나 말했다.

"모습만 보고도 아시는군요."

"왜냐하면, 히나기쿠, 의, 인생, 대부분, 함께한, 사람, 이니까요. 그런, 사람, 멀리서, 걷고, 있어도, 알지, 않나요?"

린도우는 대답할 말을 찾지 못하고 그저 고개를 끄덕였다.

함께 오랫동안 지낸 상대는 확실히 멀리 있어도 찾을 수 있다.

—상대는 유괴범인데.

친한 상대가 아니라 범죄자를 그렇게 찾아내는 것은 이상한 일이었지만 지적할 수 없었다.

"미카미, 씨, 는…… 미스즈 씨……를, 소중히, 여기는 것…… 같았어, 요."

미스즈와 함께 외국에서 보낸 나날은 히나기쿠가 기억하기로 1~2년 정도라고 했다.

기록과 맞춰보면 그동안【카사이】의 활동은 비교적 얌전해서 사건다운 사건을 그다지 일으키지 않았다. 미카미는 미스즈보다 신중한 편인 것 같았다. 주인이 없는 동안 조용히 지낸 것을 보면 하극상을 일으키는 타입도 아닐 것이다. 미스즈도 반란을 허락할만한 인간은 아니다. 신뢰하는 관계로 보였다.

"외국에, 왜, 나갔냐면, 미스즈, 씨, 의, 어머니…… 돌아가셔서…… 후계 문제, 발생, 했어요. 미스즈, 씨, 외국, 의, 무기 상인, 과, 영역, 싸움, 계속, 했고, 그게, 지긋지긋해진, 모양이라, 그 일, 여동생에게, 맡기고, 야마토로, 돌아왔어요. 그 후로는, 야마토가 제일, 이라면서, 국내, 전전, 했어요. 이제, 평생, 싫다고, 했어요. 그러니까, 국내, 에, 있을, 거예요."

"저기, 아는 사람한테 질문할게."

이번에는 루리가 손을 들었다.

"여름 별궁을 습격한 범인도【카사이】일까?"

이 질문에는 사쿠라가 대답했다.

"그럴 가능성이 크겠죠. 발전소 폭발도【카사이】짓일 겁니다. 가을 별궁을 습격하기 위해 저질렀다고 볼 수밖에 없어요. 당시에는 화제가 되지 않았지만, 겨울의 마을을 습격했을 때도 인근 발전소가 일부 파괴됐었습니다. 다만 낮이었기에 두드러진 피해는 전화가 안 터진 것뿐이었죠. 그 탓에 겨울의 마을이 지원을 부르지 못해서 사건 발견이 늦어졌습니다."

사쿠라의 얼굴에 감정은 실려 있지 않았지만, 지금 이야기한 일을 불쾌하게 여기고 있다는 것은 이 자리에 있는 모두가 알았다. 목소리가 뾰족했다.

"마을이 정전되면 인근의 국가 치안 기구가 즉각 오기로 되어 있었던 게 불행 중 다행이었습니다. 보안 경비로 온 그들이 무전으로 구급차를 불러줬으니까요……. 히나기쿠 님이 교섭해 주시지 않았다면 녀석들은 빨리 떠나지 않고 경비하러 온 이들에게도 위해를 가했을지 모릅니다. 그랬다면 중경상자가 치료받을 타이밍을 놓쳤겠죠……."

히나기쿠는 그 말을 듣고 작게 기뻐하는 표정을 지었다.

"그럼 일련의 사건은 연결되어 있다고 봐야겠네. 이거 아무리 봐도……."

루리는 청초한 원피스 차림으로 팔짱을 끼고서 퉁명스럽게 말했다.

"같은 편의 배신이잖아. 내통자가 있어."

칼로 베는 것 같은 그 말은 실내를 쥐 죽은 듯 고요하게 만들었다. 린도우와 나가츠키는 입을 삐뚜름하게 다물었다. 자신의 주변 사람일지 아닐지 확실하게 짐작이 가지 않았기 때문이다.

"뭐, 있겠죠."

사쿠라는 태연하게 고개를 끄덕였다.

—10년 전 사건도 내통자가 있었을 가능성은 부정할 수 없어.

사쿠라는 언젠가 그 배신자들을 끄집어낼 생각이었다.

"다만 지금은 범인을 찾기보다 나데시코 님을 구출하는 게 먼저입니다."

"동의해요. 일이 해결되면 자연스럽게 알게될 가능성이 있어요. 지금도 여름 별궁 습격 때 생포한 역적들을 신문하고 있고요."

아야메가 애써 냉정한 어조로 말했다.

그 말을 듣고 사쿠라는 자신이 벴던 역적을 떠올렸다. 중태겠지만 목숨까지 뺏지는 않았다. 아야메의 생각을 듣고 역시 마구잡이로 목숨을 뺏으면 안 되겠다고 재인식했다.

"분명…… 거래로 이름이 팔리는 내통자가 몇 명 나올 거예요."

일부러 주위를 둘러보며 말하는 부분에서 아야메의 연기력이 드러났다.

이곳에 내통자가 있는지는 알 수 없다. 하지만 만약 있다면 움직임을 견제하거나 정체를 밝혀낼 수 있을지도 모른다. 사쿠라는 내심 혀를 내두르며 대화를 계속했다.

"루리 님, 이곳으로 오시기 전에 가을 별궁을 조사해달라고 의뢰했는데, 어땠나요?"

"응. 근처에 사는 새와 동물에게 얘기를 들었지만 츠쿠시 공항에서 발자취가 끊겨 버렸어. 아, 모르는 사람이 있을 수도 있는데, 내 생명사역 능력은 동물과 벌레를 거느리고 대화도 할 수 있어. 그래서 수색에는 안성맞춤이지만, 비행기에 타면 역시 추적이 어려워져."

"여름 별궁이 습격받았을 때 근처에 있었던 자동차는 어떻게 됐나요? 그런 차가 있다고 습격받았을 때 말씀하셨었죠?"

"사쿠라 님, 기억력 좋네. 그것도 공항에서 추적이 끊겼어. 그 차도 역적이라면 그들이 돌아간 곳은 이요도 아니고 츠쿠시도 아니라는 거야. 근처에 아지트가 있다면 비행기를 타는 건 이상하고…… 에니시나 테이슈에 있을 가능성이 크지 않을까? 뭐, 일단 관심이 식을 때까지 외국으로 도망쳤을 가능성도 있지만……."

범인에게서 연락이 없으니 수사 방법과 범위를 다시금 재검토할 필요가 있었다.

대회의실에서 이루어지는 대화는 그 후로도 계속되었다.

한편, 유괴당한 가을의 대행자 이와이즈키 나데시코는 쿨쿨 자고 있었다.

서양의 피가 조금 섞인 것처럼 보이는 나데시코의 자는 모습은 미인이라기보다는 인형 같았다. 피투성이였던 몸은 깨끗하게 씻겨져서 아동용 유카타가 입혀진 상태였다. 청결하기에 열악한 환경이라고 하기는 어렵지만, 쾌적한 거주 공간도 아니었다.

마침내 그녀가 어렴풋이 각성했을 때, 곁에는 아무도 없고 방은 고요했다.

"……."

도배되지 않고 그대로 드러나 있는 콘크리트 벽, 수혈용 기구. 보이는 건 그 정도가 다였다.

그녀가 살았던 가을 별궁과 확연하게 다르다는 것은 바로 알 수 있었다. 나데시코가 먼저 한 일은 이 세상에서 자신을 가장 소중히 여겨줄 남자의 이름을 부르는 것이었다.

"린도우……."

꺼끌꺼끌하고 건조한 목소리가 나왔다.

"린도우, 린도우."

몇 번씩 계속 불렀다. 하지만 대답은 없었다.

이어서 돌봐주는 여성의 이름을 불렀다. 그다음에는 경비원의 이름을 기억하는 대로 차례차례 불렀다.

"……."

아무도 반응하지 않았다. 이에 나데시코는 무서워졌다.

—아무도, 없어?

가을의 마을 경비부는 24시간 감시 체제다.

나데시코가 누군가의 이름을 부르면 60초 내로 반응하도록 경비하고 있었다. 방에 있는 스피커로 응답이 오고 누군가가 달려와줬다. 무서운 꿈을 꿔서 불러도, 그저 배가 출출해서 불러도, 반드시 진지하게 이야기를 들어줬다.

나데시코는 가을의 마을 출신인 사계청의 엘리트 직원 부모 밑에서 자랐다.

이능이 발현하며 대행자로 선택받은 뒤로 부모는 나데시코의 양육을 마을에 이양. 이후로는 생일이나 공휴일, 기념일에 교류하는 형태가 되었다.

나데시코도 그것을 크게 불만스럽게 여기지 않은 것은 어른들이 완전한 관리 체제로 부모 역할을 해줬기 때문이었다. 그 상황이 무너졌다는 것은.

―창문, 와장창 깨졌었어.

마지막으로 봤던 모습, 유리 조각이 비처럼 쏟아진 뒤에 무슨 일이 벌어졌다고 생각할 수밖에 없었다.

"……우으으……."

나데시코는 무서워서 조용히 울었다. 침대에서 일어나려고 했지만, 몸을 고정하듯 밴드가 자신의 배를 누르고 있음을 깨달았다. 억지로 움직이려고 해도 밴드는 꿈쩍도 하지 않았다. 누군가에게 붙잡혀 있다는 사실이 공포심을 더 키웠다.

"……흐, 앙, 으으…… 훌쩍…… 린도우, 린, 도……!"

나데시코는 울면서 도움을 청하듯 다시 주위를 보았다. 가을 별궁에도 설치되어 있었던 감시 카메라가 천장 구석에 있었다. 나데시코는 고개를 움직여 카메라를 보고 말했다.

"도, 도와줘……."

한동안 계속 구조를 요청했지만 아무런 변화도 없었다.

고요한 방에 울리는 것은 나데시코가 움직이면서 생긴 옷 스치는 소리와 구속구가 스치는 소리뿐이었다. 방 안에서 선명한 색을 지닌 것은 링거 스탠드에 걸린 수혈팩의 피밖에 없었다.

"……도와줘, 도와줘."

결국 방에 사람이 나타난 것은 그로부터 한 시간쯤 지난 뒤였다.

시계가 없었기에 나데시코에게는 세 시간으로도, 다섯 시간으로도 느껴졌다. 눈물 자국이 뺨에 남을 만큼 운 나데시코 앞에 나타난 것은 남녀 2인조였다.

“고젠, 바로 나갈 거니까 대화는 3분 안에 끝내주십시오.”

조금 자세가 구부정하고 그늘진 외모의 남성과.

“……성격 참 급하네.”

윤기 흐르는 흑발을 지닌 여성. 여성은 안심시키듯 미소 지었지만, 남성은 나데시코와 눈이 마주쳐도 여전히 엄격한 표정이었다.

“……이와이즈키 나데시코…… 맞지?”

말을 걸어와서 나데시코는 흠칫 떨었다.

“겁먹지 마. ……으음, 방 온도 괜찮니?”

“어…….”

“춥지 않아? 너무 덥다거나?”

눈앞의 여성은 얼핏 보면 자상한 어른 같았다.

“어머…… 이미 수혈도 끝났잖아. 감시 대응하던 건 누구야?”

하지만 뭔가 마음에 걸렸다. 동작이 작위적이었다. 표정도 몸짓도 조금 과장되었고, 목소리 억양도 정해진 역할을 연기하는 것처럼 느껴졌다.

“……나중에 지도해두겠습니다. 고젠.”

“부탁할게, 미카미. 미안해, 나데시코. 나중에 사람이 와서 바늘을 빼줄 거야. 화장실도 가고 싶겠지. ……아아, 그보다 배가 고프려나. 나도 참, 이제 나가야 하는데, 제대로 이 아이를 돌봐줄 사람을 만들어야겠어.”

신용이 가지는 않았으나 무뚝뚝한 남성보다는 정이 있어 보였다. 그래서 나데시코는 용기를 내 입을 열었다.

“……여기는, 어디야?”

무서워하면서도 계속 신경 쓰였던 것을 물어보았다. 그러자 여성은 부드럽게 미소 지었다. 「녹아내릴 것 같은」이라는 표현이 딱 맞는 미소였다.

“여기가 어디인지는 말할 수 없어. 미안해. 위치 정보는 기밀 사항이니까. 하지만 네 집이라고 생각하렴.”

“당신은 누구야……?”

“나는 미스즈 헨더슨. 이 기지…… 아니, 이 집의 엄마야. 내가 가장 높은 사람이니까 곤란한 일이 생기면 뭐든 말해.”

“엄마야?”

“그래. 네 엄마기도 해. 오늘부터 그렇게 됐어. 하지만 처음에는 낯설겠지. 이전 아이는 남처럼 『미스즈 씨』라고 불렀지만…… 나는 『엄마』라고 불러줬으면 좋겠어.”

“……하, 하지만 엄마 아니야.”

“엄마야. 내가 엄마라고 하면 엄마란다.”

“……어?”

나데시코는 혼란스러웠다. 나데시코에게는 분명히 엄마가 있다. 그건 이 여성이 아니었다. 그러니 그녀를 『엄마』라고 부르는 건 이상했다. 그렇게 생각하고 조심조심 말했다.

“아, 아닌걸…….”

상대를 상처 입히지 않도록 상냥하게 부정했다.

“아니, 맞아. 너는 내 아이가 됐어. 이미 되어버렸으니까 받아들여야 해.”

"시, 싫어…… 어째서?"

나데시코가 『싫어』라고 말하자 미스즈의 입술이 움찔했다. 나데시코는 본능적으로 혼날 거라고 생각했다.

"어째서냐고……? 내가 그렇게 정했기 때문이야."

"……당신이 정하면, 전부 그렇게 되는 거야?"

"그래. 나는 너처럼 신은 아니지만, 여기서는 신이야."

"……."

이야기가 통하지 않았다. 그 혼란과 함께 자신이 처한 상황이 조금씩 명확해졌다.

갑자기 쏟아졌던 유리 조각. 몸을 난도질당하는 것 같았던 아픔. 어른들의 고함.

뭔가가 넘어지고 무너지는 소리. 그런 단편적인 기억이 마침내 돌아왔다.

나데시코는 아직 어리지만, 설명받은 것은 제대로 기억하는 영특함이 있었다.

—린도우는 말했어.

그녀는 아자미 린도우와 처음 만났을 때를 떠올렸다.

나데시코와 린도우는 가을의 마을의 중추인 본전에서 대면했다.

계절은 여름. 유난히 더운 날이었다.

넓은 다다미방에서 정장을 입은 린도우가 땀을 뚝뚝 흘리며 무릎을 꿇고 있었다.

나데시코는 지금보다 조금 키가 작았고, 자신이 지금 무슨 상황 속에 있는지 잘 몰랐다. 앞으로 린도우가 평생 지켜줄 거라고 옆에 있던 사람이 가르쳐줘서 눈을 끔뻑였다.

일평생 몸 바쳐 나데시코를 지켜 내겠다고, 린도우는 맹세했다.

『무엇으로부터 지키는데……?』

그때, 나데시코는 물었다.

줄곧 무릎 꿇고있던 린도우는 말을 걸자 마침내 고개를 들었다. 늠름한 얼굴을 보고 나데시코의 심장이 뛰었다.

『모든 것으로부터 지킬 겁니다. 하지만…… 굳이 말하자면…….』

그때, 린도우는 말했다.

『대행자의 천적인【역적】으로부터……라고 대답해두기로 하죠. 나의 가을이시여.』

그녀의 적은 역적이라고 불리는 불한당들이라고, 그때 린도우는 가르쳐줬다.

만약 역적과 접촉하면 어떤 감언에도 넘어가면 안 된다고 했다.

—이 사람은 내 편이 아니야.

나데시코는 나이에 걸맞은 어린아이였지만 절대적으로 믿는 것을 가치 판단의 기준으로 삼고 있었다.

그 기준이란, 바로 아자미 린도우였다.

—린도우가 말했던 나쁜 사람을 따라선 안 돼.

"나데시코, 엄마라고 해보렴. 못 하겠니?"

나데시코는 반발하듯 대답했다.

"……당신은 엄마가 아니고 역적일지도 모르니까 그런 말은 안 할 거야!"

그녀가 할 수 있는 최대한의 저항이었다. 이곳에 린도우가 있었다면 잘했다고 칭찬해줬을지도 모른다.

하지만 이 장면에서는 잘못된 말을 선택했다고 할 수 있었다.

"어머나……."

미스즈의 목소리가 확연히 험악하게 변했기 때문이다.

"확실히 나는 역적이지만 나데시코를 구한 생명의 은인이야. 그런 말을 하면 되겠니, 안 되겠니……?"

"……리, 린도우는, 별궁 사람들은 어디 있어?"

"나데시코, 얘기 도중에 다른 질문 하지 마. 나는 널 구한 생명의 은인이야. 너는 죽을 뻔했어. 그걸 내가 구했어. 그런 나한테 무례한 말을 하면 되겠니, 안 되겠니?"

"린도우는! 어디 있어?!"

"너 하고 싶은 말만 하려 들지 마! 내 말을 들어!"

호통을 들으니 나데시코의 목에서 바람 빠지는 소리가 났다. 무서웠다. 공포로 머리가 마비되었다.

나데시코는 도움을 청하듯 미카미라고 불렸던 남자에게 시선을 보냈다.

"……."

하지만 미카미는 한숨을 쉬고서 짜증스레 등을 돌렸다.

"자, 고맙다고 해."

미스즈는 처음보다 훨씬 엄한 음성으로 명령했다.

그래도 나데시코는 말하고 싶지 않았다.

“다, 당신이, 나를 린도우한테서 떼어놨어?”

“나데시코, 감사인사.”

“린도우한테 돌려보내줘……. 분명 걱정하고 있을 거야. 린도우는 항상 그래. 내가 안 보이는 게 싫다고 숨바꼭질도 안 해 주는걸. 그만큼…….”

“……나데시코, 인사하라는 말 못 들었니? 고맙다고 해.”

“…….”

나데시코가 입을 다물자 미스즈는 가차 없이 뺨을 때렸다. 누워있는 상태인 나데시코가 피할 수 있을 리도 없었다. 한 번으로 끝내지 않고 몇 번씩 왕복으로 때렸다.

“……으, 으으, 으으, 아아아아, 아아, 아으…….”

“울 거면 처음부터 말대답하지 말았어야지. 알겠니? 내 말 들어. 너는 내 것이 됐어. 내 아이야. 자식은 부모 말을 들어야 해. 그렇잖아?”

“으아아아앙! 아아아아, 으아아아아앙!”

“시끄러워……! 그만 울어!”

또 뺨을 때리자 나데시코의 입술에서 피가 흘렀다.

“그만해, 그만 울어. 울면 또 때릴 거야. 봐, 때릴 거야, 그쳐, 뚝.”

“……으.”

나데시코는 아직 울음이 새어 나왔지만 맞고 싶지 않았기에 입술을 꼭 깨물었다.

“아아…… 역시 그 아이처럼 처음부터 고분고분하진 않구나…….”

"교육은 끝나려면 멀었습니까? 고젠."

"멀었어. 너는 그 아이보다 멍청해 보이니까 엄하게 대해야겠다. 너는 이제부터 원래 이름도 잊고 내 아이로 다시 태어나는 거야. 괜찮아. 내가 말하는 대로 따르면 살기 힘들지는 않을 거야. 너는 버려졌어. 중상을 입었는데 아무도 널 도와주지 않았어. 나는 마침 그 현장을 보고 널 살리기로 한 거야. 버려져서 슬프니? 하지만 버린 사람들은 그렇게 생각 안 해. 분명 지금쯤 후련해하고 있을걸? 너는 살짝 떼쟁이고 눈치가 없으니 어쩔 수 없지. 널 도와주러 올 사람은 없어. 네가 쓰러지고 벌써 상당한 날짜가 지났어. 그동안 아~무도 구해주러 안 왔어. 넌 필요 없는 거야. 필요 없는 아이야. 평소에 자각 못 했니? 너 하고 싶은 대로 살았던 거 아니야? 그러면 미움받아. 응응, 필요 없는 아이야. 하지만…… 나는 달라. 필요 없어서 모두에게 버려진 아이여도 확실하게 키워줄게. 고마워해야 해. 너는 어린아이잖아? 나한테까지 버려지면 어떻게 살 거니? 밥은? 잠잘 곳은? 몸도 아직 성치 않잖아? 내 말을 들으면 걱정 없이 살 수 있어. 그러니까 엄마 말 잘 들을 거지? 잘 들을 거지? 잘 들을 거지?"

고문하듯 몰아붙이는 미스즈의 말에 나데시코는 그저 떨며 고개를 끄덕일 수밖에 없었다.

"으으, 아, 으, 으으……."

옆에 있는 미카미는 저주처럼 고독과 복종을 심는 미스즈를 불쌍하다는 눈으로 보고 있었다.

—린도우.

나데시코는 소리 내지 않고 눈물만 흘리며 그의 이름을 속으로 불렀다.

—린도우.

평소 같았으면 연심이 담긴 달콤한 말이었겠지만 이 상황에서는 나데시코의 유일한 빛이었다.

—린도우.

10년 전 유괴당했던 카요 히나기쿠와 완전히 똑같은 상태였다. 절망 속에서 살아가는 데 양분이 될 감정을 잊지 않도록 계속 곱씹을 수밖에 없었다. 평생 지키겠다고 맹세해준 남자가 구해주리라고 빌었다. 사로잡힌 그녀가 할 수 있는 일은 그 정도밖에 없었다.

—린도우. 분명 구해주러 올 거야.

나데시코는 맹목적으로 그렇게 믿었다. 이 상황에서 그를 믿을 수 있었던 것은 린도우가 자기 모습을 꾸미면서도 나데시코를 애지중지 키운 결과였다.

린도우의 가을은 눈을 감고 모든 것을 차단했다. 왕자님을 기다리며 잠든 공주처럼.

히나기쿠 일행이 사계청에 집합한 다음 날.

유괴범으로 상정된 역적 집단【카사이】가 사계청에 연락해 왔다.

마침내 인질을 구출하기 위한 교섭이 시작됐다. 역적 측에서 제시한 조건은 첫째로 거액의 몸값이었다.

이어서 사계의 대행자를 옭아매는 사계 조례의 개정. 그 힘을 국민과 국토를 위해 널리 제공할 것. 그리고 투옥된 역적 동료들의 해방. 심지어 대행자가 역적의 공격을 과잉 방어하면 야마토의 형법에 의거하여 엄중히 처벌해야 한다는 내용까지 담겨 있었다.

사계청은 몸값 요구에는 응했으나 다른 것은 거절했다.

이에 【카사이】는 사계의 대행자 관련 제도 변경을 양보하지 않는다면 인질은 해방하지 않겠다며 교섭을 거부, 통화를 차단했다. 10년 전 봄의 대행자 유괴 사건 때보다도 참을 여유가 없는 것 같았다. 이대로 가면 다시 야마토에서 계절 하나가 사라지는 것 아니냐는 우려가 관계자 사이에 퍼지기 시작했다.

연락이 왔을 때 역탐지에 성공하여 협력 체제인 국가 치안 기구가 즉각 출동했으나 역적을 발견하지는 못했다. 하지만 근처에 버려져 있던 휴대전화를 발견했다. 몇 명의 지문이 검출되었으나 범죄자 등록 데이터베이스에는 존재하지 않았다.

연락이 온 다음 날.

오전 10시경. 사계청 청사 전체가 가동 중이었다.

수사본부에도 사람이 연이어 드나들고 있었다.

교섭에 실패하고 하루가 지났다. 수사본부는 【카사이】 측에서 다시 연락해오기를 기다리며 아지트를 탐색하고, 그들이 가을 별궁에서 이탈했을 때의 도주 경로를 계속해서 조사하고 있었다.

여름의 대행자 루리와 종자 아야메는 수사본부 사람과 가을의 종자 린도우를 데리고서 나갔다. 역탐지로 알아낸 장소에서 단서를 찾기 위해 어제부터 움직이고 있었다.

"……알았어."

한편, 봄의 대행자 히나기쿠와 종자 사쿠라는 사계청에서 대기하고 있었다.

사계청 내 수사본부 앞 복도에서 전화 중이었다. 히나기쿠는 안절부절못하는 모습으로 사쿠라 옆에 서 있었다. 사쿠라와 통화 중인 상대가 신경 쓰이는 것 같았다. 통화를 끝내자 히나기쿠가 물었다.

"사쿠라, 누구, 였어?"

"네?"

"전화, 상대, 누구, 였어……?"

"아아, 겨울의 마을 사람입니다. 업무 연락이었어요. 로우세이가 봄, 여름, 가을에도 연대 작업을 해준 모양이라 정식으로 인원과 예산이 나오게 됐습니다."

"작업……?"

"지금은 저희가 강행해서 가을을 구출하자고 주장하여 잠정적 지원을 뜯어냈던 거니까요. 호위라든가 체재비라든가, 그런 것들이요."

"또, 뜯어냈어……!"

히나기쿠가 놀라서 외쳤다.

"네. 뜯어냈습니다. 하지만 이번에는 정치적 행위라고 할까…… 제대로 계획된 거예요. 저희가 움직이면 생활 보조와 방위를 담당하는 사계청 직원도 움직일 수밖에 없지만…… 위에서 명령하지 않았는데 멋대로 행동하는 걸 허락할 수는 없을 거예요. 하지만 가을이 납치당한 지금, 제지를 뿌리치고 멋대로 행동하는 대행자를 내

버려 둘 수도 없어요. 어찌 됐든 사계청과 마을은 대행자를 지원하기 위해 있으니까요. 현재 기능 중인 대행자의 지원을 끊는 건 본말전도예요. 그래서 어쩔 수 없이 지원할 수밖에 없는 상황이었죠."

"그거, 우리, 나쁜 사람, 아니야……?"

"부분적으로 보면 나쁠지도 모르죠. 하지만 크게 보면 그렇게 나쁘진 않아요."

히나기쿠는 사쿠라의 말을 전혀 이해하지 못하고 의아해했다.

"제 지위의 안정과 안위만 챙기는 녀석들의 엉덩이를 걷어차서 수사 상황을 좋게 만들 수 있어요."

"거, 걷어차……?"

"네. 저희와 여름이 단독 행동을 강행함으로써 먼저 사계청과 마을에 문제를 제기할 수 있었어요. 『어째서 연대하여 가을을 구하지 않는가?』라고요. 게다가 이 연대의 발기인은 어쨌든 히나기쿠 님으로 되어 있어요. 10년 전 일도 있으니, 유괴 피해자인 히나기쿠 님의 인도적 개입을 무시하면 입장이 난처해지죠. 봄의 마을이 제일 거북할 거예요. 그 녀석들이 석 달 만에 히나기쿠 님을 버린 건 여전히 이야기되고 있어요. 그런 상황에 기폭제로 활약하는 게 로우세이죠. 사계청과 마을의 높은 사람들과 회담을 열고, 똑같은 비극이 일어나지 않도록 협력하자고 설득하는 조정자 역할을 맡겼어요. 과거 사건 때문에 죄책감을 느끼는 겨울이 다른 계절을 위해 움직이는 건 아주 자연스러운 구도고, 비난하기도 어렵잖아요? 게다가 상대는 로우세이와 이테쵸예요. 입 다물고 있으면 박력 있는 두 남자가 각 마을의 높은 사람에게 머리를 숙여준 덕분에 마침내 정식으로 이것저것 요구할 수 있게 됐어요."

사쿠라는 단숨에 말하고 나서 히나기쿠 전용인 달콤한 웃음을 지었다.

"사계절이 다 같이 가을을 구한다는 명제가 완성된 지금, 저희는 거리낌 없이 행동할 수 있어요. 수사원도 증원됐고 예산도 늘었어요. 히나기쿠 님, 호텔 등급을 올릴까요?"

히나기쿠는 모든 것을 파악하지는 못했지만 사쿠라가 탐관오리 같은 일을 했다는 것은 이해했다. 당황하며 말했다.

"사쿠라, 어째서, 이따금, 나쁜, 일, 생각해 내……? 아주, 착한 아이, 인데……."

멍하니 중얼거리는 히나기쿠를 보며 사쿠라는 소악마처럼 웃었다.

"히나기쿠 님…… 몇 번 말씀드렸지만, 사쿠라는 히나기쿠 님에게만 착하게 굴어요. 뭐, 저도 제일 귀찮은 일을 겨울한테 맡기는 건 내키지 않았지만…… 로우세이가 그 역할을 하고 싶다고 했어요. 그러니까 괜찮아요. 그 남자는 히나기쿠 님을 위해서라면 뭐든 해요. 명령하면 흙탕물도 마실걸요?"

"그, 그래……?"

"네. 본인이 좋아서 하고있는 일이에요. 죄책감을 이용해서 이것저것 시키기로 해요."

그게 좋은 일인지 나쁜 일인지 모르겠지만, 적어도 사쿠라가 겨울과 계속 연락하고 있는 것은 히나기쿠에게 안도감을 줬다.

"사쿠라, 이테쵸, 오라, 버니, 랑은, 얘기, 안 해?"

히나기쿠가 자는 사이에 계획이 정해져서 결국 히나기쿠는 로우세이의 목소리조차 듣지 못했다.

"……통화는 로우세이랑만 했으니까요."

그리고 사쿠라는 이테쵸와 이야기하지 못했다.

서로 결판을 지어야 할 상대와의 대화는 뒤로 미뤄지고 있었다.

"그렇구나……."

"그것의 성격상, 제대로 된 자리를 마련하여 마주 보고서 대화하고 싶어 하겠죠……. 제 예상에…… 회식을 제안하지 않을까요. 곧 점심시간이고."

"회식, 하면, 갈래……. 로우세이 님, 이제, 오는, 거지……?"

"네. 곧 도착할 예정이에요. 저희는 조금 일찍 왔네요. 합류 후 수사 회의가 있을 텐데, 그 전에 차라도 마시는 건 어떨까요?"

"1층, 카페, 테리아, 에, 있으면, 로우세이 님, 오셨을 때, 바로, 알 수, 있을까?"

"딱히 맞이할 필요는 없지만, 알 수 있겠죠."

히나기쿠가 가고 싶어 하는 것 같았기에 사쿠라는 어쩔 수 없이 어깨를 으쓱였다.

"……히나기쿠 님이 원하신다면 맞이하죠. 하지만 미리 말씀드릴게요. 사쿠라는 살갑게 대하지 못할 거예요."

사쿠라로서는 최대한 양보한 것이었다. 히나기쿠는 고개를 끄덕였다. 그리고 퍼뜩 놀라 자신의 머리카락을 매만졌다.

"사쿠라, 히나기쿠의…… 머리, 안, 이상해?"

"하…… 평소처럼 국보급 윤기입니다."

"옷은……? 안, 이상해?"

“대단히 잘 어울리십니다. 선녀가 이 세상에 내려온 것처럼 고우십니다.”

차림새를 확인받고 조금 마음이 진정됐는지 히나기쿠는 자신을 납득시키듯 고개를 끄덕였다.

“……히나기쿠, 히나기쿠가 아닌데…… 괜찮, 을, 까……?”

왜 그걸 확인받고 싶어 하는지, 어지간히 둔한 게 아닌 이상 알 수 있었다.

“……당신을 괜찮지 않게 하는…… 무례한 짓을 한다면 사쿠라가 그 자리에서 베어 버릴 겁니다.”

“그러면, 안 돼.”

“……그럼 때리겠습니다.”

“그것, 도, 안 돼.”

“저는 아무것도 하지 말라는 거잖아요.”

“지켜봐, 줘……. 만약, 지금의, 히나기쿠, 를, 로우세이, 님이, 받아들이지, 못하시더라도…… 히나기쿠, 그거, 어쩔 수 없다고, 생각해.”

“…….”

“하지만, 친해, 진다면…….”

—히나기쿠 님.

사쿠라는 줄곧 의아했다.

자신은 죽었다고 여기는 카요 히나기쿠가 왜 로우세이와 만나고 싶어 하는지.

다른 사람이라서, 사랑도, 애정도, 다른 인간의 것이라면 고집할 필요는 없을 터다.

"……『나』의, 대체품, 이, 아니, 더라도."

하지만 수없이 눈을 보았다. 로우세이의 이름을 불렀다. 그가 어떻게 생각할지 신경 썼다.

"친해, 진다면……."

예전과는 형태와 모습이 달라졌을지도 모르지만, 그건 희미한 연심이었다. 어둡고 비참한 감금 생활 중에 『나』의 연심은 분명 버팀목이었을 것이다.

언젠가 분명 만날 수 있다. 그것만을 믿고 살아왔다.

"그건, 분명……."

납치당한 카요 히나기쿠가 소중히 지킨 연심은 지금도 살아 있다.

"『나』를…… 모두에게, 돌려보내는, 일, 로, 이어질 것…… 같아……."

본인이 아무리 『죽었다』고 해도, 과거의 히나기쿠는 역시 연장선상에 살아있다. 히나기쿠는 이미 죽어버린 아이의 연심을 품고서 살아 있었다.

"히나기쿠, 『나』를, 줄곧, 돌려보내 주고, 싶었어."

—히나기쿠 님, 어째서.

사쿠라는 온화하게 이야기하는 히나기쿠를 조금 울 것 같은 얼굴로 바라보았다.

"『내』가, 지키고 싶었던, 세 사람, 에게, 히나기쿠, 『나』를, 돌려보내 주고, 싶었어……. 하지만, 불가능해."

그러나 히나기쿠는 그 연심을 무리해서라도 이루고자 하는 것이 아니었다.

"히나기쿠, 이미, 죽어버린, 자신에게, 해줄 수 있는, 일, 별로 없어. 죽어버린, 자신을, 좋아한다고, 말해줬던, 사람, 에게, 줄 수 있는 거, 없어."

—어째서 그렇게 누군가를 위해 싸울 수 있는 거죠.

히나기쿠는 새로이 시작하려는 것이다.

—당신과 있으면 항상.

과거로부터 도망치는 것도 아니고, 감당하지 못하여 쩔쩔매는 것도 아니고, 결판을 내고 싶어 했다.

—제가 너무나도 어리석게 여겨집니다.

"하지만…… 히나기쿠, 느껴져. 사쿠라, 랑은, 또, 친해질 수, 있었잖아……. 그것처럼…… 로우세이 님, 하고도, 친해지면…… 사랑이, 아니어도, 그렇게, 된다면……."

—나는 항상 내 생각뿐이야.

사쿠라의 목이 꽉 막혔다. 가슴이 아팠다. 칼에 찔린 것 같았다.

이 신이 주는 아픔도 기쁨도 받아들이겠다고 결심했지만 괴로웠다.

"그러면…… 10년 전, 힘들었던, 모두의, 마음이, 달라지지, 않을까……? 히나기쿠는, 달라졌어……. 죽은 그 아이와, 잘, 헤어졌어……. 그렇게, 다시, 걷게 됐어……. 분명, 그렇게, 될 거야……. 그게, 이전과, 다른 형태, 여도, 좋아……. 사쿠라가 지금, 느끼는, 괴로움, 도, 애도할 수, 있어……."

그 사건과 관련된 모두가 누군가에게 용서받고 싶어서 필사적으로 살아왔다.

히나기쿠가 돌아왔어도 그 고통과 슬픔은 사라지지 않는다.

뭔가 크게 바뀌는 것은 없다. 일어난 일과 받은 상처는 바뀌지 않는다. 하지만.

"사쿠라……."

새롭게 일어설 지점으로 삼을 수 있다.

그것이 『그때』 고통받은 모두를 위한 애도가 될 거라고 말하고 있었다.

"……조금만, 힘낼 수 없을까……?"

죽은 자신을 끌어안은 히나기쿠가 그렇게 말하고 있었다.

누가 가장 괴로운지 슬픔의 깊이를 비교할 수는 없지만, 그녀가 어떻게 살았는지를 아는 사쿠라이기에 『지금 여기 있는 히나기쿠』의 그 말이 가슴을 때렸다.

—히나기쿠 님.

사쿠라는 히나기쿠에게서 희미한 빛을 보았다. 눈에 눈물이 고여서 시야가 흔들리며 반짝인 것이었지만, 사쿠라에게는 히나기쿠가 빛 자체로 보였다.

—히나기쿠 님.

린도우를 위로하며 대행자에게 종자는 빛이라고 말했던 이 주인에게 그 말을 그대로 돌려주고 싶었다.

—히나기쿠 님.

사쿠라는 줄곧 질투했었다. 어째서 가장 애쓴 자신이 아닌 다른 사람에게도 시선을 주는 거냐면서.

하지만 그러는 동안 히나기쿠는 생각했을 것이다. 새로운 자신이 뭘 할 수 있는지.

그렇게 지금도 노력하고 있었다. 누굴 위해서냐면.

—나의 히나기쿠 님.

"히나기쿠, 사쿠라랑…… 앞으로도, 살아가고, 싶어……."

아직 죄책감과 증오 속에 있는 소중한 친구들을 위해서다.

사쿠라와 로우세이와 이테쵸. 자신처럼 과거를 끌어안고 있을 자들에게 아무런 보답도 요구하지 않는 사랑을 바치려고 했다. 자신이 돌아오면서 동요하게 만들었으니 직접 해소하기 위해 노력하고 싶다고 말하고 있었다.

"그런, 히나기쿠를, 사쿠라, 가, 지켜봐 줬으면, 좋겠어……. 언젠가, 사쿠라도…… 좋다고, 히나기쿠가, 하는 일, 좋다는, 생각이, 들었을 때…… 말해, 준다면…… 분명…… 사쿠라, 지금보다…… 편해질 거야. 히나기쿠, 알고 있어……. 사쿠라가, 가르쳐줬어……. 정말이야. 이렇게 생각할 수 있는 거, 사쿠라, 덕분이야……. 이번에는…… 히나기쿠가, 사쿠라의 마음…… 지킬 거야……. 사쿠라가, 누군가를 미워하는 것에, 지치고, 지긋지긋해졌을 때…… 이리 오라고, 말해 줄 수 있는, 그런, 길을, 히나기쿠, 지금부터, 만들고 싶어……."

히나기쿠는 살아가기로 했다. 살아갈 거라면 더 좋게, 소중한 사람을 위해.

그렇게 바라고 있었다. 그게 가능할 만큼 건강해진 것이다.

그리고 그렇게 된 게 사쿠라 덕분이라고, 히나기쿠는 확실하게 말해줬다.

"……제가, 완전히 지쳐버리면…… 이리 오라고…… 정말로 말씀해 주시는 건가요……?"

"말할 거야. 잔뜩, 말할 거야."

"……알겠습니다."

사쿠라는 더 이상 부정하고 싶지 않았다.

아직 미워하는 마음은 있었다. 현재 상태가 바뀌진 않았다. 하지만 히나기쿠는 길을 보여줬다.

누군가를 그만 미워하고 싶어지면 이리로 오라고.

그것이 얼마나 큰 구원인지는 사쿠라도 알 수 있었다.

그리고 히나기쿠는 당장 오지 않아도 된다면서 사쿠라를 기다려 줬다. 사쿠라가 히나기쿠의 꽁꽁 언 마음이 녹기를 끈기 있게 기다렸던 것처럼.

"사쿠라가 있었던 것이 히나기쿠 님에게 힘이 됐던 거군요……."

그래서 이제 스스로 자기 목을 조르는 듯한, 자살을 택한 것 같은 고통은 없었다.

"힘이, 됐어……. 사쿠라, 가, 없었다면, 분명, 지금, 여기, 없었을, 거야……. 그거, 사쿠라가, 가장, 잘, 알잖아……."

"……."

"사쿠라, 가, 좋다고, 천 번, 말할까……?"

봄을 현현할 수 있을지 겁내던 히나기쿠에게 했던 말이, 지금 사쿠라에게 돌아왔다. 사쿠라는 저도 모르게 웃고 말았다.

"앞으로 평생 섬길 테니 나눠서 듣겠습니다."

히나기쿠는 사쿠라가 솔직하게 대답해줘서 기쁜 표정을 지었다.

"……그럼 어쩔 수 없네요. ……겨울 주종을 기다려 주기로 할까요. 조금 기다려야 할 테니 라운지가 붐비기 전에 자리를 맡죠."

"응. 자, 겨울 분들과, 만날 시간, 입니다."

사쿠라는 쓴웃음을 지으며 엘리베이터 버튼을 눌렀다. 그때, 너무나도 기가 막힌 타이밍이었기에 사쿠라는 일순 자신이 『그것』을 일으켰나 착각했다.

버튼을 누름과 동시에 요란한 비상벨 소리가 사계청에 울렸기 때문이다.

따르르르르따르르르르따르르르르따르르르르.

귀청을 찢는 소리가 여기저기서 들려왔다.

"……뭐지?"

사쿠라는 자신의 손끝과 버튼, 그리고 주위를 번갈아 보았다.

버튼을 누른 자신의 행위가 비상벨을 울린 건가 싶어서 멈칫하고 말았지만, 곰곰이 생각해 보니 그럴 리가 없었다.

으르렁거리는 듯한 사이렌과 동시에 안내 방송이 들렸다. 화재가 발생했다고 알렸다.

『화재 발생, 화재 발생, 신속하게 대피해 주십시오.』

기계적인 안내 방송은 그 말을 되풀이했다.

청사는 업무를 시작한 상태였다. 내부에서 나가는 사람도 있었고, 외부에서 들어오는 사람도 있었다. 정면 게이트에 경비원이 있고 ID가 없는 사람은 간단한 소지품 검사를 받지만 침입이 어렵지는 않았다. 청사 내 사람과 연줄이 있어서 방문 약속이 확인되면 문제없이 들어올 수 있었다. 그래서 이 화재가 뜻밖의 사고가 아닐 가능성이 바로 부상했다.

그리고 사쿠라는 이런 사태에 기시감을 느꼈다.

"히나기쿠 님……."

사쿠라는 히나기쿠를 가까이 당겨서 허리를 안았다. 칼자루를 잡고 전체 상황을 살폈다.

"불이야! 1층으로 내려가서 밖으로 나간다!"

"엘리베이터는?"

"이럴 때는 안 쓰는 게 나아! 계단으로 간다!"

"대행자님! 로비까지 내려가죠!"

수사원들은 개인 물품과 중요한 자료를 챙겨 이동하기 시작했다. 화재가 발생했다는 안내 방송은 나왔지만 어느 층에서 불이 났는지 특정되지는 않았다. 히나기쿠가 있는 층은 20층 건물인 사계청 청사의 19층이었다. 20층은 전망대를 겸한 공중 정원이지만 지금 시기에는 일반인에게 공개하지 않았고, 만약 거기서 불이 났다면 이미 연기 냄새가 내려왔을 것이다. 화재 발생이 확인됐다면 19층보다 아래층일 거라고 예상되었다.

"사쿠라, 이동 안 해?"

사쿠라는 묵묵히 히나기쿠를 데리고서 창문으로 다가가 밖을 보았다. 바깥 상황을 확인하고 싶었다.

넓은 주차장이 있었다. 자동차 수는 어제보다 많다고 느껴졌다. 1층에 있었던 자들은 이미 밖에 나와 있었다. 민간 경비 회사의 옷을 입은 자들이 몇몇 자동차에서 나오는 모습이 보였다. 오피스 빌딩의 경비 시스템을 서비스하는 회사였다. 비상벨이 울려서 달려온 걸까.

—대응이 너무 빠르지 않나?

기다렸다는 듯이 주차장에서 나온 것처럼 보였다.

"봄의 대행자님, 종자님! 어서! 비상계단을 통해 1층으로 내려가죠!"

나가츠키가 다급한 얼굴로 다가왔다. 그녀는 린도우와 함께 행동하지 않고 본부에서 연락을 담당하고 있었다.

"네……."

대답하면서도 사쿠라는 바쁘게 시선을 움직였다. 그런 사쿠라의 모습을 보고 히나기쿠는 혼자 움직이지 않고 묵묵히 옆에 붙어 있었다. 긴장한 얼굴로 종자의 판단을 기다렸다.

"자! 이쪽이에요!"

유도하는 나가츠키의 뒷모습을 바라보며 사쿠라는 자신들을 따라왔을 겨울의 마을 소속 경호원과 사계청 봄 직원 경호원의 모습이 전혀 보이지 않음을 깨달았다. 떨어져서 호위해달라고 요청했으나 기본적으로 눈에 보이는 범위에 있었다. 언제 사라졌는지, 한 명도 달려오지 않았다.

—아니, 그게 아니야.

달려올 수 없는 사태가 벌어졌다. 분명 그 생각이 옳다.

—그쪽은 이미 처리된 것 아닐까?

오싹하게 소름이 돋았다.

보이지 않는 누군가가 게임판 위에서 한 수씩 말을 움직이고 있는 듯한 기분이었다.

사쿠라의 심장이 점점 빠르게 뛰었다.

—이 상황이.

이 상황이 이미 누군가에게 공격받고 있는 상태라면.

—주저해선 안 돼.

지켜야 할 행동들을 주저해선 안 된다.

사쿠라는 소중한 것을 한 번 놓쳤었다.

이번에는 반드시 지켜야 했다.

“나가츠키 씨!”

사쿠라는 주위를 관찰하며 외쳤다.

“어서 이쪽으로 오세요! 계단으로 한 층씩 내려가게 될 텐데 괜찮으시겠어요?!”

“네, 그건 괜찮지만. 하나 물어봐도 될까요!”

나가츠키는 그제야 사쿠라 쪽을 돌아보았다.

사쿠라가 칼집에서 칼을 뽑은 것을 보고 눈을 부릅떴다. 아직 대피하지 못한 사계청 직원들이 비명을 질렀다. 사쿠라가 이상해졌다고 생각했을 것이다.

하지만 나가츠키와 마찬가지로 비명을 지르지 않고 조용히 사쿠라를 보는 사람들이 있었다.

—하나, 둘, 셋, 저걸 포함해 네 명.

“나가츠키 씨.”

사쿠라는 히나기쿠의 허리를 안은 손끝을 움직였다. 톡톡톡톡, 튕기듯 검지로 두드려서 주의를 기울이게 했다. 히나기쿠의 몸이 움찔했다. 히나기쿠가 한쪽 발만 한 걸음 물러나 도망칠 준비를 하는 것을 확인했다. 이건 둘이서 줄곧 연습했던 일이었다.

히나기쿠를 지키기 위해 사쿠라가 싸운다. 사쿠라가 싸울 최고의 무대를 만들려면 보호 대상이 한 걸음 물러나 줘야 했다. 안 그러면 싸움에 휘말릴 가능성이 있었다.

"안에 입은 거, 너무 두껍지 않나요?"

—내 유파는 칸게츠류, 싸운다면 요란한 싸움이 돼.

예전에 사쿠라는 칸게츠 이테쵸를 스승으로 섬기며 검술을 배웠다. 춤추는 것 같다는 말을 듣는 칸게츠류는 체술과 검술의 합체 무예. 검무와 펜싱처럼 가볍게 몸을 놀려 공격했다. 현대적으로 말하자면 아크로바틱한 검법이었다. 마음껏 춤추려면 넓은 장소가 필요했다.

"왜 방탄조끼를 입고 있는지 가르쳐 주시겠어요?"

사쿠라의 말이 계기가 되었다.

"……!"

나가츠키는 이제껏 쓰고 있었던 인정 넘치는 가을의 마을 직원이라는 가면을 즉각 벗었다.

"……히나기쿠 님! 물러나 주세요!"

사쿠라는 빠르게 발을 움직여 상체를 숙이고 돌려차기를 했다. 한 번, 두 번, 선회하여 거리를 좁히고 단숨에 칼로 벴다. 옷은 요란하게 찢어졌지만 피가 나지 않았다.

—역시 준비했나!

방탄복 착용을 눈으로 확인하고 저도 모르게 혀를 찼다. 나가츠키는 운 좋게도 살을 베이지 않았지만, 죽일 기세로 달려든 사쿠라의 일격이 묵직했는지 호흡 곤란이 일어난 것처럼 가슴을 부여잡고 바닥에 쓰러졌다.

"잠이나 자!"

적이라고 간주하면 가차 없이 공격할 수 있는 것은 호위관으로서 장점이라고 할 수 있었다.

사쿠라는 쓰러진 나가츠키를 끄트머리로 치우듯 걷어차서 굴렸다. 나가츠키가 또 비명을 질렀다.

멈춰 서있던 남자 세 명이 사쿠라 쪽으로 왔다. 정장 속에 숨기고 있었는지 무기를 들고 있었다. 경찰봉 두 명과 권총 한 명. 권총을 들고 있는 남자는 딱 봐도 손놀림이 어색했다.

—저 녀석, 총 쏴 본 적 없어.

엉거주춤하게 한 손으로 들고 있는 모습을 보고 사쿠라는 먼저 그 쪽을 목표로 잡았다.

휘둘러진 경찰봉을 도신으로 막아 그대로 상대의 공격을 흘렸다.

또 다른 남자의 경찰봉 공격도 피하고 권총을 든 남자에게 접근했다.

상대가 쓸데없이 총을 쏘기 전에 사쿠라는 칼로 권총을 쳐서 떨어뜨리게 했다.

그대로 달리는 속도를 늦추지 않고 한쪽 손을 주먹 쥐어 남자의 몸이 공중으로 떠오르도록 후려쳤다. 권총을 든 사내의 입에서 타액과 비명이 나왔다. 손에서 떨어진 권총은 줍지 못하도록 걷어차 멀리 보냈다.

—앞으로 두 명!

사쿠라는 뒤에서 달려드는 발소리를 듣고 칼을 칼집에 넣었다.

뒤돌아보지 않고서 오른발을 한 걸음 앞으로, 왼발을 선회시켜 착지. 착지한 순간에 이번에는 오른발을 천장 쪽으로 높이 차올리고 몸을 180도 틀었다. 공중에서 몸을 움츠린 뒤 그걸 추진력 삼아 왼

발로 빠르게 뒤차기를 날렸다.

"으악!"

달려들었던 남자의 턱에, 달까지 닿을 듯한 발차기가 작렬했다.

달려오는 상대의 위치를 안 보고도 파악한 것 같은 움직임이었다. 남자가 쓰러지며 기절하는 것을 몸을 돌리면서 확인했다.

—앞으로 한 명!

턱을 맞고 실신한 남자가 경찰봉을 떨어뜨린 것이 보였다.

바닥에 떨어졌다가 튀어 오른 그것을 발로 차서 잡고 남은 한 명에게 던졌다. 주춤한 틈에 접근, 발도, 동시에 대각선으로 벴다. 남자는 비명을 지르고서 바닥을 굴렀다. 이쪽은 나가츠키와 달리 방탄복과 함께 살이 베여 살짝 선혈이 튀었다.

"살짝 베인 것 가지고 시끄럽게 굴지 마!"

방금 벤 복부를 밟듯이 걷어차서 무정하게도 아픔을 증가시켰다.

"히나기쿠 님!"

사쿠라는 뒤돌아 가만히 서 있는 히나기쿠에게 달려갔다.

"나가츠키를 제외한 세 남자에게 가시나무를!"

사쿠라는 말하면서 씨앗이 든 작은 주머니를 정장 주머니에서 꺼냈다. 사쿠라가 야구 경기를 하듯 씨앗 주머니를 화려하게 던지자 히나기쿠의 고운 손에 쏙 안착했다. 히나기쿠는 사쿠라가 말한 대로 씨앗을 쥐고 봄의 대행자의 힘으로 가시나무를 생장시켰다. 살아 있는 것처럼 바닥을 기어간 가시나무는 쓰러져 있는 남자들의 몸을 삼키듯 덮었다.

도망치지 못한 수사본부의 직원들은 사쿠라의 싸움을 눈으로 좇느라 정신이 없는 것 같았는데, 히나기쿠의 신비한 비술을 목격하자 입을 쩍 벌렸다.

"히나기쿠 님, 안전을 확인하며 탈출을……."

그때, 쾅 하고 커다란 소리가 났다. 사계청 청사가 미약하게 흔들렸다.

—폭발? 그것도 아래층인가?

비상벨 소리에 거의 묻히기는 했지만 틀림없이 폭발음이었다. 잇따라 폭발음이 났다. 마치 전장 같았다. 아래층으로 가면 휘말릴지도 모른다.

—젠장! 당했어! 궁지에 몰린 쥐 신세야!

"칸게츠류의 먹이가 되고 싶은 녀석이 더 있다면 앞으로 나와! 없다면 비상계단으로 나가는 문을 닫아! 그쪽으로 유도하려고 했어! 대기 중인 녀석이 있을지도 몰라!"

수사원들이 황급히 비상계단으로 나가는 문을 닫고 잠갔다. 대행자 호위로 파견되는 사계청 직원은 무예가 뛰어난 사람이 선출되지만 여기 있는 수사원들은 사무직원이었다.

격투기를 즐기는 자도 있겠지만, 테러리스트가 얽힌 이런 비상사태에 빠릿빠릿하게 움직일 수 있는 자는 흔치 않았다. 자연스럽게 사쿠라의 말을 따르게 되었다. 사쿠라는 슬금슬금 기어가고 있는 나가츠키에게 달려가 다시 걷어차고 손목을 비틀었다.

"아악!"

"……어딜 도망쳐? 너, 내통자잖아."

"힉……."

나가츠키의 목에서 바람 빠지는 소리가 났다.
"……경비부 사람이 역적의 간첩이라면 가을 별궁이 붕괴된 것도 당연해. 아자미 님도 분명 슬퍼하시겠지……. 귀여워하던 아이를 잘도 난도질했어……. 오늘 이 습격도 네가 일으킨 짓인가? 이쪽의 움직임을 누설하고 있는 건가? 사계청을 습격하다니, 전대미문이야! 살아 돌아갈 생각 마라, 이 역적놈!"
사쿠라가 손목을 더 비틀자 나가츠키가 비명을 질렀다.
"사쿠, 라!"
히나기쿠가 더는 못 보겠다는 것처럼 외쳤다. 사쿠라는 퍼뜩 정신을 차렸다. 비상시라고는 하지만 사랑하는 주인에게 보일 만한 행동은 아니었다.
"아아! 봄의 대행자님! 아, 아닙니다! 저는!"
"아니긴 뭐가 아니야. 아까 히나기쿠 님에게 손대려고 했잖아!"
"아니야! 나는 그저 지키려고 한 거야! 봄 분들을 안전한 곳으로 대피시키려고……!"
나가츠키는 히나기쿠를 보며 황홀한 표정을 지었다.
"아아, 봄의 대행자님…… 당신은 이 세상에 필요한 분입니다. 어떻게 위해를 가할 수 있을까요. 잘 돌아오셨습니다. 【카사이】 따위에게 당신의 계절을 빼앗기다니, 결코 용납되지 않을 일입니다. 여기서 도망치죠……. 그리고 영원히 세상에 봄을 가져와 주세요……."
흥분한 모습으로 다가왔기에 히나기쿠도 사쿠라도 소름이 끼쳐서 뒷걸음질 쳤다.
"사, 사쿠라, 나가츠키, 씨, 이상해……."

"히나기쿠 님, 보지 마세요. 귀하신 눈이 더러워집니다."

사쿠라가 칼을 들이대자 나가츠키는 멈췄지만 여전히 미소 짓고 있었다.

"……히메다카 님. 안심하세요. 저희는 정말로 적의가 없습니다."

"그럼 묻겠어. 어째서 습격을 예측했던 것처럼 행동하며 우리를 데리고 나가려고 했지?"

"지키기 위해서 그랬다니까요. 【카사이】의 움직임은 항상 경계하고 있었습니다. 사계청과의 교섭이 결렬된 게 불안해서 대비하고 있었어요. 여러분이 이곳에 온 건 오산이었지만, 가까이서 지키는 운명이었다고 할 수 있죠. 뭐든 하겠습니다."

"이유가 뭐지? 너희도 어차피 대행자를 해치는 역적 아닌가?"

나가츠키는 사쿠라에게도 숭배하는 시선을 보내며 말했다.

"아뇨, 저희는 봄을 으뜸으로 여기는 신도. 【히간니시】입니다."

그 말이 무엇을 의미하는지 사쿠라는 몰랐다.

—뭐야. 대체 무슨 일이 일어나고 있는 거야.

사쿠라는 머리를 싸매고서 소리를 지르고 싶어졌다.

갑작스러운 공격. 섣불리 움직일 수 없는 상태.

누굴 믿으면 좋을지 알 수 없는 상황 속에서 미지의 존재가 더 추가되고 말았다.

"봄 분들을 해치다니, 말도 안 됩니다. 다른 계절은 언젠가 사라져야죠. ……아니, 개인적으로 가을은 돕고 싶지만…… 저도 입장이 있는지라…….”

“너희는 평범한 역적과 다르다는 건가?”

“네. 아까는 실례했습니다. 저희 손으로 히나기쿠 님만 안전한 곳으로 모시려고 했지만 당신은 충신입니다. 떼어놓는 건 무리죠. 그렇다면 협력하겠습니다. 저희는 틀림없이 히나기쿠 님의 신도입니다. 목적은 히나기쿠 님을 보호하는 것. 이곳에서 탈출할 때까지 부디 수족처럼 이용해 주세요.”

—너처럼 기분 나쁜 수족은 필요 없어.

사쿠라는 속으로 그렇게 내씹었지만 입술은 냉정하게 말을 자아냈다.

“……잘라내서 자멸해도 상관없는 수족이라면 환영하지.”

지금은 긴급 사태다. 게다가 지상과 멀리 떨어진 높은 곳에 고립되어 있었다.

이용할 수 있는 것은 뭐든 이용해야 했다. 등에 달라붙어서 떨고 있는 히나기쿠를 지키기 위해서라면 뭐든. 그게 갑자기 나타난 의문의 신봉자여도.

“……봄의 신도라면 갖고 있는 정보를 전부 내놔봐. 나의 신을 대신하여 명한다. 대답해, 나가츠키. 【히간니시】란 뭐지?”

사쿠라를 지켜 주는 자는 없다. 포커페이스를 유지하며 그렇게 속삭였다.

같은 시각.

검은색 고급 승용차가 전도되지 않고 어떻게든 전진하고 있었다. 자동차 몇 대가 테이슈 테이토의 수도 고속도로를 폭주 중이었다. 그 차들은 전부 이 고급 승용차를 추적하고 있었다.

거기에 누가 타고 있었냐면.

"죽일까? 어쩔래? 이테쵸."

"흉흉한 소리 하지 마! 일반인이 운전하는 자동차들도 있어!"

"견적필살(見敵必殺)이란 말도 있잖아."

"……잘 들어, 로우세이. 얌전히 보호받고 있어!"

테이슈의 어떤 지역에 숨겨진 봄의 마을에서 이야기를 나누고 사계청으로 가던 겨울의 주종이었다.

히나기쿠와 사쿠라가 그들에 관해 말하며 로비에서 맞이하기로 했을 때, 이들은 이미 난리 속에 있었다.

―왜 하필 이럴 때!

이테쵸는 창밖을 보려고 하는 로우세이의 머리를 억지로 누르며 속으로 외쳤다.

마침내 과거의 온갖 일을 매듭지을 때가 왔는데, 이제 그런 걸 신경 쓸 수도 없었다. 로우세이를 보호하고 안전지대로 대피시키는 것이 가장 중요한 임무로 전환되어 버렸다. 오늘 안에 봄 주종과 만날 수 있을지도 알 수 없었다.

아직 어렸던 소녀들의 모습이 머릿속에 떠올랐다. 줄곧 만나고 싶었던 두 사람의 모습이.

"젠장!"

이테쵸는 그답지 않은 모습으로 욕을 내뱉었다.

칼이 아니라 정장 안쪽에 숨겨뒀던 권총을 꺼냈다. 호위관은 칼을 차는 것이 의무다. 사용할지 말지는 개개인의 전투 스타일에 따라 달랐다. 어디까지나 칼이 첫 번째 무기일 뿐, 다른 무기를 못 쓰는 건 아니었다. 이테쵸가 다룰 수 있는 무기의 종류는 폭넓었다. 총도 그중 하나였다.

—차체는 격하게 흔들리고 있지만 운전사는 겨울의 마을 출신의 실력 있는 드라이버야.

뒷좌석에서 총격전을 시작하더라도 겁먹지 않고 대응할 거라고 이테쵸는 생각했다.

"쏘려고? 빗맞히지 마."

로우세이가 비상사태답지 않게 또 평온한 모습으로 말했다.

"……조용히 자세를 낮추고 있어!"

"보조해 줄까? 너, 사격 실력은 그렇게 뛰어나지 않잖아."

"로우세이…… 너, 즐기고 있는 거 아니야?"

조금 화난 어조로 말하자 로우세이는 입가에 웃음을 머금었다. 뭘 하든 그는 기품이 넘쳤다. 이 미소도 매우 못돼 보이는 웃음이었는데, 어째선지 천박해 보이지 않으니 외모 덕을 톡톡히 보고 있었다.

"그럴 리가 없잖아."

로우세이는 웃고 있었다. 하지만 목소리는 싸늘했다.

"나는 한시라도 빨리 히나기쿠와 사쿠라를 만나고 싶어."

실제로 숨이 냉기를 휘감고 있었다. 로우세이는 표면적으로는 여유로운 모습을 가장하고 있었다.

"그런데 저 녀석들이 방해하고 있어. 굳이 따지자면 몹시 화가 났고, 얼른 처리하고 싶어. ……정말로."

—알기 어려운 녀석이야.

아무래도 이 상황을 유쾌하게 보고 있는 게 아니라, 너무 화가 나서 분노의 임계점에 도달하여 오히려 냉정해지고 유쾌해진 모양이었다.

어릴 때부터 로우세이를 본 이테쵸는 그렇게 짐작했다.

"그래서 죽일까 물어봤잖아. 이테쵸, 명령하진 않았지만 빨리 처리하지 않을 거면 내가 처리하겠어. 얼려두면 알아서 죽겠지."

이테쵸는 크게 한숨을 쉬고 로우세이의 이마에 세게 딱밤을 먹였다.

"아파!"

충격으로 살짝 정신이 돌아왔는지 외치는 모습은 평소의 로우세이였다.

"로우세이, 네 입장에 그런 발언은 하지 마. 배제는 내 임무야."

"……미안. 내 목숨은 먼지처럼 가볍게 다뤄지다 보니 다른 사람의 목숨도 무심코 그렇게 여기거든. 신이라서 인권도 없어."

"또 억지 부리지……. 분노 조절 좀 해."

"……너야말로 시끄러워. 조절 안 했으면 지금쯤 이 주변 일대가 스케이트장이 됐을 거야. 백성이 기뻐할지도 모르겠는데? 할까?"

"하지 마. 됐으니까 나한테 맡겨."

이테쵸는 운전사와 조수석에 있을 터인 이시하라에게 요격을 개시한다고 알린 뒤, 선글라스를 벗고 창문을 열어 상체를 내밀었다. 이테쵸가 총을 겨누는 것을 보고 추적자들도 움직이기 시작했다. 치사하게 일반 차량 뒤로 이동하는 차도 있었다.

"왼쪽 앞을 쏴. 차가 전도돼도 얼려서 커버해 줄게."

반대쪽 창문으로 손만 내밀고서 로우세이가 말했다.

—이럴 때는 믿음직스러워.

이테쵸는 호흡을 고르고서 숨지 않고 쫓아오는 차의 타이어에 의식을 집중했다.

그 순간, 탄환이 날아갔다. 로우세이는 이테쵸의 사격 실력이 뛰어나지 않다고 평했지만, 결과를 보면 그의 첫째 무기가 칼이기에 나온 말임을 알 수 있었다. 탄환은 타이어에 명중했고, 차체가 균형을 잃으면서 추적하던 차 한 대가 주행 불능에 빠졌다.

"얼음의 숨결을 선사해 주지."

동시에 로우세이가 도로를 일부분만 동결시켰다. 유도된 것처럼 언 노면에 들어온 차는 갑자기 지면에서 솟은 고드름에 부딪쳐 멈췄다.

"……너, 저건 커버라고 하기엔 과하잖아."

"커버해 주겠다고 했지, 적당히 봐주겠다는 말은 안 했……."

로우세이는 다시 비아냥거리려고 했지만, 갑자기 이테쵸가 거칠게 끌어안아서 말이 도로 들어갔다. 총성이 났다. 다른 추적 차량이 총으로 반격한 것이다.

"로우세이! 무사해?!"

"너한테 눌린 것 말고는."

다행히 총알은 이쪽 차체에 맞지 않았다.

키 큰 남자 밑에 깔려 좌석 아래쪽에 답답하게 있어야 하는 것 말고는 문제없었다.

"로우세이 님! 이테쵸 님! 안 다치셨나요?!"

차내 전방의 조수석에서 이시하라의 목소리가 들렸다. 다른 사계청 직원과 겨울의 마을 경호원은 고속도로에 들어오기 전에 미끼로 보냈기에 현재 곁에 없었다. 어느 정도 적을 분산시키기는 했지만, 그래도 몇 대가 쫓아와서 추격전이 벌어진 상태였다.

"이쪽은 문제없어! 운전석과 조수석은?!"

"다친 곳은 없습니다! 따돌리기 위해 속도를 더 높인다고 해요! 어디든 좋으니 꽉 잡아 주세요!"

차는 화려한 드라이빙 테크닉을 선보이며 고속도로를 계속 달렸다.

"총성이 일단 멎었네. 이테쵸, 비켜. 무거워."

"아직 머리 숙이고 있어. 다시 금방 쏠 거야. ……들은 정보가 사실이라면 적은【카사이】. 무기 같은 건 얼마든지 가지고 있겠지. 우리도 몇 번 교전한 적이 있는 조직이지만, 종적을 잘 감추는 데다가 꼬리를 드러내지 않아. ……무슨 생각을 하는지 알 수 없어."

이테쵸의 말에 로우세이가 눈썹을 치켜세웠다.

"대행자를 납치해서 자기 자식으로 만드는 녀석이 이끄는 조직이야. 그딴 녀석의 심리 따위, 생각하지 마."

"……로우세이."

"역겨워……. 가을을 위해서도, 역시 녀석들은 용서할 수 없어."

로우세이는 내뱉듯이 말했다.

히나기쿠 일행의 회의 내용은 로우세이에게도 전달된 상태였다.

연락 담당은 가을의 호위관인 아자미 린도우였다.

면식은 있지만 깊이 엮인 적이 없는 인물이었다. 로우세이의 개인 휴대전화 번호를 멋대로 공유했다는 말을 사쿠라에게 들었을 때는 떨떠름한 표정을 지었었다.

린도우의 인상은 『유들유들한 멋쟁이』, 나쁘게 말하면 『기생오라비』였다. 나데시코를 대하는 모습을 보면 그런 생각이 들었다. 웃는 얼굴이 수상쩍었다. 걸핏하면 안아서 옮기며 대행자를 오냐오냐했다. 겉으로는 좋은 종자인 척하지만 관찰해보면 내숭이라는 걸 알 수 있었다.

로우세이 주위에도 있는, 겉으로만 좋은 어른인 척하는 족속과 똑같은 냄새가 났다. 사계 신고식 때문에 한 달을 함께 지냈지만, 로우세이가 방에 틀어박혀 있었던 탓에 나데시코만큼 관계를 맺지는 않았다.

해봤자 인사 정도. 뒤에서 담배를 피는 모습을 자주 봤다. 로우세이는 린도우에게 좋은 인상을 받지 못한 채 사계 신고식을 끝냈다.

『……칸츠바키 님. 전부 제 잘못입니다.』

하지만 전화기 너머의 목소리를 듣자 인상이 확 달라졌다.

『그때, 나데시코를 지켜냈다면.』

—아아.

『그때, 제가 방을 떠나지 않았다면.』

—내가 삐뚤게 봤을 뿐인가.

『그때…….』

오랜만에 이야기한 린도우는 로우세이가 잘 아는 호위관과 똑같은 목소리를 내고 있었다.

후회하는 자의 목소리였다.

—분명하게 대행자를 소중히 여기고 있었나.

가면을 벗은 아자미 린도우가 나이에 걸맞게 불안하게 흔들리고 있었다.

아직 젊어서 곤경과 실패에 익숙하지 않은 청년. 벽에 부딪쳐 어쩔 줄 모르고 상처받았다. 하지만 지고 싶지 않아서 창피를 무릅쓰고 전화를 걸었다. 이테쵸뿐만 아니라 10년 전 절망의 구렁에 있던 자신을 방불케 했다.

『……제가, 제가…… 대신 다칠 수 있다면…….』

—그건 나도 몇 번이나 했던 말이다.

『아자미 공.』

『여러분께도 죄송합니다. 제가…….』

『아자미 공, 그 이상 말하지 마. 말하면 몸에도 영향을 줘. 과도한 후회는 독이 돼.』

어느새 로우세이는 걱정하는 말을 하고 있었다.

『……하지만, 저는.』

『아까부터 자기 잘못이라고만 하는데, 그쪽의 경비는 우리와 마찬가지로 팀을 편성해서 대응하잖아. 잘못은 있어도 한 사람만의 잘못은 아니야.』

『하지만 저는 종자입니다.』

『종자도 결국 사람이지. 할 수 있는 일은 한정되어 있어.』

『…….』

『말이 심했네. 미안. 하지만 그렇잖아? 이번에 못 한 일은 다음에 만회해. 이건 나한테도 할 수 있는 말이지만……. 알았어? 겨울이 협력하는 건 나와 이테쵸의 의지야. 사과받을 일은 아니야.』

『네…….』

『먼저 움직인 건 사쿠라지만, 나도 가을을 구할 생각이었어. 그 결과, 춘하추동 공동 전선이 됐어. 아자미 공은 그걸 송구스럽게 여기고 있는 것 같은데, 그러지 않아도 돼. 우리는 우리대로 목적이 있어. 구조와 동시에 역적에게 한 방 먹이고 싶어.』

『히메다카 님에게도 들었습니다. 지금이라면 그 마음을 충분히 이해할 수 있습니다.』

『…….』

『앞으로 10년…… 나데시코를 잃는다고 생각만 해도…….』

전화 너머에서 린도우의 깊은 한숨이 들렸다.

『미칠 것 같습니다.』

몹시 고통스럽게 말했다. 로우세이는 순수하게 걱정이 되기 시작했다.

정신적으로 궁지에 몰리면 원래 상태로 돌아가기 어렵다는 것을 그 자신이 가장 잘 알았다.

『……그, 괜찮아?』

로우세이는 처음보다 온화한 목소리로 말했다.

『……걱정까지 끼쳐서 죄송합니다.』

『아니, 그런 말이 아니야. 경험자라서 알아. 소중히 여기던 사람을 잃는 건 괴롭지. ……나데시코는, 그…… 작기도 하고.』

『네, 나데시코는…… 작고, 정말로 그저, 어린아이라…….』

『그 녀석도 사계의 대행자긴 하지만 아직 어려. 나도 걱정이야.』

『저도 잃고 나서 처음으로 깨달았습니다. 아무래도 저는 저의 가을이 진심으로 소중했던 모양입니다…….』

『자각이 없었어?』

『자각이 없었습니다…….』

『내가 보기에는 아주 친해 보였던데? 설탕에 꿀을 뿌리는 것 같았어.』

『……그러려고 한 게 아닌데. 하지만 동료에게도 비슷한 말을 들었으니 그랬을지도 모르겠습니다……. 아아, 저는 정말로 어리석어요……. 지금은 나데시코보다 소중한 게 없다는 걸 압니다.』

아무렇지도 않게 느끼한 소리를 해서 로우세이는 납득했다.

—그렇군. 이 녀석은 이테쵸랑 비슷한 부분이 있어.

남들이 보기에 자신들도 이런가 싶어서 창피해졌다.

대행자와 종자는 주종 관계를 맺기 전부터 상대를 알았든 몰랐든, 어째선지 함께 지내면서 상호 의존 관계가 되기 쉬웠다. 필연처럼 주인은 종자를, 종자는 주인을 각각 다른 형태로 사랑을 하게 된다. 이테쵸는 분명하게 『소중하다』, 『중요하다』라고 호의를 말로 나타내는 편이기에 감각이 마비됐었지만, 타인의 입으로 들으니 상당히 민망했다. 창피했다. 로우세이는 조심하자고 생각했다. 로우세이가 조심한다고 해서 달라지진 않겠지만.

『……나데시코.』

『아자미 공, 너무 후회하지 말래도.』

점점 인생 상담이 되고 있었다.

『지금은 가을을 구하는 것만 생각해. 너무 자책하지 마. 판단력이 흐려져. 냉정한 판단을 할 수 없게 돼. 제대로 협력할 테니까. 알겠지? 힘내길 잘했다고 생각하게 되는 결과를 만들자.』

『네…… 죄송합니다. 협력 제안뿐만 아니라 다정한 말씀까지 해주시고……. 카요 님께도 한심하게 위로받았습니다. 정신 똑바로 차리겠습니다.』

『……봄의 대행자는 건재해?』

『네. 식사도 잘 드십니다. 도시락이라서 죄송스럽지만…….』

『그래? 다행이야. 히나기쿠는…… 취향이 달라지지 않았다면 오렌지 주스를 좋아해.』

전화 너머에서 린도우의 분위기가 아주 조금 가벼워진 것이 로우세이에게도 전해졌다.

『알겠습니다. 오렌지 주스를 준비하겠습니다. 카요 님을 위해서라면.』

그 대답을 듣고 린도우가 히나기쿠를 적잖이 공경하고 있음을 알았다. 로우세이는 그런 자가 히나기쿠 곁에 있는 것에 안도하면서도 내심 복잡해졌다. 린도우는 여성들이 좋아할 만한 감미로운 목소리를 가졌고 외모도 매력적인 남자였다.

—내가 없는 사이에 새로운 사랑이 생겨나진 않았을까.

재회하지도 않은 히나기쿠의 연애 사정이 신경 쓰였다. 히나기쿠에게 붙인 겨울 측 경호원에게 이상한 벌레가 꼬일 것 같으면 처리하라고 일단 분부는 했지만, 상대가 만약 린도우라면 무리일 것이다.
『……아자미 공.』
『예, 칸츠바키 님.』
『무례한 질문이긴 한데…… 애인 있나?』
『……예? 없습니다만.』
왜 그런 걸 묻냐는 의문이 린도우의 목소리에 담겨 있었다.
『그런가, 독신인가. 사계청 직원도 젊은 남자가 많겠지. 식솔이 있는 사람보다는 돌아다니기 쉬우니. 이런 말은 별로 하고 싶지 않지만, 그쪽에 봄도 여름도 모여. 아가씨만 네 명이야. 귀공은 그녀들을 지키는 칼로 있어 줬으면 해. 젊은이들끼리 너무 풀어지지 마.』
상당히 에둘러서 견제해 봤으나 린도우는 잘 이해하지 못한 것 같았다.
『이런 사태입니다. 아무리 친목을 다져야 할 분들이라지만 다 같이 마시러 가지는 않습니다. 전원이 성인인 것도 아니고요.』
술자리 얘기라고 여기고 있었다.
『칸츠바키 님, 만약 모든 일이 잘 정리되면 오히려 저랑 같이 한잔해주셨으면 좋겠습니다.』
『그, 그래.』
그리고 남자끼리 같이 마시자고 제안해 왔다.
『뭔가 곤란한 일이 생기면 저를 의지해 주세요. 제 전부를 걸고서 보답하겠다고 맹세합니다.』
『아니, 그렇게 부담스러운 말은 안 해도 돼.』

『받은 은혜는 반드시 갚겠습니다.』

『아니, 부담스럽다고.』

『그런 말씀 마시고.』

사쿠라가 말한 대로 린도우는 호위관으로서『나쁘지 않다』고 로우세이도 생각했다.

천성은 성실하고 충성스러운 남자였다. 경박한 남자인 줄 알았는데 내면은 의외로 강직한 부분이 있었다.

약한 부분도 보였지만, 일어난 사태를 생각하면 자포자기에 빠지지 않은 것만으로도 대견했다.

로우세이는 린도우와의 대화를 회상하던 사고를 되돌려 이테쵸에게 물었다.

"아까 했던 얘기 말인데,【카사이】녀석들인지는 알 수 없잖아. 근절파일 가능성도 있지 않아?"

차가 좌우로 왔다 갔다 하는 가운데, 이테쵸와 로우세이는 혀를 깨물지 않게 조심하며 대화를 계속했다.

"어느 한 계절만을 노렸다면 나도 그렇게 생각했겠지만, 여름 별궁에 이어서 가을 별궁도 노렸어. 그리고 지금, 우리 겨울을 습격하고 있지. 근절파가 아니라 개혁파. 목적은 정부를 흔드는 것이라고 봐야 하지 않을까? 근절파라면…… 생각하기 싫지만 계절 전체를 부정하는 오컬트 집단이야."

"……알았어. 이테쵸, 총알 줘 봐. 빙결 가호를 걸어 줄게. 단숨에 끝장내자."

그 말에 이테쵸는 조금 망설이다가 로우세이에게 총을 건넸다. 로우세이가 탄창에서 총알을 뽑아 술법을 부리는 동안에도 차는 마구 흔들렸다. 주위를 신경 쓸 상태는 아니었지만, 이테쵸는 로우세이와 밀착해 있었기에 그것을 알아차렸다.

"로우세이, 전화벨 울리고 있어."

"받아 줘. 팔 집어넣어도 돼. 이 상태로 다른 건 못 해."

똑바로 누워서 사계 노래를 중얼중얼 읊조리며 총알에 기도를 담고 있는 로우세이는 다른 걸 할 겨를이 없었다.

이테쵸는 어쩔 수 없이 로우세이의 기모노 허리띠 안으로 손을 넣어 사이에 끼어 있던 휴대전화를 꺼냈다. 조사에 진전이 있었다면 린도우한테서 온 추가 연락일 가능성이 컸는데, 예측은 빗나갔다.

"……사쿠라야."

화면에는『히메다카 사쿠라』라는 이름이 표시되어 있었다.

로우세이는 탄창에 총알을 재장전하며『받아』하고 퉁명스럽게 대답했다.

"내가 받으면 싫어할 거야."

이테쵸는 눈썹을 내렸다. 이야기하고 싶은 마음과 이야기하기 싫은 마음이 싸우고 있었다.

"그 녀석은 내가 받아도 불퉁한 목소리만 내. 예전에는「로우세이님」이라고 했으면서 지금은 이름도 막 부르고 깔보는 태도고…….
뭐, 나는 그쪽이 좋지만. 또래 친구 같고."

"……."

“네 이름도 막 부르던데? 격이 떨어졌네.”

“상관없어. 나이는 많아도 직위는 똑같아.”

“너희…… 그렇게 사이가 좋았는데.”

“……내 잘못이야.”

“내 잘못이야.”

“아니야.”

“아니, 맞아. 됐으니까 부딪치고 깨져. 깨져도 내가 나중에 커버해 줄게. 네가 얼마나 찾았는지, 걱정했는지, 제대로 말해줄게.”

“…….”

“이테쵸, 명령이야. 네가 받아. 영창 계속할 거니까 이제 말 걸지마.”

이테쵸가 망설이는 사이에 벨소리는 끊어져 버렸다. 이테쵸는 황급히 다시 걸었다. 단말을 쥔 손에서 땀이 났다. 역적의 습격보다도 긴장됐다.

뚜루루루, 뚜루루루. 발신음이 두 번. 세 번째로 넘어가기 전에 상대가 받았다.

『……로우세이, 님?』

이테쵸는 숨을 삼켰다. 뜨문뜨문 끊어진 음악 같은 음성이 귀에 울렸다. 처음에는 누군지 몰랐다. 하지만 사전에 로우세이에게 전해 들은 정보를 떠올리고 짐작했다.

“저는 겨울의 호위관, 칸게츠 이테쵸입니다. 그 목소리는…… 히나기쿠 님이십니까……?”

로우세이가 영창을 그만두고 얼굴을 번쩍 들었다. 하지만 자세가 안 좋았다. 로우세이가 똑바로 누워 있고 그 위에 이테쵸가 있었기에 자연스럽게 로우세이는 이테쵸의 턱에 머리를 박았다.

"……윽……."

이테쵸는 가볍게 신음했다. 로우세이는 말없이 고통스러워했다. 부딪힌 이테쵸보다 로우세이가 아파하는 것에서 이테쵸의 튼튼함이 엿보였다.

『무, 무슨 일이에요? 지금, 뭔가, 쿵, 부딪친 것, 같은데……?』

"괘, 괜찮습니다. 좁은 곳에 있어서."

『이테쵸, 오라, 버니? 사, 사쿠, 라, 이테쵸, 오라, 버니, 받았, 어. 응……? 기, 기다리라고 해? 끊어? 어, 어쩌지……. 아, 오라, 버니, 지금 사쿠라, 다른 통화 중이라…….』

아무래도 처음에 전화를 건 사람은 사쿠라고, 이테쵸가 받지 않았기에 지금은 다른 단말로 응대하고 있는 것 같았다. 그리고 이테쵸가 다시 건 전화를 사쿠라 대신 히나기쿠가 받은 것이다.

"이대로 기다리겠습니다. 히나기쿠 님…… 맞으십니까?"

『앗, 네, 히나기쿠, 예요. 이테쵸, 오라, 버니, 몸, 괜찮아, 요?』

"조금 전의 소리 때문이라면 걱정하지 않으셔도 됩니다."

아니요, 하고 히나기쿠가 즉각 말했다.

"아니라니요……?"

『지금, 말고, 옛날에…… 총, 맞았잖아요. 다, 나았어요……? 그때, 감싸, 줬어요…….』

이테쵸는 숨을 삼켰다.

"……."

『살려, 줘서, 고마워, 요.』

겨울의 마을이 습격받았을 때를 말한다는 것을 알고 이테쵸는 멍하니 입을 살짝 벌리고서 잠시 침묵하고 말았다.

『줄곧, 인사, 하고 싶었어, 요.』

—어째서.

그녀 안에서 이테쵸는 총에 맞아 다친 채로 시간이 멈춰있는 것이다.

물론 살아있다는 것은 알고 있었겠지만, 그래도 10년 전에 다친 것을 지금 걱정하는 것에 놀람을 감출 수 없었다.

—당신이 가장 먼저 해야 할 말은 그게 아니잖습니까.

다른 할 말이 더 있었을 터다.

—왜 도와주지 않았느냐, 라든가.

—어째서 사쿠라를 계속 보호하지 못했느냐, 라든가.

—너희 때문에 인생을 잃었다, 라든가.

말하고자 한다면 얼마든지 나쁘게 말할 수 있을 텐데.

『지금은, 괜찮아, 요……? 이제, 안, 아파요?』

히나기쿠는 그러지 않았다.

—다른 할 말이 얼마든지 있지 않습니까.

이테쵸는 10년 전에 생사의 경계를 헤맸다. 살아난 것은 히나기쿠 덕분이었다.

그때, 히나기쿠는 보호를 택했다. 만약 신통력으로 역적을 공격했다면 히나기쿠는 살았을지도 모르지만 모두가 살았을지는 알 수 없다.

—어째서.

역적은 인원이 많았다. 놓쳤다면 누군가는 보복당해 죽었을 것이다. 벚나무로 보호받고 병원으로 옮겨졌기에 어떻게든 건진 목숨임을 이테쵸 자신이 알고 있었다.

"네, 지금은……."

—어째서.

좀 더 다른 대화를 상상했었다. 어떤 대화냐고 묻는다면 모르겠다.

"지금은……."

예를 들어, 무릎 꿇고 바닥에 머리를 박고서 어떤 욕이든 받아들이고.

걷어차거나 때려도 그저 묵묵히 고개를 계속 조아리는.

그런 사죄를, 그런 대화를 상상했는데.

『이테쵸, 오라, 버니?』

실제로는 어떠한가.

—벌을.

히나기쿠는 화내기는커녕 걱정하고 있었다. 자신을 지켜주지 못했던 청년을.

—나는 벌을 받아야 하는데.

심장이 살려 달라고 호소했다. 아팠다. 꺼내 버리고 싶었다.

그만큼 아프고, 안타깝고, 괴로웠다.

용서하고 말고의 문제조차 아니었다.

『아직, 아파요?』

줄곧 마음 한편에 자리했던 것이다.

그때 괜찮을까, 하고. 그때 그 시간을 살고 있었다.

감금당한 채 구조되지 못하고 지내면서도 걱정해줬던 것이다.

"지금은…… 이제, 괜찮습니다……."

10년 전과 다름없이 말해줬다.

"……이제, 아프지 않습니다."

이테쵸 오라버니, 라고.

이테쵸의 눈시울이 뜨거워졌다.

뭔가 자신에게 바라는 것이 있어서 『오라버니』라는 경칭을 붙여 부른다는 것은 알고 있었다. 배다른 오빠가 있다는 사정을 들은 뒤로는 이테쵸도 오빠를 대신할 수는 없겠지만 오빠처럼 느끼길 바라며 히나기쿠를 예뻐했다.

잃어버렸던 소녀가 변함없이 그렇게 불러주는 것이 너무나도 애달프고 괴로웠다. 그리고 어리석게도.

"괜찮습니다……. 이제, 아프지 않습니다, 히나기쿠 님."

기뻤다.

—당신은 나를 벌해야 하는데.

이테쵸는 벗었던 선글라스를 황급히 다시 썼다. 시야가 눈물 때문에 일그러졌다.

"저야말로…… 10년 전에…… 목숨을…… 구해 주셔서…… 감사, 합니다……."

『……이테쵸, 오라, 버니…….』

"지키지 못한 죄를 용서해 달라고는 입이 찢어져도 말할 수 없습니다……. 평생에 걸쳐 속죄하겠습니다……. 뭔가 문제가 생겼습니까? 몸은 괜찮으십니까?"

『오라, 버니.』

"……당신께 그 호칭으로 불릴 자격은 없습니다……."

『그런, 말…… 하지, 말아요…….』

"아뇨, 그렇습니다. 히나기쿠 님……."

이테쵸가 숨과 함께 괴롭게 말을 토했다.

—이테쵸.

늘 신경을 곤두세우고서 자신이 무너진 모습을 타인에게 보여주지 않으려 하는 남자가 아주 간단히 그 가면을 벗었다. 로우세이는 그 모습을 멀거니 보았다.

—두 사람이 10년 만에 얘기하고 있어.

히나기쿠의 목소리는 휴대전화에서 아주 조금 새어 나오고 있었다. 무슨 말을 하는지는 알아들을 수 없지만, 히나기쿠 특유의 달콤하고 투명한, 별사탕처럼 반짝이는 음성은 살짝 들렸다.

—살아있어.

로우세이는 영창하는 것도 까맣게 잊고서 입을 다물고 있었다. 갑자기 괴로워졌고, 호흡을 멈췄음을 깨닫고서 얕게 공기를 들이마셨다. 왠지 자신의 호흡 소리가 상대방에게 들리면 안 될 것 같았다. 손으로 입을 가렸다.

—히나기쿠가, 살아있어.

정말로 살아있다고 마침내 실감했다.

뭔가 매우 신비한 일을 체험한 것처럼 몸이 움직이지 않았다. 감정의 탁류가 로우세이를 덮쳤다.

『그런, 말, 하지, 말아요…….』

히나기쿠가 두 번째로 한 말은 너무나도 슬픈 음성이었다.

『그렇게, 따지면, 히나기쿠, 도, 자격, 없어……요. 하지만, 지금은, 잘, 설명할 수, 없어요……. 이테쵸, 오라버니, 히나기쿠, 얘기, 들었나, 요?』

"……예, 조금…… 전해 들었습니다."

『……히나기쿠, 달라요. 다른, 사람, 안에, 들어와, 있어요. 가짜, 예요. 하지만, 이어진, 부분, 도, 있어요…….』

수수께끼 같은 말에 이테쵸는 대답하지 못했다.

『만약, 죽은, 그 아이가, 여기, 있었다면, 똑같이, 이테쵸 오라버니라고, 불렀을, 거예요. 그러니까…… 그런, 말, 하지 말아요…….』

"……죽은……."

『히나기쿠는, 죽었어요. 지금 있는, 히나기쿠, 달라요.』

"……바로 이해하지 못해서 죄송합니다. 다중 인격, 같은 걸까요."

『모르겠, 어요. 병명, 후보, 여러 개, 있어, 요.』

병명이란 말을 듣고 이테쵸는 머리를 얻어맞은 것 같은 충격을 받았다. 그건 그랬다. 현대 의학으로 조명하면 히나기쿠의 상태는 뭔가 이름이 붙을 것이다.

『지금 있는 거, 그런, 히나기쿠, 예요. 이테쵸, 오라버니…… 있잖아요…… 만나면, 직접…… 말하려고, 했지만…….』

"자, 잠시만요. 지금 로우세이가 있습니다. 바꾸겠습니다. 히나기쿠 님!"

『……말할 수 있을지, 알 수, 없어져서…… 지금, 말할게요.』

히나기쿠는 동요했는지 이테쵸의 말을 안 듣고 있는 것 같았다.

서둘러 로우세이의 귀에 휴대전화를 댔다.

로우세이는 거부할 새도 없이 그 목소리를 들었다.

『10년 전의 히나기쿠를, 살려 보내지, 못해서, 미안해요…….』

그제야 마침내 로우세이는 그녀의 목소리를 들었다.

"……."

전화 상대가 히나기쿠임을 알았기에 자신의 목소리가 상대방에게 전달되지 않도록 어째선지 손으로 입을 막고 있었지만, 지금은 그것조차 어려웠다.

"……히, 나……."

입술도 손도 떨렸다. 아무리 추워도 얼지 않는 겨울의 왕이, 반한 여자의 목소리를 들었을 뿐인데 떨림이 멎지 않았다.

"히나기, 쿠……."

이름을 부르려고 어떻게든 목소리를 짜냈지만, 다음 순간 로우세이의 귀에 들린 것은 전화 너머의 폭발음이었다. 이어서 비명도 몇 번 이어졌다.

"……히나기쿠?"

여러 명의 비명이었지만 확실하게 히나기쿠도 외치고 있었다.

그리고 전화는 끊겼다. 뚜— 뚜— 뚜— 하고 단절된 소리가 무참하게 울렸다.

"로우세이, 이상한 소리가 들렸는데 히나기쿠 님한테 무슨 일 생겼어?"

"……."

"사쿠라가 대신 받은 거야? 어이, 로우세이."

이테쵸는 귀에 대줬던 휴대전화를 보았다. 통화는 종료되어 있었다. 다시 걸어 봤지만, 받지 않았다.

"……히나기쿠가, 비명을 질렀어."

로우세이가 불쑥 중얼거렸다.

그 직후 무슨 일이 일어났는지는 이테쵸조차 알 수 없었다.

"비명을, 질렀어."

로우세이가 그렇게 말하고 나서 몸이 떠올랐다.

농담도 아니고 환각도 아니었다.

실제로 떠올랐다.

그때 벌어진 일은 단 몇 초간 일어난 일이었지만, 이테쵸의 눈에는 슬로 모션처럼 느리게 보였다. 떠오른 자신들의 몸과 함께 총도, 총알도 공중을 유영했다.

운전석 쪽에서 이시하라의 비명이 들렸다.

그리고 그 후에 격렬한 충돌음.

안전벨트를 매지 않은 몸은 이윽고 차체에 부딪쳤다.

와장창 소리가 들렸지만 뭐가 부서진 소리인지도 알 수 없었다.

밖에 거인이 있어서 차를 잡아다가 떨어뜨렸다고 해도 납득했을 것이다.

이테쵸는 고통스레 신음했다. 요란한 소리만큼 충격이 크진 않았다. 하지만 타박상의 아픔은 있었다. 입술도 머리도 이상한 곳에 부딪쳐서 가볍게 피가 났다.

이테쵸는 우선 로우세이의 안부를 확인했다.

"……."

살아있었다. 호흡도 문제없었다.

무의식중에 확실하게 끌어안았던 모양이다. 그가 태어난 이후로 줄곧 지켜온 세월이 어디 가진 않았다. 로우세이는 약해진 것처럼 보이기도 했지만, 눈은 형형히 빛났고, 입술에서는 불을 뿜은 용처럼 냉기가 흘러나오고 있었다.

—설마 이 녀석이 한 짓인가.

고개를 돌려 상황을 확인하니 자신들의 머리 위에 커다란 고드름이 생겨나 있었다.

—아아, 로우세이.

지면에서 솟은 고드름은 뒷좌석을 들어 올리듯 꿰뚫고 있었다. 좌석 아래쪽에 둘이서 숨어 있었기에 살았지만, 앉아 있었다면 꼬치가 됐을 것이다.

그건 마치 자살하고 싶어 하는 로우세이의 자해 버릇을 나타낸 것 같았다.

죽지는 않지만 죽을 만큼 자신을 상처 입히고 싶어 하는 그의 방식과 비슷했다.

"……로우세이!"

로우세이의 반응은 둔했다. 한꺼번에 신통력을 써서 그런지 졸린 듯한 얼굴이었다.

이테쵸는 몸을 일으켰다.

"운전석! 괜찮아?!"

"괘, 괜찮……습니다. 에어백 덕분에……. 하지만 움직일 수가 없어요……!"

"기다려. 나갈 수 있게 할 테니까! 로우세이! 멍청히 있을 때가 아니야! 정신 차려!"

이테쵸는 로우세이의 뺨을 몇 번 때렸다. 로우세이의 눈에 점차 초점이 잡히며 이테쵸를 보았다.

"……이테쵸."

"일단 차에서 나가자. 엄청난 일을 저질렀구나……."

낑낑거리면서도 어떻게든 밖으로 나갔다.

밖에는 더 『엄청난 일』이 벌어져 있었다. 이테쵸는 말문이 막혔다.

"……."

빙산이 있었다. 봄의 대행자가 내려준 봄 풍경에 어울리지 않는 얼음덩어리가 진좌해 있었다. 이로써 고속도로는 완전히 통행 불능이 됐다. 차선을 분단하듯 빙산이 생겨나 버렸기 때문이다. 명백하게 로우세이가 저지른 일이었다.

—이 녀석, 공격한 건가.

명명하자면 얼음으로 된 바늘지옥. 로우세이를 쫓으며 집요하게 추격전을 벌였던 추적자의 차들은 고드름에 꿰여 있었다. 용케 운전석과 뒷좌석을 피해 꽂혔지만 안에 있는 사람이 멀쩡하기는 어려웠다. 자신이 탄 차도 공격한 것은 아마 의도한 것이 아니리라. 감정의 발로로 벌어진 일임을 추측할 수 있었다.

—엉망진창이야.

주위는 고요함에 휩싸여 있었지만 이윽고 경적이 울리기 시작했다.

앞서 달리던 차와 오토바이들이 무슨 일이냐며 모여들고 있었다. 수도의 중요한 교통 루트를 겨울의 대행자가 기적의 힘이 막아 버렸다. 그저 일상을 사는 민간인에게는 커다란 민폐일 뿐이었다.

"……이테쵸 님!"

이시하라가 갑자기 외쳤다. 이테쵸는 위기를 알아차리고 돌진하듯 로우세이를 안아 그대로 지면에 엎드렸다. 그와 동시에 총성이 울렸다. 고드름에 꿰인 역적들이 그 상태로도 빙산 속에서 총을 쐈다.

하지만 위협사격이었거나 착란에 빠졌거나 자포자기 심정으로 쐈을 것이다. 완전히 빗나가고 있었다. 다만 민간인의 차가 멈춰 있는 상황이기에 무력화할 필요는 있었다.

"……귀찮은 녀석들이야."

로우세이는 이테쵸에게 보호받으며 허공으로 손을 들었다.

커다란 얼음칼이 순식간에 생겨나 그 손에 잡혔다. 로우세이는 이테쵸를 밀치고 일어나더니 그대로 달려가 투창하듯 칼을 던졌다.

날아간 얼음칼은 총을 쏜 차량에 꽂혀 완전히 얼려 버렸다. 쩌적쩌적 소리를 내며 얼음덩어리로 만들었다.

주위가 다시 쥐 죽은 듯 고요해졌다. 이 불가사의한 환술 같은 일을 벌이고 있는 사람이 이 나라에서 어떻게 불리는 자인지 다들 인식하기 시작했다.

"겨울의 대행자야……."

누군가가 그렇게 중얼거렸다.

민간인에게 사계의 대행자는 까마득한 존재.

동화 같은 세계에 사는 현인신이다.

계절이 찾아오면 그 계절을 즐기지만, 보이지 않는 곳에서 일하는 대행자를 의식하는 일은 거의 없다.

그도 그럴 것이, 춘하추동이 어떻게 찾아오는지 지식으로는 알고 있지만 실제로 그 힘을 볼 기회는 거의 없었다.

로우세이는 누가 보든 말든 거리낌 없이 힘을 사용하는 편이었지만, 사실 신비한 힘을 그렇게 쉽게 일반인에게 보여줘선 안 됐다. 보이게 되면 관심이 모이고, 그러면 호의뿐만 아니라 악의도 모인다.

대행자의 이능뿐만 아니라 대행자 본인도 감춰야 했다.

그것이 그들을 지키는 일로 이어졌다.

그걸 모르는지, 알면서 무시하는 건지.

로우세이는 위기의식이 없는 행동만 했다.

본인이 남들보다 조금 더 죽고 싶어 하는 부류에 들어가기 때문일지도 모른다.

하지만 이테쵸는 계속 말해왔다. 사계의 힘을 함부로 쓰면 안 된다고.

고갯길에서 사고당한 가족을 도왔을 때도 어렵게 결단했었다.

이런 일을 계속하면 마을과 사계청 내에서도 입장이 나빠진다. 그렇게 되면 살기 어려워지는 것은 로우세이 자신인데.

—이 바보 멍청이는 빙산을 만든 데다가 얼음칼로 역적을 찔렀어.

심장 약한 사람이 봤다면 잠깐 심정지가 왔을지도 모른다.

이테쵸는 화난 얼굴로 다시 로우세이에게 다가갔다.

"로우세이, 이 꽉 다물어."

경고했으면서 대비할 시간도 주지 않고 바로 머리를 후려갈겼다.

퍽 소리가 났다. 로우세이의 눈앞에서 별이 번쩍였다. 앞으로 고꾸라질 뻔했지만 어떻게든 버텼다. 로우세이는 항의하기 위해 얼굴을 들었으나, 분노한 표정인 이테쵸를 보고 바로 기세가 꺾였다. 오래 알고 지낸 경험으로 지금의 이테쵸가 위험하다는 걸 알아차렸을 것이다. 무안한 모습으로 말했다.

"그…… 다물 시간이 없어서 볼살을 깨물었는데……?"

"바보 멍청아! 저런 일은 용납되지 않아! 그렇게 힘을 과시하고 싶어?!"

"아니…… 이렇게까지 할 생각은 없었어. 무의식적으로……."

"그런 변명이 통할 것 같아?!"

이테쵸가 다시 주먹을 쥐며 다가왔지만 로우세이가 잠깐 기다리라는 것처럼 손을 앞으로 내밀었다. 이테쵸는 일단 멈췄다.

"이테쵸, 들어봐. 이미 때렸잖아? 후련해졌을 거야."

"아니, 한 대 정도는 더 때려야겠어. 히나기쿠 님을 만날 거니까 얼굴은 피해 주지."

"잠깐, 잠깐, 잠깐. 이 긴급 상황에 내부 분열은 좋지 않아. 네 주먹은 진짜 아프고, 앞으로 싸워야 하는데 체력 소모는 피하고 싶어!"

"여러 가지로 타당한 말을 하고 있지만, 그저 벌 받기 싫어서 그런 거겠지. ……그렇다면 이런 짓을 저지른 목적과 동기를 간결하게 말해!"

로우세이는 순간『네가 무슨 우리 엄마냐?』라는 표정을 지었지만, 그렇게 말하면 또 맞을 것을 아는지 꿀꺽 삼켰다.

"알았어. 우선 목적인데, 사계청 청사에 가서 봄을 구할 거야. 전화로 비명과 총성이 들렸어. 네가 들은 이상한 소리는 그거야. 당장 현장으로 가서 원호해야 해."

"……!"

"동기는 반한 여자와 친구를 구하기 위해서야. 이건 설명 안 해도 되지?"

로우세이의 발언도 행동도 제삼자가 보기에는 엉망진창이었지만, 그의 과거와 현재를 아는 자가 보기에는 행동에 굳은 심지가 있었다.

"……봄과 겨울이 동시에 역적에게 습격받은 건가?"

"그렇겠지. 계획된 걸지도 몰라. 이테쵸, 부탁이야. 같이 가줘. 두 사람이 기다리고 있어."

"……."

조금 긴 침묵이 있었다.

로우세이는 이테쵸의 선글라스 낀 눈을 보고 생각했다.

—이건 거절을 생각하고 있는 게 아니야.

로우세이가 이테쵸에게 명령하는 일은 있어도『부탁』하는 일은 거의 없었다. 그리고 이걸 발동하면 이테쵸가 절대 거절하지 않을 것을 로우세이는 알고 있었다. 게다가 이번『부탁』은 이테쵸에게도 비원이었다.

"……로우세이."

잠시 후, 이테쵸는 입을 열었다.

"그걸 빨리 말했어야지."

흘러내린 선글라스를 고쳐 쓰며 이테쵸가 말했다.

"다른 호위진이 사계청에 도착할 때까지 한 시간은 걸려. 기다릴 상황은 아니야. 우리 둘만 가게 될 텐데, 각오는 됐어?"

이테쵸도 봄 주종에 관한 일에는 제동이 걸리지 않는 인간이었다.

"물론이지. 그래서 저 역적들을 얼린 거야. 동상을 입겠지만 죽지는 않아. 저대로 내버려 두겠어."

"국가 치안 기구에 구출을 요청해야겠네. 하지만 저건 심했어. 그건 알지?"

"그럼, 그럼! 긴급 상황이라고는 하지만 너무 과했어. 히나기쿠가…… 비명을 질러서……."

말하고 나니 초조해졌는지 로우세이는 불안한 표정을 지었다.

"아무튼 이 뒤처리는 나중에 할게! 차는…… 더 못 쓰겠네. 이테쵸, 이시하라랑 운전사를 구해줘. 나는 민간인에게 차량을 양보해달라고 잠깐 교섭하고 올게."

그렇게 말하고 로우세이는 혼자 성큼성큼 걸어가 구경꾼에게 말을 걸었다.

—로우세이. 못난 부분은 여전히 못났지만 어른이 됐구나.

수호해야 할 주인이 지금은 훌륭한 청년으로서 자신 곁에 있다. 이테쵸는 그것이 든든했다. 10년 전이었다면 생각하지 못했을 일이다.

—역할 분담이 가능한 것만큼 믿음직스러운 건 없지.

이시하라와 운전사를 구하기 위해 차로 다가갔다. 이테쵸의 칼로 에어백과 안전벨트를 베자 마침내 이시하라와 운전사가 밖으로 나올 수 있었다.

"이게 무슨 일인가요?!"

기겁한 모습으로 말하는 이시하라에게 이테쵸는 어깨를 으쓱였다. 이테쵸도 그렇게 말하고 싶은 기분이었다.

운전사도 무사했지만 도로에 주저앉았다. 빙산을 보고『우리의 신께서 매우 노하셨군요』하고 겨울의 마을 사람다운 감상을 중얼거렸다.

정작 로우세이는 화를 감추고 근처에 있던 경트럭 운전사에게 말을 걸고 있었다. 빙산이 만들어진 뒤로 차를 멈추고 구경하던 청년이었다.

"300만에 살게. 어때?"

로우세이는 청년의 트럭 짐칸에 실린 오토바이를 가리키며 말했다.

차량 대신 이 오토바이를 사려는 것 같았다.

"엇, 네?"

갑작스럽게 오토바이 양도를 제안받은 청년은 눈앞에서 벌어진 얼음칼 투척에 충격받아 머릿속이 마비된 상태였기에 대화를 좇아가지 못했다.

"정신 차려. 오토바이 말이야. 이거, 바로 쓸 수 있는 거겠지?"

"아, 네! 팔 생각이라…… 마지막으로 산길을 달리려고 가져온 거라서, 어어, 네, 그래서 바로 탈 수 있어요. 아, 저기, 뜬금없는 질문이지만, 정말로 겨울의 신이신가요……?"

"겨울의 대행자야. 나는 인간이라고 인식하지만, 현인신이라고 정의하는 게 최적의 해답이겠지. 즉, 나를 돕는 건 신을 돕는 것과 같아."

"진짜요?"

"진짜야. 공덕을 쌓는 일이야. 팔아줘."

얼굴을 쑥 내밀자 청년이 얼굴을 붉혔다. 로우세이의 단정한 얼굴은 남녀 모두에게 효과가 있었다.

"300만이라니…… 신차를 살 수 있는 가격인데, 오히려 괜찮은 건가요? 중고로 팔려고 가져온 건데……."

"지금 당장 탈 수 있고 재빠르게 움직일 수 있는 게 필요해."

"으음, 어쩌지. 아아…… 아니, 하지만 이걸로 학자금 갚을 수 있겠는데……."

"학자금…… 학생이야?"

"아, 아뇨. 사회인이지만 아직 다 못 갚아서……. 저, 정말로 그 가격으로 사 주시는 건가요?"

망설이는 모습을 보고 로우세이는 즉각 밀어붙였다.

"350에 살게. 전자 어음으로 바로 보내주지."

청년은 잠시 간격을 뒀다가 뜻을 굳힌 표정으로 고개를 끄덕였다.

"……팔게요."

로우세이는 한 손을 내밀어 청년과 악수했다.

"올바른 판단이야. 은행 계좌 번호 알아?"

거래가 성립됐다.

"아, 알아요. 바이크 가게에서 거래하려고 메모해서……."

두 사람은 만난 지 10분도 되지 않았지만 원만한 관계를 구축했다.

"신……이 아니라 대행자님. 이거 오프로드 바이크인데 타보신 적 있나요? 애초에 면허 갖고 계신가요? 겨울의 대행자님도 운전면허 학원에 다니나요?"

다소 긴장이 풀렸는지 청년은 흥분한 기색으로 질문했다.

로우세이는 겨울의 신답게 전부 무뚝뚝하고 차갑게 대답했다.

"내가 할 리 없잖아. 운전은 종자가 할 거니까 문제없어. ……됐다. 민간인, 협력 고마워. 돈 보냈어. 짐칸에서 내려줘. 여긴 위험하니까 그 트럭 타고 바로 떠나. 조금 넉넉히 보냈으니까 오늘은 그 돈으로 맛있는 거라도 사 먹어. 사계의 신의 가호가 있기를."

로우세이는 청년에게 일방적으로 말해 준비시키고 바로 쫓아내버렸다.

"……좋아. 이테쵸, 이리 와! 너 대형 이륜 면허 갖고 있지?"

거만한 태도인데도 얄밉게 보이지 않으니 질이 나빴다. 이테쵸는 어이가 없었다.

"네가 무슨 천상계 사람이라도 돼?"

거만함을 견제하는 의미에서 한 말이었지만 로우세이는 『뭔 소리야?』 하는 얼굴로 대답했다.

"그야 나는 그 정도는 되는 사람이지. 사계의 대행자인데."

"……."

"수도 고속도로에서 오토바이 2인승은 안 되던가?"

이테쵸는 다시 한숨을 쉬고 대답했다.

"……사계 조례 제6조의 특수 상황에 해당돼. 역적 대처를 끝내고 우리의 안전이 확보될 때까지는 초법규적 조치가 취해져. 둘이서 타도 법률 위반으로 징계받지는 않아."

"좋아, 그럼 됐어. 이 이상 야마토의 법을 위반하면 뒤치다꺼리를 하는 이시하라가 울 거야."

"내가 울 것 같아……. 로우세이, 민간인에게도 좀 더 경의를 가져. 아무리 네가 천상계의 사람이어도."

"나는 누구에게나 이래. 상대의 신분에 따라 태도를 바꾸진 않아. 애초에 긍지를 가지고서 사람들을 대하라고 지도한 사람은 너잖아. 최상위 계절인 『겨울』로 있으라며?"

확실히 로우세이는 상대가 누구냐에 따라 태도를 바꾸는 인간은 아니다. 하지만 이 자리에서 잘난 듯이 할 말도 아니었다.

"……스무 살이 되어서도 이 모양이라면 내 교육 방식보다는 너의 자질이라고 판단해야 하지 않을까?"

"이 모양이라니? 뭔가 실례되는 말 하고 있지? 나는 너의 주군인데."

"아니, 됐다. 너랑 얘기하다가는 해가 저물겠어. ……이시하라 여사, 얘기는 들었겠지만……."

이테쵸는 두고 온 운전사와 이시하라에게 말하다가 예상치 못한 광경을 보고 말을 멈췄다.

"……죄송합니다."

사죄의 말은 불확실한 온도로 붕 떴다.

그 말에 어떤 감정이 담겨 있는지 알지 못한 채 공기에 녹아들었다.

"……이시하라?"

로우세이가 메마른 웃음을 흘렸다.

눈에 보이는 광경을 믿고 싶지 않아서 농담하지 말라는 것처럼 웃었지만 그녀는 농담이라고 말해주지 않았다.

이시하라는 운전사에게 총을 겨누고 있었다.

겨울의 마을에서 파견된 운전사에게 사계청 겨울 직원이 총구를 겨누는 이유.

이 자리에서 그 이유는 하나밖에 없다.

"로우세이 님, 이테쵸 님, 하지만 보낼 수는 없습니다."

봄, 맑은 하늘 아래 얼어붙은 수도 고속도로.

이것만으로도 이미 불가사의한 광경이지만, 거기에 지금까지 애써줬던 인간의 배신이 더해지니 더욱 기묘한 광경이 되었다.

적어도 로우세이와 이테쵸는 견디기 어려웠다. 그리고 믿기 어려웠다.

"가지 마세요. 가면 죽습니다."

이시하라의 목소리에는 비통한 바람이 담겨 있었다.

시간을 거슬러 올라가서.

린도우와 루리, 아야메는 국가 치안 기구 요원과 사계청 보전부 경비과 직원을 데리고 테이슈의 한 지역인 오우메에 와 있었다.

가을의 대행자 이와이즈키 나데시코를 유괴한【카사이】가 협박 전화를 걸어왔던 곳은 이곳과는 방향이 전혀 다른 곳이었다. 하지만 루리의 이능인『생명 사역』으로 현지 동물들을 모아 사역하여 현장에서 도망친 자를 수색할 수 있었다. 버려진 휴대전화에 남은 냄새를 개들이 쫓았고, 새와 벌레, 쥐와 고양이의 소문에까지 귀를 기울였다.

그리고 최종적으로 역적의 소식이 끊긴 곳이 이곳이었다.

"있잖아……."

루리는 딸기우유가 담긴 종이팩을 거칠게 뜯어 빨대를 꽂았다.

"전화를 걸고 도망친 역적이 그대로 본거지로 돌아갔다면 다행이지만…… 그게 아니라면 이거, 헛고생이잖아."

연이어 신통력을 사용한 피로 때문인지 눈이 게슴츠레했다.

"하지만 그 역적을 잡아낸다면 고문해서 본거지를 알아낼 수도 있을 겁니다."

마찬가지로 피로 때문에 눈초리가 사나워진 린도우는 오늘만 몇 병을 마셨는지 알 수 없는 에너지 드링크를 따며 대답했다.

"글쎄요. 여름 별궁에서 잡은 역적도 입을 열지 않았어요."

잠을 충분히 못 잤는지 아야메는 졸린 눈을 비비고서 카페인 음료를 한 모금 마셨다.

『하아…….』

세 사람은 동시에 한숨을 쉬었다. 이들은【카사이】로부터 연락이 온 뒤로 부랴부랴 출동하여 밤새 추적을 계속하고 있었다. 지금은 편의점 주차장에서 잠시 쉬는 중이었다.

단단히 뭉친 몸을 풀기 위해 차 밖으로 나와 저마다 기지개를 켰다.

마음 같아서는 숙박 시설을 잡고 온천에라도 들어가 쉬고 싶었지만, 나데시코를 생각하면 그럴 수도 없었다.

—하지만 후퇴하고 있지는 않아. 전진하고 있을 거야.

린도우는 에너지 드링크를 들이켜며 생각했다. 지친 기색을 보이면서도 수색을 포기하지 않고 도와주는 여름의 주종에게 감사의 시선을 보냈다.

이능의 힘으로 추적해주는 것도 물론 고맙지만, 이렇게 옆에 있어주는 것이 무엇보다 든든했다. 혼자가 아니라는 느낌을 강하게 받았다. 여름의 주종을 보내준 히나기쿠와 사쿠라. 연대를 약속해 준 로우세이와 이테쵸. 모든 계절의 주종에게 다 갚을 수 없는 은혜를 받았다.

—나데시코, 좌절하지 마.

어딘가에서 자신을 기다리고 있을 터인 자신의 가을에게, 린도우는 염원했다.

너를 위해 많은 사람이 움직여주고 있어, 라고.

"국가 치안 기구가 주변을 수소문하고 있으니 저희는 잠시 대기입니다. 루리 님, 아야메 님, 차 안에서 쉬시는 게 어떻습니까?"

"우리는 꽤 잤어. 운전도 안 했고. 린도우 님, 사계청 직원들이랑 교대로 운전하느라 피곤하지? 무슨 일 있으면 깨워줄 테니까 린도우 님이야말로 자는 게 어때?"

"배려해 주셔서 황송합니다. 하지만 저는 감정이 고양되어 잘 수 없을 것 같습니다."

나데시코를 생각하면 잠이 안 오기도 했지만, 역적에 대한 분노가 점점 끓어올라서 잠이 안 오기도 했다. 그걸 얘기하자 루리는 크게 고개를 끄덕였다.

"알 것 같아~ 이번 일도 화나지만, 역적들은 1년 내내 짜증 난단 말이지. 아주 흠씬 패 주고 싶어! 그치? 린도우 님."

"루리, 말투 좀 신경 써."

"동감입니다. 역적놈들, 아주 흠씬 패 주고 싶습니다."

"……아자미 님까지……."

"아야메, 착한 척하지 마~!"

"착한 척하는 거 아니야. 말투를 지적하는 거야. 사계의 대행자로서 그 발언은 문제가 있다고 생각하지만…… 마음은 똑같아."

세 사람은 막역하게 대화했다.

처음에야 어색하게 인사했지만, 고통스러운 장거리 드라이브를 함께 경험하면서 일종의 일체감이 생겨나 있었다. 사람은 공통된 적이 생기면 연대감이 강해진다. 공통된 적이란 역적이었다.

루리가 다 마신 우유팩을 한 손으로 찌그러뜨리며 말했다.

"애초에 역적은 자기들 주장만 내세우며 항의하는데, 이상하지 않아? 이쪽도 하고 싶은 말 무진장 많은데!"

린도우가 고개를 주억거렸다.

"말씀해 주십시오, 루리 님."

"말해버리겠어!"

"루리…… 아자미 님……."

"우선 근절파! 특정 계절이 싫고 짜증 나니까 죽이겠다니 그게 뭔 말이야! 그야 옛날에는 겨울이 오면 해를 넘기지 못하는 환자도 있었을 테고, 산골 마을 사람들한테는 사활이 걸린 문제겠지만, 그런 건 어쩔 수 없잖아? 왜 몇백 년이나 전에 생긴 원한을 현대까지 끌고 오는 거야? 자연에 대고 불평하는 것도 이상하지 않아? 산한테 『산 짜증나!』라고 말하는 거나 마찬가지잖아! 산도 곤란하다고! 왜 그런 소릴 들어야 해? 여름도 근절파 사람들한테 꽤 괴롭힘을 당하는데, 너희가 덥든 춥든 알 바 아니라고! 나는 자연을 관장하는 현인신이야! 자연의 섭리를 거역하지 마!"

"광분하는구나…… 루리."

"화 안 나게 생겼어?! 저마다 사상이 있는 건 좋지만, 자기 의견을 강요하면 안 된다고 생각해! 싫으면 거리를 벌리고 공존해야지!"

"……이상론을 말하자면 그렇지. 하지만 그게 안 통하는 상대니까 『역적』인 거야."

"저는 개혁파를 이해할 수 없습니다. 한가한 사람, 혹은 정의감을 내세워 폭력을 행사하고 파괴하고 싶어 하는 바보들의 모임이란 생각밖에 안 들어요. 세상을 위해 사계의 대행자를 이용하고 싶다, 이용해야 한다고 말할 시간에 자기들이 나라를 위해서 행동하면 되는 거 아닙니까? 그러지도 않고 그저 항의, 폭력…… 미쳤어요. 그러면서 자선 사업이라고 생각하는 건지……."

세 사람의 대화는 루리의 분노가 전염된 것처럼 점점 가열되었다.

"내 말이! 심지어 우리를 완전히 무시하잖아? 병력으로 써야 한다? 너희가 전쟁터로 가! 재난 시에 출동? 대지에 더 위험한 영향을 미치면 어쩔 거야? 자연재해에 대행자의 힘을 쓰는 건 옛날부터 금지되어 있다고!"

"대행자의 인권은 무시. 도구로만 보고 있는 거야……. 그런 지적에는 침묵하거나 노블레스 오블리주를 들먹이지. ……신들을 바보로 여기고 있어."

"아야메 님 말이 맞습니다. 이치가 다른 존재를 왜곡하려 드는 게 얼마나 무서운 일인지 모르고 있어요. 그런 일을 실제로 벌여서 사계의 신들이 노여워하면 어쩌려는 건지. 그런 상상력이 없는 겁니다."

"옛 문헌에 기록이 있죠. 전쟁에 사계의 대행자를 이용했다가 국토에서 풀 한 포기 안 나게 되어 사막으로 변했다고 해요. 민간인이 열람할 수 있는 문서에는 그런 일이 안 실려있는 걸까요?"

"교과서에 실려있습니다."

"린도우 님, 하계에 관해 자세히 아는구나~."

"저는 자란 환경이 특수해서 민간 학교에 다녔거든요."

툭 흘러나온 린도우의 개인 정보를 듣고 루리가 흥분했다.

"뭐~?! 평범한 학교에 다닌 거야?"

"학교는 어디까지 다니셨나요? 대학까지 가셨나요?"

이건 아야메도 신경 쓰이는 부분이었는지 상체를 내밀었다.

"대학도 다녔습니다. 뭐, 대학에 가도 결국은 사계와 관련된 일을 하게 되지만요……."

""아~.""

루리와 아야메는 둘이서 동시에 말하며 동정의 눈길을 보냈다.

만약 일반인이 들었다면 기이하게 여겼을 것이다. 이 자유 의지의 시대에 진로와 행동, 심지어 혼인까지 제한받으며 살아야 하는 그들의 폐쇄성을.

사계의 대행자라는, 태곳적부터 이어진 신의 대리인 제도. 이것을 지키기 위해 희생되는 사람은 대행자뿐만이 아니었다. 그들을 보좌하는 혈족들도 이 폐쇄적인 세계에 적잖이 얽매인다. 자식이 부모를 고를 수 없듯, 태어난 집안 때문에 진로를 선택할 수 없었다.

"하지만 나데시코 님은 귀엽고, 잘됐잖아."

"맞아요. 이와이즈키 님의 호위관이 되고 싶어서 지원한 사람은 많았을 텐데."

하지만 이들에게는 그게 보통이었다. 한 세대 전의 시대를 살고 있었다. 그러면서도 현대 기기를 사용하고 세속에도 관여하여 가치관만큼은 업그레이드되기에 자신들과 또래 젊은이들이 맛보는 자유의 격차에 절망하는 자는 많았다.

대부분은 타협하여 받아들인다. 그러지 않으면 살아갈 수 없기 때문이다.

"……네, 그렇죠. 원래는 대학원에도 가고 싶었지만 포기했습니다. 부모님도 기뻐하셨고…… 영광스러운 일이었습니다."

폐쇄적이기에 최소한의 생활은 보장된다. 아주 어리석은 짓을 저지르지 않는 한, 마을의 지원을 받고 살 수 있다. 소리 높여 싫다고 외쳐서 제재를 받으면 그건 본인뿐만 아니라 『집안』의 문제가 된다.

조용히 참고 견디며 살아가는 쪽이 편했다.

"그런데도 저는……."

타협하여 생활하고, 일이라며 나데시코 앞에서 연기했던 린도우는 본인도 모르는 사이에 『호위관』이 되어 버렸다. 이것이 좋은 일인지 나쁜 일인지는 본인이 어떻게 받아들이느냐에 달렸을 것이다.

"나데시코……."

이곳에 그 인물이 없고, 심지어 유괴당했다는 사실을 재인식하면서 분위기가 조금 우중충해졌다. 아야메는 허둥거렸고, 루리는 『기운 내!』 하며 린도우의 등을 세게 때렸다.

"근데 혈족이면서 사계 학교를 졸업하지 않은 건 희한하네. 좋겠다. 부럽다~."

"그렇게 좋은 일도 아닙니다. 부모가 외국의 사계 조직과 연계하는 일을 해서 이사를 자주 다녔을 뿐이죠. 마을에서도 허락했고요. 야마토뿐만 아니라 외국에서도 비슷한 경우는 있습니다. 다만…… 저는 오랫동안 부모의 일 때문에 여러 나라를 전전했는데, 야마토보다 사계의 신들에 대한 신앙심이 강한 나라여도 역적의 폭주는 거셌습니다. 집단의 문제가 아니라, 역시 개개인의 윤리관 문제이지 않을까요……. 폭력의 배출구로 쓰이는 구석도 있습니다."

"윤리관, 그거 진짜 중요해. 이게 신이 내린 은혜라는 걸 다들 알면서도 천벌 받을 짓을 하잖아? 사계의 대행자 취급도 「어라? 인권 없는데요」 싶을 때가 있고! 인간은 전~부 자연의 은혜 덕분에 사는 건데 경외하지 않는 거 진짜 이해가 안 가! 은혜를 입으면서 깔보는 태도인 거 진짜 이해가 안 가!"

"더 말씀해 주세요. 루리 님의 질타를 들으니 속이 시원합니다……."
"이해가 안 가! 이해가 안 가! 바보! 다들 바보야!"
"아자미 님, 루리를 부추기지 마세요."
이 중에서 가장 나이가 많은 사람은 린도우지만, 어느새 아야메가 두 사람을 달래는 담당이 되어 있었다. 하지만 나쁘기만 한 것은 아니었다. 아야메와 루리는 둘이 있으면 금방 싸우지만 제삼자가 있으면 대화가 잘 흘러갔다. 린도우라는 남자가 있음으로써 자매 사이가 조화를 이루었다. 그래서인지 사계청을 나선 뒤로 자매는 아직 싸우지 않았다.
"아, 누구 전화 왔어! 소리가 나."
루리가 말해서 아야메와 린도우는 각각 정장 주머니를 뒤적였다. 착신이 들어온 것은 린도우의 휴대전화였다. 『수사본부』라고 표시되어 있었다.
"수사본부에서 걸었네요. 받겠습니다."
린도우가 휴대전화를 귀에 대자 처음 들린 것은 사물이 쾅쾅 부딪치는 충격음이었다. 대체 무슨 일인가 싶어서 인상을 썼다.
『아자미 님, 지금 통화 가능합니까? 제 목소리가 들리나요?』
전화 상대는 사쿠라였다. 이런 상황에서도 늠름한 목소리는 귀에 쏙 들어왔다.
"히메다카 님이셨습니까. 들립니다. 무슨 일입니까?"
『긴급 사태입니다. 여름 분들에게도 공유하고 싶은 정보가 있습니다. 주위에 사람이 있나요?』
"지금 편의점 주차장에서 추적팀과 대기 중입니다."

『그럼 우선 여러분끼리 정보를 공유해 주세요. 그런 다음 다른 사람들에게 전하세요.』

왜 그렇게 번거로운 일을 시키는 걸까. 휴대전화를 스피커 모드로 바꿔서 다 같이 들으면 되지 않나 싶었지만, 사쿠라의 긴박한 목소리와 뒤쪽에서 계속 울리는 충격음과 사람들의 소란스러운 목소리를 듣고 말을 삼켰다.

『현재 사계청 청사는 공격받고 있습니다. 적의 목적도 소속도 불명입니다. 전투는 아래층에서 이루어지고 있고, 저희는 위층에서 농성 중입니다.』

"뭐……?"

『그러니까 현재 공격을……』

"아니! 그건 들었어! 괜찮은 거야? 너랑 카요 님은 안 다쳤어?"

린도우가 언성을 높였기에 옆에 있던 루리와 아야메가 흠칫했다.

린도우는 황급히 눈빛으로 사과했다.

"린도우 님, 안 들려. 숙여봐."

무슨 일인가 싶어서 루리와 아야메가 자연스럽게 린도우에게 찰싹 붙었다. 린도우는 미소녀 쌍둥이 사이에 끼어 조금 불편해진 것 같았지만 그녀들이 잘 들을 수 있게 허리를 숙여줬다. 나데시코와 같이 지내서 그런지 여성을 배려하고 친절하게 구는 것이 자연스럽게 몸에 배어 있었다.

『일단 괜찮습니다. 적의 인원이 적어서 반격해서 잡았어요. 지금은 농성 중입니다.』

사쿠라의 듬직한 대답을 듣고 린도우는 일단 가슴을 쓸어내렸지만, 금세 다시 불안한 마음이 솟았다. 사쿠라가 애써 냉정한 목소리를 내려고 하는 것이 전해졌기 때문이다.

『계단은 봉쇄하고, 엘리베이터 앞에는 바로 들어올 수 없도록 물건을 쌓고 있습니다.』

뒤쪽에서 들려오는 시끄러운 소리가 그 소리일 것이다.

"국가 치안 기구에서 보낸 지원군은?"

『확인하지 못했습니다. 통보는 했고, 언젠가 오겠지만 그 전에 저희가 당할 가능성도 있습니다.』

"알았어. 바로 돌아가지."

『아뇨, 안 돌아와도 됩니다.』

사쿠라는 단호하게 거절했다.

『돌아왔을 즈음에는 전부 끝났을 겁니다. 이건 외부에서 지원군이 올 때까지 버티는 지구전이에요. 저희가 쓰러지든, 저쪽이 쓰러지든 여러분은 제때 오지 못해요. 그렇다면 그쪽은 그쪽대로 움직였으면 좋겠습니다. 만에 하나 이쪽에 무슨 일이 생겼을 때, 여러분이 【카사이】를 상대할 유력한 정보를 얻었다면 위험한 사태에 빠지더라도 형세를 바꿀 수 있을 겁니다.』

"그러면 네가 무사하지 못하잖아!"

『호위관의 책무를 다할 뿐입니다. 아자미 님은 가을만 생각하세요. 저도 전화를 끊으면 히나기쿠 님만 생각할 겁니다. 아시겠어요? 냉정해지세요. 어디서 소식을 듣든 돌아오지 말라고 하고 싶었고, 경고할 것도 있어서 연락한 겁니다. 아자미 님. 배신자가 여러 명 있습니다. 당신은 배신자가 아니라고 판단했기에 연락했습니다.』

"무슨, 지금 무슨 소리를……."

『……나가츠키가 배신했습니다.』

린도우의 머릿속에서 모든 사고가 정지했다. 무슨 말을 들었는지 이해할 수 없었다.

몇 초 후에 다시 뇌가 처리 능력을 되찾자 지금까지 나가츠키와 보낸 나날이 주마등처럼 스쳐 지나갔다. 린도우와 거의 같은 시기에 전임자와 교체되어 들어온 그녀는 린도우보다 나이가 많았지만 살가운 성격으로 분위기를 잘 조정하는 인물이었다.

『나가츠키의 소속은 근절파인【히간니시】라는 단체입니다.』

첫인상은 화려하고 시끄러운 여자였지만, 그녀는 흙에 물이 스미듯 경비부 사람들과 금방 친해졌다.

『특정 계절의 근절을 바라는 근절파와는 계통이 조금 다릅니다. 봄의 대행자를 숭배하며 다른 계절은 필요 없다고 생각하는 일파. 말하자면 봄의 광신도죠. 가을에 잠입해 있었던 건 히나기쿠 님을 둘러싼…… 봄의 대행자만을 숭배할 수 있는 세계가 갖춰지면 제거하기 위해서였다고 합니다.』

동료로서는 만점을 줘도 될 인품이었다. 굳이 나쁜 점을 꼽자면 공동으로 쓰는 공간에서 냄새가 강한 음식을 먹는 것 정도였다. 다른 누가 배신해도 나가츠키가 배신하는 일은 없다고 단언할 수 있는 인물이었다. 적어도, 린도우가 생각하기에는.

『10년 전【카사이】와 한편을 이뤘던 건【히간니시】의 전신에 해당하는 조직이었다고 합니다. 이미 해산했지만, 남은 멤버가 새로【히간니시】를 만들어 현재까지 활동하고 있습니다.』

"나가츠키가 배신했다는 건…… 믿기 어렵지만, 그게 사실이라면 너희가 복수할 상대인가?"

『그렇죠. 다만 당시의 조직은 이미 해산했고, 전혀 다른 사상을 가진 단체로 다시 태어났기에 저도 어떡할까 고민 중입니다. 【히간니시】는 예전에 겨울 근절파였지만, 10년 전, 히나기쿠 님이 몸을 던져 다른 계절을 감싼 모습에 감명받아 봄 지상주의가 됐다고 합니다.』

"……뭐라고?"

『이해합니다. 그렇게 간단히 사상을 바꾸지 말라고 말해주고 싶지만…… 그 당시 히나기쿠 님의 모습을 보고서 종파를 바꾸는 건, 뭐…… 이해 못 하는 바도 아니라서…….』

"……."

『홀로 역적과 맞서 벚나무를 현현하여…… 저희를 지키고, 악한 자에게 선함을 묻듯 살려달라고 말하던 모습은…… 정말로 신 같았습니다…….』

"원래부터 현인신이셨을 텐데……?"

『그건 그렇지만…….』

사쿠라는 일단 말을 끊고 적절한 대답을 찾으며 이야기했다.

『물론 이미 현인신이셨지만……. 아자미 님, 세상에 기적이 있다고 치고, 그걸 일으키는 거룩한 존재를 본다면 어떨까요? 역사상 백성들은 그런 인물을 성인이라고 칭했습니다. 그리고 숭배자가 생겨났죠. 뭐랄까, 종교는 이렇게 시작되는 거구나 하는 생각이 드는 광경이었습니다. 저도 그날을 기점으로 이분은 신이라고 다시금 인식했습니다. 그때까지는…… 좀 더 가까운 존재라고 생각했었습니다. 그 자리에 없었던 아자미 님은 이해하기 어려울지도 모릅니다.』

아무리 그래도 너무 떠받드는 거 아닌가, 하고 린도우는 순간 생각했으나, 히나기쿠의 얼굴이 머릿속을 스치자 사쿠라의 말도 부정하기 어려워졌다.

대행자는 사람을 끌어당기는 매력이 있다. 그 성질은 춘하추동이 달랐다.

겨울의 칸츠바키 로우세이(狼星)는 그의 이름인 시리우스성처럼 쓸쓸하면서도 사람을 매료하는 힘이 있다. 그를 지키는 정예 부대의 결속은 군대 수준이라고 들었다.

여름의 하자쿠라 루리는 순진하면서도 쾌활하다. 우애의 정신은 누구보다 강하고 정이 깊다. 그러면서 주위를 살피는 냉정함도 겸비했다. 시중드는 자들에게는 동생처럼 사랑받고 있었다.

—나데시코의 매력은 내가 가장 잘 알아.

봄의 카요 히나기쿠는 어떠한가 하면, 얼핏 보기에 그저 불안하게 떨면서도 열심히 살고있는 소녀인 것 같다. 아직 오렌지 주스를 좋아하는, 어눌하게 말하는 아이일 뿐이다. 조금 이야기해 보면 그건 알 수 있다. 하지만 그걸 알더라도.

—그 아이는 타인을 비추는 봄의 태양 그 자체야.

아무런 설명도 안 되지만, 그렇게 표현할 수밖에 없었다. 그녀는 사람의 마음을 비춘다. 그건 상대가 완고할수록 효과적일지도 모른다.

봄의 햇살이 혹한의 겨울을 비춘 후 찾아오는 세계는 포근함으로 가득한 것과 같다.

끌리고 마는 것이다. 그 자세에.

—그분은 타인의 마음을 지키려고 해.

강한 아이는 아니다. 하지만 약하게 있으려고 하지도 않는다. 얼핏 보면 보호받는 측이지만 본인은 수호하는 측이 된다. 무리하지 말라고 말해주고 싶을 만큼.

—히메다카 님이 이토록 카요 님에게 헌신하고 싶어 하는 건 사람으로서 이해가 가.

린도우도 히나기쿠에게 봄의 햇살을 받았다.

돌이켜 생각하면 얼굴이 뜨거워지지만, 린도우는 위로받았을 때 느꼈던 히나기쿠의 상냥함을 그 이후로 몇 번이나 곱씹었다. 피폐해진 정신을 확실하게 위로해 줬던 순간이기 때문이다.

히나기쿠도 힘든 처지면서 다른 사람을 걱정하는 것이 린도우의 가슴을 때렸다.

카요 히나기쿠라는 현인신을 접한 적이 있는 평범한 인간으로서 생각해 보면.

지금보다 더 신위가 넘쳐흘렀다는 여섯 살의 히나기쿠가 모든 것을 지키기 위해 벚나무를 현현시키고 아무도 죽이지 말라며 눈물로 호소했다면.

—함락되는 자는 확실히 있을지도 몰라.

그런 생각이 들었다. 매혹된다고 해야 할지, 아니면 그녀가 마성의 여인인지.

봄은 좋게도 나쁘게도 사람을 미치게 하는 계절이다.

린도우는 속으로 바람피우는 게 아니라고 나데시코에게 변명했다. 린도우가 입을 다물고 있으니 사쿠라는 역시 이해받지 못했다고 체념하며 말을 이었다.

『10년 전, 히나기쿠 님의 취급을 두고 대립했던 【카사이】와 그들은 공중분해라고 할까, 거의 【카사이】에게 살해당했다고 합니다. 살아남은 자들은 히나기쿠 님을 뺏어간 【카사이】를 원망하며 히나기쿠 님의 행방을 찾았다더군요. 언젠가 다시 봄의 대행자가 복귀하면 이번에야말로 봄의 대행자를 자신들의 것으로 삼아 숭배하려고 오랫동안 계획을 짰습니다. 저희는 그런 족속이 있는 곳에 멍청하게 나타나서 조우한 거죠. ……아자미 님이 나가츠키의 배신을 모른 것도 별수 없는 일입니다. 약 10년 전부터 씨앗을 뿌리기 시작했으니까요.』

"……10년 전부터?"

『네. 나가츠키는 그때 학생이었는데, 마침 들어간 대학 동아리가 실은 【히간니시】의 입김이 작용한 곳이었다고 합니다. 졸업한 선배가 찾아와서 접촉하다 보니 물든 거죠.』

종교 단체나 사기 단체가 잘 쓰는 방식이었다. 린도우는 자신이 누군가가 친 거미줄 위에 서 있는 것 같다는 느낌을 받았다.

『홀랑 넘어간 나가츠키는 창창한 인생을 날리고 【히간니시】의 간부가 말하는 대로 사계청에 들어왔습니다. 그리고 가을의 마을에 파견되어서…… 이후는 아자미 님이 아는 나가츠키입니다.』

"……내가 아는 나가츠키 같은 건 없잖아……."

불과 며칠 전까지 둘이서 지친 몸을 이끌면서도 나데시코를 탈환하기 위해 움직였는데 그날들은 대체 뭐였던 말인가. 가을 별궁에서 나데시코가 흘린 핏자국을 보고 울었던 것도 연기였을지도 모른다.

지금까지 느꼈던 우정 같은 무언가가 소리도 없이 사라지려고 했다.

—전부 거짓말이었나?

린도우보다도 경비 계획을 꼼꼼히 생각하는 인간이었다. 일을 대충 하지는 않았다.

거의 지하에 틀어박혀 있었기에 나데시코와의 관계는 희미했으나 그녀를 『페어리』라고 부르며 아끼는 모습에서 거짓은 보이지 않았었다.

—사실은 언젠가 죽일 생각을 하며 지냈던 건가?

등골이 오싹해졌다.

자신이 얼마나 안일한 마음가짐으로 지냈는지 가을 별궁 습격 때도 통감했지만, 지금처럼 그걸 정면으로 직시하게 된 적은 없었다.

—이걸 나데시코에게 어떻게 말하면 좋지.

자신의 가을이 이 사실을 알면 얼마나 슬퍼할지 생각하고 말았다.

린도우의 마음을 모른 채 사쿠라는 계속 이야기했다.

『나가츠키는 사계의 대행자의 후손이 아니라 일반인 합격자예요. 사계청에 들어올 만한 인재가 어느 시점에 역적의 사상에 오염됐는지는 앞으로 추궁받게 되겠죠. 이 점은 사계청의 인사가 죽도록 두들겨 맞는 안건이 되겠지만, 어쩌면 한층 더한 고름이…….』

그때, 누군가가 사쿠라에게 말을 걸었는지 대화가 일시 중단됐다. 아무래도 다른 쪽에서 전화가 왔다고 이야기하고 있는 것 같았다. 히나기쿠의 당황한 목소리가 들렸다.

『죄송합니다. 히나기쿠 님에게 보류 버튼을 알려드리지 않아서…….

겨울한테서 전화가 왔습니다. 겨울에도 연락하려고 했는데 받지 않았었거든요. 이 통화가 끝나면 겨울 쪽에도 정보를 공유할 겁니다. ……시간이 있다면 말이죠.』

린도우는 엉망이 되려던 기분을 어떻게든 진정시키고 대답했다.

"정신 똑바로 차릴게. 계속 얘기해줘……."

『네. 나가츠키를 감싸는 건 아니지만, 지금 말하고 있는 건 나가츠키가 실토한 내용입니다. 고문도 안 했어요. 곧이곧대로 믿을 수는 없으나, 나가츠키도 가을의 대행자님과 접하면서 생각이 달라졌는지 가을 별궁은 지키려고 했던 것 같습니다. 【카사이】의 자금원이었던 마약 매매와 무기 매매 쪽으로 조금씩 동향을 살폈다고 합니다. 무기 상인 업계에서 커다란 거래가 있었다고 듣고, 대규모 테러가 일어날 것을 경계하고 있었어요. 【히간니시】의 전신은 10년 전 겨울의 마을 습격 때 【카사이】로부터 무기를 제공받았기에 당시의 흐름과 비교했던 거겠죠. 대규모 테러가 일어나는 것 아니냐고 상층부에도 경고한 것 같지만…… 어쨌든 발족한 지 10년인 소규모 단체니까요. 【카사이】 같은 무력은 갖추고 있지 않아요. 정보전에만 뛰어난 단체라더군요. 그래서 변변한 대책도 세우지 못하고 경과만 관찰하고 있는데 여름 별궁 습격이 일어났고, 나가츠키 자신도 가을 별궁 습격에 휘말렸다고 합니다.』

"……가을 별궁 습격은 몰랐던 건가."

『예측은 했겠죠. 하지만 스파이라는 입장상 떠날 수도 없고, 언제 습격해 올지는 몰랐을 겁니다. 오늘도 휘말린 거라고 합니다. 이번에는 히나기쿠 님이 가까이 있었기에 습격으로 혼란스러운 틈을 타

자신들의 아지트로 데려가려고 한 것 같지만, 제가 혼쭐을 내서 지금은 따르고 있습니다.』

"……."

『아자미 님?』

이 이야기가 사실이라면 나가츠키는 그저 세뇌당했을 뿐인 피해자일지도 모른다.

하지만 그렇더라도 나데시코와 린도우를 배신하며 가을 별궁에서 지냈다는 점은 변함없었다. 다음에 만날 일이 있다면 린도우는 이제 그녀를 적으로 봐야 할 것이다.

"네. 괜찮습니다. 나가츠키는 구속했습니까?"

『아뇨, 히나기쿠 님을 지키기 위해 수족처럼 써달라고 해서 엘리베이터 앞에 바리케이드를 만들라고 시켰습니다.』

"묶어두는 게 낫지 않겠습니까?"

『나중에 묶을 겁니다. 지금은 몸이 열 개라도 모자라니까요. 현재 아래층에서 어떤 무장 조직과 사계청 경비원이 충돌한 것 같은데, 그들이 올라왔을 때 총알받이나 미끼로 쓸 생각입니다. 비상계단으로 도망치는 방법도 있지만…… 아래쪽에서 항쟁이 발생한 이상 계단을 이용하는 건 너무 위험하니 농성할 수밖에 없습니다. 적과 맞닥뜨리면 도망칠 곳이 없어요. 무장하지 않은 자도 있고, 저희는 역시 국가 치안 기구의 지원을 기다리겠습니다. 저 녀석들을 방패로 삼아서.』

굉장히 너무한 말을 하고 있지만, 이 정도로 정을 끊고 대행자 외의 존재는 어찌 되든 좋은 도구로 다루는 것이 더 편할지도 모른다.

린도우는 여전히 나가츠키에게 배신당했다는 충격 속에 있기에 당장은 그러지 못할 것 같지만.

"아무튼 배신자를 경계하고 【카사이】는 대규모 테러를 계획 중일 가능성이 있으니 충분히 조심하라는 거군."

『맞습니다, 아자미 님. 만약 여기서 저희가 죽어도 수색을 멈춰서는 안 됩니다.』

"……그런 말은 하지 마."

『아뇨, 말할 겁니다. 누가 뭐라든 절대 나데시코 님을 포기하면 안 됩니다. 당신만큼은. 알겠죠? 종자는…… 대행자의 빛입니다. 히나기쿠 님의 말씀을 잊지 마세요.』

"약속하지……. 나데시코를 포기하지 않겠어."

그 말을 들어서 다행이라며, 사쿠라의 목소리가 그 나이 때의 아가씨다운 음성으로 돌아왔다.

"저, 저기! 역시 지금이라도!"

대화를 듣고 있던 루리가 초조한 모습으로 끼어들었지만, 바로 그때, 휴대전화에서 기묘한 소리가 나며 통신이 끊어졌다.

"……어? 뭐야?"

루리가 셔츠를 잡아당겨서 린도우는 황급히 다시 전화를 걸었다. 호출음이 울렸다.

하지만 사쿠라는 받지 않았다.

"……마지막에 비명을 질렀죠?"

"네. 폭발음 비슷한 소리가 들렸습니다. 그리고 총성도."

"……히나기쿠 님이랑 사쿠라 님, 정말로 역적에게 습격받은 거야……. 진짜 안 돌아가도 돼?”

린도우는 바로 대답할 수 없었다. 돌아오지 말라고, 의미가 없다고 사쿠라가 말한 것처럼 현재 위치에서 사계청으로 달려가도 늦는다.

돕기는커녕 새로운 시체를 늘릴 뿐이다.

—팀을 나눌까? 소용없더라도 지원군은 보내야 하지 않을까?

감정적으로 움직일 것인가, 크게 봐야 하는가.

“아자미 님, 어쩔까요?”

“린도우 님, 어쩔 거야? 도와주러 갈 거지?”

린도우의 등으로 식은땀이 주르륵 흘렀다.

한편, 사계청 19층에 틀어박힌 봄의 주종은 혼란 속에 있었다.

아래층에서 또 커다란 폭발음이 들렸기 때문이다.

일상적이지 못한 소리에 사쿠라는 눈앞이 아찔해졌다.

—아래쪽 공방이 결판났나?

창문으로 아래를 보니 정면 현관 부근에서 검은 연기가 뭉게뭉게 피어오르고 있었고, 비상벨은 여전히 시끄럽게 울리고 있었다.

주위에 남아있는 것은 나가츠키의 배신에 당황하고 폭발에 겁먹은 사계청 수사원 십여 명. 비상계단은 막았지만 엘리베이터는 기능 중이다. 아까 본 작업원 같은 자들이 만약 사쿠라가 생각하는 그런 악인이라면 이제 시간이 별로 없었다.

무게가 있는 사무 가구를 엘리베이터 앞에 쌓았으나 폭발물을 사용한다면 바로 날아간다. 아무런 의미도 없을 것이다.

"초, 총성이 가까워지고 있지 않나요?!"

수사원이 외친 후, 존재를 알리듯 탕, 탕, 하고 확실히 총성이 울렸다. 여전히 비상벨이 그치지 않아서 또렷하게 들리지는 않지만 틀림없었다.

히나기쿠가 작게 비명을 질렀다. 사쿠라도 소리를 지를 뻔했다. 이 상황은 겨울의 마을에서 겪었던 것과 흡사했다.

"국가 치안 기구에서 추가 연락은 안 왔어?!"

호통치듯 주위에 묻자 사계청 직원 한 명이 대답했다.

"안 왔습니다!"

"정말로 연락한 거겠지?!"

"해, 했습니다! 애초에 이렇게 큰 소동이 벌어졌으니 다른 사람들도 연락했을 겁니다."

—그건 그래. 구경꾼이든 밖으로 도망친 직원들이든, 누군가는 신고했을 거야.

나가츠키라는 배신자를 알게 되니 뭐든 의심하고 싶어졌다. 누구를 믿으면 좋을지도 알 수 없었다. 통화를 도청당했다면? 국가 치안 기구에 배신자가 있다면? 애초에 이 직원들조차 아군인지 아닌지 불명이었다.

사쿠라는 어수선하게 술렁이는 가슴을 몇 번 두드렸다.

"……사쿠라, 연락…… 도중에, 끊어져 버렸어……."

히나기쿠가 파랗게 질린 얼굴로 휴대전화를 내밀었다. 지금은 다시 걸 때가 아니었다. 휴대전화를 그대로 받아서 품에 넣었다. 들고 있던 유선 전화로 다시 착신이 들어왔지만, 이쪽도 받을 때가 아니었기에 끊고 원래 위치로 되돌렸다.

"이테쵸, 오라버니가, 받았어."

"그렇습니까…… 그 녀석들이 어디 있는지 모르겠지만, 그쪽을 기다리는 것보다 국가 치안 기구가 오는 게 빠르겠죠. 히나기쿠 님, 이건 지구전입니다. 외부에서 도와주러 올 때까지 어떻게든 버텨야 합니다."

"응, 바리케이드, 있는 곳에, 가시나무, 감을까?"

"부탁드릴 수 있을까요? 아래쪽 공방이 결판나면 어떤 무장 조직이 위로 올라올 겁니다."

"……응. 알았어."

여전히 공포에 질린 얼굴이긴 했지만 히나기쿠의 행동은 빠릿빠릿했다. 꽃씨가 든 주머니에서 씨앗을 선별하여 신비한 힘으로 식물을 바리케이드에 얽어 고정했다.

"히메다카 님."

바리케이드를 만들던 나가츠키가 숨을 몰아쉬며 말을 걸어왔다. 사쿠라가 쓰러뜨린 【히간니시】 남자들도 마치 군대처럼 질서 정연하게 인사했다.

사쿠라에게 된통 당하여 경상이긴 해도 피를 흘리고 타박상을 입었는데 반짝이는 눈을 하고 있었다.

—기분 나빠.

의사소통이 된다는 생각은 안 들지만, 일방적으로 봉사해주는 병사들을 손에 넣었다. 무엇이 심금을 울렸는지 모르겠으나 사쿠라에게 호의적이었다.

“국가 치안 기구 말인데…… 별로 기대하지 않는 게 좋을 거예요.”

“왜지?”

“【카사이】는 최근 몇 년간 굉장히 잘나가서 이런저런 곳에 돈을 뿌리며 협력자를 만든 것 같아요. 아마 국가 치안 기구 요원도 포섭됐겠죠. 애초에 소방차가 여태 안 오는 건 이상하지 않나요? 여기서 소방서는 가깝잖아요. 당장 출동할 수 없는 어떤 압력을 받았거나 공작이 되어 있다고 생각하는 편이 좋겠죠.”

—그럼 어쩔 도리가 없잖아!

사쿠라는 그렇게 소리치고 싶었지만, 억측의 영역을 넘지 않는 발언이라고 여기며 어떻게든 입을 다물었다.

“그리고 죄송합니다. 이게 본론인데…… 아까부터 밖에서 비상문을 두드리는 소리가 나는데 안 나가 봐도 되나요?”

사쿠라는 잠긴 문을 보았다.

“너희의 정신 나간 동료 아니야? 저쪽으로 유도하려고 했잖아. 역적이 비상계단으로 올라올 가능성이 있어. 그때 총알받이로 쓰기 위해서도 문을 열 생각은 없어.”

사쿠라의 서슴없는 말을 들은 나가츠키는 얼떨떨해하다가 황홀한 눈으로 바라보았다.

“히메다카 님…… 굉장히 냉철하셔서 두근거렸어요.”

아무래도 학대당하는 것을 좋아하는 것 같았다.

“그만, 네 취향에 날 끌어들이지 마. 그럼 다정하게 대해야 하는데 그러기 싫어.”

“아뇨, 부디 차갑게 대해 주세요.”

"하지 마. 무서워. 나는 입은 험해도 그런 방향성은 아니야."

"……귀엽네요, 히메다카 님. 아무튼 원래 하던 얘기로 돌아와서, 저희 인원은 여기 있는 게 다예요. 안타깝게도【히간니시】는 소규모 단체…… 카요 님이 얼마나 훌륭하신지 세상에 알리는 포교 활동이 아직 진행되지 않았어요……. 올해 복귀하셨으니 앞으로 신도를 늘려나갈 생각입니다."

"필요 없어. 늘리지 마."

사쿠라는 생각했다. 그렇다면 저 소리는 뭘까.

"추측이지만, 이곳에 달려올 사람이 역적 말고 또 있다면…… 괘씸하게도 카요 님을 곁에서 모시던 경호원들 아닐까요?"

—사계청 직원이거나 겨울의 마을 사람, 혹은 둘 다인가.

그들이라면 든든한 증원군이다. 사쿠라는 잠시 망설였다. 그때, 비상벨이 멎었다. 시끄럽던 소리가 멎자 다른 소리가 선명해졌다.

비상계단과의 사이에 있는 방화문을 끈질기게 두드리는 소리가. 바깥의 목소리가 마침내 명료하게 들렸다.

"열어 주십시오! 봄의 대행자님! 호위관님! 계십니까?!"

겨울의 마을에서 파견된 두 남성 경호원 중 한 명의 목소리였다.

사쿠라는 황급히 비상계단 문으로 다가갔다. 다른 사람들은 접이식 의자나 소화기 등을 들고서 문 앞에 서 있었다.

"여실 겁니까?"

문 앞에서 경계 중인 직원이 물었다. 사쿠라는 아직 결심이 서지 않은 상태였지만 최악에는 베기로 하고 검을 들었다.

"열어줘."

사쿠라가 말하자 직원이『지금 열겠어! 무장을 해제하고 들어와!』하고 조금 떨리는 목소리로 말했다.

천천히 잠금을 해제하자 경호원들이 들어왔다. 두 명뿐이었다.

"아아, 다행이다. 무사하셨군요……!"

"곁을 떠나서 죄송합니다. 기습받고 구속당했지만 어떻게든 탈출했습니다."

그들은 이미 전투를 치렀는지 얼굴을 베이고 맞은 흔적이 보였다.

두 사람을 안에 들이고 바로 다시 문을 잠갔다. 공격할 의지가 없어 보였기에 사쿠라는 일단 칼을 칼집에 넣고 말했다.

"총성은 너희가 낸 건가. 상대는【카사이】야?"

사쿠라의 물음에 겨울 측 경호원들은 어색하게 얼굴을 마주 보았다.

"아뇨…… 사계청의 경호원입니다. 사계청 보전부 경비부 봄 부문 녀석들이었습니다……."

"전부 처리하고 왔지만, 아직 배신자가 있을 가능성이 있습니다. 섣불리 움직일 수 없습니다."

즉, 내려가도 지옥이고 머물러도 지옥이다. 역시 사면초가인 채였다.

"호위관님……."

걱정하듯 불렀지만 사쿠라는 어떻게든 배신을 받아들였다. 이미 나가츠키라는 존재가 있었다. 사계청 내에 다른 배신자가 있는 것은 예상한 범위였다. 그게 가까운 자였을 뿐이다. 심지어 같은 진영인 봄에서 나왔을 뿐이다. 단둘이 류구에서 봄을 현현한 후, 감시처럼 붙은 봄 부문 경호원들. 그들을 멀리한 것은 기분의 문제였지만,

지금 보니 잘한 일이었다.

"너희는 어느 타이밍에 습격받았지?"

겨울 측 경호원들은 비상벨이 울리기 전에 사계청 경비과 사람들에게 기습받아 한 층 아래인 18층으로 끌려가 구속당하고 집단 구타를 당했다고 했다. 경비과 사람은 날짜별로 인원수가 다른데, 오늘은 다섯 명이었다. 즉, 둘이서 다섯 명을 해치우고 여기까지 온 것이었다.

겨울의 마을 경호원을, 그것도 정예를 보내준 것에 지금만큼은 사쿠라도 이테쵸에게 고마워했다.

"빠르게 정보를 공유하지."

사쿠라는 두 사람에게【히간니시】의 존재를 전했다.

"구속해야 하는 것 아닙니까?"

그들이 배신자고 히나기쿠 신봉자임을 들은 겨울의 마을 경호원들은 벌레 씹은 얼굴로 고언했다. 당연히 말할 거라고 생각한 말을 듣고 사쿠라도 눈썹을 내렸다.

"생각이 있어. 쓸 수 있는 건 쓰는 편이 낫잖아. 그리고 무기도 압수했어."

"저희를 걱정하는 거라면 믿으셔도 좋아요."

"끼어들지 마, 나가츠키."

"하지만 불안 요소는 처리하는 게 낫습니다."

겨울 측 경호원이 계속 물고 늘어지자 사쿠라도 자신의 판단이 옳은지 알 수 없어졌다.

이곳에서 완벽하게 올바른 판단을 내리고 있는 사람은 없겠지만,

그녀의 어깨를 짓누르는 책임이 너무 컸다.

—젠장!

정신이 점차 궁지에 몰렸다. 심장이 빠르게 뛰었다.

사쿠라는 그때 어째선지 이테쵸의 뒷모습을 떠올리고 말았다.

『사쿠라.』

그 목소리를 떠올렸다. 사쿠라를 유일하게 지켜 주려고 했던 청년의 목소리를.

—그만, 그만, 생각하지 마.

불안하고 힘들 때면 언제나 그의 뒷모습이 떠올랐다.

—생각하지 마. 생각하지 마.

이테쵸는 사쿠라의 인생에 큰 영향을 끼쳤다.

무예를 배웠다. 봄의 마을에서 쫓겨난 뒤로는 보호받았다. 타인이지만 가까웠고, 친구는 아니지만 친애하는 마음이 있었고, 서로 히나기쿠를 잃고 로우세이를 지탱하는 생활을 5년이나 했다. 그리고 무엇보다.

—생각하지 마. 약해지니까.

그는 사쿠라를 지키는 남자였다. 비호해줬다. 소중히 여겨줬다. 다정했다.

—강하게 있어. 용맹하게.

이테쵸는 누구에게나 신사적인 청년이다. 그가 다른 사람에게 친절한 것은 기본 상태나 마찬가지라서 딱히 특별한 일은 아니었다.

그저 사쿠라 주위에 그런 연상의 청년이 없었을 뿐이다.

사쿠라가 일방적으로 좋아했던 것이다. 호감을 품었고, 그것이 어느새 연모가 되었고.

『사쿠라…… 히나기쿠 님의, 수색이.』

그리고 부서졌다. 수사 규모가 축소된다고, 실질적으로 겨울의 마을은 히나기쿠 구출을 포기하는 방향으로 움직인다는 말을 이테쵸에게 들었을 때의 일은 잘 기억나지 않는다.

머릿속이 새하얘졌고, 정신 차리고 보니 사랑했던 만큼 미워하고 있었다.

—마음을 죽여. 지금은 직무 중이야.

사쿠라는 숨을 내뱉었다. 마음이 꿈틀거리는 것을 어떻게든 억눌렀다.

—이테쵸를 잊어. 이테쵸를 잊어. 이테쵸를 잊어.

따라잡고 싶은 그 뒷모습을.

—너는 이제 강해. 이제 강해.

당신도 슬프다면 울어도 된다고 말하자 무너지듯 보였던 얼굴을.

—이제 강하니까, 싸울 수 있어.

언제나 아껴주고 있다는 게 전해졌던 그 눈을.

—전부 혼자 하는 건 아니야. 너무 부담 가지지 마. 타인은 장기말이야. 장기말을 이용해.

가장 달콤하고 황홀하게 들렸던『사쿠라』라는 부름을, 음성을.

—지켜야 할 존귀한 분이 있잖아.

머릿속에서 이테쵸를 전부 몰아냈다.

"사쿠라."

이름을 불러서 사쿠라는 돌아보았다.

가시나무를 다 만들고 숨을 헐떡이는 히나기쿠가 『다음엔 뭐 할까?』라는 얼굴로 보고 있었다.

그 모습은 결코 강하지는 않았지만.

"뭐든, 말해. 도울, 게."

아주 믿음직스럽게 보였다. 사쿠라의 소녀신은 10년 전보다 커졌다. 그리고 지금 함께 싸워주려고 했다.

"……히나기쿠 님."

—당신은 몇 번이나 저를 구해주십니다.

사쿠라는 연모를 잊고 눈앞에 있는 사랑하는 여자아이에게 의식을 집중했다. 손을 뻗어 끌어당겼다. 연인이 연인에게 하듯이. 히나기쿠는 아무 말 없이 매달리듯 사쿠라에게 기댔다.

"훌륭하신 주인을 둔 사쿠라는 행운아입니다."

"히나기쿠야, 말로, 행운아, 야. 사쿠라가, 있으니까."

그렇게 말하고 히나기쿠는 사쿠라의 불안을 흡수하듯 꼭 안아 줬다. 패닉 상태에 빠졌던 머릿속이 조금 진정되었다.

—지켜.

히나기쿠의 몸. 밀착하여 전달되는 체온, 심장 소리. 그것들을 느끼고 다시 숨을 내뱉었다.

"……괜찮, 아?"

히나기쿠는 이상함을 느끼고 종자에게 물었다. 사쿠라는 즉각 대답했다.

"네. 히나기쿠 님. 문제없습니다. 걱정하지 마세요. 사쿠라가 반드시 지키겠습니다."

그렇게 단언하고 나니 표정만큼은 조금 쿨한 평소의 그녀로 돌아와 있었다.

"작전이 있습니다. 비전투원의 피해를 줄이고 요격하는 작전입니다."

사쿠라의 말에 모두가 귀를 기울였다.

그 무렵, 사쿠라의 정인인 칸게츠 이테쵸는 새로운 적을 마주하고 있었다.

"가지 마세요. 가면 죽습니다."

로우세이를 지키는 호위팀의 운전사에게 총을 겨누고 있는 이시하라였다.

"……이시하라 여사, 진정해."

—안일했어.

이테쵸가 보기에 이시하라는 인격적으로 아무런 문제가 없는 인물이었다. 다른 사람의 이야기를 잘 들었고, 일도 잘했고, 배려심도 있었다. 이시하라에게 카운슬링을 받게 된 뒤로 로우세이의 정신도 안정된 것처럼 보였다.

—전부 무용지물이 됐어.

지금까지 로우세이가 벌였던 자살 미수와 먹이고 있는 약들이 이테쵸의 머릿속을 스쳤다.

로우세이는 히나기쿠를 잃고 난 뒤로 자해하는 버릇이 생겼다.

왜 그런 짓을 하냐는 물음에 본인은 『히나기쿠가 지금 고통받고 있을지도 모르는데 내가 고통받지 않는 건 이상하다는 생각이 들어서』라고 속마음을 토로했다.

—전부, 전부, 치료가 무용지물이 됐어.

마음의 상처는 고치려고 해도 계속해서 덧난다. 출혈이 멈추고 딱지가 생겨서 겉보기에는 문제가 없어져도 본인이 할퀴기에 영원히 낫지 않는다. 이테쵸는 그런 거라고 이해했다. 눈앞에 있는 여성은 아마도 역적일 것이다. 믿고 경호원으로 삼은 잘못은 이테쵸에게 있다. 자신의 주인이 이 배신을 얼마나 견딜 수 있을지 이테쵸는 불안했다.

모처럼 받은 치료가 무산되는 걸 넘어 상처를 악화시키는 원인이 되어 버렸다.

—죽일 수밖에 없나.

이테쵸의 목소리는 평소보다 5도 정도 내려가 있었다. 선글라스 안쪽의 눈도 평소의 온화한 눈빛에서 사냥감을 사냥하는 눈빛으로 바뀌어 있었다.

"얘기를 나누자."

이테쵸는 이시하라를 없애기로 했다.

—자, 어떡할까.

사쿠라도 즉각 생각을 전환하는 편이지만, 이테쵸가 훨씬 기계적이고 동요가 적었다.

—거리는 가까워. 주의를 끌면 가능하겠어.

표면상으로는 평소 같은 모습을 가장하면서 속으로는 어떻게 처리할지 담담히 생각했다.

감정이 없는 그저 고요한 사고였다. 사칙연산을 하는 것과 비슷했다.

—하지만 이시하라의 사격 훈련 성적은 나쁘지 않았어. 섣부른 짓은 할 수 없어.

슬프게도 이테쵸는 배신에 익숙한 인간이었다.

로우세이의 호위관으로 임명되고 나서 줄곧, 사계절 중에서 가장 많이 역적에게 노려지는 대행자를 지켜왔다. 의지했던 사람이 역적의 내통자였던 적도 드물지 않았다.

안 그래도 최상위 계절인 겨울의 대행자에게 빌붙으려고 획책하는 자는 많았다. 인간이란 생물의 사악한 일면을 겨울의 마을 안에서도 밖에서도 질리도록 보았다. 로우세이를 해치려는 자를 처리한 횟수는 양손으로 헤아릴 수 없었다.

—사쿠라와 히나기쿠 님 곁으로 달려가야 해.

이테쵸의 이 빠른 사고 전환은 타고난 성격이 아니라 살면서 길러진 것이었다.

누구와도 친하게 지낼 수 있는 다정한 남자이자 자비로운 인격자.

남들이 본 그의 성격은 본래 그가 가진 성격으로 결코 연기가 아니다. 하지만.

—총알을 주웠어야 했는데.

그건 어디까지나 그의 일면에 불과했다. 또 다른 얼굴은 주군을 지키기 위해서라면 어떤 행위든 서슴지 않는 남자.

"뭔가 사정이 있는 거지? 괜찮으면 내가 들어줄게."

겨울의 호위관이었다.

호위관에게 정은 필요 없다. 일에 방해된다면 이전에 발생했던 모든 감정을 태우고 냉철해져야 한다.

—죽이자.

설령 그 일이 친하게 지내던 동료를 이 세상에서 지우는 것이더라도.

"……이시하라, 이테쵸 말이 맞아. 진정해, 제발. 총을 내려줘. ……부탁이야."

로우세이는 당혹스러움을 필사적으로 참고 있는 것 같았다. 냉정해지지 않으면 히나기쿠를 구하러 갈 수 없기 때문일지도 모른다. 이시하라는 로우세이의 심리 상담사로도 일했던 인물이다. 배신은 괴로울 것이다. 사실 매우 혼란스러울 텐데 어떻게든 버티고 있었다.

"이시하라 여사, 로우세이 말이 맞아. 진정해."

—나의 겨울을 상처 입히고서 살아 돌아갈 생각은 마.

이테쵸는 분노를 겉으로 드러내지 않고 말했다.

"……저는 흥분하지 않았어요. 냉정해요. 아뇨, 냉정하진 않네요……."

이시하라는 이테쵸와 로우세이를 번갈아 보며 말했다. 입술은 떨리고 있었고, 눈은 초점이 맞지 않았다. 그녀 자신도 흔들리고 있는 게 보였다.
"아무튼 가지 마세요. 죽으러 가는 것과 같아요."
명백하게 두려워하고 있었다.
"이시하라, 이유를 숨긴 충고는 들을 수 없어. 왜 죽는다는 건지 우리한테 가르쳐 주지 않을래?"
로우세이의 말에 이시하라는 입술을 깨물었다.
"……."
뭔가 갈등하고 있었다. 어쩌면 배신하고 싶어서 배신한 게 아닐지도 모른다.
"이시하라, 곤란한 일이 있는 거 아니야?"
로우세이는 재빨리 그 방향성에 걸었다.
"호흡이 거칠어. 괴로워 보이는 얼굴이야. 누군가에게 협박받고 있어? 하기 싫은데 억지로 하고 있는 것처럼 보여."
"……저는."
"죽으러 가는 걸 막고 싶다고 말하는 것도 신경 쓰여. 이시하라, 뭔가 사정이 있는 거면 얘기해. 가능하면 당장. 나한테는 시간이 없어. 나의 봄을 구하러 가야 해. 가서 내가 죽더라도, 나는 가야 해."
"그런……!"
"이시하라, 네가 지금 총을 겨누고 있는 사람은 내 동포야. 이 시점에 어느 정도 처분이 정해졌어. 죽으러 가는 건 너야. 네가 총을 쏘는 것보다 이테쵸가 칼로 베는 것과 내가 얼음뭉치를 날리는 게 더 빠를 것 같지 않아? 시험해보고 싶으면 해 봐. 내 호위진은 유서를 써. 각오는 되어 있겠지. 하지만 이 상황에서, 지금 죽는 건 너야. 나는 부하가 죽게 내버려 두지 않아. 너를 빠르게 죽이겠지. 그러면 네가 지금 품고 있는 불안과 고민은 누구에게도 전해지지 않은 채 끝나. 그래도 좋아?"

"……저는."

—능숙해.

이테쵸는 묵묵히 들으며 그렇게 생각했다.

당근과 채찍이 적절히 섞인 대화였다. 로우세이가 비교적 온화한 목소리로 말하고 있는 것도 효과가 있었다. 이시하라를 걱정하고 있음을 알 수 있었다. 그리고 입장상 이시하라가 저지른 짓을 용서할 수는 없지만, 지금이라면 어느 정도 봐줄 수 있을지도 모른다고 넌지시 전하고 있었다.

—이 녀석은 정말로 사람을 잘 다뤄.

이시하라의 모습을 보건대 배신자이긴 하지만 자발적인 행위는 아니었다. 본인도 자신이 하고 있는 일을 망설이는 게 보였다.

이쪽에서 구제의 길을 제시하면 분명 흔들릴 것이다.

칼을 놓지는 않았지만, 그대로 로우세이에게 설득을 맡기기로 했다.

"짧은 기간이었지만 너한테는 여러 가지로 도움을 받았어. 정말이야. 지금껏 만난 상담사 중에서 가장 좋았어. 그러니 나도 도와주겠어. 지금 이건 네가 원해서 하고 있는 일이 아니지? 누군가한테 명령받은 거야?"

"……부, 모, 에게."

예상치 못한 대답에 로우세이도 이테쵸도 눈을 깜빡였다.

"부모가 시킨 일이야?"

이시하라는 고개를 끄덕였다. 그리고 잠시 침묵했지만 이윽고 입을 열었다.

"……아버지도 어머니도 【카사이】의 상층부 사람이에요."

"역적의 품종…… 【카사이】의 고젠 같은 건가. 그랬군…… 도망칠 수 없는 거야?"

이시하라의 얼굴이 피가 빠진 것처럼 새파래졌다.

"……도망치면, 죽을지도…… 몰라요……. 지금까지 몇 번이나 도망치려고 했지만…… 강제로 집에 돌아가게 됐어요. 오빠가 한 명, 【카사이】 간부의 제재로 죽었어요……. 한 식구라고 해서 용서해 주는 환경은 아니에요……."

"……."

—거짓말하는 것 같지는 않아.

그렇게 로우세이는 생각했다. 핏줄에 얽매이는 건 사계의 대행자 뿐만이 아니다.

좋지 못한 가정 환경을 가진 자는 세상에 많다. 그중 한 명이 역적의 딸이어도 이상하지 않았다.

"로우세이 님, 보내드릴 수 없는 건…… 부모의 명령 때문만은 아니에요. 【카사이】의 공격 부대가……."

"공격 부대가 왜?"

"……사계청 청사를 통째로 폭파시키는 계획이 움직이고 있어요."

갑자기 스케일이 큰 문제가 닥쳤다. 고속도로에 얼음 송곳을 만들 수 있는 로우세이도 건물 폭파는 대처할 방도가 없었다. 등에 식은 땀이 맺혔다.

"그게 정말이야?"

"이 상황에 왜 거짓말을 하겠어요. 【카사이】의 두령인 고젠 님은 사계청도 국가 치안 기구도 거래에 응하지 않아서 화가 나셨어요. 대행자를 납치해도 교섭이 안 된다면 아예 기관 자체를 공격해야 한다고 생각하셔서……. 다만 로우세이 님이 걱정하시는 히나기쿠 님은 목숨을 건지실 거예요……. 고젠 님이 집착하시고 있으니 아마 폭파 전에 회수하시겠죠. 그 후에는 망설이지 않고 부술 거예요. 지금 가봤자 늦었을지도 몰라요. 최악에는 폭발에 휘말릴 거예요. ……정말이에요. 지금 충고드리는 건 제가 할 수 있는 최후의 원호예요."

"……원호?"

"네. 추적자는 전부 【카사이】 사람이에요. 얼려주신 덕분에 얘기할 수 있는 거예요. 원래는 대기하던 자들이 로우세이 님을 없앨 예정이었어요. 하지만 인원이 분산되어서 여기까지 도망칠 수 있었어요. 모처럼 살아났잖아요. 사계청에 가시면 안 돼요."

로우세이는 추격전을 벌이며 여기까지 왔다. 도중에 없앨 예정이었다면 이시하라도 거기에 휘말리는 게 전제로 깔린다.

"네 말이 전부 사실이라면, 이시하라…… 너는 버리는 말이야?"

"……."

"저 녀석들은 너까지 위험해지는 공격만 해댔어. 부모는 뭐라고 하면서 널 보낸 거야?"

이시하라는 침묵한 채였다. 눈이 조금 빨개졌다.

"……자결할 각오로 가라고……."

"그랬군. 도망치고 싶어질 만도 하네……."

지금 로우세이가 무사한 것은 원래 이시하라가 명령받았을 방해 혹은 어떤 책략을 실행하지 않은 결과일지도 모른다. 그 정도는 추측은 할 수 있었다. 그렇다면 이시하라는 모처럼 살렸는데 불구덩이 속으로 뛰어들면 내가 고생한 게 뭐가 되겠냐고 말하고 싶을 것이다.

"지켜주려고 한 건 고맙지만, 그건 내 뜻과 달라. 히나기쿠만 살아도 의미가 없어. 호위관도 내 친구야. 사계청 직원을 죽게 내버려 둘 수도 없어."

"모두를 구하는 건 불가능해요……. 저도, 그래서 두 분을 택했어요."

그 말은, 떨리고 있었다.

"……부모가 말하는 대로 두 분을 버리고 싶지 않아요. 저의 얼마 없는 양심이에요……. 로우세이 님, 이테쵸 님, 지금까지 속여서 죄송합니다. 두 분은…… 부모보다도 훨씬…… 훨씬…… 다정하게 대해 주셨어요……."

이시하라는 말하면서 총을 내렸다.

"그래서 구하고 싶어요. 굳이 죽으러 가선 안 돼요……. 이대로 테이토에서도 벗어나는 편이 좋아요. 루트를 제안할게요. 반드시 피신시켜 드릴게요. 대신…… 저도 데려가 주세요……."

손에서 총을 떨어뜨려 완전히 무장을 해제했다.

그 순간, 총으로 위협받았던 운전사가 재빨리 몸을 움직여 이시하라의 팔을 비틀었다. 이시하라는 얌전히 제압당했다.

"……그랬군…… 너도 혼란을 틈타 도망치고 싶어서 이런 일을 벌였구나?"

이시하라는 창백한 얼굴로 고개를 끄덕였다. 양심에 찔려서 로우세이를 살린 것도 맞고, 스파이라는 입장에서 도망치고 싶기도 했을 것이다.

처음부터 쏠 생각은 없었던 것 같았다. 로우세이는 이테쵸를 보았다.

이테쵸는 네 마음대로 하라는 것처럼 고개를 끄덕였다.

"이시하라, 거래를 하자."

지면에 엎드린 자세로 운전사에게 제압당한 이시하라의 얼굴을, 로우세이는 쭈그려 앉아 들여다보았다.

"……대단한 건 드릴 수 없는데요……."

"네가 가지고 있는 【카사이】의 정보를 남김없이 실토하면 내가 보호해 줄게."

"사, 살해당할 거예요! 【카사이】는 배신자를 쫓아와요!"

"죽이게 안 둬. 뭣하면 외국으로 피신시켜 줄게. 한동안은 몸을 숨겨야겠지만, 몇 년 지나면 자유롭게 살 수 있을 거야. 자금도 준비해 줄게. 도중에 너도 같이 데려가 달라고 했는데, 확실한 도주 계획은 있어? 즉석에서 우리를 살리기로 결심한 것 같은데."

"……."

"비난하는 게 아니야. 그만큼 필사적으로 우리를 구하려고 한 거잖아?"

"……네."

"고마워, 이시하라. 그러니까 도와줄게. 사계의 신들에게 맹세하겠어. 내 편에 붙어, 이시하라. 후회는 안 할 거야. 반드시 너의 충의에 보답하겠다고 맹세하지."

그때 로우세이의 얼굴이 어땠는지 이테쵸는 보지 못했다.

하지만 이시하라가 넋이 나간 표정을 지었으니 필시 아름다웠을 것이다.

—정말로 사람을 잘 다뤄.

겨울의 주종은 이 위기 상황에 커다란 카드를 하나 손에 넣었다.

로우세이는 그 후 바로 가을의 호위관 아자미 린도우에게 연락했다.

"아자미 공, 갑자기 연락해서 미안해."

공교롭게도 그건 린도우가 사쿠라에게 연락받은 직후였다.

『칸츠바키 님?』

"그래, 긴급 사태야. 정보를 공유하고 싶어."

『루리 님, 자, 잠시만요.』

옆에서 루리인 것 같은 목소리가 뭐라고 떠드는 게 들렸다.

"운전 중이야?"

『아뇨…… 루리 님이……. 알아요, 알고 있습니다. ……칸츠바키 님, 죄송합니다. 이쪽도 지금 문제가 생겨서 어떻게 할지 의논하던 중이었습니다. 보고할 게 있습니다.』

그때 로우세이는 자신들의 정보가 상대를 놀라게 할 거라고 생각했지만, 결과는 무승부였다.

가을 진영 내에서의 배신, 봄의 농성전. 사쿠라가 죽음을 각오하고서도 린도우에게 나데시코를 찾으라고 단언한 것. 그것들은 뒤얽힌 정보로 로우세이 속에 들어왔고, 맛보고 싶지 않은 씁쓸함으로 저작되어 갔다.

—【카사이】는 우리가 아주 미운가 보네.

"……아자미 공, 사쿠라 말이 맞아. 그쪽은 그대로【카사이】의 본거지로 가. 이미 그쪽으로 위치 정보를 보냈어. 일련의 테러가 끝난 후에 역적들이 다른 곳으로 이동하면 다시 추적이 어려워져."

『하지만…….』

"우리 쪽에서 나온 내통자에 의하면, 우리를 공격하는 것과 사계청 청사 폭파를 위해 인원이 대부분 나와 있다고 해. 물론 경비는 있겠지만, 지금 이 순간은 얄궂게도 허술해진 상태야. 좋은 기회라고 할 수 있어. 가."

『……카요 님 일행은.』

"문제없어. 내가 구하겠어."

단언한 직후에 근처에 있던 이테쵸가 로우세이를 불렀다. 바이크에 올라타 손짓하고 있었다. 준비가 끝난 것이다.

로우세이는 지금부터 폭파될 거라는 사계청 청사에 가야 했다.

"이제 갈게. 건투를 빌어."

그러자 린도우 쪽에서 뭔가 부스럭거리는 소리가 났다.

"아자미 공?"

『잠깐만, 끊기 전에 들어 봐!』

『루리!』

전화를 든 사람이 바뀐 것 같았다. 고막을 울리는 높은 목소리가 들려서 로우세이는 얼굴을 찌푸렸다.

—여름의 대행자, 하자쿠라 루리인가.

“여름의 대행자님, 이번에 협력해줘서 고맙소. 계속해서 가을을 원호…….”

『아, 진짜! 그런 건 됐어!』

“……붙잡은 건 그쪽이잖아. 인사말도 못 들어?”

형식적인 인사는 빼라는 말이었기에 로우세이도 본연의 말투로 돌아왔다. 로우세이와 루리는 당세 대행자 중에서 알고 지낸 연수가 가장 길었다.

“하자쿠라 동생, 대체 뭔데? 짧게 끝내. 나는 바빠.”

『……우중충 블리자드맨. 중요한 얘기야.』

그리고 사이는 그리 좋지 않았다.

기본적으로 대행자와 호위관들은 서로 경칭을 붙여서 이야기했다.

그걸 굳이 안 붙이고서 로우세이는 루리를 『하자쿠라 동생』이라고 하고, 루리는 『우중충 블리자드맨』이라고 하는 걸 보면 사이가 어떤지는 알 만했다.

사이가 좋지 않은 이유는 이것저것 있었다.

과거에 루리도 사계 신고식 때문에 겨울의 마을에 갔었다. 루리는 로우세이와 친구가 되고 싶어서 여러 번 말을 걸었지만 대부분 무시당했다. 사람들이 마치 히나기쿠 대용품으로 삼으라는 것처럼 자리를 마련했기에 로우세이가 거세게 거부한 것이었다.

히나기쿠와의 추억이 있는 정원의 모과나무를, 루리가 생명 사역 훈련으로 동물들을 돌격시켜서 부러뜨린 것도 좋지 않았다. 로우세이는 격노하여 더더욱 루리를 무시하게 되었다.

그렇게 루리가 말한『그 사람, 되게 무뚝뚝하고 무섭고. 인상이 안 좋단 말이죠』라는 인물평으로 이어졌다.

『히나기쿠 님은 블리자드맨을 만나고 싶어 했어. 나는 널 안 좋아해서 응원하기 싫지만…….』

"야, 그렇게 부르지 좀 마."

『너야말로 나를 분류하듯이 부르잖아. 아무리 쌍둥이라지만 하자쿠라 동생이라니.』

"……."

『그보다도 히나기쿠 님 말이야.』

"뭔데."

『블리자드맨을 굉장히 신경 쓰는 것 같았어.』

"뭐?"

『가능성이 있다고 봐.』

"……뭐?"

『그러니까~ 사쿠라 님한테 들었는데, 너…… 히나기쿠 님한테 고백하고 대답을 못 들었잖아? 어쩌면 이제 말할 마음이 없을지도 모르지만, 히나기쿠 님은 아마도 너를 10년 동안 생각하지 않았을까?』

—무슨 소리를.

『그런 분위기가 있어. 그게, 나 말이지…… 실은 결혼할 예정이야. 마을 쪽에서 준비한 연애지만 평범하게 좋아하게 돼서…….』

—이 녀석은, 무슨 소리를 하는 거지.

『그, 그러니까, 나는 우중충한 블리자드맨보다 연애 경험이 있거든. 남편이 될 사람하고 한 연애가 전부지만……. 그, 그러니까! 설득력이 있는 조언이야! 무사히 구해내면…….』

루리는 지금껏 들었던 것 중에서 가장 상냥한 음성으로 로우세이에게 속삭였다.

『좋아한다고 한 번 더 말해줘. 히나기쿠 님한테…….』

그 순간, 로우세이의 얼굴은 겨울 추위에 노출된 것처럼 새빨개졌다.

"너, 너……."

자신의 연애사가 주위 사람에게 생각보다 많이 퍼져 있고, 심지어 생각지 못한 인물이 지켜보고 있었다는 것이 너무 창피해서 수치심에 몸이 달아올랐다.

그런 로우세이의 심정을 꿈에도 모른 채 루리의 연애사 토크는 계속되었다.

『히나기쿠 님, 예전에는 다른 인격이었던 것 같지만, 다른 사람이 보면 그런 건 잘 모르겠고…… 그보다 취향 같은 것도 안 바뀐 모양이야. 아, 있지, 네가 오렌지 주스 준비하라고 해서 린도우 님이 준비했거든? 그랬더니 기뻐하며 마셨어. 취향이 바뀌지 않았다는 건 존재가 이어져 있다는 증명 아닐까? 힘 좀 내봐! 되게 위험한 곳에 가는 건 우리도 마찬가지지만, 블리자드맨도 죽으면 안 돼! 고백할 생각으로 다녀와! 너, 10년간 계속 좋아했지? 그래서 절개를 지키듯 누구와도 친하게 지내지 않은 거지? 블리자드맨이 꼬여버린 첫사랑을 해결하지 않으면 나랑도 아마 친구가 될 수 없을 거라고 아야메가 그랬어.』

"……굳이 네가 말하지 않아도 알아서 할 거거든?!"

로우세이는 그 기세를 몰아 전화를 끊어 버렸다.

"……."

그리고 양손으로 얼굴을 덮었다.

"아~~!"

하늘을 향해 외치듯 으르렁거렸다. 이제 겨울의 마을이 맡아 이송될 이시하라와 그녀를 구속 중인 겨울의 마을 운전사가 깜짝 놀라 로우세이를 보았다.

"아니, 나중에, 나중에 생각해……."

중얼중얼 말하고서 로우세이는 이테쵸 곁으로 달려갔다.

"왜 그래? 로우세이…… 무슨 일 있었어?"

"아무 일도 없었어!"

이테쵸는『아무 일도 없진 않았을 텐데』라는 표정을 지었지만, 현재 그의 사고는 봄의 주종 구출에 사로잡혀 있었기에 깊이 추궁하지는 않았다.

"동작 확인이 끝났어. 문제없이 작동해. 헬멧 써."

"아니, 네가 써. 나는 술식을 부려야 해서 시야가 트여 있어야 해."

"……정말로 할 거야?"

"당연히 해야지. 이 방법을 쓰면 사계청까지 가는 데 걸리는 시간을 절반 이하로 줄일 수 있어. 걱정하지 마. 넘어지지 않도록 확실하게 지반을 서포트해줄게."

"……."

"인명이 제일 중요하잖아. 가자."

로우세이는 부채를 움켜쥐고 높이 들었다.

지금부터 하려는 일을 위해 신경을 곤두세웠다.

—히나기쿠.
준비가 되자 로우세이의 입술에서 냉기가 흘러나왔다.
로우세이가 부채를 펼치고 방향을 가리켰다. 그러자 고속도로를 빠져나가 일반 도로로, 일반 도로의 고층 빌딩에서 또 다른 고층 빌딩의 옥상으로, 테이토 곳곳에 얼음길이 생겨나기 시작했다.

"은화(銀花)의 창으로 하늘을 돌려서 육련성을 부수어 뿌리고."

아치를 그리는 다리가 봄의 벚꽃이 흩날리는 풍경 속에 자신의 존재를 주장하듯 차례차례 놓였다. 테이토 곳곳에 얼음의 마법이 행사되었다.

"동백꽃을 입고서 24절기의 노래를 부르라."

춤을 봉납하여 부채를 휘두르는 것은 야마토를 대표하는 겨울의 대행자.
벚꽃이 만개한 연분홍색 세계를 가르는 얼음의 마술사.
그야말로 계절의 시조.

"겨울은 속삭이노니 조용히 죽음을 생각하라."

동결의 이능은 유년기보다 훨씬 향상되었다.

"계절처럼 죽음은 평등하게."

조금의 흐트러짐도 없이 머릿속에 그린 광경을 현현시키는 모습은 신비롭다고 말할 수밖에 없었다.

현재 사계의 대행자 중에서 그의 재위 연수가 가장 길다. 그게 숙련된 이유 중 하나이긴 하지만.

"사람의 아이들에게 속삭이노니 내리는 죽음을 기다리라."

가장 큰 이유는 히나기쿠일 것이다. 로우세이는 첫사랑인 소녀를 생각하며 이능을 향상시켰다. 봄의 소녀가 원해서 만들었던 얼음꽃을 더 아름답게, 더 곱게 만들기 위해 수없이 연습했다.

"살아있는 한, 죽음도 사계도 곁에 있으니."

그 아이를 기쁘게 하고 싶었다. 그 마음이 신통력의 숙련도로 이어졌다.

"그대, 종언을 두려워하지 말라."

그래서 그는 겨울의 힘을 행사하는 것만큼은 자신 있었다.

"나의 숨결로서 깔끔한 죽음을."

언젠가 좋아하는 아이에게 한 번 더 꽃을 주기 위해서 살아왔다.

오늘만큼은 누구도 그를 막을 수 없을 것이다.

—히나기쿠, 기다려.

로우세이는 모든 것을 벗어던지고 그저 사랑하는 봄을 위해 얼음 다리를 만들었다.

"……이테쵸 님, 로우세이 님을 지킬 수 있는 건 이테쵸 님뿐입니다. 부디, 무사하시길."

바이크에 올라탄 두 사람을 보고 운전사가 몹시 걱정스럽다는 얼굴로 말했다. 조금 전까지 목숨을 위협받았는데도 태연한 모습을 보이니 역시 겨울의 호위진이었다.

옆에 묶여있는 이시하라도『조심하세요』라고 작게 중얼거렸다. 이쪽은 온순하게 눈썹을 내리고 있었다.

두 사람은 따로 행동한다. 고속도로에서 내려가 겨울의 마을 호위진과 합류할 것이다. 시간이 될 것 같다면 호위진은 그대로 사계청으로 출동하고, 폭파를 저지하지 못한다면 로우세이와 이테쵸의 시체를 찾게 된다.

이테쵸는 이시하라를 보았다. 아직 원한은 있지만, 이시하라의 조력으로 여기까지 올 수 있었다.

이테쵸는 가볍게 엄지를 치켜들었다. 분명 이제 만날 일은 없을 것이다.

"달려 올라가는 것도, 미끄러지는 것도 내가 계속 조작하겠어. 이테쵸, 너는 나를 믿고 전진해."

로우세이는 눈앞의 얼음다리에 의식을 집중했다. 설국에서는 겨울에도 우편집배원이 오토바이를 타고 다니는데, 차체가 가볍고 재

빠르게 움직이는 오토바이를 이용했다. 그렇기에 가능한 일이었다.

오프로드 바이크로 빙판길이나 다름없는 다리를 달리려면 길에 부드러운 눈을 뿌려서 일부러 바큇자국이 나도록 해야 했다.

"……제정신으로는 못 할 일이야."

이테쵸는 헬멧을 쓰며 말했다. 이테쵸의 투덜거림을 듣고 로우세이가 웃었다.

"이 바보야. 누가 제정신으로 있으래? 미쳐야지."

겨울의 대행자로서 문제가 있는 발언을 태연한 얼굴로 말했다.

"하고 싶은 말은 많지만, 알았어. 그건 명령인 거지?"

"그래, 나는 지금껏 수만 개의 얼음꽃을 만든 남자야. 이 정도 일은 별것 아니야. 애초에 이테쵸…… 우리의 일상은……."

로우세이가 이테쵸의 어깨를 주먹으로 쳤다. 로우세이는 역시 웃고 있었다.

"히나기쿠와 사쿠라가 사라진 뒤로 줄곧 미쳐 있었잖아."

대답 대신 엔진이 듣기 좋은 소리로 울었다.

빌딩에서 빌딩으로 구름다리처럼 걸려있는 부분은 미끄러진 순간 죽을 수도 있지만, 둘이서 이 최단 거리로 가기로 했다.

로우세이와 이테쵸가 하려는 일은 테이토에 사는 자들의 일상을 비일상으로 바꾸는 만행이라고도 할 수 있었다. 평소라면 절대 용납하지 않을 일을 이테쵸가 승낙한 것은 폭파 테러를 막는다는 명분과 봄의 주종을 구한다는 목적이 있기 때문이었다.

"카운트할게. 하나, 둘, 셋, 하면 액셀을 끝까지 당겨. 가면서 녹일 거야. 후속 차도 없고 진행을 방해하는 차도 없어. 목적지는 사계청 청사, 외길이야."

봉쇄된 고속도로에서 오도 가도 못하는 자들은 두근거리는 고양감에 휩싸여 보고 있었다.

"하나."

분명 이런 광경은 두 번 다시 볼 수 없다.

"둘."

두 사람이 어디로 뭐 하러 가는지도 모른 채, 방관자들은 다음 순간 환호성을 질렀다.

"셋!"

겨울의 주종을 태운 바이크는 벚꽃 세계를 유린하는 얼음다리를 달려 올라갔다.

장소를 이동하여, 사계청 청사 1층.

위층에 있는 자들에게 겁을 준 항쟁이 마침내 결판났다.

비상벨이 울려 퍼지는 가운데 청사에 들어오려고 했던 민간 경비회사 제복을 입은 남자들과 사계청 시설 경비원의 공방은 쌍방 모두 사망자 없이 사계청 측이 이겼다. 국가 치안 기구가 사이렌을 울리며 사계청에 도착했기 때문이다.

히나기쿠와 사쿠라가 청사 19층에서 들은 마지막 폭발음은 달려온 국가 치안 기구 요원이 던진 섬광탄의 폭음이었다. 비살상 병기이기는 하지만 커다란 소리와 섬광으로 그 자리에 있는 자들을 일시적으로 무력화시킬 수 있었다.

사건이 해결됐다는 분위기가 흐르면서 밖으로 대피했던 사계청 직원들로부터 박수가 터져 나왔다.

밖으로 대피하지 못했던 자들과 체포된 사람들이 차례차례 내보내졌다.

그야말로 국가의 안전을 책임지는 프로의 수완, 신속한 현장 대응이 이루어졌다.

"위층으로 놓친 자는 없습니까?"

달려온 국가 치안 기구 요원이 겨우 숨을 돌린 시설 경비원에게 물었다.

"난전이 벌어졌기에 잘 모르겠습니다……. 이제 확인하러 가야죠."

"아뇨, 아까 그자들 같은 소속 불명의 조직이 또 공격해올 수도 있으니 정면 현관을 완전히 봉쇄해 주십시오. 저희가 한 층씩 체크

하겠습니다. 동시에 중경상자를 구급차로 보내십시오."

지시받은 시설 경비원은 사명감 넘치는 얼굴로 고개를 끄덕였다. 국가 치안 기구 요원 십여 명이 시설 경비원에게 1층을 맡기고서 계단과 엘리베이터 팀으로 나뉘어 올라갔다. 비상벨이 울린 시점에 저층에 있던 사람들은 앞다투어 탈출한 상태였다.

하지만 겁에 질려 움직이지 못한 사람이나 몸싸움에 밀려 다친 사람 등 죄 없는 평범한 사계청 직원들이 아직 각 층에 몇 명씩 남아 있었다. 발목을 접질려 주저앉아 있던 나이 든 여성 직원이 계단으로 올라가는 국가 치안 기구 요원을 보고『도와주세요』하고 말했다.

하지만 어째선지 그들은 구조 대상자를 무시하고 갔다.

"저기, 도와주세요! 도와줘요! 발을 다쳤어요!"

남겨진 직원이 몇 번이나 매달리듯 불렀지만 아무도 돌아오지 않았다.

"아아……."

아연해하던 직원은 점점 슬픔이 북받쳐 올라 눈물을 뚝뚝 흘렸다. 하지만 이때 냉대받은 것은 오히려 다행이라고 할 수 있었다.

그녀가 도움을 청한 이들은 국가 치안 기구로 위장한 역적 집단【카사이】였기 때문이다.

"안 죽여도 돼?"

"못 움직이는 것 같았어. 어차피 나중에 죽겠지."

【카사이】 멤버들은 타인의 목숨을 하찮게 여기는 대화를 나누며 이동했다.

【카사이】는 이날 사계청 청사를 습격하기 위해 꼼꼼히 준비했다.

맨 처음 청사에 침입하려고 한, 딱 봐도 수상한 경비 회사 제복을 입은 자들은 함정이었다.

이 청사에서 일어난 사건의 흐름을 한번 정리하자.

우선 【카사이】가 돈으로 매수한 내부 범행자에 의해 불이 나지도 않았는데 사계청 청사에 비상벨이 울려 퍼졌다. 직원과 업자, 거래처 사람 등 사계청 청사 내에 있던 모든 이가 갑자기 울린 요란한 경보에 겁을 먹었다. 대체 무슨 일이냐며 우왕좌왕했다.

웬만큼 훈련을 받은 자가 아니면 화재 발생 시에 올바르게 행동하고 판단하기는 어렵다.

사고가 공포에 잠식되면 시야가 좁아진다.

그래도 사계청 청사의 시설 경비원들은 긴급 사태에 매뉴얼대로 행동했다.

이런 사태가 벌어지면 우선해야 할 것은 피난 유도다.

시설 경비원들은 사계청 직원과 방문자들을 정면 현관으로 대피시켰다. 비상벨을 울린 내부 범행자는 이 흐름에 섞여 사라져 버렸다.

그렇게 모든 사람이 나가는 가운데, 침입하려 드는 자들이 있었다.

민간 경비 회사의 제복을 입은 자들이었다. 그들은 비상벨 같은 경비 시스템을 서비스하는 대기업의 제복을 입고 있었지만, 도착이 너무 빨랐다.

경비업자, 보안 회사는 기본적으로 시스템에 이상이 발견되면 24시간 365일 언제든 현장에 출동한다.

제공하는 서비스는 폭넓다.

예를 들어 정해진 구역에 무슨 일이 생겼을 때 경보를 울리는 것도 서비스 중 하나다. 야간에 완전히 잠긴 실내에서 환기 시스템의 영향으로 움직임이 발생하거나 쌓여있던 서류가 무너지기만 해도 이상 사태로 감지되어 침입 경보음을 울린다. 문제가 발생하면 경비 회사는 종이 한 장이 일으킨 사태여도 안전을 확인하기 위해 계약상 현장에 가야 했다.

이번처럼 대형 오피스 빌딩의 비상벨이 울렸다면 긴급 출동해야 할 일이다.

이런 경비 회사의 대응에 익숙한 자라면 그들이 현장에 오기까지 통상 십여 분, 일손이 부족하다면 그보다 더 기다려야 한다는 것을 안다. 그런데 비상벨이 울리자마자 나타났다.

사쿠라가 19층에서 본 것처럼 그들은 미리 주차장에서 대기하고 있었으니 빠른 것은 당연했다. 사계청 청사의 시설 경비원들도 수상하게 여겼다.

그 의심은 적중했다. 그들은【카사이】의 돌격 부대였다.

두령인 미스즈가 준비한 함정이 그들이었다.

의심을 사는 것 자체가 책략의 일부임도 모르고, 정말로 출동 지시가 떨어졌는지 경비 회사에 확인하고 싶다는 말이 오갔다.

『실례지만 정말로 우리 빌딩과 계약한 회사에서 출동한 것인지 확인해봐도 되겠습니까?』

『비상벨이 울려서 왔는데요? 들여보내 주십시오.』

『아뇨, 잠깐만요! 멋대로 들어오지 마!』

그저 막무가내인 직원인 건지, 아니면 수상한 자인지. 판단하기 전에 시설 경비원과 강제로 들어가려고 하는 자들 간의 난투가 시작되었고, 상대는 최종적으로 수제 폭탄을 1층 로비에 던졌다.

『꺄아아아아아악!』

이것이 히나기쿠와 사쿠라가 맨 처음 들은 폭발음이었다.

경비원의 유도를 따라 대피하던 자들이 비명을 질렀다. 사람들은 더더욱 냉정함을 잃고 허둥대며 1층 로비는 아비규환 지옥으로 변했다.

침입하려는 자들이 민간 경비 회사 사람이 아니라 수상한 자이며, 폭발물을 소지한 범죄자라는 것은 이제 명백했다. 수상한 자의 침입을 저지하기 위해 시설 경비원들은 이 수수께끼의 집단과 공방전을 벌일 수밖에 없었다.

그리고 흐름은 이 싸움이 결판났을 때로 돌아간다.

중경상자는 발생했지만 사망자가 나오지 않은 것은 다행이었다.

전부, 이후 달려오는 『국가 치안 기구』를 자칭하는 자들. 【카사이】 멤버를 문제없이 들여보내기 위해 계획된 일이었다.

큰 소동이 벌어진 후에 야마토에서의 경비권을 가진 국가 치안 기구 요원이 나타났다. 그 신원을 의심하는 자는 없었다. 마침내 와줬다, 나머지는 그들에게 맡기자는 흐름이 되었다.

진짜가 아니라는 것을 알아챈 사람은 현재 청사 내에 한 명도 없었다.

국가 치안 기구를 사칭하고 엘리베이터를 탄 【카사이】 멤버들은 조용히 위층으로 올라가는 숫자판을 바라보고 있었다.

다른 사람보다 한층 키가 작은 인물은 【카사이】의 두령인 미스즈였다.

"……히나기쿠는 건강하려나."

불쑥 그렇게 중얼거렸다. 옆에 있던 그녀의 오른팔, 미카미는 감정이 실리지 않은 목소리로 대답했다.

"건강하니까 공동 전선 같은 걸 맺었겠죠."

"그렇지……."

비아냥이 담긴 말에 어째선지 미스즈는 기쁜 듯 얼굴이 환해졌다.

"나데시코도 있고, 어서 집으로 데려가고 싶어. 자매로 만들어 주자."

"……."

"여자아이가 둘이나 있으면 어느 한 명은 우리 쪽에서 혈족을 낳아 줄지도 몰라. 이번에야말로."

비인도적인 일을 발랄한 어조로 말했다.

미카미 외의 다른 【카사이】 사람들은 미스즈의 말에 아무런 반응도 보이지 않았다. 반응했다가 노여움을 사면 즉시 제재를 받는다.

어떻게 될지는 미스즈의 기분에 달려 있었고, 그 기분과 대응도 때에 따라 달라서 최선의 대응을 예측하기는 어려웠다. 그런 쪽으로 눈치가 빠른 자만이 그녀의 측근이 될 수 있었다.

아무 말도 하지 않는 것이 좋음을 알고 있었다.

그녀에게 뭔가 말할 수 있는 사람은 오른팔이라고 할 수 있는 미카미뿐이었다.

"고젠…… 아직도 포기 안 했던 겁니까? 시도했다가 결국 실패하지 않았습니까."

미카미의 말투는 뾰족했다.

"실패라니?"

"몰아붙였을 뿐인데 하마터면 죽을 뻔했어요."

"그랬지. 남자한테 지는 아이가 아니야. 내가 키웠는걸. 강한 여자인 게 당연해."

미스즈는 히나기쿠가 반역한 것이 자랑스럽다는 듯 말했다.

—남자를 시켜서 덮치게 한 사람은 너일 텐데.

그런 말이 목구멍까지 올라왔지만, 좀 더 다정하게 말해야 들어줄 것 같았기에 미카미는 고민하며 이야기했다.

"고젠…… 납치하는 건 불만 없습니다. 그것한테 다시 대마초를 만들라고 해야 하니까요. 하지만…… 번식 계획은 득책이 아닙니다."

"아이를 낳게 하는 건 반대야?"

"반대합니다."

"미카미…… 히나기쿠 같은 아이를 좋아해?"

"아닙니다. 제 말은……."

미카미는 인상을 썼다.

"그것은 웬만한 일은 참았습니다."

"그랬지. 착한 아이였어."

"아마 당신이 그런 일을 계획하지 않았다면 지금도 우리한테 있었을 겁니다."

"……."

"지뢰를 밟은 겁니다. 가장 용납할 수 없는 일이었겠죠."

"더 다정하게 대하란 거야? 나름 다정하게 대했는데…… 짝이 될 상대도 대충 고르지 않았어."

"그게 아닙니다. 그런 말이 아니에요……. 상대를 망가뜨리려 하지 말라는 겁니다. 적당히 먹이를 주며 오래 살려두는 게 이득이지 않습니까? 대마초는 잘 팔렸고, 최고의 환경이었어요. 당신이 망가뜨렸습니다. 직접 일궈낸 성공을 스스로 망가뜨린 겁니다. 우리는 그것을 지배하에 두고 있었지만 역시 그것은 사람과는 다릅니다. 복종시킬 거면 물리지 않도록 조심히 키워야 해요. 그때 상황은 물라고 시키는 것과 같았어요. 그 아이는…… 겨울의 마을을 습격할 거라고 협박하면 무슨 말이든 들었는데……."

미스즈는 입을 다물었다. 불만스러워 보였지만, 찔리는 부분도 있었을 것이다.

"……나름대로 소중히 여긴 결과인데……. 히나기쿠도 【카사이】도, 양쪽을 생각하면 가장 좋은 조치라고 생각했어. ……그 아이를 망가뜨릴 생각은 없었어……."

"정신이 붕괴됐었어요. 복귀한 게 신기할 정도입니다."

"……."

미스즈는 잠시 생각하다가 혼잣말처럼 중얼거렸다.

"하지만…… 그렇다면 지금은 망가진 후의 히나기쿠인 거네……."

"그렇죠. 당신이 망가뜨렸습니다."

비난하고 있는데도 미스즈는 기뻐하며 미소 지었다.

"후후후, 나랑 똑같잖아. 닮은 꼴이네. 내 딸로 제격이야."

미카미는 한숨을 쉬고 싶어졌다.

—왜 그렇게 되지.

이 미모의 여자는 뭘 하든 자기중심적이었다. 타인에 대한 이해나 관용 같은 개념은 존재하지 않았다.

"역시 그 아이는 특별해. 빨리 만나고 싶어."

어린아이가 가진 잔혹성을 그대로 순수 배양하면 이런 인간이 만들어질 것이다.

그런 인격을 가지고 있었다.

—새로운 자해 행위인가?

미카미는 나이를 먹을수록 색향을 더해 가는 미스즈의 옆모습을 바라보며 생각했다.

—그런 일로 가장 고통받은 사람은 자신일 텐데.

이 여자가 어째서 이런 괴물이 되어버렸는지, 미카미는 옆에서 줄곧 보았다.

미카미가 미스즈를 처음 인식한 것은 그녀가 아직 소녀일 때였다.

역적 간의 회합에 부친과 함께 동석해 있었다.

사업가로서 폭넓게 활동했던 선대는 여러 사업을 경영하는 것 외에도 역적이라는 숨은 일면을 가지고 있었다. 가출 소년을 거두어 잡부로 썼는데, 미카미도 그중 한 명이었다.

미카미는 그런 선대를 존경하여 그의 말이라면 뭐든 들었다. 은인의 딸은 어떤 아이일지 남몰래 기대했지만.

—친해질 수 없을 것 같아.

그렇게 생각했던 것을 기억한다.

소개받았는데, 미스즈는 눈도 마주치지 않고 인사에 대답도 하지 않았기 때문이다. 어른스러운 얼굴과 풍만한 몸매 때문에 성인처럼 보였다. 부친이 보낸 특별한 교육 기관에 있다가 마침내 돌아왔다고 들었다. 장래에는 모친 곁에서 무기 상인으로 활동할 거라고 했다.

『무기, 좋아합니까?』

『싫어해.』

처음 나눈 대화는 그걸로 끝이었다.

그날 열린 연회는 오랫동안 이어졌고, 미스즈는 어느새 퇴장한 뒤였다.

다음으로 발견했을 때, 미스즈는 회합 상대인 역적 간부의 머리를 잉어가 헤엄치는 연못에 처박고 있었다.

『얘, 너.』

미카미는 화장실에 가는 길이었지만, 그 광경을 보고 목적을 잊어버렸다.

정원에는 깨진 맥주병이 굴러다니고 있었다.

때려서 기절시켰을 것이다.

그뿐만 아니라 손도 넥타이로 묶여 있었다. 완전히 죽일 작정이었다.

『도와줘. 응?』

미스즈가 다 큰 남자의 목을 잡아 물고문하고 있는 모습은 그때까지 여러 가지 지저분한 일을 했던 미카미에게도 폭력적이고 충격이었다. 아름다운 정원이 펼쳐진 요정 한편에서 이렇게 누군가가 죽으려 하고 있었다. 세상에는 이런 살인 현장도 있구나 하고 묘한 생각을 했다.

한동안 멍하니 있다가 황급히 끼어드니 미스즈의 의복이 흐트러져 있는 게 보였다. 입가도 찢어져서 피가 나고 있었다.

『이 사람, 내가 유혹했대.』

이제 제대로 저항하지도 못하는 남자를 보며 미스즈는 변명하듯 말했다.

『치마가 짧으니까 유혹한 거래.』

그 말 곳곳에 분노가 가득했다.

『그러니까 건드려도 된대. ……이딴 남자, 이제…… 몇 번째일까. 이해가, 이해가 안 가……. 어째서……?』

그리고 그것을 살의로 바꾸는 격정도.

『이해가 안 가. 하지만 분명 얘기를 들어줘야 하는 거겠지? 나도 이 사람과 같은 눈높이로 한 번은 생각해 줘야겠지? 그래서 그렇게 해봤어.』

실행 가능할 정도로 고여버린 그녀 안의 고름도.

『이 사람, 벌레처럼 생겼어. 그렇게 생겼으니까 이 세상에서 퇴치되어도 별수 없는 일 아닐까?』

슬픔도, 불합리한 세상에 대한 의문도.

『그렇지? 그래도 되는 거지? 그래서 했어. 해버렸어.』

그것을 계속 생각하는 것의 어려움도.

『정당한 응수야. 하지만 이상해.』

미스즈의 가슴속에 가득하여 터질 듯이 담겨 있었다.

『이 사람, 맥주병으로 때렸더니 놀란 표정을 지었어. 어째서 자신은 폭력을 당하지 않을 거라고 생각한 걸까…….』

미카미는 공교롭게도 미스즈가 인생을 견디지 못하고 폭발한 순간에 함께 있었다.

『혹시 자기는 그런 입장이라고 생각했나? 아니, 실제로 그런가……. 그렇다고 나를 상처 입혀도 되는 거야? ……나는 잘못 없어. ……도와줘.』

미스즈의 말은 절실한 기도로 들렸다.

다리는 후들거리고 있었고, 눈에는 눈물이 고여 있었다. 미카미로서는 은인의 딸을 건드린 시점에 남자를 살려둘 이유가 없었다. 동의를 구하는 이 행위는 딱히 필요 없었지만, 아무튼 그녀가 말을 마칠 때까지 기다렸다.

그리고 다시 미스즈가 불안한 듯 말을 꺼내기 전에 선언했다.

『알겠습니다. 돕겠습니다.』

미스즈는 그렇게 말한 미카미를 깜짝 놀란 얼굴로 보았다.

『정말 도와줄 거야?』

『네.』

『진짜로 정말로?』

『진짜로, 정말로.』

『어째서?』

『아버님에게 신세 지고 있습니다.』

『……너…… 아무리 아버지의 부하라지만…… 딸인 나의 살인도 돕는 거야?』

『도와달라고 한 사람은 아가씨인데요…….』

『하지만…….』

『그보다 할 수밖에 없지 않습니까. 이거, 이미 다 죽어가고 있습니다. 편하게 만들어 줘야죠.』

『…….』

『아가씨, 안 하실 겁니까? 할 수밖에 없어서 이러신 것 아닙니까?』

『너는, 너는…… 이상한 사람이야.』

이상한 건 그쪽이겠지, 하고 미카미는 생각했다. 감사받고 싶어서 꺼낸 말은 아니었지만, 그때 미스즈가 보낸 눈길을 미카미는 잊을 수 없었다.

『……도와주러 와줘서 고마워. 너, 히어로 같아…….』

이제부터 용서받지 못할 일을 할 건데, 구세주가 되어버렸다.

아직 젊은 두 사람이 함께 한 일은 밖에 놀러 나가는 것도 아니고, 함께 별을 보는 것도 아닌, 성인 남성의 목덜미를 누르는 일이었다.

그 이후로는 주로 미카미가 분투했다. 미스즈의 부친에게 사정을 이야기하고, 괘씸한 놈을 배출한 역적 조직에게는 사죄하는 게 아니라 오히려 관리 태만을 질책하여 이쪽의 잘못이 아님을 인정하게 했다.

회합 중에 생겨난 시체는 상대 역적 조직이 그대로 가져갔다.

일에 관여한 미카미도 문책받지 않았다. 식은땀을 흘린 등은 축축하고 차가웠다. 시체도 처리했으니 더는 함께할 이유가 없을 테지만, 어째선지 미스즈는 줄곧 미카미 옆에 붙어 있었다. 어쩔 수 없이 미카미는 격려하듯 말했다.

『다행이네요. 아버님은 화내시지 않았습니다.』

『그 시체, 원래 아버지가 싫어하는 조직의 남자야. 핑계를 내세워 간부를 죽일 수 있어서 좋았겠지……. 저번에 내가 비슷한 일을 당했을 때는 빈틈을 보인 내 잘못이라고 했으면서. 봤어? 손바닥 뒤집듯이 바뀐 그 태도……. 신경이 어떻게 되어먹은 걸까.』

『…….』

『나는…… 아니, 이제 됐어……. 있지, 너 뭐라고 부르면 돼?』

『미카미입니다. 아버님도 그렇게 부르십니다. 인사…… 처음에 드렸는데요.』

『그때는 관심 없었어.』

『…….』

『하지만 지금은 관심 많아. 미카미, 기억했어. 미카미는 정의의 편…… 아니, 내 편이구나.』

그때부터 묘하게 따르고 있다.

시간이 흘러 미스즈는 부모의 추천으로 무기 상인이 되었고, 평판이 좋지 않은 남자에게 시집갔다.

역시 이건 아니라고, 미카미도 말렸다. 미스즈는 슬픈 얼굴로 중얼거렸다.

『딱히 좋아하진 않아. 하지만 조금이라도 멀리…… 집에서 도망치고 싶어. 그러려면 아버지와 어머니의 입김이 작용한 상대에게 갈 수밖에 없어……. 그 사람들은 내가 결혼했다는 사실에 만족할 거야. 1년 뒤에 이혼할 거야. 그때 데리러 와줘, 미카미…….』

그전까지는 불러낼 때마다 영양가 없는 이야기를 하거나 치우고 싶은 누군가를 처리해 달라고 했는데 그런 일도 뚝 그쳤다. 귀찮은 여자라고 생각했지만, 막상 부르지 않으니 조금 쓸쓸했다.

그렇게 생각하던 차에 미스즈가 연락해 왔다.

『있지, 도와줘.』

얼굴은 멍투성이에 배 아랫부분이 새빨개진 미스즈가 현관에서 기다리고 있었다.

무슨 일이 일어났는지 바로 예상이 갔다. 미스즈는 울기만 할 뿐 제대로 설명하지 않았다.

『아기가, ■■■■가.』

그저 그 말만 계속했다. 그러니까 하지 말라고 한 건데, 라는 말은 나오지 않았다.

『미카미, 도와줘. ■■■■랑 저 사람, 처리해야 해…….』

—항상 이렇지.

그녀가 그렇게 말할 때, 그녀의 인생에서 그녀의 몸을 지나친 누군가가 퇴장했다.

유일하게 퇴장하지 않은 것은 손가락 하나 건드리지 않은 미카미뿐이다.

『도와줄 거지? 미카미.』

건드리지 못하게 한다. 절대.

『미카미, 믿을 사람은 미카미뿐이야.』

미카미도 다른 남자들처럼 되고 싶지는 않았다. 그녀를 상처 입히고 지나가는 무언가가.

『네, 아가씨.』

결국 대부분의 처리를 미카미가 했다.

처리해 달라고 부탁받은 것은 미스즈의 남편과 그때 유산된 아이의 시체였다.

그것들을 감쪽같이 없애고 며칠이 지나자 이번에는 미스즈의 부친이 불러냈다.

손가락이든 팔이든, 어쨌든 어떤 부위가 잘릴 거라고 각오하고서 찾아가니 기다리고 있던 것은 치하의 말과 새로운 명령이었다. 새 두령이 될 미스즈의 오른팔이 되라는.

어딜 가든 시체를 만드는 딸을 둘 곳은 이제 그곳밖에 없다고 생각했을지도 모른다. 그리고 그 파트너는 미카미밖에 없다고.

단둘이 되자 미스즈는 기뻐했다. 미카미의 셔츠 소매를 잡아당기고 말했다.

『도와줘, 미카미.』

어째선지 이 여자가 그렇게 말하면 미카미는 거절할 수 없었다.

그날, 그 밤, 정원에서 미스즈는 도움을 청했다. 맞았다. 울고 있었다.

시간이 흘러도 그것이 잊혀지지 않기 때문일지도 모른다.

가출하고 집에 돌아가지 않게 된 미카미에게 미스즈는 절벽 위의 꽃이었다.

아무 걱정 없이 살 수 있을 듯한 귀한 아가씨처럼 보였다. 빛나 보였다.

하지만 실제로 그녀에게는 그녀의 지옥이 있었고, 심지어 쉽사리 빠져나갈 수 없었다.

구원할 길이 없었다. 구원이 보이지 않았다. 있을지도 모르지만 손대기에는 늦었다.

더 빨리 누군가가 봐줬어야 했다고 남의 일처럼 말할 수밖에 없었다.

누구도 그녀에게 여기서 도망치자고 하지 않았고, 다른 세계가 있다고 가르쳐주지 않았다.

누군가가 희생되는 편이 좋기 때문이다.

부모로부터 도망치고 싶어 했던 미스즈는 언제부터인가 부모처럼 타인을 지배하게 되었다.

『미카미, 나 깨달았어. 세계는, 세상은, 잘못된 게 너무 많아. 왜 이런 걸까. 힘 있는 사람이 많은데 그 사람들은 도움을 청하는 사람에게 가지 않아. 모든 사람이 미카미 같은 히어로이진 않은 거지.

직접 세상을 바꿀 수밖에 없어. 그래서 난 생각했어, 미카미. 세상을 바꾸려면 큰 틀을 바꿔야 해. 큰 틀을 바꾸려면 대단한 사람이 되어야 해. 누군가에게 머리를 휘어잡히는 약한 여자여선 안 되는 거야. 나는 무엇에도 지지 않는 여자가 될 거야. 지금이라면 될 수 있을 것 같아. 이제 잃을 게 없는걸. 모두가 나를 버렸어. 다시 보게 만들고 싶어. 【카사이】를 굉장한 조직으로 만들 거야. 국가 운영도 바꿀 거야. 약자를 돕는 사람이 될 거야. 있지, 미카미. 나는 될 거야. 아픔을 알고 있으니까.』

사람은 아픔을 알게 되면 대체로 두 가지 경우로 나뉜다.

아픔을 알기에 치유하는 쪽으로 가거나.

아픔을 알기에 아픔을 주는 쪽으로 가거나.

『세상을 바꾸기 위해 먼저 신을 죽여보자, 미카미. 사계의 대행자는 세상의 틀을 바꾸기 좋은 재료야. 죽여도 다른 게 다시 태어나고, 계속 계속 죽여서 정부를 협박하자. 세상을 더 좋게 만드는 정책을 내놓게 하는 거야. 모두를 위해, 약자들을 위해……. 설레지 않아? 미카미. 같이 신을 죽이자.』

세상에는 두 유형이 존재한다. 어느 쪽이 좋은지는 사람마다 다를 것이다.

"미카미, 도와줘. 그 아이를 설득할 거야. 내 세계에는 그 아이가 필요해."

미카미는 몇 번째인지 알 수 없는 『도와줘』를 들으며 미스즈를 보았다.

십여 년 전과 비교하면 물 만난 물고기처럼 생기 넘치는 그녀를.

테러리스트는 미스즈의 적성에 맞았다.

머리에 나사가 몇 개나 빠져 있고, 얼마든지 잔혹해질 수 있었다.

지도자로서 타고난 소질도 있었다.

그녀가 상처 입으면서 획득한 인생의 경험치는 범죄자가 되니 도움이 됐다.

전부 이렇게 되기 위해 상처 입었던 것처럼.

미스즈는 이 세상에 맞지 않았다.

태어난 환경도 안 좋았고, 본인도 자신의 아픔에 둔감했다. 아프다고 하면서도 결국 아픈 곳에 머물렀다. 도망치지 않기에 폭력을 행사하는 자들의 먹이가 됐다. 그리고 언제부터인가 미스즈도 누군가를 공격하는 것에, 자신이 당한 일을 남한테 하는 것에 아무런 양심의 가책도 받지 않게 되었다.

『나는 버텼는걸』이라고 말하듯 고개를 갸웃했다.

때리는 상대에게 말한다.

왜 버티지 못하느냐고.

—이런 녀석이 줄어들면 좀 더 상냥한 세상이 되겠지.

미카미는 순수하게 미스즈가 불쌍했다. 가정환경이 좀 더 괜찮았다면. 결혼 생활이 좀 더 행복했다면. 본인이 좀 더 여러 가지에서 깨달음을 얻을 수 있는 성격이었다면.
—만약 내게 용기가 있었다면.
하지만 그런 『만약』을 거듭해봤자 의미는 없다.
미카미가 미스즈에게 해줄 수 있는 일은 곁에 있는 것뿐.
가장 어렵고 험난한 일이다. 오래 살지는 못 할 것이다.
—뭐, 상관없나. 한 번뿐인 인생이야.
곧 있으면 위층에 도착한다. 경우에 따라서는 누군가가 죽을 것이다.
지옥의 시작이다.
—정신 나간 여자와 터무니없는 일을 벌이고 죽는 것도 나쁘지 않아.
"알겠습니다, 고젠."
미카미는 틀림없이 미스즈 편이었다.

한편, 가을의 대행자 구출팀은 큰 국면을 맞이한 상태였다.

로우세이의 정보 제공으로 국가 치안 기구와 사계청에 【카사이】의 기지가 공유되었다.
가을의 대행자 이와이즈키 나데시코를 구하기 위해 즉시 구출 작전을 세우게 되었다.
사계의 대행자는 특별한 존재라 온갖 경우에 초법규적 조치가 통했다.
가을의 대행자 호위관인 린도우의 요청도 있어서 각종 절차와 허가증 발행을 기다리지 않고 먼저 구출 부대를 보내는 흐름이 되었다. 구성원은 수색반으로 움직이던 린도우 일행과 수행하던 사계청 직원들. 그리고 요청받아 급히 현장에 온 국가 치안 기구의 특수 부대【호저(豪猪)】였다.

중복 설명이 되지만, 국가 치안 기구는 야마토의 경찰권을 소유한 조직이다.

야마토의 안전과 질서를 지키는 행정 기관이 바로 국가 치안 기구이며, 마을이나 도시의 지역 보안 활동, 범죄자 단속 등 그 업무는 다양하다.

그리고 이 커다란 조직 내에 무장 부대로 존재하는 것이【호저】였다.

야마토 각지에 주둔지가 설치되어 있고, 국가 치안 기구의 정예들이 배속되어 있었다.

말하자면 테러리스트들의 카운터 역할을 하는 부대였다.

국외에도 태스크 포스, 대테러 부대, 특별 임무 기동대 등의 명칭으로 비슷한 부대가 존재했다.

그들이 출동할 때는 이미 사건이 일어난 후라서 농성 같은 게 발생하지 않는 한은 현장 지원으로 일이 끝나지만, 이번에는 달랐다.

원래부터 사계청 쪽에서 국가 치안 기구에 정보를 공유한 상태였고. 주둔지가 오우메 근처에 있어서, 초법규적 조치로 즉각 출동을 명령받은 그들은 한 시간 만에 현장에 도착했다. 이로써 린도우 일행은 돌입 전부터 지원을 얻게 되었다.

오우메에 집결한, 역적과의 싸움을 앞둔 집단의 구성원 내역은 다음과 같았다.

가을의 호위관, 아자미 린도우.
여름의 대행자, 하자쿠라 루리. 여름의 호위관, 하자쿠라 아야메.
여름의 대행자 호위로 파견된 사계청 보전부 경비과 여름 직원 네 명.
가을의 대행자를 구출하기 위해 파견된 사계청 보전부 경비과 가을 직원 네 명.
원래부터 사계청과 협력 체제를 구축하고 있었던 국가 치안 기구의 요원 여덟 명.
그리고 국가 치안 기구, 특수 부대 【호저】 스무 명.

위와 같은 멤버가 모여 있었다.
린도우 일행은 잇달아 들어오는 사계청 청사 습격 정보에 전전긍긍하고 있었지만, 마침내 그들도 전장으로 가게 되었다.

현재 린도우 일행이 있는 오우메는 선상지였다.
상공에서 보면 오우메산의 기슭에 부채꼴 땅이 펼쳐져 있었다.
선상지에 만들어진 취락이 큰 도시로 발전한 오우메는 산간에 폐신사가 여럿 존재했다. 차기 담당자가 없어서 근교에 있는 신사와 합쳐지고 버려진 것이 대부분이지만, 산사태로 통행이 어려워져서 어쩔 수 없이 버려진 곳도 있었다.
린도우 일행은 그중 하나로 향했다.
폐신사 근처에 무허가로 지어진 건물이 있다고 했다.
그곳이 【카사이】의 현재 기지이자 이와이즈키 나데시코가 구속되어있는 곳이라는 것이 이시하라의 밀고였다. 산속, 그것도 폐신사 근처. 현지인도 거의 오지 않는 곳에 기지를 만든 것은 수색하는 입장에서 볼 때 졸렬했다.

린도우 일행이 목적지에 가는 것은 쉽지 않았다.

도중부터 차가 갈 수 없는 산길이 되어 걸어갈 수밖에 없었다. 정비되지 않은 길은 가팔랐다.

【카사이】가 걸어온 전화를 역탐지하는 데 성공했다고 듣고 총알처럼 사계청을 뛰쳐나온 루리와 아야메는 등산에 적합하지 않은 차림을 하고 있었다. 루리는 원피스, 아야메는 평소와 같은 정장 차림이었다.

신발도 복장에 맞춘 것을 신고 있기에, 본인들의 의지는 아니지만 산을 얕보고 있다고 해도 좋았다.

"옷 잘못 입고 왔어……."

"등산할 줄은 몰랐으니까."

루리와 아야메는 특히 고심하며 나아갔다.

원래 같았으면 두 사람은 정보를 제공받아 기지를 알아낸 시점에 역할을 다한 것이었다.

루리는 역적을 추적하기 위해 동행한 것이기 때문이다. 특수 부대가 벌일 급습 작전에 관여할 존재는 아니었다. 하지만 루리와 아야메는 동행하기를 원했다.

"루리 님, 아야메 님, 제 셔츠든 팔이든 잡으시기 바랍니다. 비탈길입니다. 잡는 게 걷기 편할 겁니다."

힘들어하는 두 아가씨에게 린도우가 양팔을 내밀었다. 단련된 팔은 대단히 믿음직스러워 보였다.

"어? 하지만 그럼 우리를 끌면서 걸어야 하잖아. 린도우 님이 힘들어질 거야."

"상관없습니다. 여성 두 명 정도는 깃털처럼 가벼워요."

"시, 신사네요…… 아자미 님…… 제 약혼자랑은 전혀 달라요……."

"아야메 님의 약혼자는 대체 어떤 분인 건가요……."

"뭔가 린도우 님보다 날라리 같아."

"……부정할 수 없네."

"저는 날라리가 아닙니다."

"참고로 내 약혼자는 머리가 좋고 아주 다정해. 어른이야. ……멋져. 헤헤……. 하지만 아야메는 수상쩍다고 해."

"다정하다고는 생각하지만, 영화의 막바지에 주인공을 배신하는 타입이야, 그 사람은……."

"굉장히 궁금해졌어요. 결혼식 때 초대해 주세요."

린도우를 위해서도 나데시코의 무사를 확인하고 보호하는 걸 돕지 않으면 직성이 풀리지 않는다는 것이 루리와 아야메의 주장이었다. 또한 역적에게 노려질 위험도 있기에 동행하는 편이 안전하다는 현실적인 이유도 있었다. 따라가지 않는다면 어딘가에서 대기하거나 소수의 경호원을 데리고서 사계청으로 돌아가야 하는데, 그러다 습격받을 가능성이 컸다. 그리고 그건 린도우도 마찬가지였다.

다방면에서 배신 소식을 듣고 주위에 대한 불신감으로 머릿속이 꽉 차게 된 가을과 여름은 여기까지 온 이상 일련탁생, 가을을 구할 때까지 춘하추동 공동 전선을 유지하자고 서로 의사를 표시했다.

폐신사는 딱 보기에도 버려져 있었다.

예전에는 이곳에 신이 모셔져 있어서 참배자도 있었고 역사가 있었다는 사실이 슬퍼질 정도였다. 린도우가 이끄는 급습 부대는 거기서 일단 멈췄다.

루리가 데려온 들개와 야생 새를 척후로 보내 주변을 살피게 하니 몇 분 지나지 않아 돌아왔고, 기지의 정확한 위치가 판명되었다. 폐신사보다 더 안쪽. 서낭숲 안에 철근 콘크리트 건물이 비밀스레 숨겨져 있었다. 얼핏 보기에 어떤 시설 같았다. 주택이라고는 할 수 없는 크기였다.

옆으로 긴 2층 구조. 담이 건물 주위를 빙 둘러쌌고, 입구에는 『오우메 임업 주식회사』라는 표찰이 있었다.

지역의 이름을 단 회사는 그럴싸하게 보였지만, 린도우 일행이 아무리 열심히 정보를 찾아봐도 그런 회사는 검색 엔진에 걸리지 않았다.

"국세청의 법인 등록을 조사했어요. 야마토에서 사업을 하는 회사라면 반드시 등록되어 있죠."

가장 냉정하게 대처한 사람은 아야메였다. 제일 먼저 국영 사이트로 조사한 부분이 현명했다.

"『오우메 임업 주식회사』라는 곳은 없으니 무조건 수상해요."

"저희가 있는 오우메산의 산림 소유자는 현재 시장 일족인 것 같습니다. 지역 명사가 들어간 가공의 회사를 이런 곳에 지은 것도 수상해요. 틀림없을 겁니다. 신고도 되지 않은 회사라면 지금 있는 재료만으로도 접촉을 꾀할 수 있어요. 【호저】 부대를 먼저 보내고, 들여보내지 않으려고 해도 억지로 들어가겠습니다. 루리 님과 아야메 님은 들어가지 않으셔도 됩니다. 대기해 주세요."

"하지만 모두가 불리해지면 동물들을 보낼게."

"아뇨, 두 분이 위험해지면 그때 힘을 사용하세요. 루리 님, 아야메 님…… 따라와 주셔서 정말 감사합니다. 제 바람은 여러분과 나데시코를 무사히 안전한 곳으로 보내는 겁니다. 부탁드립니다. 위험한 일은 하지 말아 주세요."

린도우가 진지한 얼굴로 그렇게 타일렀기에, 당찬 루리도 납득하진 못했으나 일단 그 말을 따르기로 했다.

역적의 본거지를 눈앞에 두고서 작전 회의를 끝내고 드디어 접촉하게 되었다.

우선 린도우가 말한 대로 국가 치안 기구【호저】의 대원이 담을 넘어 침입, 건물의 인터폰을 눌렀다. 첫 번째 호출에는 반응이 없었다. 몇 번 더 누르고『국가 치안 기구입니다. 열어 주십시오』하고 현관문을 두드리자 마침내 안에서 사람이 나왔다.

우락부락한 남자가 이미 화난 상태로 얼굴을 내밀었다.

"이봐, 남의 집 부지에 멋대로 들어오지 마."

남자는 작업복 차림도, 정장 차림도 아니었다. 평일 오후에 회사라는 이름이 붙은 건물에서 나올 만한 인간으로는 도저히 보이지 않았다. 밤에 번화가를 돌아다니는 질 나쁜 남자 같은 모습이었다. 하지만 당장 돌입할 수도 없었다. 일단 평화적으로 대화를 나눠야 했다.

【호저】대원은 또랑또랑한 어조로 말했다.

"국가 치안 기구 사람입니다. 이곳에서 여러 가지 위법 행위가 이루어지고 있다고 의심되어 안을 조사하러 왔습니다. 대표자는 계십니까?"

"……뭐? 지금은, 없어."

퉁명스러운 남자의 말에도 지지 않겠다는 듯 대원은 계속 이야기했다.

"안을 조사해도 되겠습니까?"

"웃기지 마. 불법 침입이야! 그리고…… 그래, 영장! 영장은?! 이럴 때 그걸 맨 먼저 보여 주잖아!"

"이번에 저희가 이곳을 수사하러 온 것은 사계의 대행자에 대한 테러 행위가 있었기 때문입니다. 무영장 체포 안건이라 영장 없이 수색할 수 있습니다. 원칙 영장주의도 이 경우에는 예외입니다. 모르셨습니까?"

남자의 낯빛이 싹 바뀌었다. 갑자기 입을 다물고 이리저리 눈을 굴렸다. 대원은 잇달아 계속 질문했다.

"이 건물은 누구에게 허가받고 지은 겁니까? 불법 건축물이죠?"

"……뭐?"

"당신은 집이라고 했지만, 표찰에는 회사라고 적혀 있었습니다. 임업 회사입니까?"

"……맞아."

"신고됐는지 확인해도 되겠습니까?"

"무슨 신고?"

"임업을 하려면 국가에 신고해야 하지 않습니까."

"……."

"신고하지 않았다면 당신은 우선 자신이 불법 건축물에 있다는 걸 아셔야 합니다. 이것만으로도 당장 기구로 끌고 갈 수 있습니다."

정면 현관에서 【호저】 대원과 남자가 실랑이를 벌이는 사이에 건물 안에서 험상궂은 남자들이 속속 나왔다. 어깨로 밀치기 시작했다.

린도우 일행은 【호저】의 대장에게 대기를 명받아 아직 부지 밖에서 지켜보고 있었다. 다른 【호저】 대원들도 돌입 신호를 기다리고 있었다.

"우와, 저 남자 주먹을 휘두르기 시작했는데? 바보 아니야? 국가 치안 기구에서 나온 사람의 어깨를 잡은 것만으로도 체포감인데."

점차 폭력적으로 변해 가는 모습을 초조하게 보고 있었다.

"시작됐어……."

"아~ 싸움이 벌어졌어! 어떡하지? 개를 보낼까? 물라고 할까?"

"루리 님, 대기해 달라고 말씀드리지 않았습니까. 가는 건 접니다. 두 분이 할 일은 안전한 곳에서 기다리는 겁니다. 나데시코를 무사히 보호하면 경비 체제에 가담해 주세요."

"벌써부터 꽤 무서운 분위기인데, 아자미 님도 저 안에 들어가시는 건가요?"

"들어갈 겁니다. 하지만 먼저 【호저】의 대장이 『돌입』 신호를 보내야 합니다."

공간은 일촉즉발의 분위기에 휩싸여 있었다.

남자가 조사 협력을 요청하는 【호저】 대원을 때린 시점에 이쪽이 돌입할 수 있는 상황은 만들어졌다. 현관 앞에서 벌어진 공방은 점점 백열화되었다.

맨 처음 대응했던 우락부락한 남자 외에 안에서 줄줄이 나타난 남자들에게 대항하기 위해 이쪽의 인원도 몇 명 말리러 들어갔다. 하지만 그래도 사태는 수습되지 않았다.

“이쪽은 발포를 허가받았어. 쏜다!”

“시건방진 놈들! 안 나가면 죽여 버리겠어!!”

양자가 한 발짝도 물러서지 않고 기 싸움을 이어 갔다.

“죽어!!”

누군가가 그렇게 말했다. 그 직후에【호저】대원이 가슴을 움켜잡고 쓰러졌다. 건물 안에서 나온 남자들은 총기를 소지하고 있었다.

【호저】의 대장이 숨을 크게 들이마셨다.

“돌이이이이이이이이이입!!”

호령이 떨어졌다. 대기하던【호저】의 부대원들과 국가 치안 기구 요원, 가을의 대행자를 구출하기 위해 동행하던 사계청 보전부 경비과 직원들도 우르르 부지에 들어가 저항하는 남자들에게 반격하기 시작했다.

“다녀오겠습니다!”

방탄조끼를 빌려 입은 린도우가 루리와 아야메에게 선언하듯 말하고서 달려 나갔다.

『다녀오세요!』

쌍둥이는 동시에 말하며 린도우를 보냈다.

그 뒷모습을 바라보면서 루리는 불안한 목소리로 말했다.

“가, 가 버렸어…….”

루리와 아야메는 부지 밖에 있는 나무들 아래쪽에 숨어 대기하게 되었다.

사계청 소속 경호원인 보전부 경비부 직원도 급습 부대로 갔기에 지금 두 사람을 지키고 있는 것은 루리가 길들인 들개들뿐이었다.

커다란 나무에서 살짝만 얼굴을 내밀어 난투를 지켜볼 수밖에 없었다.

맨 처음 접촉을 꾀한 【호저】 대원 외에는 대테러용 개인 장비를 갖추고 있었다.

목출모, 방탄 사양의 제복, 그 위에 방탄조끼, 군화, 전술 장갑, 그리고 총기, 길쭉한 방탄 방패.

평범하게 산다면 볼 수 없는 장비를 갖춘 자들을 보면서도 적은 주춤하지 않았다. 개개인의 전력 차이는 크지만, 거친 일에 익숙한 것 같았다. 특수 부대를 투입했는데도 즉시 해결될 것 같지 않았다. 자연스럽게 손에 땀을 쥐고 응원하게 되었다.

"힘내! 린도우 님!"

"걱정이야. 괜찮을까? 격투기가 특기라고 듣긴 했지만……."

"여차하면 내가 원호하겠어! 가라! 린도우 님! 아, 굉장해! 해치워, 해치워! 아, 어……?"

루리는 도중에 말을 잇지 못했다.

"어라……?"

아야메도 손으로 입을 가렸다. 말이 잘 나오지 않았다.

어휘력을 잃을 만한 광경이 펼쳐지고 있었다.

"어? 저거 진짜 린도우 님?"

부녀자에게 다정하던 온화한 모습을 벗어던진 린도우가 험상궂은 남자들을 근접 격투술로 닥치는 대로 쓰러뜨리는 모습은 두 아가씨의 말문을 막히게 하기에 충분했다.

여름의 주종은 깜짝 놀란 얼굴로 눈을 끔뻑였다.

부드러운 태도로 대화해주던 연상의 남자가 자신들 곁을 떠나자마자 전혀 다른 얼굴을 하고서 적들을 압도적으로 해치우기 시작했으니 당황할 만도 했다.

"방해돼."

린도우는 그렇게 말하며 적의 공격을 한 손으로 받아넘기고 그대로 업어치기로 내동댕이쳤다.

유아를 상대하듯 가뿐한 동작이었다.

내던져진 상대는 땅에 떨어져 조금 경련한 뒤 움직이지 않게 되었다. 【호저】 대원이 방탄 방패로 만든 진영 내로 재빨리 쓰러진 자를 끌고 왔다.

"호위관님! 총에 맞을 겁니다! 안으로 들어오세요!"

"아니, 됐어. 내가 계속 쓰러뜨리고 너희가 정리하며 전진한다. 그러다 보면 현관에 도착하겠지. 나도 혼자 안에 뛰어들 만큼 바보는 아니야."

먼저 교섭했던 몇 명은 건물 안에 들어가는 데 성공했다.

하지만 안에서 무사한지는 알 수 없었다. 【카사이】 남자들은 총기를 잘 다뤘다. 밀리고 있을 가능성이 컸다. 호령이 떨어져 돌입한 후속팀은 현관에 도달하지 못하고 폭력의 응수를 벌이고 있는 상태였다. 【호저】 대원은 뭔가 하고 싶은 말이 있는 것 같았지만, 다시 남자들이 돌격해 와서 린도우가 달려가 버렸다.

"방해돼."

린도우가 싸우는 방식은 고요했다.

아크로바틱한 움직임을 검술에 접목한 칸게츠류와는 정반대로 흐르는 물 같은 움직임이었다. 공격을 우선하지 않고 우선 상대의 움직임을 피하거나 방어했다.

작용한 힘을 흘리듯 부드럽게 움직이다가 어느새 적의 목을 조르거나 내던졌다.

린도우는 칼을 차고 있었지만 발도하지 않고 전부 맨손으로 상대하고 있었다.

한 명, 두 명, 세 명, 차례차례 내던졌다. 야마토 유술, 합기도 등을 조금 배운 적이 있는 자라면 그것이 달인의 움직임이라는 것을 알겠지만, 아마추어의 눈에는 린도우가 중력을 조종하고 있는 것처럼 보였다. 마법을 부린 것처럼 움직임이 가벼웠기 때문이다. 눈 깜짝할 사이에 전부 끝나서 실제로 움직이고 있을 복잡한 발놀림을 인식할 수 없었다.

—그렇게 강하지 않아. 하지만 수가 많아.

린도우는 현관을 보았다.

얼마나 많은 인원이 숨어있는지 건물 안에서 계속 사람이 나왔다. 2층 건물이지만 아마 지하 시설이 있을 것이다. 그게 아니라면 설명이 안 된다.

—나데시코를 인질로 잡을 가능성이 커. 신속하게 처리하고 안에 들어가야 해.

지금 뭘 해야 하는가. 우선 난투를 제압해야 한다.

총기를 소지한 자들을 최대한 빨리 무력화하고, 근접전을 걸어오는 자들을 때려눕힌다. 이 공정을 계속 반복한다. 아무튼 상대 세력을 줄여나갈 수밖에 없다.

"……방해돼!"

린도우는 이제 나데시코 생각 말고는 할 수 없었다.

그 모습을 지켜보던 루리와 아야메는 서로 손을 맞잡으며 흥분했다.

『머, 멋있어…….』

쌍둥이답게 한목소리로 말했다.

"루리! 아자미 님, 강해!"

"으, 응…… 멋있어…… 강해…… 굉장해…… 갭…… 대박……."

루리의 시선 끝에 있는 린도우는『강하다』고 평할 만했다.

"저거 뭐야? 동작은 아주 고요한데…… 린도우 님이 건드리면 사람이 막 회전하고 날아가. 무슨 기공 같은 건가?"

"아마…… 아자미 님의 저건 외국에서 유명한 살인 격투술이야."

"그게 뭐야?"

"정확히 말하면 총기를 든 상대를 제압하는 근접 격투술인데…… 터득하기 어려워서 배운 사람은 별로 없어. 나도 저거 배우고 싶었는데……."

아야메는 격투기를 배우는 데 거부감이 없는 것 같았지만 루리는 확연하게 싫다는 얼굴을 했다. 자신이 할 일은 아니라고 생각하고 있을 것이다.

"무섭다~ 차원이 다르잖아……. 인류가 터득하면 안 되는 기술 아니야?"

"그래서 살인 격투술이라고 불리는 거야. 외국에 살던 시기가 있다고 하셨고, 그때 배운 걸까……. 무예의 달인이라는 건 정말이었어."

아야메는 눈을 반짝반짝 빛냈다.

"전부 무사히 끝나면 가르쳐 달라고 할까……?"

"안 돼~! 아야메가 근육질이 될 거야!"

"아냐, 저건 코어가 중요한 격투술이라서 근육질이 되진 않을 거야."

"호위관 정신을 키우지 않아도 돼! 으아아, 저것 봐! 쓰러진 사람이 꿈쩍도 안 하는 거 너무 무서워……. 진짜야? 린도우 님……. 우리한테는 다정해서…… 건방지게 굴었는데…… 나중에 사과하는 게 좋을까……?"

"거리를 두면 아마 슬퍼할걸. 저분은 평범하게 본바탕이 다정한 사람이야."

"하지만 경솔하게 등을 퍽퍽 때렸는데……. 으아, 으아아, 가차 없어! 린도우 님, 가차 없어! 탁구채에 맞고 튕긴 공처럼 남자가 날아갔어! 린도우 님 무서워! 멋있어! 하지만 무서워! 역시 나중에 사과할래!"

"지친 기색이 안 보이는 게 대단해. 마음의 상처는 몸에 나타나기 쉬운데, 육체가 튼튼한 사람이야."

아야메가 감탄하며 중얼거리고 있으니 작은 새가 두 사람 위로 날아왔다. 루리가 손을 내밀자 새는 앉을 나무를 찾은 것처럼 사뿐히 내려앉았다. 그리고 어느새 혼자 다른 곳에 갔었던 개도 헥헥대며 다가왔다.

“아야메, 이 아이들이 보고할 게 있대.”

뭔가를 전하듯 개가 짖었다.

“…….”

루리는 묵묵히 귀를 기울였다. 아야메는 이럴 때 잡음을 내지 않으려고 하기에 조용히 지켜보았다. 이윽고 개와 새의 우짖음이 멈추고, 다시 날아오른 새가 이쪽이라는 듯 한 방향으로 낮게 날아갔다.

“루리, 뭐래?”

“…….”

“루리?”

“아직 확정된 건 아니지만 위험할지도 몰라. 잠깐 보러 가야겠어.”

루리는 난투 관전을 멈추고 새를 따라갔다.

“자, 잠깐만, 루리?”

아야메와 들개들도 황급히 뒤를 쫓았다. 나무들 사이를 성큼성큼 나아가 도착한 곳은 건물 뒤편이었다. 【호저】 대원 두 명이 서 있는 게 보였다. 담장 밖에서 뭔가를 기다리듯 이리저리 시선을 옮기고 있었다. 잠시 후, 담장 안쪽에서 남자 목소리가 났다.

“안에 들어있어! 얼른 가져가!”

“천천히 내려.”

【호저】 대원들은 기다렸다는 것처럼 대답했다.

“……말도 안 돼, 저 사람들…… 역적이랑 얘기하는 거야……?”

아야메가 멍하니 말하자 루리는 조용히 고개를 끄덕였다.

“배신자야. 하지만 【호저】 멤버 중에는 없었던 사람이래. 개는 새로운 냄새라고 했어. 제복만 갖춘 스파이 아닐까?”

"……응? 잠깐만. 그렇다면 우리의 행동이 역적에게 새어 나가고 있다는 거잖아?"

"아마 그렇겠지. 우리랑 동행하며 밀고한 사람이 있는 거야. 사계청 직원인지…… 국가 치안 기구 사람인지…… 어쨌든 그 사람도 혼란을 틈타 사라졌겠지. 결국 이쪽에도 배신자가 있었어."

아야메는 허리에 찬 소도를 잡았다.

"……거지 같네."

보기 드물게도 지저분한 말을 쓰는 걸 보면 상당히 화가 나 있었다.

"진짜 거지 같아. 사계청에도 국가 치안 기구에도 과감하게 인원을 정리할 필요성이 있어……."

담장 너머로 트렁크 가방이 넘겨졌다. 장기 여행용의 큰 사이즈였다. 작은 아이라면 들어갈 것 같았다. 루리와 아야메는 얼굴을 마주 보았다.

"……루리, 『안에 들어있다』는 건……."

"십중팔구 나데시코 님이야. 분명해. 내 직감도 그렇게 말하고 있어."

"확실해?"

"확실해."

"알았어, 믿을게. 살아…… 있는 걸까……."

"아아…… 그렇지, 저게 시체일 가능성도 있어……. 살짝 피 냄새가 난다고 했어……."

루리는 입술을 깨물었다. 참을 수 없는 기분이 갈 곳을 잃고 방황했다.

루리와 아야메는 나데시코와 그렇게 친하지는 않았지만, 나데시코가 처음 인사해줬을 때는 기억했다. 아직 정말로 작은 여자아이였다.

보호받아야 할 나이의 아이가 트렁크에 들어있다는 사실만으로도 견디기 어려웠다.

"아야메, 나데시코 님의 옷 조각 꺼내 봐. 수색을 위해 빌렸던 거."

아야메는 정장 주머니에서 투명한 비닐 주머니를 꺼냈다. 기모노 조각이 들어 있었다. 반파된 가을 별궁에서 린도우가 끄집어낸 것이었다.

"너. 검은 털이 귀여운 너."

루리는 경호원처럼 따르는 들개 한 마리를 불렀다. 눈이 영리해 보이는 대형견이었다. 루리가 머리를 쓰다듬자 기쁜 듯 목을 울렸다.

"옳지, 착하다…… 린도우 님한테 가."

코 앞에 비닐 주머니를 댔다가 입가로 가져갔다. 검은 개는 루리가 바라는 대로 그것을 물었다.

"린도우 님. 누군지 알려나…… 그래, 같이 산을 걸어왔어. 너도 몇 번 쓰다듬어 준 사람. 그 사람이야. 억지로라도 끌고 와. 이거, 나데시코 님을 수색하기 위해 빌린 기모노 조각을 가지고 가면 아마 알 테니까…… 자, 가라!"

말이 끝나기가 무섭게 검은 개는 왔던 길을 다시 뛰어갔다.

"……루리, 내가 처리할게. 넌 대기하고 있어."

"알았어. 위험해지면 원호할게."

루리와 아야메는 서로 고개를 끄덕였다. 【호저】 제복을 입은 역적

두 명이 거칠게 트렁크를 굴리며 점점 멀어졌다.

"갈게."

아야메는 조용히 속삭이고서 홀연히 모습을 감췄다.

하지만 정말로 사라진 것은 아니었다. 그녀의 발이 너무 빨랐을 뿐이다. 치마 정장과 굽이 있는 구두, 달리기에는 불리한 차림인데도 개의치 않는 준족이었다.

게다가 달리는 소리가 거의 나지 않았다. 그래서 두 남자는 그녀가 닌자처럼 뒤에 나타나 칼로 공격할 때까지 알아차리지 못했다.

"여자?!"

"아아, 아, 아, 으아아아아악!"

아야메는 기습을 망설이지 않았다.

동생이, 여름의 현인신이 권속을 이용해 나데시코의 냄새를 맡았다고 했으니 가방 안에 뭐가 들었냐고 물어볼 필요도 없었다.

아야메는 루리의 호위관이 된 뒤로 줄곧 루리를 지켰다.

온갖 자들로부터 지켰다. 못된 어른들의 마수로부터, 천진난만한 현인신에게 이끌린 남자들의 시선으로부터, 심지어 고독과 슬픔으로부터도 지켰다.

더러운 것을 대행자에게서 멀리 떨어뜨려 마음을 지키는 것도 호위관의 일이었다.

줄곧 곁에 있었다. 지켜보았다.

생명 사역의 효과와 확실성, 약점, 그것들을 모두 알았다. 분신이라고도 할 수 있는 쌍둥이 동생은 아야메가 보기에 답이 없는 떼쟁이 아가씨이긴 하지만.

—감은 빗나가지 않아.

야생적인 직감을 가지고 있었다. 아마 여름의 대행자 특유의 능력일 것이다.

게다가 사역한 동물이 나데시코의 냄새를 맡았다. 시체든, 신체 부위든, 안에 들어있는 것은 틀림없었다.

—그러니 팔을 베겠어.

트렁크를 든 남자의 팔을 노리고 칼을 휘둘렀다.

선혈과 비명이 공중에 날렸다. 붉은 피가 아야메의 안경에 튀었다.

"으아아아아아악아아아악아아아아!"

시야가 나빠졌지만 신경 쓸 때는 아니었다. 도신에 묻은 피와 기름을 털어냈다.

또 다른 남자에게 여유로운 모습으로 물었다.

"훌륭해. 그래도 당신은 트렁크를 놓지 않았어. 상당히 중요한 게 들어있나 봐? 그대로 천천히 땅에 내려놔."

살랑살랑 바람이 불었다.

봄빛으로 물든 산속에 부드럽고 포근한 바람이 불고, 아름다운 흑발의 여성이 피 묻은 칼을 휘두르는 모습은 이질적인 광경이었다.

"당신에게 거부권은 없어."

온화하고 조심스러운 성격의 아야메는 그곳에 없었다.

"당신에게 내일도 없어. 잘도 이런 짓을 했네."

이것이야말로 여름의 대행자 호위관, 하자쿠라 아야메.

"부끄러운 줄 알아, 역적……."

동생을 지키기 위해 강해진『언니』라는 존재였다.

"자, 그걸 내놔. 안을 확인해 봐야겠어."

아야메는 칼끝을 겨눴다.

남자와 눈싸움을 벌이며 조금씩 거리를 가늠했다.

남자는 트렁크를 놓을지 말지 망설이고 있었다. 어떤 행동을 하든 아야메는 벨 생각이었다.

"언니!"

하지만 루리가 비명을 지르듯 외치며 사태는 급변했다.

건물 쪽에서 담장을 넘어온 남자들이 루리에게 가는 것이 보였다. 이 소란을 알아차린 역적이었다.

하지만 루리는 그쪽을 보지 않고 아야메의 뒤를 가리키고 있었다.

돌아보니 폐신사 쪽에서 남자 십여 명이 경찰봉과 단검, 권총을 들고서 줄줄이 오고 있었다. 건물에서 소동이 벌어졌음을 알고 달려온 것을 보면 상당히 가까운 곳에 있었다는 거다.

—역적의 기지는 여기 말고 또 있었던 거야.

아마 아까 지나친 폐신사도 기지일 것이다. 얼핏 봤을 때 아무도 오지 않을 것 같은 건물이었다. 안이 어떻게 되어 있는지는 누구도 보지 않았다.

—어쩌지.

앞뒤로 운명의 갈림길이 있었다.

폐신사에서 오는 역적을 해치우고, 공기도 얼마 없는 가운데 트렁크에 갇혀 있을 나데시코 구출을 우선하는가.

아니면 나데시코를 버리고 자신의 주인에게 달려가는가. 선택지는 둘.

—어쩌지!

아야메는 야금야금 궁지에 몰렸다.

"명령이야!"

그때, 고민을 날려 버리듯 루리가 외쳤다.

"가을을 지켜! 나는 내가 지키겠어! 그러니까 괜찮아! 아야메는 거기서 계속 싸워!!"

루리의 새된 목소리가 아야메의 귀에 전달되었다.

하지만 그녀는 거의 쓰지 않는 말을 썼다.

명령이라고 했다. 주인을 따르라고 명했다.

—루리.

바로 몇 초 전에 꼴사나울 만큼 두려움이 담긴 음성으로『언니』라고 외쳤으면서. 타인을 지키기 위해 결단했다.

"반복합니다! 명령입니다! 아야메, 나데시코 님을 지켜!!"

아야메는 입술을 악물었다.

그렇게 말하면 아야메가 할 일은 하나밖에 없었다.

"……명 받들겠습니다!"

이쪽은 맡기라는 마음을 담아 큰 목소리로 대답했다.

그리고 대답하면서 트렁크를 든 남자에게 바짝 접근해 후벼 파듯 복부를 찔렀다.

고통스러워하는 남자의 목소리가 산속에 울렸다. 아야메는 즉각 손을 뻗어 트렁크를 탈취하려고 했지만, 남자는 혼신의 힘으로 가방을 내던졌다. 트렁크는 조금 날아가 덜컹거리며 떨어졌다. 아야메는 핏발을 세우고서 호통쳤다.

"소중히 다뤄! 안에 사람이 들어있잖아!!"

아야메는 떨어진 트렁크를 보았다. 움직이는 것 같지는 않았다. 어서 열어주고 싶지만, 지금은 오히려 안에 있는 편이 안전한 상황이었다. 왜냐하면.

"하늘, 하늘, 하늘, 꽃 하늘거리고, 풀 빛나고, 여름 난발하여."

여름의 현인신이 지금부터 이곳을 전장으로 만들 것이기 때문이다.

"지고, 지고, 지고, 사랑 지고, 여름비, 불꽃, 반딧불팔이."

루리가 노래하는 방식은 색달랐다. 다른 대행자는 대지나 하늘에 건네듯 노래하지만, 그녀는 다가오는 역적들을 향해 이빨을 드러내고 있는 들개들에게 노랫소리를 바치고 있었다.

"갈라, 갈라, 갈라, 갈라서도, 잠자리 우화하는 가을을 기다리네."

그녀가 중얼거리는 말이 신의 이름하에 힘을 지니고 일종의 저주가 되어서, 생명은 꼭두각시가 되고 몸의 모습조차 변화시켰다. 루리 주위에 있던 들개가 늑대의 하울링 같은 소리를 냈다.

그러자 어찌된 일인지.

"앉아 기다리네. 가을을 기다리네."

산에 숨어 살던 다른 들개들이 차례차례 모습을 드러냈다.

"……가라! 나를 지켜!!"

조금씩 다가오는 남자들에게 권속을 보냈다. 대부분 사랑스럽게 생긴 소형견이나 중형견이었다. 하지만 루리의 신통력으로 힘을 얻은 들개들의 모습은 완전히 달라져 있었다.

이빨을 내보이며 으르렁거렸다. 대지를 박차는 도약력은 고양이처럼 뛰어났다.

작은 괴물로 변한 들개들은 루리를 공격하려는 자들에게 일제히 덤벼들었다.

"안 돼, 하지 마, 하지 마, 하지 마아아아아아아아아아아!"

역적들은 피부가 찢겨 피를 흘리고, 비명을 지르며, 패닉에 빠졌다.

들개들은 한 명을 쓰러뜨리면 또 다른 사람을 공격해 정확하게 각개 격파해 나갔다. 개에게 물린 자들은 죽지 않았지만 짧은 죽음을 경험한 것과 같았다. 맹견에게 린치당하는 것은 공포 체험일 뿐이다.

"가라! 다음!"

루리는 다가오는 남자들을 피해 잔달음질로 도망치며 계속 명령을 내렸다.

루리 자신은 초인적으로 강하지 않았다. 아야메나 린도우처럼 단련된 격투술이나 검술도 가지고 있지 않았다. 그녀는 정말로 평범한 여자아이였다.

하지만 루리가 노래하면, 명령하면, 생명은 환희하고 사랑에 빠져 즉각 종복이 된다.

짐승들이 있는 한 루리에게 사각지대는 없다. 그녀의 몸을 건드릴 수도 없다. 건드리려고 한 자는 즉시 목을 물어뜯긴다. 충실한 종복들에게.

그러나 수적 열세를 뒤집기는 어려웠다. 루리도 아야메도 떨어진 위치에서 사면초가의 싸움을 하고 있었다. 개개인의 힘이 강해도 잇달아 증원군이 오면 결국 힘이 다하게 된다.

두 사람에게야말로 증원군이 필요했다. 루리와 아야메는 동시에 기도했다.

—누군가 도와주러 와줘.

그리고 두 사람이 기도하는 상대는 한정되어 있었다.

"루리 님, 아야메 님!"

달려오는 사람의 발소리와 목소리가 들렸을 때, 루리와 아야메의 얼굴은 환희로 물들었다.

발소리의 주인은 모습을 드러내자마자 루리 옆을 지나쳐 들개들과 싸우고 있는 역적 한 명에게 날아차기를 먹였다.

"늦어서 죄송합니다!!"

화려한 일격이 역적의 얼굴에 깔끔하게 들어가서 루리는 입을 쩍 벌렸다. 드롭킥으로 전투를 개시한 것은 아자미 린도우. 그녀들이 바라던, 절대 배신하지 않으리라고 믿을 수 있는 가을의 남성이었다. 루리가 기지를 발휘하여 린도우를 데려오라고 들개 한 마리를 보냈는데 확실하게 성공했다. 도중에 이탈했는지, 저쪽은 정리됐는지, 어쨌든 바로 결단하고 와줬을 것이다. 잘생긴 얼굴이 상당히 지저분해졌고 숨을 몰아쉬고 있었다.

"린도우 님!"

루리는 약혼자에게 진심으로 반했지만, 역시 이때만큼은 두근거렸다.

"먼저 이 녀석들을 정리하겠습니다! 당신을 지키겠습니다!"

그렇게 선언한 린도우는 아야메가 살인 격투술이라고 했던 소리 없는 체술로 들개 틈에 섞여 역적들을 해치우기 시작했다.

그러다 도중부터 마침내 무기를 사용했다. 칼로 가볍게 베어 상대를 주춤하게 만들고 즉각 발차기와 주먹을 날려 땅에 눕혔다.

루리는 아야메 쪽을 확인했다. 수가 많아서 밀리고 있었다. 게다가 트렁크도 뺏긴 상태였다. 몸집이 한층 큰 남자가 트렁크를 가뿐히 들고서 달려갔다.

"린도우 님, 이쪽은 이제 됐어! 저 덩치를 쫓아!"

"하지만……!"

"저 트렁크 안에! 나데시코 님이 있어! 뺏기면 끝이야! 잔말 말고 가! 나머지는 내 권속으로 대처할 수 있어!"

"……죄송합니다!"

린도우는 역적 몇 명을 남긴 상태로 자리에서 이탈하여 아야메가 있는 방향으로 달렸다.

아야메는 역적에게서 뺏은 권총과 소도를 번갈아 사용하여 정확하게 적의 수를 줄이고 있었다. 이번에는 아야메가 외쳤다.

"아자미 님! 트렁크를 쫓아 주세요!"

"……미안!"

린도우는 사죄와 함께 옆을 지나가면서도 남자 두세 명을 베어 도와주고 다시 달렸다. 그 훌륭한 솜씨에 아야메는 저도 모르게 웃어

버렸다.

여름의 주종이 쫓으라고 한 트렁크를 든 거한은 폐신사 쪽으로 내려가고 있었다. 아야메만큼 빠르지는 않았지만, 린도우도 총알처럼 달려갔다.

린도우는 빠르게 거리를 좁혔다. 거한은 트렁크라는 짐을 들고 있는 만큼 속도도 느렸다. 린도우가 쫓아오는 것을 눈치챘는지, 린도우에게 뺏기기 전에 거한이 트렁크를 산길 옆으로 던져 버렸다.

"……개자식!"

린도우는 엉뚱한 방향으로 날아가는 트렁크를 쫓았다. 땅에 떨어진 트렁크는 풀숲을 미끄러져 산사태로 만들어진 낮은 벼랑을 굴러 내려갔다. 쿵, 쿵, 쿵 소리를 내다가 바위에 부딪쳤다. 그리고 더는 충격을 버틸 수 없었는지 단단히 잠겨 있었을 터인 잠금장치가 망가지며 안에 있던 것이 튀어나왔다.

"……나, 데."

린도우의 말은 끝까지 이어지지 않았다.

트렁크 안에는 린도우가 찾아 헤맸던 존재가 있었다. 이와이즈키 나데시코. 지키지 못한 것을 미치도록 후회했던 가을의 대행자가 확실히 있었지만.

"……."

그가 기억하던 상태는 아니었다.

—나데, 시코.

사랑스러운 얼굴에는 시퍼런 멍과 베인 상처가 가득했다.

기모노 밖으로 삐져나온 손발에 있는 구타의 흔적을 멀리서도 확인할 수 있었다. 명백하게 몇 번이나 폭력을 당한 모습이었다. 그리고 의식이 있는 것처럼은 안 보였다.

—나데시코.

숨 쉬고 있는지도 알 수 없었다. 더 다가가서 끌어안고 괜찮냐고 말을 걸어야 했다. 여기서는 너무 멀었다.

—나의 나데시코를 잘도.

린도우의 마음이 절망과 분노로 물든 그때, 강한 충격이 머리에 가해졌다.

"……윽!"

뒤에서 후려친 것이다. 벼랑 위에서 자세가 무너져 떨어졌다.

나데시코가 트렁크 속에서 맛본 것처럼 육체는 고무공처럼 튀어 여기저기 부딪쳤고 이내 벼랑 밑에 도달했다. 낙법을 취했지만 뼈 몇 개가 비명을 질렀다. 부러졌을지도 모른다. 당장 나데시코의 생사를 확인하고 싶었으나 벼랑을 내려오는 발소리가 들렸기에 일어났다.

"……죽여버리겠어!!"

적을 제거하지 않으면 자신의 공주님 곁으로 달려갈 수 없다.

린도우는 명확하게 살의를 가지고서 거한과 대치했다.

시간은 거슬러 올라가서. 가을과 여름에게 【카사이】의 기지 정보를 알린 겨울은 하늘을 달리고 있었다.

"속도를 높여! 이테쵸!"

“……뭐라고!”

“내가 술식을 구축하고 해제하는 것보다 네가 더 느려! 뭐 하는 거야!”

이테쵸는 말할 여유가 없었다. 겨울의 마을에 살면서 동계 기간에도 바이크를 탄 적은 있지만, 자신의 주인이 만든 얼음다리 위를 달린 적은 없었다.

심지어 이 다리는 빌딩의 옥상과 옥상 사이에 걸려 있었다. 양 사이드에 철책도 없어서 전도되면 바이크와 함께 지상에 처박힌다. 자신 혼자라면 괜찮았다. 하지만 뒤에는 이 광기의 드라이브를 생각해 내고 실행시킨 주인이 있었다.

“속도를 더 올려!!”

그를 지키고 싶어서 속도를 제한하고 미끄러지지 않게 조심하며 달리고 있는데 불합리한 말을 했다. 이테쵸는 헬멧 속에서 혀를 찼다.

—어떻게 되도 난 몰라!

이테쵸는 액셀을 조작했다. 속도계가 쭉쭉 움직이며 숫자가 껑충 뛰었다. 이테쵸를 부추긴 이상, 로우세이는 그의 운전을 반드시 보조해야 했다. 무용은 불가능하다. 영창하면 혀를 깨물 것이다. 말없이 머릿속으로 그린 얼음다리를 만들었다.

그리고 범죄의 증거를 없애듯 지나간 다리를 가루눈으로 바꿨다. 어릴 때부터 얼음꽃과 검을 만든 기술이 도움이 됐다. 집중력이 끊기면 끝이다.

하지만 그런 상황에 로우세이의 휴대전화로 전화가 왔다.

—누구지.

허리띠에 넣어 둔 단말을 한 손으로 꺼내서 어떻게든 이름을 확인했다.

화면에는『히메다카 사쿠라』라고 표시되어 있었다. 아까도 사쿠라한테서 걸려 왔었지만 실제 전화 상대는 히나기쿠였다. 이번에도 히나기쿠일지도 모른다. 그렇게 생각하니 가만있을 수가 없어서 로우세이는 이테쵸의 헬멧을 주먹으로 두드렸다.

"멈춰! 멈춰!"

이테쵸는 헬멧 속에서 당황한 표정을 짓고 브레이크를 조작했다.

공교롭게도 그들이 멈춘 곳은 곧 사계청 청사가 보일 테이토의 오피스 거리 주변이었다. 젊은이들에게 인기 있는 상업 빌딩의 옥상 사이에 걸린 얼음다리 한가운데. 까마득한 아래쪽에 있는 지상에서는 보행자 천국을 오가는 사람들이 이 나라의 겨울의 현인신이 벌이는 만행을 눈치채지 못한 채 걷고 있었다.

"사쿠라! 사쿠라한테서 전화가 왔어!"

이테쵸는 천천히 바이크를 이동시켰다.

"얼른 받아! 다음 빌딩 옥상으로 이동한다!"

다행히 누구도 올라올 것 같지 않은 곳으로 이동할 수 있었다.

유명한 외국 배우가 웃고 있는 립스틱 광고판만 놓여 있었다. 로우세이는 긴장한 손길로 단말을 귀에 댔다.

"늦게 받아서 미안해. ……로우세이다. 히나기쿠…… 아니, 사쿠라인가?"

살짝 떨리는 목소리로 이름을 밝혔지만, 상대방의 목소리는 바로 들리지 않았다. 저쪽도 누가 받을지 몰랐을 것이다. 안도한 듯한 숨소리가 났다.

『로우세이, 나야.』

연락한 사람은 틀림없이 히메다카 사쿠라였다.

"사쿠라야, 이테쵸."

이테쵸가 헬멧을 벗고 얼굴을 보였다. 그리고 고개를 끄덕이고서 로우세이와 사쿠라의 통화를 지켜보았다.

"사쿠라, 히나기쿠랑 함께 무사해?"

『살아는 있어. 히나기쿠 님도 무사해. 하지만 청사는 누군가에게 습격받고 있어.』

"가을한테 들었어! 우리도 정보를 얻었고! 그건 【카사이】의 공격부대야! 아직 청사 안에 있다면 지금 당장 탈출해!"

사쿠라가 숨을 삼키는 소리가 들렸다.

『무리야. 기회를 놓쳤어. 가을한테도 전했지만, 오지 마. 위험해. 청사에 접근하지 말고, 믿을 수 있는 자만 데리고서 몸을 숨겨. 우리는 공격에 대비하고 있어.』

사쿠라가 전화를 건 용건은 로우세이와 이테쵸의 안전 확보였다.

여기서 일단 사건의 시간대를 정리하겠다.

사계청 청사가 습격받아 농성하게 된 히나기쿠와 사쿠라는 먼저 겨울의 주종에게 연락했다.

하지만 이테쵸가 망설이는 사이에 가을 쪽과 전화가 연결되어 사쿠라는 린도우와 통화한다.

히나기쿠와 이테쵸가 전화로 이야기하는 동안, 사쿠라는 린도우에게 나가츠키의 배신을 전했다. 그리고 사계청 청사 1층에서 벌어진 항쟁으로 폭발음이 울리며, 히나기쿠—이테쵸, 사쿠라—린도우 간의 회선은 동시에 끊긴다.

이 회선 불통으로 동요하고 격노한 로우세이는 수도 고속도로에 빙산을 만들어서 추적하던 역적을 완전 봉쇄. 그 후 린도우에게 연락하여 이시하라에게 들은【카사이】의 기지 정보를 전했다.

이런 흐름이었다. 그리하여 지금 봄의 주종은 농성전을 준비하고 있었고, 겨울의 주종은 기적의 지름길을 만들어 사계청까지 가는 최단 거리를 바이크로 폭주 중이었다.

【카사이】의 수장인 고젠은 국가 치안 기구로 위장하여 느긋하게 청사에 잠입하려 하고 있었다.

"교전하려고?! 왜 안 도망쳤어!"

로우세이가 책망하듯 말하자 사쿠라는 강한 어조로 대꾸했다.

『이쪽도 여러 가지 사정이 있어!』

정말로 여러 가지 일이 있었지만, 그걸 설명할 시간은 없기에 갑자기 화낸 것처럼 되어 버렸다.

"화, 화내지 마. 나는 걱정돼서……."

『시끄러워! 열심히 하고 있다고! 이러쿵저러쿵하지 마! 잔말 말고 너희만이라도 무사히 피해! 히나기쿠 님도 그걸 바라고 있어. 이쪽으로 오지 마!』

히나기쿠가 자신들을 걱정하고 있다는 말은 로우세이의 마음을 적잖이 애달프게 했다.

"……화내지 말래도."

—어서 만나러 가야 해.

"미안하지만 이미 청사 근처야. 곧 있으면 그쪽에 도착해. 나랑…… 나랑 이테쵸가 이제 갈 거니까 기다리고 있어! 너희 몇 층에 있어? 그것만 알려줘!"

『……현재 19층이지만, 작전을 실행하고 난 뒤에 나랑 히나기쿠 님은 20층으로 올라갈 거야. 공중 정원이 있어. 거기서 요격전을 벌일 생각이야. 로우세이, 이만 끊는다. 하고 싶은 말은 했어.』

"잠깐, 잠깐, 잠깐! 요격전이라니?!"

『요격전은 요격전이야.』

"안 돼, 안 돼. 어떻게든 탈출해. 【카사이】의 스파이였던 우리 쪽 경호원이 자백했어. 청사에 폭발물을 설치할 거랬어. 어느 정도 규모인지 몰라. 섣불리 움직이지 마!"

『폭발……?』

"그래. 테이토 주변의 기지에서 국가 치안 기구의 【호저】를 보내달라고 요청은 했어. 【호저】의 테러 대책 폭탄 처리반이 갈 거야. 요청은 했지만 늦을지도 몰라. 그리고 【카사이】의 수장이 히나기쿠를 노리고서 그쪽으로 간 것 같아. 국가 치안 기구 요원으로 보이는 녀석이 나타나도 믿지 마! 녀석들은 제복을 입고 잠입할 거야. 주변에 있는 국가 치안 기구도 소방대도 구급대도 당장은 안 움직여. 돈을 뿌리고 방해 공작을 벌여서 진짜는 한참 뒤에 도착한다는 것 같아. 하! 웃기는 일이지……! 그러고도 국방 조직이냐!"

『폭발, 폭발이라니…… 어느 정도 규모인데……?!』

"모른다니까! 히나기쿠만큼은 폭발에 휘말릴 가능성보다 유괴당할 가능성이 더 크대. 【카사이】의 고젠은 그 녀석을 무척 원하는 모양이야. 그러니 폭발이 일어나더라도 너희가 습격받고 녀석들이 철수를 끝낼 때쯤 일어날 거야. 당장은 아니야. 지금 무사하다면 일단 도망치는 걸 생각해. 싸우지 마!"

사쿠라는 곧바로 대답하지 않았다.

현재 상황만으로도 벅찬데 폭발물이라는 불안 요소, 게다가 다시 히나기쿠가 노려진다는 확정 정보까지 들어왔다.

"어이! 단숨에 이야기했는데 이해했어? 【카사이】와 폭탄이 올 거야! 행정부는 당장 도와주지 않아! 그래서 우리가 지금 갈 거야! 도망칠 수 있으면 우리가 가기 전에 도망쳐!"

『이해는 했어! 하지만…… 젠장! 마가 낀 날이야!』

타는 듯한 초조와 공포가 그녀의 마음을 지배하고 있었다.

"사쿠라, 사쿠라? 야, 진정해!"

『시끄러워……! 시끄러워……! 난 멀쩡해!』

"로우세이, 무슨 일이야?"

"아니, 사쿠라가……."

"괜찮아?"

"……."

―괜찮지 않다고 판단해야겠지.

로우세이가 그때 취한 행동은 아주 자연스러운 일이었다.

"……이테쵸."

로우세이는 휴대전화를 이테쵸에게 건넸다.

"네 목소리를 들려줘. 네가 필요해."

사쿠라와 이테쵸가 예전에는 나이를 뛰어넘은 우정이라고도, 사제애라고도 할 수 있는 관계를 구축했던 걸 봤기 때문이다. 그래서 지금 불안하게 흔들리고 있는 사쿠라에게 필요한 것은 이테쵸라고 판단했다.

이테쵸는 순간 망설였지만 바로 전화를 넘겨받고 말했다.

"사쿠라."

그때, 약 5년 만에 사쿠라의 귀에 이테쵸의 목소리가 전해졌다.

『…….』

사쿠라는 아무 말도 하지 않았다. 숨을 삼킨 것 같은 소리만이 이테쵸에게 들렸다.

"사쿠라…… 이테쵸야. 들려? 괜찮아? 다치진 않았어?"

단비처럼 상냥한 목소리로 이테쵸는 말했다.

"조금만 더 기다려줘. 지금 그리로 가고 있어."

이테쵸가 속삭인 말이 뭔가를 해결하지는 않았다.

"사쿠라……."

하지만 무엇보다도 사쿠라의 안전을 걱정하고 있다는 것은 전해졌다.

이테쵸에게 사쿠라가 어떤 존재인지는 알 수 없었다.

소중히 여기고 있는 것은 확실하다. 사쿠라에게 히나기쿠가 세상에서 가장 소중한 여자아이인 것처럼.

"무슨 일 있어?"

이테쵸에게 히메다카 사쿠라는 세상에서 가장 걱정하던 여자아이였다.

"……사쿠라, 우는 거야……?"

지켜보고 싶었다. 도와주고 싶었다. 가능하다면, 언제까지고.

그저 보호 본능을 충족시키고 싶을 뿐이라면 이렇게까지 매달리듯 생각하지는 않았을 것이다.

자아내는 목소리는 기도하듯 그녀의 안전을 바라는 감정으로 가득 차 있었다.

"울지 마. 네가 우는 건 무엇보다 괴로워."

설령 연애 감정이 아니더라도, 상대가 자신에게 마음 써주고 있었다.

그것은 지금 사쿠라에게 무엇보다도 효과적인 특효약이었다.

휴대전화 너머에서 작게 훌쩍이는 소리가 들렸다.

『……안 울어!』

그렇게 선언했지만, 명백하게 눈물을 흘리고 있고, 불안해하며, 흔들리고 있는 목소리였다.

그런 상태라는 걸 들키고 싶지 않을 것이다. 하지만 완벽하게 참지는 못하고 있었다.

"거짓말……. 오랜만에 얘기해줬네."

사쿠라는 작은 목소리로 『시끄러워』 하고 대답했다.

"사쿠라, 아직도 내가 미운가……?"

『…….』

"나한테 하고 싶은 말이 많겠지. 전부 들을게. 때려도 돼. 그러기 위해서도 살아서 만나고 싶어. 힘들겠지만 부탁할게. 조금만 더 기다려줘. 금방 갈 테니까……."

이테쵸는 자신의 말이 이제 그녀에게 전해지지 않을 것을 이해하고 있었다.

자신을 미워한다는 것도, 용서받지 못할 것도 각오하고 있었다.

아마 거절당할 것이다. 그래도 전하고 싶었다.

"사쿠라, 혼자서 어떻게든 해결하려고 하지 마. 안 믿겠지만, 나는 네 편이야."

그날 사라져 버린 소녀가 줄곧 이테쵸의 마음속에 있었다.

잊은 적 없었다. 목적을 위해서라면 곧장 인간관계를 청산할 수 있는 남자가 사쿠라에게는 그러지 않았다. 그러지 못했다.

얼마나 소중히 여겼었는지, 사라지고 난 후에 이테쵸도 자각했다. 뭘 하든, 그 아이는 지금 어쩌고 있을까 생각하며 오늘까지 살았다.

"줄곧 네 편이야. 달라지지 않았어."

그래서 이 말에 거짓은 없었다.

"널 지키겠어. 히나기쿠 님도, 로우세이도 지키겠어. 이번에야말로 내가 지키겠어. 금방 갈게. 울지 마. 기다려줘……. 울지 마, 사쿠라."

『…….』

사쿠라가 그때 어떤 얼굴을 하고 있었는지는 알 수 없었다.

『금방…… 올 거야?』

불분명한 목소리가 들렸다. 저도 모르게 이테쵸는 되물었다.

"응?"

『정말로, 금방, 올 거야……?』

아주 조금 앳되고, 평범한 소녀 같은 목소리로 물어서 이테쵸는 가슴이 뜨거워졌다.

한참 예전, 그를『이테쵸 님』이라고 불렀을 적의 목소리였다.

그저 즐겁게 사계 신고식을 보냈던 한 달도, 그저 슬프고 괴로웠던 상실의 세월도, 사쿠라는 이테쵸를 지탱해줬다. 옛 시간이 흐른 것 같았다.

"……그래, 금방 갈게……."

『정말이지……?』

"믿어줘. 반드시 너를 도와주러 갈게."

『……알겠어, 기다릴게……. 빨리 와…… 이테쵸.』

그 말을 끝으로 통화는 뚝 끊겼다.

"……."

귀엽지도 않고 살갑지도 않은 대답이었지만.

"……로우세이."

이테쵸에게는 충분했다.

"풀액셀로 간다. 다소 위험해도 좋으니까 최단 루트로 만들어. 사쿠라와 히나기쿠 님이 기다리고 있어."

전에 없이 투지가 넘쳐흐르고 있었다.

"그, 그래…… 알고 있어."

로우세이는 즉각 이테쵸의 허리에 팔을 둘러 주행 자세를 잡았다.

—다행이야. 얘기 나누게 하길 잘했어.

의식을 집중하여 다시 얼음다리를 만들기 시작했다.

—그나저나 이 녀석은 정말로 사쿠라를 어떻게 생각하고 있을까.

다리를 만들며 문득 그렇게 생각했다.

로우세이는 사쿠라의 마음을 알고 있었다. 함께 살았었다. 알기 쉬웠다. 모르는 사람은 이테쵸뿐이었다.

로우세이가 보기에 사쿠라에 대한 이테쵸의 마음은 사제애였다. 지금도 그건 이어지고 있을 것이다. 오빠가 동생을 지키듯 자애를 쏟았다.

하지만 사쿠라가 도중에 모습을 감춘 뒤로 이테쵸는 변했다.

상실을 주체하지 못하는 것처럼 이름 붙이기조차 어려운 연심을 품기 시작한 것 같았다.

로우세이도 사쿠라를 걱정하긴 했지만 이테쵸의 마음과는 온도도, 질도 달랐다.

그리고 만나지 못한 사이에 사쿠라는 달라져 버렸다. 『이테쵸 님』 하고 따르던 아이는 이제 없었다.

분명 외모도 몇 년 전과는 크게 달라졌을 것이다. 이제부터 어떤 관계가 될지 예상이 가지 않았다.

—가능성은 있을지도 몰라.

그럼 좋겠는데, 하고 자기 일도 아니지만 로우세이는 생각했다.

—애초에 이 녀석은 연애를 하나?

이번에는 다른 의문이 들었다.

이테쵸에게 사생활은 거의 없었다. 겨울의 마을이 습격받은 뒤로 망집에 사로잡힌 것처럼 로우세이를 첫째로 여기는 생활을 하게 되었다. 그전까지는 휴가를 받아 거리에 나가기도 했지만, 지금은 그런 일이 거의 없었다. 줄곧 로우세이랑 있었다. 연애를 할만한 환경을 만들지 않았다.

—내가 애인이나 마찬가지야.

자신의 호위관이지만 좋은 남자라고 인식하고 있었다. 일의 성격상 가정을 꾸리기는 어렵겠지만 하룻밤 상대 정도는 얼마든지 만들 수 있을 것이다. 가능하면 행복해지길 원했다.

이기적인 바람일지도 모르지만, 이왕 맺어질 거면 사쿠라의 마음이 열매를 맺었으면 했다.

"이테쵸."

"왜? 빨리 해."

"하고 있잖아. 나의 이 예술적인 얼음다리가 안 보여? ……아니, 이게 아니라, 있잖아, 아무 일 없이 끝나면…… 휴가 줄테니까 사쿠라 데리고 나갔다 와."

"……그만해."

"왜? 딱히 나쁜 일은……."

"그런 말이 아니라, 세간에서는 그런 걸 플래그라고 해. 하지 마."

"아아…… 그런 거였나. 알았어."

"알았으면 됐어."

반드시 모두를 구해서 안전한 곳으로 보내겠다. 로우세이의 형이자 히나기쿠와 사쿠라의 오빠나 다름없는 이테쵸의 머릿속에는 지금 그 생각밖에 없었다. 그래서 로우세이의 말은 머릿속에 그리는 최고의 결말을 방해하는 노이즈일 뿐이었다. 이테쵸는 헬멧을 쓰지 않고 선글라스를 썼다.

"두 사람이 있는 곳은?"

"청사 19층인 것 같지만, 20층으로 이동한다고 했어. 그쪽으로 가는 게 좋겠지."

"알았어. 진심으로 달릴 거니까 떨어지지 마. 떨어져도 나 혼자 갈 거야."

"주워는 줘라."

"내 주인이라면 알아서 기어 올라오겠지. 입 다물어. 혀 깨물라."

이테쵸의 선언을 헛들은 건 아니었지만, 그가 말한 풀액셀이 생각보다 두 배는 빨랐기에 로우세이는 바로 혀를 깨물었다.

같은 시각, 히나기쿠는 통화를 끝낸 사쿠라를 보고 있었다.

정확히는 통화 중에 울음을 터뜨린 사쿠라의 등을 쓸어 주며 옆모습을 바라보고 있었다.

—사쿠라, 한계, 왔어.

이 상황에서 모두를 지키기 위해 분투 중인 사쿠라에게 절로 고개가 숙여졌다. 열아홉 살 아가씨가 용케 주위를 이끌고 있었다. 그리고 그녀에게 전부 맡기고 있는 자신이 한심하게 느껴졌다.

"사쿠라, 이제 괜찮아. 히나기쿠, 모두를, 지킬 거야."

안심시키고 싶어서 그렇게 말했지만, 사쿠라는 해고당한 것처럼 충격을 받았다.

"아아아, 안 돼요!"

코를 훌쩍이며 필사적으로 말했다.

"하지만, 사쿠라…… 울고, 있어……."

"땀이에요! 식은땀이에요!"

—절대, 아니야.

그러나 여기서 더 부정하면 사쿠라의 입장이 나빠질지도 몰랐다. 히나기쿠는 사쿠라의 다음 말을 끈기 있게 기다렸다. 사쿠라는 소매로 거칠게 눈물을 닦고서 다시 입을 열었다.

"히나기쿠 님, 통화 내용이 아마 들렸겠지만…… 큰일 났습니다."

"응…… 세상의, 종말, 같아."

"그런 말씀 마세요……."

"그치만…… 미스즈 씨, 랑, 폭탄, 오잖아……."

"네……."

"나쁜 일, 천지야……. 세상의, 종말, 같아."

그 말은 다양한 것을 내포하고 있었다.

죽음을 각오한 말로도 들렸고, 히나기쿠에게 미스즈라는 여자는 『세상의 종말』과 동의어라는 말로도 들렸다. 둘 다일지도 모른다. 히나기쿠의 눈은 암담한 색으로 물들어가고 있었다.

사쿠라뿐만 아니라 히나기쿠의 정신 상태도 위태로워지고 있었다.

—미스즈, 씨, 가, 올 거야.

히나기쿠에게 미스즈라는 여자는 인생의 대부분을 함께한 상대이자 비틀린 애정으로 키워 준 또 다른 엄마이기도 했다.

—한 번 더, 죽으면, 히나기쿠는, 다음에, 뭐가 되는, 걸까.

이전의 히나기쿠를 죽인 범인이기도 했다.

그녀가 『이전』 히나기쿠를 죽였다.

새로운 히나기쿠가 태어날 만큼 정신적으로 몰아붙였다.

—히나기쿠, 다시, 데려가서, 뭘, 하고 싶은, 걸까.

언젠가 또 접촉을 꾀할 가능성은 늘 염두에 두고 있었지만, 막상 닥치자 심란했다. 그녀에게 당했던 일, 그녀에게 했던 일, 모든 기억이 아픔을 지니고서 돌아왔다.

—그 사람, 은, 얘기, 안 통해. 싸울, 수밖에, 없어.

히나기쿠는 미스즈라는 인간을 조금도 이해할 수 없었다. 어떤 행동을 하는 사람인지는 안다. 하지만 뭘 하고 싶은지는 전혀 알 수 없었다.

그녀는 엄마가 되고 싶어 했다. 하지만 동시에 히나기쿠를 망가뜨리고 싶어 했다.

그녀는 히나기쿠를 딸이라고 말하며 예뻐했다. 하지만 무자비하게도 모르는 남자와 아이를 만들라고 했다.

발언과 행동이 괴리되어 있었다. 전부 일치하는 인간도 드물겠지만, 너무나도 다르면 무엇도 믿을 수 없다. 미스즈라는 존재의 윤곽이 불확실하여 다가가기도 어려웠다.

히나기쿠는 늘 그녀의 역린을 건드리지 않기 위해 두려워하며 움츠리고 있을 수밖에 없었다.

—히나기쿠, 납치당하면, 또, 칸나비스, 만드는 거야?

폭력과 공포가 지배하는 비정상적인 생활.

—아니면, 히나기쿠의 몸, 뺏기는 거야?

한 명의 지배자가 만든 종교 같은 세계. 거기서는 미스즈가 신이고 다른 이는 권속이다. 누구도 거역해선 안 된다. 거역하면 벌이 내린다.

—분명, 이제, 못 버텨.

너무 무서워서 히나기쿠의 눈에도 눈물이 맺혔다. 회상하고 싶지 않아도 자연스럽게 떠올리고 말았다.

미스즈와 보낸 약 8년간을.

히나기쿠는 로우세이와 헤어지고 나서 바로 미스즈의 주위에서 사람이 죽는 것을 보았다.

현재와 형태는 다르지만 같은 계통인 옛【히간니시】와【카사이】의 합동 테러는 겨울의 대행자를 죽이진 못했으나 겨울의 마을이라는 난공불락의 요새를 함락하고 마침 그곳에 있었던 봄의 대행자를 유괴하는 데 성공했다. 테러로서는 대승리였다.

역적이란 자들은 루리와 아야메, 린도우가 욕한 것처럼 저마다 이념이 있었고, 그걸 위해 항의 활동으로서 폭력을 사용했다.

겨울이란 계절을 없애고 싶어 하는 과격파 중【히간니시】는『근절파』였다. 아직 나가츠키가 참가하지도 않았을 적에는 그런 조직이었다. 옛날에 추운 지방에서 태어난 자가 겨울의 대행자에게 저항했다가 가족이 죽었고, 그 원한으로 대대손손 반역 행위가 이어져 내려왔다. 겨울을 죽일 수 있다면 뭐든 좋았다.

【카사이】는【히간니시】와 달랐다.

미스즈의 부친이 그 위의 부친으로부터 물려받은 조직이었지만, 테러 활동은 벌여도 이념이라고 할 만한 것은 없었다. 사계의 대행자를 더 효과적으로 활용해야 한다고 정부에 주장하는 막연한 항의 활동. 이게 가장 가까운 표현일지도 모른다. 그걸 이유로 반정부 활동을 한다는 게 중요했다. 정의의 이름하에 이루어지는 폭력은 달콤했다. 미스즈의 부친은 여러 분야에서 경영을 하며 역적도 이끌었기에 부모에게 물려받은 조직을 크게 움직이지 못했지만, 수장이 미스즈로 바뀌고 나서는 크게 비약했다.

【히간니시】는 겨울의 마을에 큰 타격을 줬다는 영예를.

【카사이】는 정부와의 교섭 수단이 될 수 있는 돈이 열리는 나무를 손에 넣은 것이다.

하지만 【카사이】와 【히간니시】는 얼마 안 있어 히나기쿠의 취급을 두고 충돌했다.

결과만 보자면 【카사이】는 미스즈의 명령으로 【히간니시】의 조직원 여러 명을 살해했다.

세기의 대규모 테러를 일으킨 두 역적 조직은 내부 분열이라기보다 【카사이】의 일방적인 배신과 학살로 결속에 끝을 고했다.

히나기쿠는 자신에게 손을 내밀며 구원을 바라는 어른들의 얼굴이 찌그러진 과일처럼 바뀌는 모습을 보았다. 【히간니시】는 히나기쿠를 원한다며 【카사이】와 언쟁을 벌였기에 살해당했다.

『이거, 네 탓이야.』

시체의 손목을 잡고 장난스레 흔들며 웃던 미스즈의 모습을, 히나기쿠는 기억한다.

【카사이】의 기지에 도착한 뒤로는 방이 주어져서 히나기쿠는 그곳에 감금되었다.

하루에 몇 시간은 별실에서 대마초를 재배했다. 처음에는 장시간 노동을 강요받았지만, 히나기쿠가 점점 약해져 죽을 뻔하자 노동 시간은 짧아졌다. 히나기쿠는 자신이 뭘 키우는지도 모른 채 어쨌든 계속 재배했다. 목소리가 쉬어도, 신통력을 과하게 써서 열이 나도, 히나기쿠의 『의무』가 면제되는 날은 없었다. 미스즈는 매일 반드시 만나러 왔다.

때로는 함께 식사도 했다. 옷이나 인형을 사주는 걸 좋아했다. 히나기쿠의 취향은 특별히 고려하지 않고 자신의 취향을 강요하며 그것이 옳다고 가르쳤다.

뭘 하든 크게 고마워하라고 했다. 언제나 대가가 발생하는 애정이었다.

소꿉놀이 같은 가족놀이였다.

히나기쿠가 잘 연기하면 미스즈도 좋은 엄마로 있었다. 조금이라도 잘못하면 무서운 지배자가 되어 벌을 주고 질책했다. 손찌검하는 일도 많았다.

『뭘 잘못했는지 알고 있어?』

히나기쿠는 그렇게 혼나는 게 가장 싫었다.

원하는 해답을 바치지 않으면 미스즈는 점점 기분이 상해서 또 때렸다.

그저 맞기 싫을 뿐인 아이는 공포에 머리가 마비되어 제대로 대답하지 못했다. 그렇게 또 폭력과 질책을 받고. 머리가 마비되고. 질책받고. 머리가 마비되었다.
감금 생활은 머리를 마비시켰다.
머리가 마비되면 정신이 이상해진다.
정신이 이상해지면 정상을 추구한다.
정상을 추구하면 정신이 이상한 쪽이 남겨진다.
남겨지면 어느 한쪽이 비대해진다.
비대해지면 다른 한쪽은 닳아 없어지는 것처럼 작아진다.
작아지면 언젠가 사라진다.
언젠가 사라지는 것을 죽음이라고 한다.

지금의 히나기쿠에게 죽음은 시작이었다.
그런 의미에서 미스즈는 틀림없이 히나기쿠를 낳았다고 할 수 있었다.

분명하게 울며 태어났다. 세상을 저주하면서.

『■■■■.』

그곳은 서늘하고 아주 조용한 새장이었다.
히나기쿠는 몇 년이나 갇혀 있었다.

『■■■■.』

히나기쿠를 납치한 미스즈는 그녀를 다른 이름으로 불렀다.

■■■■는 미스즈가 잃은 아이의 이름이었다. 인생도, 이름도 빼어서 히나기쿠를 예속시키고 싶었을 것이다. 그 계획은 성공했다. 인격은 서서히 붕괴되기 시작했다.

『……나는.』

1년째, 히나기쿠는 희망을 가지고 있었다. 분명 누군가가 구해주러 올 거라고.

『나, 는.』

2년째, 아직 기억은 또렷했다. 아끼던 사람들의 얼굴을 떠올릴 수 있었다.

『나, 는.』

3년째, 의심이 들기 시작했다. 어쩌면 다른 이름으로 불리는 자신이 옳고, 과거의 기억은 잘못된 걸지도 모른다. 왜냐하면 아무도 구해주러 오지 않으니까.

『히나, 기쿠, 는.』

4년째, 목소리를 제대로 낼 수 없게 되었다. 자신의 존재가 매우 불확실해서 자신있게 말할 수 없었다. 정말로 이곳에 존재하고 있는 걸까. 바깥세상은 있는가? 자신은 옳은가?

『히나기쿠, 는.』

5년째, 인격이 괴리되어 가는 것을 느끼고 무서워져서 자신의 이름을 되뇌기 시작했다.

『히나기쿠, 는.』

6년째, 가해지는 벌이 무서워서 아무것도 할 수 없게 되었다.

타이르는 말에 정신이 붕괴되어 갔다. 이제 아무도 찾지 않는다고 하지 마.

『히, 히나기쿠, 는, ■ ■ ■ ■ 가, 아니, 에, 요.』

7년째, 살려두고 있기에 살아있다. 기쁨도, 슬픔도 없었다.

바깥세상을 생각하는 것도 그만뒀다. 하지만 아직 믿고 싶다.

『……싫, 어요.』

8년째. 그리고 8년째가 되었다.

히나기쿠는 미스즈에게 어떤 제안을 받았다. 제안이라기보다 명령이었다.

『있지, ■■■■가 가족을 만들어줘야겠어.』

히나기쿠는 처음에 말뜻을 이해할 수 없었다. 가족을 만들라니, 무슨 뜻일까. 히나기쿠는 화초를 키우는 것밖에 못 한다. 인간을 만드는 것은 배우지 못했다.

『후후, 이상한 말을 하는구나. 틀렸어. 방법이 따로 있단다. 아아…… 보건 교육 같은 건 지금껏 한 번도 안 했지. 그건 내가 잘못했네. 엄마를 용서해줘.』

—당신은 엄마가 아니야.

몇 번째인지 알 수 없는 부정이 히나기쿠의 머릿속을 맴돌았다.

하지만 그걸 소리 내어 말하면 자신이 위험해진다. 자신을 지키기 위해 절대 말해선 안 됐다. 말하는 순간 끝이다. 무슨 짓을 당할지 모른다.

『……처음엔 말이지, 귀여운 너의 상대니까 미카미로 하려고 했어. 미카미라면 틀림없는걸. 너와 미카미의 아이라면 예뻐할 수 있을 것 같아. 하지만 막상 부탁하려니까 역시 싫어서……. 미카미는 내 거니까 주기 싫어졌어. 미안.』

히나기쿠는 필요 없다고 분개했다.

미카미라는 남자는 미스즈에겐 최상의 남자일지도 모르지만 히나기쿠에게는 그저 차가운 어른이었다. 확실히 일은 잘할 것이다. 뭘 하든 빈틈이 없었다. 하지만 연장자가 어린아이에게 건넬 법한 상냥함이나 애정은 조금도 없었고, 양육은 사육이 되어 있었다.

그는 얼핏 보면 정상인 것 같지만, 미스즈를 기점으로만 움직이는 걸 보면 역시 이상했다.

분별이 있는 것처럼 보여도 믿을 수 있는 어른은 아니었다.

『지금부터 하려는 일은, 물론 너한테만 부담을 주진 않을 거야. 조만간 다른 혈족도 납치해 올 거고, 그러면 조금은 해방해 줄게.』

해방해줬으면 좋겠다. 이제 해방해줬으면 좋겠다. 얼마나 붙잡혀 있었을까.

『미카미, 미카미, 들어와.』

미카미와 함께 몇 명이 들어왔다.

『약 가져왔어?』

『……정말로 할 겁니까?』

『약 가져왔냐고 물었는데.』

『가져왔지만, 이런 걸 주사하면 모처럼 얻은 돈 열리는 나무가 망가질 겁니다.』

『나도 맞은 적 있어. 괜찮았어.』

『……그게 몇 살 때였는데요? 약은 체격이나 나이에 따라 허용할 수 있는 양이 달라진다는 거 아십니까?』

어른들이 하는 말을, 히나기쿠는 이해할 수 없었다.

히나기쿠에게 주어지는 것은 적었다. 언어도 지식도, 도저히 그들을 이길 수 없었다. 줄곧 어린아이로 있도록 만들었기 때문이다.

『고젠…… 이 아이…… 상당히 몸집이 작은데, 정말로 아이를 낳을 수 있나요?』

미카미와 함께 들어온 사람 중 한 명이 히나기쿠를 빤히 보며 그렇게 말했다. 그 눈이 눈을 마주 보는 게 아니라 머리끝부터 발끝까지 핥듯이 보았기에 히나기쿠는 주춤하고 말았다.

조직 안에서 본 적 없는 인물이었다. 새로운 사람일지도 모른다. 미스즈가 괴롭혀서 망가뜨리기에 사람은 휙휙 바뀌었다.

『얼마 전에 생리를 시작했어. 그러니까 괜찮아.』

『괜찮기는 뭐가 괜찮습니까. 전혀 괜찮지 않습니다.』

『미카미는 어째서 내가 하는 일에 반대하는 거야?』

『위험성이 큽니다. 안 그렇습니까? 평범하게 기르면 얼마든지 돈이 들어와요. 그런데 굳이 부담을 줘서…….』

『나는 다른 사람과 달라. 모두가 히나기쿠를 인정하도록 대마초를 재배시키고 있지만, 진짜 목적은 세상을 바꾸는 거야. 미카미처럼 돈벌이만 생각하지 않는다고. 정부는 교섭에 응하지 않아. 그렇다면 길게 내다본 계획을 실행해야지. 사계청과 마을 관계자도 최근 몇 년간 상당수 우리 편으로 만들었어. 미래를 내다보고 다음 단계로 가야 해.』

『내부 협력자를 만들 수 있었던 건 돈의 힘입니다. 그렇게 뿌렸으니 이쪽에 붙는 녀석들도 늘어나죠. 그 자금이 어디서 나왔습니까? 이거잖아요? 이게 돈이 열리는 나무란 말입니다. 나무가 말라 죽으면 활동을 축소할 수밖에 없어요. 실패하면 또 아버님의 힘을 빌릴 겁니까?』

『……말조심해, 미카미.』

어른들의 대화가 점점 험악해져서 히나기쿠는 마음이 뒤숭숭해졌다. 빨리, 빨리 끝났으면 좋겠다. 뭘 하려는 건지 모르겠지만, 아픈 거라면, 무서운 거라면 빨리.

『어어…… ■■■■라고 했나?』

모르는 남자가 팔을 잡아서 히나기쿠는 몸서리쳤다.

『아니, 괜찮아. 자는 동안 끝날 테니까.』

뭐가 끝난다는 걸까. 히나기쿠는 불안했다.

『주사에 알레르기 반응 보인 적은 없으려나…….』

무슨 말을 하는지 알 수 없었다.

『……아마 아무도 설명하지 않을 테니까 알기 쉽게 말하자면. 지금부터 너는…… 으음, 결혼한다고 말하면 되려나.』

—누구와 누가.

『그래서, 결혼하면 아이가 생겨. 여기까지는 알겠니? 그림책에도 이 정도는 나오지?』

—그건 알지만, 어째서 내가?

『고젠 씨는 너를 이용해서 새로운 마을을 만들고 싶대. 사계의 대행자는 혈족 중에서 태어나지. 이쪽에서 세력을 만들 생각인 거야. ……그걸 위한 전 단계로 협력자도 늘리고 있어. 나도 실은 혈족이야. 평소에는 사계청에서 일하고 있어. 사계청을 전복할 기반은 8년간 제법 만들어졌어. 시간이 걸리는 얘기고, 솔직히 어렵겠지만…… 그래도 예전에는 내부 협력자를 만드는 것 자체를 생각할 수 없었는데 해냈잖아? 저 사람이라면 언젠가 해낼지도 몰라.』

—어째서 도와주지 않는 거야?

『……나는 솔직히 이 혈족 제도도, 마을도, 전부 부서졌으면 좋겠어. 숨 막히거든.』

—도와줘, 제발 도와줘.

『그러니까 포기하렴.』

작은 목소리로 그렇게 속삭인 후, 히나기쿠의 몸을 훌쩍 안았다.

본능적으로 느꼈다. 무조건 도망쳐야 한다. 지금까지 받았던 폭력과는 다르다. 뭔가 무서운 일이 기다리고 있다. 히나기쿠는 몸을 비틀어 남자의 손에서 억지로 벗어났다.

그는 곤란한 얼굴로 다시 다가왔다.

『괜찮아, 정말로.』

그 말은 떨며 울기만 하던 히나기쿠를 분노케 했다.

—괜찮지 않아.

이 생활 중에 괜찮은 순간은 지금껏 한 번도 없었다.

히나기쿠는 술래잡기를 하는 것처럼 도망 다니다가 이윽고 방의 벽 쪽에 몰렸다.

어른들은 그런 히나기쿠와 남자의 모습을 보고 기막혀했다.

『잠깐만, ■■■■를 너무 괴롭히지 마.』

『아니에요…… 불쌍해서 안 무서워해도 된다고 달랜 건데…….』

『■■■■, 그 사람이 싫으면 다른 사람이랑 해도 돼. 몇 명 데려왔어. 말해두는데, 전부 싫다는 건 안 돼. 이것도 되게 고민한 거야. 학력이라든가, 외모라든가, 종합적으로 판단해서 골라왔어. 널 위해서.』

히나기쿠는 눈물을 글썽거리며 고개를 가로저었다. 거절을 나타냈다.

『떼쓰면 못써.』

미스즈는 별일 아닌 것처럼 가볍게 꾸짖었다.

실제로 그녀에게는 그럴 것이다.

남의 일이었다. 그녀가 상처 입을 일은 없었다. 별일 아니었다. 그녀는 자신을 지키고 있었다.

멍든 자신의 마음조차 히나기쿠에게 ■■■■라는 이름을 짓고 딸로 삼아서 지키고 있었다.

누군가를 희생한 생활로 마음을 지키고 있었다.

자신이 상처 입지 않으니 다른 인간은 어찌 되든 좋은 것이다.

『왜 그렇게 싫어해? ■■■■도 애인 갖고 싶잖아? 그걸 만들어 주겠다는데…….』

—애인.

『겨울의 대행자를 아직도 좋아하는 것 아닙니까? 그 꼬마를 지키기 위해 몸을 팔았으니까요.』

—결혼, 이란 건.

『아아, 그랬지, 참.』

—좋아하는 사람과 하는 거 아니야?

8년 전에 자신이 지켰던 사람들의 얼굴이 어렴풋하게 떠올랐다.

매달릴 대상이 그것밖에 없었다.

『■■■■…….』

기도하는 마음으로 줄곧 만나지 못한 사람들에게 도움을 구했다.

몇억 번째인지 알 수 없는 기도. 이루어진 적은 없다.

『히나기쿠.』

오랜만에 이름을 불려서 히나기쿠는 흠칫 반응했다. 이 황제가 굳이 봄의 대행자의 이름을 꺼낼 때. 무슨 말을 할지는 정해져 있었다.

『말 들어.』

히나기쿠가 거역할 수 없는 조건을 제시하고 복종시키려 한다.

『네가 지키려고 했던 사람들, 전부 죽일 거야.』

정말 살아있는지 알 수 없는 기억 속 버팀목마저 빼앗는다.

『싫, 어, 싫, 어, 싫어, 싫어.』

히나기쿠는 필사적으로 고개를 저었다. 그것만큼은 하지 말아 달라고 애원했다.

뭘 위해, 뭘 위해 이 생활을 받아들이고 있는가. 그들의 위해서다.

히나기쿠의 짧은 인생에 눈부신 순간을 준 그들을 위해 줄곧 이 감옥에서 살고 있었다.

지켜주고 싶으니까.

『그럼 참을 수 있지? 슬슬 시작하자. 주사할 거니까 얌전히 만들어, 미카미.』

미카미가 한숨을 쉬었다. 싫다는 티를 냈지만 결국 미스즈의 말을 들었다. 아이 다루는 법 따위 모르는 미카미는 히나기쿠에게 다가와 팔을 비틀었다.

『아파, 아파, 아파.』

몸이 비명을 질렀다.

『그쪽, 다리 잡아. 일단 바닥에 눕히지.』

『잠깐만요, 발로 차는데요.』

『세지도 않잖아. 찍어 눌러.』

지금부터 히나기쿠와 결혼한다는 남자가 난폭하게 때리며 그녀의 몸을 바닥에 깔았다.

—무서워, 무서워, 무서워, 무서워, 무서워, 무서워.

『사쿠라, 사쿠, 라, 사쿠라아아아아아아!』

벼랑 끝에 몰리자 나온 이름은 신이 아니라 한 명뿐인 옛 친구의 이름이었다.

『로우세이, 님, 로우세이 님, 로우세이, 님, 로우세이, 님.』

머릿속에 떠오른 것은 결국 여전히 좋아하는 첫사랑 소년의 얼굴이었다. 이제 잊어버렸었는데.

『도와줘요, 누가 좀, 도와줘, 아무나, 도와줘, 아무나, 아무나, 아무나, 아무나, 아무나.』

—아무도 도와주지 않는다.

그게 진실이었다.

아무도 도와주지 않는다.

세상에 구원은 없다.

지금 이 순간에도 몇천, 몇억 명의 사람들이 히나기쿠처럼 기도하고 있을지도 모른다.

하지만, 도움 따위 받지 못한다.

그런 기적은 일어나지 않는다. 구원은 없다. 없다. 아무것도 없다.

—그럼, 더는.

히나기쿠의 인생에 희망은 없다.

—더는.

없다.

—더는, 참고 견딜 필요도 없어.

왜냐하면 구원은 없으니까.

—어머니.

히나기쿠는 살았다. 이제껏 온 힘을 다해 살았고, 이제 한계를 맞이했다. 이제 괜찮을 것이다.

《안, 돼!》

그때, 목소리가 들렸다.

히나기쿠 안에서 자라던 또 다른 자신의 목소리였다. 그 아이는 히나기쿠를 줄곧 보았고, 마음속에서 격려해 줬었다. 지지 말라고 몇 번이나 말해줬다.

—하지만 미안해. 더는 무리일 것 같아.

히나기쿠는 자신 안에서 자라던 자그마한 또 다른 자신에게 말했다. 아이는 역시 조금 더 힘내자고 말했지만, 히나기쿠는 이제 힘낼 수 없었다.

《아직 죽으면 안 돼.》

—더는 무리야.

《여기서, 포기하면, 안 돼.》

—더는 힘낼 수 없어.

《로우세이 님, 에게, 대답, 못 했어.》

—어차피 못 만날 테니까 의미가 없어.

《힘내서, 싸우자. 도와줄, 게.》

—무서워. 무서워서 싸울 수 없어.

《할 수, 있어. 잔뜩, 잔뜩, 꽃, 피워왔어.》

—하지만 사람에게 쓴 적은 없어.

《싸워줘, 부탁, 이야, 죽지, 마.》

—죽고 싶어.

《가지, 마, 외톨이가, 될 거야.》

—미안해, 미안해.

《어머니, 의, 분부, 어기는, 거야?》

—어머니가 부르고 있어.

《아니야, 안 불러, 제발, 싸워줘, 어른들, 과.》

—싸울 수 없어.

《정말로, 포기하는, 거, 야?》

—응, 이제 지쳤어.

《살아, 있으면, 좋은, 일, 있을, 지도, 모르는데?》

—그때까지 힘낼 수 없어.

《그래도, 괜찮겠어? 죽는, 거야.》

—응, 괜찮아.

《로우세이 님, 은, 어쩌, 려고.》

—너한테 부탁할게.

《**히나기쿠**는, 다르, 잖아. **내**가, 아니, 잖아.》

—너한테 부탁할게.

《포기하지, 마, 자신, 을, 포기하지, 마. 아직, 아직, 힘낼 수, 있어.》

—더는 힘낼 수 없어.

《죽어버리는 거야?》

—응, 이제 죽고 싶어.

거기까지 말하자 또 다른 히나기쿠도 포기한 듯 조용해졌다.

《알았어…….》

자살하려고 했지만, 그 전에 그녀가 나와 줄 것 같았다. 최후가 되어서야 마침내 구원이 나타나서 히나기쿠는 안도의 숨을 내쉬었다. 또 다른 자신이 되는 것. 그것도 현 히나기쿠의 죽음이긴 하지만, 벽에 머리를 박아 죽는 것보다는. 혀 깨물어 죽는 것보다는. 덩굴을 천장에 달아 목매다는 것보다는 훨씬 상냥한 정신만의 죽음이다. 히나기쿠에게 허락된 최후의 구제였다.

『이제 됐어.』

그때, 히나기쿠의 귀에 코바이의 목소리가 들린 것 같았다.

—어머니, 데리러 와 주세요.

겨울의 마을을 지킨 카요 히나기쿠는 누구에게도 마지막 배웅을 받지 못한 채 천천히 죽었다.

히나기쿠의 몸은 이완되었고, 언제 저항했냐는 것처럼 고요해졌다.

『……뭔가, 갑자기 얌전해졌네요.』

남자가 의아해하며 중얼거렸다. 미스즈는 피곤하다는 듯 한숨을 쉬고서 혀를 찼다.

미카미는 뭔가가 일어나고 있는 것 같다는 생각에 주의 깊게 히나기쿠를 보았다.

눈은 크게 뜨여 있지만 아무것도 담겨 있지 않았다. 공허했다.

호흡을 확인하기 위해 입가에 손을 올려 봤는데, 숨은 쉬고 있었다. 그러나 의식이 깃들어 있지 않은 것처럼 보였다.

『……이거, 망가진 거 아닙니까?』

『뭐? 뭔 소리야.』

『아니, 그러니까…… 이거, 망가진 거 아닙니까? 정신이……. 뭔가, 모든 감정이 사라져버린 것 같은데요…….』

『……흐응~ 조용해졌으면 된 거잖아.』

『고젠…… 대마초를 못 만들게 된 거면 어떡합니까.』

『나중에 물이라도 얼굴에 끼얹으면 원래대로 돌아올 거야. 잘됐네. 약이 필요 없어졌어.』

『고젠.』

『애초에 이렇게 시끄럽게 굴 일이야? 세상에는 더 괴로운 일들이 있어. 신이니까 인간을 위해서 이 정도는 참아야 하는 거 아니야? 정말 귀찮은 아이야. 귀여울 때도 있지만 거의 귀찮아. 신의 아이니까 당연히 인간의 기도에 응답해야지.』

『고젠, 고젠.』

『인간이 더 큰일이라고. 사계의 대행자는 아무런 고생도 안 하고 떠받들리며 살아왔으면서…… 그 생활이 조금 무너진 것 가지고 왜 이렇게 난리인데? 인간이 있기에 신이 있는 거잖아. 얌전히 인간을 따르란 말이야. ……제대로 연기해야지. 역할을 다해야지. 나는 줄곧 그래 왔어! 그러니까 다른 사람도 그래야 해! 제대로 하라고!!』

『그런 말이 아닙니다! 고젠…… 아가씨! 이 녀석, 몸이……!』

미카미의 말은 끝까지 나오지 않았다.

그건 아주 이상한 광경이었다. 히나기쿠의 목덜미에서 꽃이 피었다.

정확히 말하면 신의 멍에서 이상 현상이 나타났다.

사계의 대행자는 이능을 받을 때 몸에 꽃 모양 반점이 발현된다.

봄이라면 벚꽃이. 여름이라면 백합꽃이. 가을이라면 국화꽃이. 겨울이라면 모란꽃이.

문신처럼 아름답게 그려지는 그것은 각인될 때는 열을 내며 아프지만 이윽고 피부의 일부가 되어 일상에 녹아든다.

『꽃이……!』

히나기쿠의 대행자 각인은 목 뒤쪽, 목덜미에 피어 있었다.

지금 그 각인이 물을 엎지른 것처럼 온몸으로 퍼지고 있었다. 소녀의 몸을 내달리는 벚꽃 각인이 가지를 뻗고, 꽃봉오리를 맺고, 만개하고, 색을 띠며, 빛을 휘감았다.

이 작은 아가씨가 어떤 존재인지, 몸을 감싼 신위가 나타내고 있었다.

『어, 째, 서, 히나기쿠, 를, 죽였, 어.』

신의 꽃이 몸에 퍼질 때 대행자의 힘이 극한까지 해방된다는 것을 아는 사람은 이곳에 아무도 없었다.

『어째, 서……?』

감정을 되찾은 소녀는 울고 있었다. 눈물이 뺨을 타고 흘러내렸다.

용감하게 싸웠던 아이는 오랜 시간을 버티며 약해지다가, 조금 전에 죽었다.

죽은 몸에는 새로운 자아가 태어나 고요한 폭주를 시작했다.

어른들은 갑자기 이해할 수 없는 말을 하는 아이가 꺼림칙해서 서로 얼굴을 마주 보았다. 그들의 기지는 어떤 지역의 산림 속에 있는 저택이었는데, 그 저택 전체가 점차 삐걱거렸다. 봄이 되면 주위에 벚나무들이 피는 경치 좋은 곳이었다.

이때의 계절은 겨울. 벚꽃이 필 리가 없었다. 필 리가 없지만.

『……어째, 서, 히나기쿠를, 죽였, 어!!』

새로운 **히나기쿠**가 외쳤을 때, 저택은 때 이른 벚꽃의 품에 안겨 있었다.

그랬다, 저택은 안겨 있었다.

밖에서 무차별적으로 벽을 찔러 들어온 괴물 같은 가지가 그곳에 있던 전원을 꿰뚫었다.

기지는 3층 건물이었고 지하도 있었지만, 벚나무는 정물이든 동물이든 관계없이 찔렀다.

급성장한 벚나무들이 주방의 냉장고를 밀어서 요리사가 짜부라졌다.

지하 주차장에서 차를 점검하던 미스즈의 전속 운전사는 팔을 찔려 그대로 차에 고정되었다. 선잠을 자던 호위진은 벚나무 가지가 침대를 들어 올려서 천장을 뚫고 밖에 내던져졌다. 지하에 만들어진 식물원에서 정성껏 재배되던 대마초들은 연분홍색 꽃잎에 묻혔다.

가느다란 가지가 뻗어 나가 히나기쿠와 결혼한다고 했던 남자의 눈알을 터뜨렸다. 터진 자리에 꽃이 피었다.

미카미는 순간적으로 미스즈를 감쌌지만 두 사람은 사이좋게 같은 가지에 배를 뚫렸다.

어디든 다들 평등했다. 푹, 푹, 푹.

찔렀다. 뚫었다. 찔렀다. 뚫었다. 찔렀다. 뚫었다. 찔렀다. 뚫었다.

소녀는 외치면서 자신을 새장에 넣은 존재와 지금 그녀의 세계 전부를 공격했다.

어른들이 소리를 질렀다. 이건 나쁜 짓임을 알고 있었지만, 멈출 수 없었다.

『어째서, 히나기쿠, 를, 죽였, 어…….』

정신 차리고 보니 히나기쿠는 밖에 나와 있었다. 세상은 은색 눈에 덮여 있었다. 매우 추웠다.

『……다들, 어디.』

아무것도 신지 않은 발은 눈을 밟을 때마다 핏빛 발자국을 찍었다.

『……돌아가고, 싶, 어.』

그리고 히나기쿠는 산을 내려갔다. 이제 누구도 찾지 않는다고 해도 돌아가고 싶었다.

『이테쵸, 오라, 버니.』

돌아가고 싶다. 이제 죽어버린 이전의 자신이 보호받았던 곳으로.

『사쿠, 라.』

내면이 완전히 망가져서 다른 것이 되어 버렸어도 환영해 줄까.

『로우세이, 님.』

육체에 영혼이 깃드는가, 영혼에 육체가 깃드는가. 자신을 죽인 것은 죄가 될까?

『다들, 어디.』

모르는 것들뿐인 이 불확실한 세계에서 단 하나 알 수 있는 것은.

『히나기쿠, 여기, 있, 어.』

갇혀 있었던 세상 밖에 분명하게 다른 세계가 존재했다는 것이다.

히나기쿠가 미쳐 버렸던 게 아닌 거다. 아아, 다행이야.

—아아, 다행이야. 돌아가자. 돌려보내 줄게.

그리고 완전히 망가져버린 소녀 히나기쿠는 지금, 재회한 종자와 함께 재앙 속에 있었다.

"하지만 할 수 있는 한정되어 있으니 작전은 변함없습니다."

사쿠라가 히나기쿠의 손을 잡았다. 히나기쿠는 마치 괴한과 접촉한 것처럼 움찔 떨었다.

"……히나기쿠 님?"

"으, 응."

히나기쿠는 힘없이 고개를 끄덕였다.

"모두 자기 위치에 자리하면 히나기쿠 님의 힘을 크게 빌릴 겁니다. 힘이 부족한 종자라…… 죄송합니다……."

"그렇지, 않아."

자신의 몸이 식은땀으로 축축하게 젖어있다는 것, 사실은 지금 여기서 소리를 지르고 싶다는 것, 울어버리고 싶다는 것, 그것들을 히나기쿠는 전부 숨겼다.

"사쿠라, 뭐든, 말해줘."

이 호위관이 사랑스러우니까.

"함께, 싸울, 거야."

아무도 찾지 않는 줄 알았지만, 아니었다.

그녀는 자기 인생을 버리고 줄곧 히나기쿠를 찾아줬다. 그리고 망가진 히나기쿠를 고치라며 마을에 불려왔고, 도망쳐도 되는데 역할을 내던지지 않았다.

"사쿠라를, 위해서라면, 매화도, 장미도, 동백도, 피울게. 뭐든,

말해.”

간병해 줬다. 소중히 여겨 줬다. 지켜 줬다. 사랑해 줬다.

“사쿠라는, 그래도, 돼. 히나기쿠의, 전부, 써도, 돼.”

가짜 카요 히나기쿠여도 사랑해 줬다.

“정말, 좋아해, 사쿠라.”

그 말은 그저 사쿠라를 어르기 위한 주문이 아니었다. 본심이었다.

이번에는 혼자가 아니다. 최고의 친구가, 호위관이 곁에 있다.

“사쿠라를, 지킬 수 있다면, 히나기쿠는, 뭐든, 할 거야.”

그러니 울지 않는다. 히나기쿠는 사쿠라의 손을 맞잡았다.

“……히나기쿠 님.”

사쿠라는 다시 눈물을 또르르 흘리고 말았다.

“미안, 해. 무섭, 지? 그래도, 힘내자…….”

황급히 닦으려고 하기 전에 히나기쿠가 손을 뻗어서 사쿠라의 뺨을 어루만졌다.

“무서워요. 하지만 힘내겠어요. ……히나기쿠 님도 무서우시죠?”

“응…… 무서워. 하지만…… 다른 사람들, 지켜, 줘야 해.”

“네!”

사쿠라의 눈물은 뚝 멎었다.

“……히나기쿠 님.”

“응?”

고개를 갸웃하는 히나기쿠에게 사쿠라는 쑥스러운 얼굴로 말했다.

"저기…… 말하는 게 늦어졌지만 사쿠라도…… 사쿠라도 히나기쿠 님을 정말 좋아합니다."

"……헤헤, 응…… 알고, 있어."

비상사태인데, 그때만큼은 두 사람 사이에 상냥한 시간이 흘렀다.

뒤에서 부르는 소리가 났다. 겨울의 마을 측 경호원이 준비가 끝났다고 했다. 사쿠라와 히나기쿠는 마주 보고서 고개를 끄덕였다. 정해진 곳으로 둘이서 이동했다. 이동하며 두 사람은 마지막 대화를 나눴다.

"있지, 사쿠라. 로우세이, 님, 오는 거야……?"

"네, 옵니다."

"……위험해."

"네, 하지만 오겠다고 했습니다. 기다리라고…… 했습니다."

"……도망쳤으면, 좋겠어."

"……네, 하지만…… 제가 같은 입장이었어도 왔을 겁니다."

"하지만……."

"히나기쿠 님이 달라지셨더라도, 그것이 오지 않을 이유가 되지는 않습니다."

"……그런가."

"그렇습니다."

"하긴, 이테쵸, 오라, 버니, 도, 오니까."

얼굴을 들여다보며 말해서 사쿠라는 눈을 피했다.

"사쿠라도, 달라졌지만, 이테쵸, 오라, 버니는, 와. 똑같은, 거지?"

"……달라지지 않는 사람은 없습니다. 로우세이와 이테쵸도 달라진 부분은 있을 겁니다. 제가 함께 생활했을 때보다 키도 컸겠죠."
"……키 큰…… 로우세이 님……. 어쩌지, 두근거려."
"두근거리지 않아도 됩니다, 그딴 것한테…… 심장 소리가 아깝습니다. 억눌러 주세요."
"하지만, 두근거려. 사쿠라…… 두 사람과, 만날, 때까지, 살아, 남자……."
사쿠라는 그 말에 크게 고개를 끄덕였다.
"네, 히나기쿠 님. 둘이서 살아요."

이제 『당신을 지키고 죽겠다』라고는 하지 않았다.
시간축은 다시 변화한다.

아자미 린도우는 자신을 벼랑으로 떨어뜨린 남자를 베어 죽인 상태였다.

이것이 린도우가 저지른 첫 살인이었다.
"……하아, 하아."
무예는 배웠지만 그건 어디까지나 상정된 사태에 대응하기 위한 훈련이었다.
체술과 검술도 기본 전제는 적을 무력화하는 것이었다. 죽음에 이르는 기술도 습득했지만, 그건 정말로 자신이 죽을 것 같을 때만 써야 했다. 사계의 대행자를 수호할 때만 적용되는 초법규적 조치에도 한계가 있었다.

"……헉……아, ……하아……!"

지금은 죽이지 않으면 자신이 죽었다. 죽일 작정으로 임했으나, 정말로 죽였다.

법적으로는 정당방위가 되겠지만, 생명의 무게를 법으로 측량할 수 있는가 하는 의문이 사람을 죽이고 처음으로 생겨났다.

"……아, ……하, 욱……."

구역질이 났다. 린도우는 동요하고 있었다.

가을의 대행자는 다른 계절보다 습격을 덜 받기도 해서, 작년에 취임하고 위험한 일을 겪은 것은 가을 별궁 습격이 처음이었다. 언젠가는 찾아올 시련이라고 각오는 했었다.

사계의 대행자 호위관이 살인을 저지르지 않고 임기를 끝낸 사례는 없다고, 호위관으로 임명받을 때 들었다. 그래서 준비만큼은 했다고 생각했었다.

"……."

피와 기름 때문에 손이 끈적거렸다.

"……읏."

곧장 칼을 칼집에 넣고 트렁크가 있는 곳으로 달려갔다.

다리가 꼬였다. 사람을 죽이고 말았다는 사실이 머릿속에서 종소리처럼 계속 울렸다.

그래도 지금은 자신의 슬픔보다 우선해야 할 것이 있었다.

"나데, 시코."

자신의 가을이 살았는지 죽었는지 확인해야 했다.

"나데시코."

린도우는 트렁크 앞에 무릎 꿇고 떨리는 손으로 나데시코의 몸을 안았다.

구강 호흡, 맥박, 심장 소리, 전부 하나씩 조사해 나갔다.

"……나데시코……."

살아있었다. 호흡은 약하지만 분명히 숨을 쉬고 있었다.

"……나데시코!"

린도우는 안도한 나머지 눈물을 흘리며 나데시코를 껴안았다.

얼굴과 몸에 난 상처는 깊지 않았다. 내출혈이 심해서 심각해 보였지만, 뼈가 부러진 것 같지는 않았다.

"나데시코, 나데시코, 나야. 린도우야……. 나데시코, 일어나 줘……."

린도우는 평소에 자신이 나데시코에게 어떻게 말했는지도 잊고 이름을 불렀다.

떨어져 있는 동안 얼마나 그녀의 목소리를 듣고 싶어 했던가. 의식이 돌아왔으면 했다. 그 부드러운 입술로 다시 이름을 불러 줬으면 했다.

"나데시코."

—처음 만났을 때, 참 무구한 존재라고 생각했다.

"나데시코."

—어떤 불행이 기다리고 있을지 전혀 몰랐다.

"나데시코."

—지켜줘야 한다고 생각했다. 바쁘게 지내면서 초심을 잃기도 했지만.

"나데시코……."

—하지만 줄곧.

"나데시코, 나데시코."

—네가 귀여웠다.

"나데시코…… 제발, 일어나줘……."

이 상냥하고 슬픈 생물에게 사랑받을 수 있는 자신으로 있어야 한다고 생각했다.

—너에게 어울리는 사람이 되고 싶었어.

그런 자신으로 있고 싶다고, 이 생물에게는 성실해지고 싶다고.

그런 자신은 진실하지 않고, 가짜고, 위선자 행세일 뿐이더라도.

그렇게 있고 싶었다.

—잊고 있었어.

그녀를 위해서라면 기사든 왕자님이든 될 수 있었는데.

"……응."

몇 번 계속 부르자 잠에서 깬 듯한 졸린 목소리가 나데시코의 입에서 나왔다.

"나데시코?"

"……린, 도우……?"

이윽고 서서히 눈을 떴다.

유리구슬처럼 반짝이는 특별한 눈. 그 안에 그녀가 고대했던 기사의 모습이 확실히 담겼다.

"린도우……."

그리고 해맑게 웃었다. 올 줄 알았다는 것 같은 미소였다.

"나데시코…… 내가 누군지 알겠어?"

"알아……."

"내가 누구지? 이름, 말할 수 있겠어? 손가락은 몇 개야?"

"……당신은 나의 린도우…… 아자미, 린도우……."

"그래, 맞아…… 그리고?"

"나의 왕자님이고…… 기사야…… 아주…… 멋있어……. 손은…… 음…… 세 개 세우고 있어……."

린도우도 입술을 떨며 웃었다.

"나데시코!"

망가지지 않도록, 하지만 만나지 못했던 상실을 메꾸듯 린도우는 다시 나데시코를 안았다.

"……있지…… 린도우 꿈을 꿨어……."

"꿈……?"

"은행잎으로…… 꽃다발 만들어줬던 거 기억나……?"

"그래, 기억나……."

"남자한테 받은 거, 그게 처음이었어……."

이 어린 가을의 신은 한없이 사랑스러운 소녀였다. 린도우는 마침내 조금 미소 지을 수 있었다.

그리고 울먹이는 목소리로 속삭였다.

"몇 번이고 줄게. 매년 줄게…… 나데시코."

"응……."

나데시코는 꿈꾸듯 멍한 상태였지만, 점차 자신이 놓인 상황을 이해하기 시작했다.

"나데시코, 나데시코……."

사랑하는 상대에게 꽉 끌어안겨 있었다.

"리, 린도우…… 어, 어어……."

현재 상황을 똑바로 보게 되자 얼굴이 장밋빛으로 물들었다.

"……나데시코…… 지키지 못해서 미안해……. 이렇게나 다치고…… 역적 녀석들이 때린 거야? 내가 있었는데…… 이런 일을…… 네 사랑스러운 얼굴이……."

"린도우, 저기, 저기."

"앞으로 평생에 걸쳐 속죄할게. 죽을 때까지 너를 섬기겠어. 너의 성인식도, 결혼식도 내가 지켜보겠어. 늙어서도 은퇴하지 않을 거야. 반드시 속죄할게, 나데시코……."

"이, 있지, 린도우…… 뭔가, 성격이, 달라지지 않았어……?"

"……."

그 말을 듣고 린도우는 평소 자신이 만들어 냈던, 나데시코에게만 보여줬던『아자미 린도우』가 행방불명되었음을 깨달았다.

"지금 이 린도우도…… 멋져……."

나데시코가 수줍은 소녀의 표정으로 그렇게 말하자 린도우는 황급히 모습을 꾸몄다.

"실례했습니다, 나데시코…… 무사하셔서 다행입니다."

"아, 싫어. 조금 전의 린도우가 좋아."

"……그건, 좀……."

"괜찮아. 예전부터 린도우가 내 앞에서는 다르다는 거 알고 있었어……."

나데시코의 말에 린도우는 눈을 깜빡였다.

"……눈치채고 있었습니까?"

"응, 주방 사람이라든가, 재워 주는 사람이라든가…… 다들 말했어. 내 앞에서만…… 린도우는 되게 상냥하다고……."

"……."

"린도우, 내 앞에서는 담배 안 피우잖아? 그것도 날 위해서라고 했어. 기관지가 아프지 않도록."

"……."

"그리고 다른 사람한테는 입이 꽤 험하다고 했어."

"……나, 나데시코."

"나한테는 그런 모습을 보이기 싫은 거라고…… 나한테 미움받기 싫어서 그러는 거랬어. 린도우는 바보야. 그럴 일 없어. 나는 린도우가…… 그…… 조금 나쁜 사람이어도 무조건, 무조건 좋아해……. 쭉 좋아해……."

나데시코의 기특한 말을 들으며 린도우는 감정이 급강하했다.

―폭로되어 있었어.

린도우는 자신이 해왔던 일이 너무나도 얄팍했음을 깨닫고 창피한 나머지 단숨에 얼굴이 빨개졌다. 그런 린도우를 처음 본 나데시코는 린도우의 뺨을 손으로 콕 찔렀다.

"……린도우, 귀여워……."

어린 나이에 연상 남자의 귀여움에 눈떴다.

“하지 마세요…… 나데시코…….”

“잘못 말했어, 린도우, 멋져. 아! 자세히 보니까 다쳤어…… 손에 피가…… 괜찮아……?”

그건 린도우의 피가 아니었다.

“…….”

린도우는 자신이 아까 한 일을 말할 수 없었다.

“린도우, 괜찮아?”

“……더러운 손이라, 미안해…….”

그렇지 않다며 나데시코는 눈썹을 내렸다.

“더럽지 않아……. 있잖아, 어떤 린도우여도…… 나한테는…….”

나데시코는 미스즈에게 받은 체벌 때문에 온몸이 아팠지만, 무리해서 린도우의 목에 팔을 감고 상체를 들었다.

그리고 작은 새가 사뿐히 내려앉듯 린도우의 뺨에 가볍게 입을 맞췄다.

“언제나 멋진 왕자님이야.”

금세 힘이 다하여 손이 떨어졌다. 어리광부리듯 다시 린도우의 품에 안긴 상태로 돌아갔다. 에헤헤, 하고 웃는 나데시코가 린도우에게는 세상에서 제일 사랑스러운, 둘도 없는 빛으로 보였다.

“……나데시코.”

린도우는 나데시코를 끌어안은 채, 한 손으로 그녀의 팔을 잡았다. 뭐 하려는 걸까 의아하게 올려다보는 나데시코에게 보여주듯 손등에 입을 맞췄다.

“나의 나데시코는…… 언제나 나의 공주님입니다.”

린도우는 이전과 조금 다른, 본래 그가 가진 상냥함이 배어나는 웃음을 짓고 있었다.
그리고 아마 세상에서 단 한 명, 그녀에게만 들려주는 달콤한 목소리로 말했다.

"널 위해서라면, 나는 몇 번이든 왕자님이 되겠어."

그렇게 말하고 한 번 더 입을 맞췄다.
"리, 린도우……."
이번에는 나데시코가 부끄러워서 얼굴을 붉혔다.
"말씀하세요, 나데시코."
린도우가 생긋 미소 지어서 나데시코는 허둥거리며 말했다.
"……그, 그럼…… 나, 나는…… 항상 린도우에게 어울리는 공주님으로 있어야겠네……."
"달라지지 않아도 돼. 달라지지 않아도 나의 공주님이야."
나데시코는 달콤한 속삭임에 아찔했다.
"으…… 리, 린도우……."
전에 없이 가슴이 두근거려 괴로웠고, 꿈이 아닐까 의심스러워졌다.
"린도우, 좋아해."
"저도 좋아합니다."
"정말로 좋아해."
"물론 저도 그렇습니다."
"린도우의 「좋아해」랑 내가 말하는 「좋아해」는……."

"나데시코, 몸이 힘들겠지만 조금만 참아 주세요. 계속 여기 있어도 별수 없어요. 돌아가죠. 이동을 개시하겠습니다."

하지만 달콤한 시간은 거기서 끝났다.

"……으, 네. 린도우."

일련의 사건은 아직 끝나지 않았다.

"실은 벼랑에서 떨어졌지만, 경사가 있으니 무리해서 올라가지 않고 조금 우회하겠습니다. 그러면 이어져 있는 비탈로 올라갈 수 있을 겁니다. 여름 분들에게 가세해야 해요."

"여름 분들……?"

나데시코는 어리둥절해하며 고개를 갸웃했다.

"하자쿠라 루리 님과 아야메 님입니다. 그 외에도 나데시코를 돕기 위해 겨울 분들과 봄 분들도 협력해 주셨습니다."

"그래……? 어쩌지…… 답례해야겠네……."

"네, 우선은 합류해서 고맙다고 인사하죠."

"나가츠키 씨한테 괜찮은 과자를 찾아 달라고 하자. 택배 배송되는 맛집을 잘 찾잖아."

배신자의 얼굴이 린도우의 머릿속을 스쳤다.

"……."

"가을 별궁 사람들, 다들 무사하지……?"

린도우는 답하지 않고 나데시코를 안고서 달리기 시작했다. 역적의 시체로부터 도망치듯 그 자리를 떠났다.

나데시코를 구출하라고 린도우를 보낸 후, 여름의 주종은 계속 싸우고 있었다.

여름의 대행자 하자쿠라 루리는 언니에게 시선을 보냈다.

루리 쪽은 린도우가 적을 상당수 정리해줘서 나머지는 들개들이 처리하면 끝이지만, 아야메는 고전 중이었다. 페신사 쪽에서 온 역적의 수가 많았다.

"슬슬 좀 얌전해져라!"

마침내 자신을 덮쳤던 마지막 한 명에게 들개를 보내 총공격하여 재기 불능으로 만들었다.

그들은 두 번 다시 개를 키우지 못할 것이다.

—아야메를 도와야 해.

루리는 황급히 개들에게 지시를 내렸다.

"언니를 지켜! 가라!"

권속들은 주인의 지시에 즉각 반응하여 달려 나갔다. 산에 숨어 있던 들개는 총동원하고 있었다. 루리를 지키는 개는 사라졌지만, 이제 아야메를 에워싼 적만 해치우면 만만세다.

트렁크를 쫓아 자리를 이탈한 린도우도 원호할 수 있다.

"오른쪽을 물어! 왼쪽의 목을 물어뜯어!"

사계 노래로 지배한 동물들은 여름의 대행자의 명령대로 움직인다.

기본적으로 표적만 설정하면 알아서 참혹한 시체로 만들어 주지만, 세세한 지시를 내리고 싶을 때는 말해 줘야 알아들었다.

"뒤에서 한 명 오고 있어! 아야메의 머리 위로 날아가! 얼굴을 발톱으로 도려내!"

한 명씩 전력을 줄여나갔다. 두 사람의 역할 분담은 능수능란했다.

근접전은 아야메가 소화한다. 루리는 어디까지나 안전한 곳에서 원격으로 원호한다.

그런 자매의 전투 방식이 완성되어 있었다. 루리가 원호를 맡은 시점에 이 싸움의 승리는 확정된 것과 같았다. 아야메의 검술은 훌륭하여 호리호리한 몸으로 성인 남자들을 가뿐히 베고 있었다. 곧 있으면 결판이 날 터.

"가라! 가라! 해치워!"

줄곧 이 방식으로 어떻게든 해왔다. 이전에도 위험한 순간은 있었지만 살아남았다.

그러니까 분명 괜찮다. 그렇게 확신했다.

"왼쪽으로 돌아! 그 남자의 발을……."

아야메도 아마 똑같은 마음이리라. 쌍둥이다. 마음이 통할 때가 많았다.

린도우에게 먼저 가라고 한 것도, 힘들어도 이길 수 있다고 생각했기 때문이었다.

"……발……을……."

그러니 분명 괜찮다. 그럴 터다.

"언, 니……."

그럴 텐데.

—어?

다음 순간, 루리는 쓰러져 있었다.

입에서 피가 나고 숨을 쉴 수 없었다.

숨을 쉬고 싶은데 피가 역류하듯 목에서 흘러넘쳤다.

—뭐지?

무슨 일이 일어났는지 알 수 없었다. 아픔은 뒤늦게 찾아왔다. 등이 아팠다. 창에 찔린 것 같았다. 처음 느껴보는 격통이 일었다. 아파서 사지가 떨렸다. 이 아픔을 없애고 싶었다. 하지만 점차 토혈 때문에 숨을 쉴 수 없는 것이 더 괴로워졌다.

—언니, 도와줘.

루리의 등에는, 총알이 박혀 있었다.

그녀들은 현재【카사이】의 기지 뒤편, 담장 밖의 트인 곳에 있었다.

건물은 2층. 나무에 둘러싸여 있지만, 여름의 대행자와 호위관이 싸우는 모습은 2층 창문에서 보였다.

루리는 거기서 쏜 저격총에 맞았다. 발포음이 거의 들리지 않은 것은 소음기가 달린 저격총이 사용되었기 때문이다. 앞으로 고꾸라져 이제 무엇도 확인할 수 없는 루리는 몽롱한 정신으로 손끝을 움직였다.

『사냥해.』

나무 위에 있던 새들에게 명령했다. 새들은 즉시 날갯짓하여 맹금의 모습으로 변화했다.

하늘을 달리는 암살자는 문제없이 적을 제거할 것이다. 하지만 루리는 그 미래를 볼 수 없을 것 같았다.

—언니.

과거의 추억이 급속도로 머릿속을 스쳐 지나가기 시작했다.

어릴 때 좋아했던 빨간 구두.

자주 놀러 갔던 여름의 마을의 해바라기밭.

표지가 예뻐서 읽지 않고 그저 쓸어내렸던 그림책.

그런 기억 속에 반드시 한 여자아이가 있었다.

쌍둥이로 태어났는데 조금 일찍 나왔다는 이유로 언니가 된 아이.

살짝 시끄럽지만 언제나 믿음직스럽고, 투정을 잔뜩 들어줬던 사랑하는…….

—아야메.

기억 속의 언니는 항상 화가 나 있었다. 그렇게 화낼 일만 저질렀던 걸까.

웃게 했던 일도 많았을 텐데, 걱정시키거나 폐를 끼친 일이 더 많은 탓인지 웃는 언니가 나와 주질 않았다.

—미안해.

그저 나중에 나와서 동생이 된 자신은 상당히 편하게 살았을지도 모른다.

능력 있는 언니와 비교당해 불쾌한 경험을 하기도 했지만, 언니라는 이유로 참게 했던 일이 더 많았다.

여름의 신 따위 하기 싫다고 울었던 날에 『언니가 옆에 있을게』라며 자진해서 호위관을 맡아줬다.

그때, 네가 선택받았으니 나는 모르는 일이라고 내쳤다면 분명 이 나이까지 살지 못했을 것이다.

—언니.

더 다정하게 굴었어야 했다.

—언니.

더 좋은 동생이 됐어야 했다.

—언니.

언니가 좋아서, 좋아서, 너무 좋아서, 그녀를 속박했다.

결혼 같은 거 하지 말라고, 곤란하게 만들었다.

호위관을 그만두지 말라고, 곤란하게 만들었다.

자신에게는 진정한 아군이 그녀밖에 없으니까. 없어지면 어떡해야 하는가.

어떻게 살아가야 할지 알 수 없다.

—아아, 하지만.

이제 숨이 가쁘다.

—이로써 아야메는 편하게 살 수 있나.

괴롭다.

—내가 사라지면 전부 해결돼.

이렇게 될 줄은 몰랐다.

—그런가, 그게 낫나.

가을을 도와주러 오지 말아야 했을까.

—아야메, 미안해.

아니, 신이 아니라 사람으로서 해야 할 일을 했을 뿐이다. 틀리지 않았다.

—미안해, 미안해.

만약 뭔가가 잘못됐다면 그건.

—아야메.

이런 형태로 언니와 작별하게 된 한심한 자신의 최후뿐이다.

—언니, 미안해.

여름의 대행자 하자쿠라 루리는 절명했다.

사인은 출혈과 질식. 등에 총을 맞고 허무하게 죽었다.

하자쿠라 아야메는 하자쿠라 루리가 사망한 것을 바로 알아차리지 못했다.

거리를 좁혀 겨우 제거한 남자를 걷어차고 동생 쪽을 돌아보았다.

당연히 나무 뒤에 숨어있을 줄 알았던 그녀의 동생은 어째선지 땅에 엎어져 있었다.

그리고 그때까지 아야메 편이 되어 도와줬던 들개들이 갑자기 흥미를 잃은 것처럼 곁을 떠나기 시작했다.

—설마.

아야메의 얼굴이 단숨에 창백해졌다.

"루리!"

아야메는 적을 등지고서 뛰었다. 설마 아닐 거라고 머릿속으로 비명을 질렀다. 빠르게 다다른 동생의 몸 아래쪽에 피가 고여 있었다. 담장 너머 건물 쪽에서 저격수 한 명이 새에게 쪼여 창문에서 떨어졌지만, 아야메의 눈에는 들어오지 않았다.

"……."

숨소리만이 울렸다.

루리가 움직이지 않았다. 말하지 않았다. 평소에는 시끄러울 정도로 떠드는 동생이 갑자기 조용해졌다.

아야메는 손을 뻗어서 얼굴을 보려고 했지만, 등 뒤에서 살기가 느껴져서 바로 몸을 숙였다.

싸움을 포기했어도 적이 사라지는 것은 아니었다. 아야메는 거의 자동으로 몸을 움직여 다가오는 적을 벴다. 베자 피가 났다. 피가 나자 자신에게도, 동생에게도 피가 튀었다.

—아아, 더러워.

사고가 정지된 상태인 머리로 그저 그 생각만 했다.

그것 말고 생각할 일이 더 있는데 그 생각에 다다를 수 없었다. 믿을 수 없었다.

아야메는 한 명을 죽이고서 확인하듯 이름을 불렀다.

"루리?"

대답은 없었다.

"언니, 한테, 못된 농담, 하지 마……."

대답은 없었다.

"루리."

대답은 없었다.

"농담이지?"

대답 없는 동생을 계속 내려다봤지만 아무것도 달라지지 않았다.

"거짓말, 이지?"

비틀비틀 다가가서 땅에 무릎을 꿇고 몸을 흔들어 봤다.

대답은 없었다.

"루리, 루리?"

그 그릇은 이제 루리가 아니었다. 뭔가가 결정적으로 몸에서 사라진 상태였다.

"아, 아아, 아, 아."

몇 번이고 흔들어 보았다. 하지만 땅에 스며드는 혈액의 양이 늘어날 뿐, 아무것도 달라지지 않았다.

—못 지킨 거야?

언제 죽었는지조차 알 수 없었다.

—나는, 호위관, 인데.

분명『언니』하고 불렀을 텐데, 싸우는 데 정신이 팔려서.

"루, 리, 루리."

이럴 때 기적이 일어나지 않을까?

그렇게 생각하고『신이시여』하고 기도해 봤지만 아무런 대답도 없었다.

—신이시여.

한 번 더 빌었다.

—신이시여.

한 번 더, 한 번 더.

—신이시여.

아무 일도 일어나지 않았다.

신은, 그곳에 죽어있었다.

그곳에 죽어 있었다.

아야메에게 있어 가장 가까운 신은 자신의 동생이었다.

"루리."

야마토에서 단 한 명뿐인 여름의 현인신. 고귀한 생명. 절대 잃어서는 안 되는 존재.

그리고 무엇보다.

"루, 리."

아야메의 반쪽이었다. 얼굴도 똑같고, 키도 똑같고, 발 사이즈도 똑같았다.

부모도 못 알아볼 만큼 판박이인 동생.

"거짓말, 이지? 거짓말이라고 해줘."

절대 죽게 해선 안 되는 존재를, 죽게 했다. 용서받을 수 없는 일이다.

아야메는 절망의 구렁텅이 속에서 무의미하게 계속 이름을 불렀다. 스스로도 소용없다고 이해하기 시작했을 때.

"루리, 대답해줘, 루리, 루……."

갑자기 격통이 아야메의 몸을 덮쳤다.

—뭐, 지?

어느새 루리의 시체 옆에 자신도 쓰러져 있었다. 아래쪽이 아니라 바로 옆에 루리가 보였다.

움찔, 몸이 경련했다. 벼락 맞은 것처럼 두세 번 몸이 튀었다.

—뭐, 지? 이거.

마음은 있는데 누군가에게 몸이 양도된 것 같았다. 힘이 제대로 들어가지 않았다. 싸우면서 흥분하여 눈치채지 못했을 뿐, 다쳤던 걸지도 모른다. 어떻게든 루리에게 손을 뻗었다.

—루리.

조금이라도 닿아 있고 싶었다. 루리의 시체는 아직 따뜻했다. 온도가 있었다. 딱딱하지도 않았다. 이건 시체라고, 할 수 없다고, 의미 없이 머릿속으로 부정했다.

"루, 리……."

아야메는 동생의 이름을 중얼거리며 울었다.

그것 말고는 할 수 있는 일이 없었다.

동생이 어느새 죽어있었다. 지킬 순간조차 얻지 못했다. 눈앞의 적을 해치우는 것만으로도 벅차서, 언제나처럼 원호해 줬기에 괜찮으리라고 생각했다.

"루, 리."

직업상 먼저 죽는 사람은 자신일 줄 알았다. 그 생각이 자만심을 낳았다.

루리가 먼저 죽을 리 없다고.

"루리, 루, 리."

그런 아무 근거 없는 생각이, 기도가, 동생을 죽였다. 죽인 사람은 언니인 자신이다.

"루리, 루, 리, 루리, 루, 리."

동생을 죽이고 말았다. 돌이킬 수 없다.

"루, 리, 루……."

아야메의 부름은 도중에 끝났다.

"커헉……."

누군가가 등을 걷어찼기 때문이다. 입에서 고통스러운 신음이 흘러나왔다.

역적의 잔당이었다.

"망할 년이!"

남자는 애먹인 아야메에게 분풀이하듯 등을 걷어찼다.

그리고 분이 풀리자 엎어져 있는 몸을 뒤집고 몸 위에 올라타 가슴 부근에 총구를 눌렀다. 굳이 꾹꾹 누르며 공포를 부추겼다.

—이 자세로는 이제 도망칠 수 없어.

어쩔 방도가 없다.

—그리고 너무 아파.

아까부터 발이 이상하게 아팠다. 맨 처음 경련했던 것도 아마 그 때문일 테고, 쓰러진 것도 분명 그곳을 다쳤기 때문이리라. 발목 부분이 아팠다.

타는 듯이, 그래, 타는 듯이 아팠다.

『아야메.』

가슴을 누른 총구의 불쾌함. 발의 격통. 그런 가운데 어째선지 머릿속에 목소리가 들렸다.

『아야메, 아야메.』

모르는 사람의 목소리였다. 남자인지 여자인지도 알 수 없었다.

『아야메, 아야메, 아야메.』

—아, 이건.

아야메는 이 현상을 알고 있었다.

『아야메, 아야메, 아야메, 아야메.』

본 적이 있기 때문이다. 아득한 옛날, 하자쿠라 루리가 사람의 아이에서 신의 아이로 바뀌었을 때 일어난 현상이었다.

—말도, 안 돼.

『아야메, 아야메, 아야메, 아야메, 아야메.』

사계의 대행자는 사망하면 바로 그 이능이 다른 자에게 양도된다.

그때 가장 적합한 자에게.

그 선출은 초자연적인 일이라 부모한테서 자식에게 이어지지는 않았다.

그렇기에 유키야나기 코바이에게서 유키야나기 히나기쿠에게, 현재의 카요 히나기쿠에게 이능이 양도된 것은 봄의 마을에 충격을 줬다.

우연이라고는 하지만 전대미문의 세대교체였기 때문이다.

—아아, 맙소사, 신이시여.

선택받은 자는 부르는 소리를 듣는다. 사계의 소리라고 일컬어지는 부름은 대상자에게 저주를 거는 것처럼 그자의 이름을 부르고, 이윽고 그자의 의지와 관계없이 자연스럽게 현현의 힘을 발현시킨다. 태곳적부터 그렇게 정해져 있었다. 루리도 그랬다.

—아아, 다친 게 아니야. 나는 지금.

『아야메, 아야메, 아야메, 아야메, 아야메, 아야메.』

—선택받고 있어. 내가 쌍둥이라서?

『아야메, 아야메, 아야메, 아야메, 아야메, 아야메, 아야메.』

—착각한 거야? 루리는 죽었어.

『아야메, 아야메, 아야메, 아야메, 아야메, 아야메, 아야메, 아야메.』

—여름의 신님, 어쩜 이렇게 어리석을까.

아야메의 한쪽 발목에 백합꽃 성흔이 떠올라 있음을 역적은 눈치채지 못했다.

—나는 적합하지 않아. 나는 줄곧 더러운 일을 해 왔어.

승자의 위치를 맛보며 당장 죽이지 않고 아야메의 얼굴을 때리기 시작했다.

—여름의 신님, 나는.

아야메는 이제 죽일 남자를 지그시 바라보았다.

—나는, 루리처럼 착한 여자가 아니야.

그 순간, 아야메의 발목에 핀 성흔이 순식간에 전신으로 퍼졌고, 동시에 『생명 사역』의 힘이 발휘되었다. 루리처럼 소리 내어 지시하지도 않았다. 손으로 사인을 보내지도 않았다.

아야메는 그저 산 전체에 기도했다.

이 녀석을 죽이라고.

그러자 어찌된 일인지. 도망쳤던 들개들이 기계인형처럼 돌아와 아야메 위에 올라타 있던 남자의 목을 물었다.

"헤, 윽."

그것이 남자의 마지막 말이었다. 아야메를 때리며 상당히 흥분했던 것 같지만, 본인은 아픔에 약했는지 물렸다고 인식했을 뿐인데 쇼크사했다.

"……."

아야메는 상체를 일으켰다.

지금 그녀의 주위에는 아직 시체를 물고 있는 들개와 나무 위로 모이고 있는 새들이 있었다. 폐신사 쪽에 또 사람이 보였다. 위협하듯 총을 쏘고 있었다.

"하, 하하! 하하하, 하하하!"

우스워서 소리내어 웃었다.

멍청해 보였기 때문이다. 힘을 과시하여 위협하려는 자가.

저딴 것, 지금의 자신 앞에서는 갓난아기나 마찬가지인데.

"아하, 아하하하! 아하, 아하, 아하하하! 아하하하!"

총알이 뺨을 스치고 나서 아야메는 숨을 내쉬고 속삭였다.

"죽여……."

들개들이 달려 나갔다. 새들은 하늘을 선회했다.

"하늘, 하늘, 하늘, 꽃 하늘거리고, 풀 빛나고, 여름 난발하여."

아까와는 다른 여름의 대행자의 수족이 되어 그녀의 길을 막는 자, 그녀를 해하는 자, 모두를 도륙하고자.

—사계 노래 같은 건 얼마든지 부를 수 있어.

너무 웃어서 눈물이 났다.

"지고, 지고, 지고, 사랑 지고, 여름비, 불꽃, 반딧불팔이."

—줄곧 루리와 있었으니까. 줄곧 함께 살아왔어.

"갈라, 갈라, 갈라, 갈라서도, 잠자리 우화하는 가을을 기다리네."

—연습할 필요조차 없어.

지금 여기서 일어나는 이상 사태를 목격하는 사람이 없는 것은 사계의 대행자의 역사에 손실일지도 모른다.

"앉아 기다리네. 가을을 기다리네."

새로 태어난 여름의 대행자 하자쿠라 아야메는 그 탄생과 동시에 신통력을 자유자재로 다루는 천재적인 위업을 보였기 때문이다.

"죽여."

아야메는 앉은 채로 모든 것이 끝나기를 기다렸다.

들개들이 인간을 도륙한 후에는 명령하지도 않았는데 새들이 조장(鳥葬)을 시작했다.

장례 따위 치러 주기 싫은데, 하고 아야메는 차갑게 식은 마음으로 생각했다.

"루리."

아야메는 여전히 옆에 누워 있는 시체를 불렀다.

"루리, 루리…… 있지, 들어봐…… 언니, 여름의 대행자가 되어 버렸어……."

대답은 없었다.

"루리, 거짓말 같은 얘기지?"

대답은 없었다.

"……어쩌면, 네가 아니어도 좋았던 걸까. 우리는 쌍둥이니까…… 어느 쪽이든 좋았던 걸까……."

하자쿠라 아야메가 너무나도 싫어했고 너무나도 좋아했던 그녀의 동생에게서 대답은 없었다.

"내가 죽었으면 좋았을 텐데……."

눈물이 뚝뚝 흘러넘쳤다.

뭔가 해야만 하는데 아무것도 할 수 없었다. 사람이 죽었을 때 어떻게 해야 하는지 처리 방법은 알고 있다. 일단 누군가를 불러야 한다. 하지만 떠날 수 없었다.

"어느 쪽이든 좋다니, 신도 너무하시지……."

떠날 수 없었다. 무리였다.

아야메는 목을 물린 남자의 시체로 기어가 남자의 권총을 잡았다.

"이렇게 될 걸 알았을 텐데…… 너무하시지……."

관자놀이에 총구를 댔다.

"루리, 지옥에서 함께 불평하자."

방아쇠를 당기려던 바로 그때.

"아야메 님!!"

아야메의 귀에 남자의 목소리가 들렸다.

"하, 하자쿠라, 아야메 님!!"

작은 여자아이의 목소리도 들렸다.

"……."

아야메는 비처럼 쏟던 눈물을 닦고 목소리의 주인을 찾았다.

린도우와 그 품에 안긴 나데시코의 모습이 멀리 보였다. 개들이 두 사람을 향해 달려갔지만, 아야메가 완전히 전의를 상실한 탓인지 같이 놀듯 나란히 뛰기 시작했다.

"허억, 하아…… 아야메 님!"

전속력으로 뛰어온 린도우를 아야메는 멍하니 바라보았다.

"아자미 님…… 이와이즈키 님, 무사하셨군요……."

"덕분에, 아니, 하지만, 무, 무슨 짓을…… 하아, 하아…… 루리 님은……?"

린도우는 나데시코를 내려 주고 아야메 앞에 무릎을 꿇었다.

"루리는……."

아야메는 이미 울고 있었지만 한층 더 뚝뚝 눈물을 흘렸다.

"루리, 루리, 는……!"

"아야메 님……."

얼굴을 맞고 폭행당해서 우는 게 아니었다. 죽은 것처럼 움직이지 않는 루리를 보고 눈물의 이유는 이쪽임을 헤아렸다.

"아자미 님…… 루리가…… 동생이…… 죽었어요……."

아야메가 울어서 쉰 목소리로 고했다.

"……왜……."

린도우는 단순한 질문으로 대답할 수밖에 없었다. 경악하여 동정이나 슬픔을 품을 여유조차 없었다.

"제, 가…… 지키지, 못해서……."

"아냐, 너는 잘했어……."

"으…… 아아…… 으아아아아아아아앙!"

감정이 터졌는지 아야메는 린도우의 가슴에 기대듯 매달렸다.

린도우는 아야메를 안아 주면서도 어떻게든 냉정함을 되찾기 위해 그 자리를 관찰했다.

―확실히 돌아가셨어.

생전의 활력 넘치던 루리는 그곳에 없었다.
하지만 아직 죽은 지 얼마 지나지 않았다고 판단할 수 있었다.
"린도우, 아직 따뜻해."
놀랍게도 나데시코는 루리의 시체에 겁먹지 않고 그 몸을 만졌다.
뭔가를 확인하듯 다시 몇 번 더 만졌다.
"나데시코."
"린도우, 나…… 할 수 있을지 모르겠지만……."
두 사람은 같은 생각을 한 것처럼 마주 보았다.
"해 줄래?"
―한 번 더, 그게 가능할까?
가을 별궁에서 나데시코가 했었던 초회복.
그게 가능할지 린도우는 생각하고 있었다.
나데시코가 가진 가을의 대행자의 능력은『생명 부패』. 주로 생명의 상태를 다룬다.
가을이 되어 떨어진 나뭇잎은 이윽고 흙으로 돌아가 퇴비가 되어 다시 생명을 키운다.
생명을 퇴색시키거나. 아니면 치유하거나. 나데시코는 이 두 가지 권능을 받았다.
하지만 나데시코는 현인신으로서 미숙했다. 자신의 상처를 훌륭하게 고친 것은 죽을 위기에서 나온 초인적인 힘이었다. 몇 번이고 할 수 있는 일은 아니었다.
"……자신 있어?"
"……해보지 않으면 몰라. 하지만 흡수할 게 필요해……. 무서운 여자한테 잡혀 있을 때, 내가 무슨 일을 했는지 들었어. 그 힘을 여러 번 쓸 수 있으면 좋겠다면서…… 생쥐를…… 잔뜩 줬어…….”

미스즈가 무슨 일을 시켰는지 나데시코는 설명했다.

나데시코의 생명 부패 이능을 안정시키기 위해 미스즈는 쥐로 연습시켰다고 한다.

죽은 쥐와 산 쥐를 두고, 산 쥐의 생명력을 흡수하여 죽은 쥐에게 줄 수 있는지 시험했다고 나데시코는 말했다.

“있지, 몇 마리는 성공했어……. 하지만 전부 살리지는 못해서 많이 맞았어…….”

나데시코의 사랑스러운 얼굴에 난 상처들이 어떻게 생겼는지 알고 린도우는 깊은 증오를 느꼈다.

“미스즈 헨더슨은 후세까지 저주하겠어.”

“괘, 괜찮아. 린도우가 구해줬는걸.”

“……나데시코, 내 생명을 쓸 수 있다면 그걸로 보충해줘. 루리 님은 약혼하셨어. 약혼자에게 돌려보내 드려야 해……. 설령 그래서 내가…….”

“린도우, 하지만.”

아야메는 린도우의 품속에서 숨을 헉 삼켰다.

“……아자미 님……? 이와이즈키 님……? 무슨 말씀을…….”

슬픔의 구렁 속에서 두 사람이 무슨 이야기를 하는지 이해하기 시작한 것 같았다.

“아야메 님, 나, 해볼게. 으음…… 이 산은 영맥이 있으니까.”

나데시코는 땅을 툭툭 두드렸다.

“영맥이 있으면 힘을 빌릴 수 있어?”
“응. 산한테서도 받을 거야……. 지금 더듬고 있어……. 린도우, 역적 사람들을 잔뜩 쓰러뜨리고 왔지……? 지금도 있지……?”
“건물 정문 쪽은 아직 난전 중일 거야.”
“다들 기운이 넘쳐……. 모두한테서도 조금씩…… 받아 볼게.”
“구, 국가 치안 기구와 사계청 직원도 있는데 구별이 가?”
“다들 싸우고 있으니까 모두한테서 살짝 받으면 돼. 수명을 받는 게 아니야. 기운을 받는 거야. 다들 잠깐 잠들 뿐이야.”
“…….”
—다들 미안.
한 사람의 생명이 걸려 있었다. 여기서 나데시코를 말릴 수는 없었다.
“저, 저기. 살 수 있는 건가요……?”
아야메가 불안하게 바라보자 나데시코는 긴장한 표정으로 고개를 끄덕였다.
“해볼게. 괜찮아.”
“하, 하지만…… 죽었는데……?”
“삶도 죽음도 내 영역이야. 맡겨줄래요……?”
“…….”
그 말을 깊이 이해할 수는 없었지만, 아야메는 나데시코에게 루리를 맡기기로 했다.
“부탁드려요…….”
나데시코는 다시 고개를 끄덕이고 손바닥을 보였다. 그녀의 손바닥에는 가을의 대행자의 성흔인 국화꽃이 새겨져 있었다. 성흔이 있는 손을 대지로, 반대쪽 손을 루리에게.

"아직 따뜻하니까…… 분명 할 수 있어."

의식을 집중하고 눈을 감았다.

그러자 나데시코의 오감은 산과 스르르 일체화했다.

산속의 숨결이, 생명이 느껴졌다. 벌레들의 날갯소리, 흐르는 청류, 새가 날아오른 뒤 지는 들꽃의 꽃잎. 산에 사는 모든 구성물을 손바닥 보듯 알 수 있었다.

그중에 싸우고 있는 인간들이 있었다. 수상한 건물을 지어 기지로 삼은 역적들. 그리고 그들과 교전을 이어가는 특수 부대 【호저】의 대원과 국가 치안 기구 사람, 사계청 직원이었다.

—하나, 둘, 셋, 넷.

나데시코는 수를 세었지만 도중에 알 수 없어졌다.

—아무튼, 잔뜩.

뭐든 좋았다. 혈기 있는 자들에게서 빼내면 되니까 위치만 파악되면 됐다.

—다들 조금씩 주세요.

나데시코의 부드러운 입술이 열리고 숨을 들이마셨다. 사랑스러운 소녀의 목소리가 산에 울렸다.

"기라성, 성광, 혜성, 하늘 높이 빛나라, 가을 하늘에."

나데시코의 머릿속에는 우주라고도 할 수 있는『하늘』이 떠 있었다.

“별밤에 나는 것은 가을의 여신.”

넓은 『하늘』의 중심에 나데시코가 있었다. 다른 자들은 나데시코의 까마득한 아래에 있었다.

“즐겁게 유유히 노래하라, 춤추어라.”

그래서 나데시코는 집어내기만 하면 됐다. 선별하는 것이다.

“가을바람에 날려 춤추다 보면 언젠가는 달에도 다다르리.”

그거면 된다는 것은 지금은 알 수 있었다.

—린도우가 있으면, 나는 뭐든 할 수 있어.

나데시코는 지금 이 세상에서 가장 안전하다고 여겨지는 곳에 돌아와 있었다. 그래서 할 수 있다고 생각했다. 그가 지켜준다면 얼마든지 가을의 신으로서 자신감을 가질 수 있었다.

—루리 님도 돌아와요.

나데시코는 전투를 벌이던 남자들이 차례차례 의식을 잃고 쓰러지는 모습을 『하늘』에서 보며 기도했다. 그리고 끌어당겼다. 흡수한 『생명』을 반대쪽 손으로 보내 하자쿠라 루리라는 그릇에 부었다.

—루리 님, 돌아와요.

루리의 몸을 관통하지 않고 박혀있던 탄환이 그녀의 육체 속에서

꿈틀거렸다.

—돌아와요, 아야메 님이 울고 있어.

탄환이 들어왔던 곳에서 천천히 빠지더니 이윽고 등에서 툭 나왔다. 피 묻은 탄환을 보고 아야메가 숨을 삼켰다.

"……!"

린도우에게 부축받아 몸을 일으켰다. 나데시코를 방해하지 않도록 조심하면서도 조금이라도 가까이에서 기적을 보기 위해 다가갔다.

"언니가 불러줘야 해요. 아야메 님, 이름을."

나데시코가 갑자기 눈을 감으며 그렇게 속삭였다.

마치 다른 누군가가 내려온 것처럼 유창하게 말해서 린도우는 깜짝 놀랐다.

아야메도 놀랐지만, 나데시코의 지시에 따랐다.

"루리!"

불러일으킨다는 말 그대로 루리의 몸이 한 번 크게 튀었다.

"……한 번 더, 불러 주세요."

"루리! 루리!"

"한 번 더."

"루리, 루리! 언니야! 언니한테 돌아와!"

루리의 몸이 떠오를 만큼 튀었다.

"……."

튀어 올랐다가 다시 움직이지 않게 된 루리에게 아야메가 떨며 손을 뻗었다.

"……루리, 언니한테, 돌아와……!"

그리고 작게 흔들었다. 그와 동시에 산과 『하늘』과의 연결이 끊겼는지 나데시코가 번쩍 얼굴을 들었고, 그러면서 넘어졌다.

"나데시코!"

인형이 땅에 떨어진 것처럼 쓰러진 나데시코를 린도우가 황급히 안아 올렸다.

"……너무 씩씩하게 일어나 버렸어."

나데시코는 조금 지친 모습으로 그렇게 속삭였다.

"머리 안 부딪쳤어?"

린도우가 과보호하며 머리를 어루만졌다. 나데시코는 기분 좋은 듯 미소 지었다.

"괜찮아. 하지만 다행이야."

"……응?"

"다행이야. 루리 님, 돌아왔잖아?"

린도우는 루리 쪽을 돌아보았다.

아야메가 루리의 손을 잡고서 맥을 짚고 있었다.

"……맥박이 돌아왔어요."

멍한 목소리로 말했다.

"되, 되살아났다는 건가요?"

"숨도 쉬어요!"

아야메의 눈에 다시 왈칵 눈물이 차올랐다. 주위에 앉아 있던 들개들이 멍 짖었다.

기적을 바로 믿을 수 없어서 린도우가 나데시코에게 했던 것처럼 온갖 맥박을 순서대로 확인했다.

—살아있어.

미약하지만 살아있었다.

"나, 나도 확인하고 싶어."

"사, 살아 있어…… 아자미 님…… 이와이즈키 님…… 루리가, 살아있어요…… 으, 아, 아아, 아……."

아야메는 루리의 몸에 엎어져 울부짖었다.

"으아아아아아아아아…… 아아아아……! 아아아아아아아아!"

어린아이가 자신의 감정을 전 세계에 전하는 것처럼 울었다.

"아, 아아아아……! 으아아앙……!"

린도우는 건넬 말을 찾지 못하고 덩달아 울기 시작했다.

"아야메 님…… 다행이야. 정말 다행입니다……."

"감사합니다, 감사합니다……."

나데시코는 축 늘어져 있으면서도 눈물 흘리는 어른들을 냉정히 보았다.

"저, 저기…… 아야메 님. 루리 님은 살아있지만 피는 돌아오지 않았으니까 몸에 부담을 주면 안돼."

"네?"

아야메는 허둥지둥 루리한테서 몸을 뗐다.

"……지금 피는 다른 사람의 생명력으로 보완했을 뿐이야……."

타이르듯 말해서 아야메는 눈물범벅인 얼굴로 물었다.

"으, 으으…… 어, 어쩌면, 조, 좋죠……?"

"위에 엎어져서 울면 가슴이 답답해져. 일단 비켜줘……."

"앗, 네."

"루리 님이랑 아야메 님의 파장은 매우 비슷하니까 숨쉬기 편한 자세로 딱 붙어 있어 줘. 그러면 아야메 님의 기운이 루리 님한테 갈 거야. 무릎에 머리를 올려 주면 어떨까……?"

말한 대로 하자 확실히 루리의 호흡이 아까보다 안정되었다.

아야메는 더 줄줄 눈물을 흘렸다.

"……이와이즈키 님, 감사합니다, 감사합니다……."

"별말씀을…… 제가 더 고마워요……."

"아뇨, 아뇨…… 정말 감사합니다…… 감사합니다……."

"……살려내서, 다행이야…… 살아나서 다행이야……. 그치? 린도우."

"……그래."

"린도우도 우는 거야……? 잠깐만, 쓰다듬어 줄게."

"……돼, 됐어."

"그럼 아야메 님한테 해야지. 아야메 님, 쓰담쓰담."

"이, 이와이즈키 님…… 으아, 으으으…… 으으…… 아아아아아……."

"……더, 더 울려 버렸어……."

"나데시코, 훌륭해…… 정말 훌륭했어."

나데시코는 린도우에게 칭찬받고 행복하게 그를 올려다보았다.

이리하여 가을의 대행자 구출은 아군과 적군 모두 손해를 봤지만 성공했다.

봄과 겨울을 둘러싼 사계청 청사 사건은 오우메 사건이 해결됐을 때보다 더 시간을 거슬러 올라가야 한다.

사계청 청사 19층. 수사본부가 있는 층의 엘리베이터가 열리려 하고 있었다.

고젠, 미스즈는 기막히다는 모습으로 중얼거렸다.

"……안 열리는데."

미스즈는 엘리베이터 안에서 계속 개폐 버튼을 누르고 있었다.

하지만 덜컹, 덜컹, 하고 뭔가가 부딪치는 소리만 날 뿐 문은 열리지 않았다.

"……이거 어떡해?"

"시간을 끌려는 거겠죠. 18층으로 내려가서 비상계단으로 올라올 수밖에 없어요."

"하아…… 계단 오르는 거야?"

불평하면서도 어쩔 수 없이 미스즈는 미카미가 말한 방법을 쓰기로 했다. 18층으로 내려간 일행은 일단 비상계단을 올라갔다.

비상계단 문은 잠겨 있지 않아서 간단히 열렸다.

"……우와."

침입은 간단했지만.

"……이게 뭐야?"

상상하지 못한 광경이 눈앞에 펼쳐졌다.

이상 사태에 동요하지 않는 미카미도 입을 쩍 벌렸다.

"……대체 뭔 짓거리를 한 거야?"

엘리베이터홀부터 각 회의실까지 층 전체가 정글이 되어 있었다.

덩굴과 꽃들에 뒤덮여 복도를 내다볼 수 없었다.

사자나 코끼리가 갑자기 나타나도 딱히 부자연스럽지 않을 경관이 의도적으로 만들어져 있었다.

새가 지저귀는 소리는 안 나지만, 당장에라도 멀리서 들려올 것 같았다.

그러나 그러한 자연의 소리는 전혀 들리지 않았다. 미스즈의 귀에 들리는 것은 점차 정상화된 청사의 보안 시스템이 자동으로 복원한 유선 음악 방송뿐이었다.

그것도 평소에 트는 음악이 아니라 클래식이 연주되고 있었다.

아마 이 음악이 초기 설정일 것이다. 평소에는 다른 채널을 선택했을 것이다.

작은 이상이 쌓여서 큰 이상을 만들고 있었다.

삼림의 모양을 하고 있지만, 본래는 바깥도 아닌 실내.

천장 쪽에서 흘러나오는 서글픈 피아노 소리.

이 세상이 아닌 곳에 잘못 들어온 듯한 그런 이상한 감각을 일행은 맛보았다.

"정보 누설……."

미카미의 말에 미스즈가 반응했다.

"무슨 말이야?"

"저희가 매수한 누군가가 흘렸거나, 아니면…… 생각하기 싫지만, 처음부터 이중 스파이가 있었거나…… 봄의 대행자는 저희가 올 것을 알았던 겁니다. 아니라면 이런 짓은 안 하겠죠. 이건 그 녀석의…… 봄의 대행자의 독무대예요."

"……싸울 준비를 했다는 거야?"

"물론이죠. 초록빛 전장, 아무도 없는 층, 어딘가에 숨어 있는 거겠죠. 죽여줄 테니까 들어오라는 말과 같아요."

"……."

이미 한 번 반죽음을 당한 적이 있는 미스즈는 미카미의 말을 의심하지 않았다. 그 추측이 맞을 거라고 납득했다. 납득했지만, 마음마저 담담해질 수는 없었는지 슬프게 얼굴을 일그러뜨렸다.

"어째서…… 나와 보낸 나날이 전부 괴롭지는 않았을 텐데……."

"……고젠."

자기중심적인 말을 잘도 내뱉는 미스즈를 보고 미카미도 어이없어했다.

"고젠, 자각하세요. 저도 당신도, 아니…… 그 아이는 우리 전원을 상당히 원망하고 있어요."

"하지만!"

"나름대로 그것을 예뻐하는 거야 당신 마음이고, 그걸 막을 생각은 없지만, 평범한 신경을 가진 사람은 당신이 예뻐하는 방식을 애정으로 느끼지 않아요."

—이 세상에서 이해하는 사람은 나밖에 없겠지.

"그럴 수가……."

미카미는 여전히 슬퍼하는 미스즈를 두고서 부하에게 지시를 내렸다.

"……척후병을 보낸다. 하지만 그 전에 위치 정보를 확인하지."

미카미는 손바닥만한 단말을 꺼내 조작했다. 여덟 명 전원이 똑같이 생긴 물건을 가지고 있었다.

고성능 추적 기능 애플리케이션이 설치된 기계였다.

위치 정보를 발신하는 발신기의 장소를 추적할 수 있었고, 대략적인 거리도 숫자로 보여줬다. 수십 초마다 갱신되기에 발신기를 가진 자의 장소를 실시간으로 쫓을 수 있었다.

"있네요."

"응, 봄을 호위하던 사계청 직원한테서 산 정보야. 호위관 히메다카 사쿠라의 휴대전화 위치를 쫓을 수 있어. 호위관이 있는 곳에 히나기쿠도 있겠지. ……어쨌든 얼마 없는 시간 동안 할 수 있었던 일이 이렇게 그저 숨바꼭질 장소를 만드는 것뿐이었다면 작전에 크게 지장은 없어. 둘이 같이 없더라도 호위관을 인질로 잡고 죽이겠다고 협박하면 그 아이는 나올 거야. 척후병 같은 건 필요 없어. 얼른 만나고 싶어. 오해가 있다면 풀어야 해. ……가자. 놓치면 이 작전을 세운 의미가 없어. 그 아이를 되찾아야 해……."

"안됩니다."

"미카미!"

"고젠과 나는 여기서 대기한다. 우선 두 명이 가서 정찰해. 대행자는 죽이지 마. 다른 건 마음대로 해도 좋다."

반론을 허락하지 않는 지시에 미스즈는 입술을 삐죽였다.

엘리베이터로 침입한 일행은 미스즈와 미카미를 포함하여 여덟 명.

다른 층에서 동시에 움직이고 있는 폭탄 설치반도 여덟 명으로 구성되어 있었다.

미카미는 일단 부하 두 명을 엘리베이터홀 앞으로 보냈다.

19층은 엘리베이터홀을 나가면 좌우로 복도가 있고 각 회의실로 이어져 있었다. 또한 중앙에는 최상층인 공중 정원으로 올라가는 계단이 있었다.

천장에서 늘어진 덩굴풀 때문에 계단 위쪽은 보이지 않았다.

다만 이 많은 초목은 공중 정원에서 끌어왔을 거라고 예상은 갔다. 봄의 대행자는 화초의 씨앗만 있으면 어떤 상황에서도 생명을 활성화할 수 있지만, 층 전체를 뒤덮을 만한 식물은 씨앗만으로 만들 수 없을 것이다.

척후병으로 보내진 두 남자는 회의실을 하나씩 열어 확인하기로 했다.

히나기쿠가 최상층인 공중 정원에서 발아시켜 내려보낸 나무들과 꽃들은 방을 미로처럼 만들고 있었다.

두 척후병이 총을 들고 걷는 가운데, 비전투원들은 히나기쿠가 만든 초목의 가호로 보호받으며 숨을 죽이고 있지만, 남자들은 눈치채지 못했다.

소회의실과 컴퓨터실을 점검하고 대회의실로 향했다.

"이쪽……이지……? 한 명도 못 만났는데…… 이미 도망친 거 아니야?"

척후병 한 명이 불안한 목소리로 말했다.

"아니, 아직 있을 거야……."

"그럼 정보가 틀렸다거나, 엉뚱한 녀석의 위치 정보일 가능성도……."

"고젠 님에게 거짓말해봤자 돈은 안 들어오고, 지독한 보복을 당할 뿐이잖아."

그들에게 정보를 판 사람은 봄의 대행자를 호위하던 사계청 봄 부문 직원. 비상벨이 울리기 전에 히나기쿠와 겨울의 마을 측 경호원을 분단시킨 자들이었다.

사실 이미 여러 가지로 예상치 못한 사태가 일어난 상태였다.

원래 같았으면 배신자인 사계청 봄 부문 직원이 겨울의 마을 측 경호원을 물리치고 히나기쿠를 속여 19층에 붙잡아둘 예정이었다.

현재, 위치 정보를 산 【카사이】는 봄의 직원이 히나기쿠 근처에 있다고 생각하고 있었다.

하지만 실제로 봄의 직원은 겨울의 마을 측 경호원보다 수가 많았음에도 불구하고 패배하여 재기 불능 상태로 아래층에 뻗어 있었다. 운명의 톱니바퀴란 희한해서, 마치 이 과실을 커버하듯 【히간니시】의 멤버인 나가츠키가 히나기쿠를 유괴하려다 사쿠라와 전투가 발생했고, 그 결과로 폭발음을 듣고 19층에 머무르게 되었다.

쌍방 모두 아무것도 모른 채 이야기의 무대가 완성된 것이다.

"……봄의 대행자를 못 찾으면 분명 꼭지가 돌아서 누군가가 죽을 거야."

"무섭다……. 그 사람, 날 때렸던 엄마랑 완전 똑같아."

이야기하며 나아간 두 사람은 대회의실 안에서 갑자기 탁 트인 곳이 나와 당황했다.

꽃밭이 있었기 때문이다. 극채색 꽃밭은 마치 천국 같았다.

원래는 카펫이 깔린 바닥일 텐데 덩굴과 초목으로 뒤덮여 있어서 실내여도 위화감은 없었다. 정말로 꽃밭에 있는 것 같았다.

"……."

말을 잇지 못하고 멍하니 바라보고 말았다. 그만한 힘이, 이 꽃밭에 있었다.

“이런 일도 할 수 있는 건가…… 그 봄의 대행자…….”

“이것도 폭파된다고 생각하니 좀 아깝네.”

“……아, 잠깐만. 연락이 왔어. 이탈한대.”

“저쪽 팀?”

“일 처리가 빠르네. 우리도 힘내자. ……만약 대행자를 못 찾으면 우리가 죽을 거야.”

두 사람은 이야기하면서도 주의 깊게 주위를 관찰하며 계속 전진했다.

“도, 도와줘요! 도와주세요!”

그런 그들을 갑자기 부르는 자가 있었다. 척후병들은 덩굴에 묶여 바닥을 나뒹구는 남녀 몇 명을 발견했다. 들고 있던 총의 총구를 들이대며 물었다.

“너희는 뭐냐?”

금발을 포니테일로 묶고 빨간 뿔테 안경을 쓴 여자가 대답했다.

“우리는【히간니시】. 너희는【카사이】지?”

“【히간니시】?”

“아, 거기. 10년 전에 고젠님이 봄의 대행자를 납치하는 김에 처분한 근절파야.”

“아아…….”

아직 단체로서 살아남아 있었나, 하는 눈빛을 받고 나가츠키는 내심 분개하면서도 겉으로는 눈물을 글썽이며 연약한 모습을 연출했다.

“가을 별궁에서 스파이로 일하고 있었지만 정체가 들통나 이런 꼴이 됐어……. 부탁이야, 같은 역적으로서 도와주면 안 될까……?”
척후병들은 얼굴을 마주 보았다. 어떻게 생각해도 수상했다.
너무나도 조잡한 함정이란 생각밖에 안 들었다.
“이 녀석이【히간니시】더라도 도와줄 이유가 없지.”
“……어쩔까? 죽일까?”
“봄의 대행자 말고는 마음대로 해도 된다고 했으니까.”
척후병들은 걸려들지 않았다.
“잠깐, 잠깐, 잠깐. 자랑하는 건 아니지만 나는 꽤 몸이 좋아. 복근도 있어. 보고 싶지 않아? 죽이기에는 아까운 인재야. 참고로 부하도 몸이 좋아. 남녀 모두 골라잡을 수 있어.”
하지만 그걸로 좋았다. 이 이야기를 믿든 안 믿든, 나가츠키가 의심받아서 바로 죽든 안 죽든.
“죽이지 마. 조금만 친하게 지내자. 동업자잖아?”
시선을 아래로 고정하는 것이 목적이었다.
조금 떨어진 곳에서 두 사람을 바라보는 자가 있었다.
층 전체를 덮은 덩굴풀은 그저 정글 느낌을 내기 위해 준비된 것이 아니었다. 분명하게 이유가 있었다. 예를 들어 덩굴풀이 마치 캐노피처럼 천장에 달려 있다면 운동 신경이 좋은 자는 거미 흉내를 낼 수 있을 것이다.
“곧 전부 날아갈 건데 여자를 상대할 시간이 어디 있어? 이 녀석, 죽이자. 죽이면 봄의 대행자도 나오지 않을까?”
“그렇지. 이래서는 끝이 안, 으악!”
두 척후병의 대화는 거기서 끝났다.

동시에 급습받은 역적들은 무슨 일이 벌어졌는지도 모른 채 의식을 놓았다.

습격자는 천장의 덩굴을 잡고 대기하던 유격조였다. 겨울 측에서 경호원으로 파견되어 합류한 두 명이 먹이를 노리는 거미처럼 천장에서 내려와 재빠르게 역적들의 목을 졸라 기절시켰다.

"클리어."

"……클리어. 나오셔도 됩니다."

커다란 잎이 무성한 상록 관목 뒤편에 숨어있던 사쿠라와 히나기쿠가 얼굴을 내밀었다.

먼저 천장에서 공격하고, 한 번에 처리하지 못하면 옆에서 사쿠라와 히나기쿠가 공격하려고 했었다.

"봄의 대행자님, 어떻게 보셨나요? 저의 명연기!"

나가츠키는 묶인 상태로 싱글벙글 웃으며 말했다. 히나기쿠는 사쿠라 뒤에서 살짝 얼굴을 내밀어 일단 고개를 끄덕였다. 말조차 듣지 못했지만 나가츠키는 그것을 칭찬으로 받아들이고 환희한 나머지 바닥을 굴렀다.

"그만, 얌전히 있어. 전원 작은 목소리로 말해."

"아아! 히메다카 님……."

사쿠라에게 밟힌 나가츠키는 더 황홀한 표정이 되었다.

"이 녀석들을 미끼로 쓰는 작전은 나쁘지 않은데? 예상대로 척후병을 보냈고. 동료가 한동안 돌아오지 않으면 다시 척후병을 보내겠지……."

"네, 제거하는 건 문제없지만, 그보다도……."

겨울의 마을 측 경호원은 역적의 상의에서 단말을 꺼냈다.

"폭발을 어떻게 하느냐가 문제죠."

이번 테러에 참가한 【카사이】 인원이 대화하는 대화방에 폭발물 설치가 완료됐다는 내용이 올라와 있었다. 원격으로 조작하기에 설치반은 저층까지 내려가 창문으로 탈출, 고젠 일행을 태울 도주용 차량에서 대기하는 것 같았다.

"이쪽에도 인원을 할애해야 합니다."

경호원의 말에 사쿠라는 고개를 끄덕였다.

"동의해. 움직일 수 있는 물건에 설치해놨는지 확인 정도는 해야겠지. 로우세이가 【호저】의 폭탄 처리반을 보내달라고 요청했다고 했어. 이쪽도 사람을 보내서 폭탄이 어디 있는지 확인하고 전문가가 도착하면 판단을 맡겨야 해. 그리고……."

자신의 재킷에서 휴대전화를 꺼내 보였다.

"내 휴대전화인 거네……. 사계청 직원이 위치 정보를 뽑아 가고 있는 줄은 몰랐어. 빌려준 적은 확실히 있었지. 방심했어."

"아뇨, 반대로 그걸 이용하죠. 전화를 이대로 두고 두 분은 아래층으로 피하십시오. 남은 적은 이 19층에 있는 자들뿐입니다. 두 분만 이동한다면 덩굴을 이용해 창문으로 도망칠 수 있지 않습니까? 모든 층을 덩굴로 내려갈 필요는 없습니다. 아래쪽에서 저격당할 가능성도 줄었어요. 몇 층 내려간 뒤 다시 안으로 들어와서 단숨에 계단을 뛰어 내려가는 겁니다. 지금까지는 불확정 요소가 너무 많아서 움직일 수 없었지만, 지금이 바로 청사에서 탈출할 기회입니다. 어떻습니까? 가장 안전한 루트라고 생각합니다."

"……."

사쿠라는 조용히 고민했다. 히나기쿠가 사쿠라의 재킷을 잡아당겼다.

"모두를, 두고, 가는 거야?"

"……히나기쿠 님."

"그거, 안 돼……."

히나기쿠가 도리질 하며 호소하자 겨울의 마을 측 경호원도 괴롭게 말했다.

"봄의 대행자님, 저희의 주인인 칸츠바키 로우세이 님께서 이곳에 계셨다면 반드시 당신의 안전을 최우선으로 했을 겁니다. 제발 도망쳐 주십시오."

"응, 하지만, 하지만. 미스즈 씨, 히나기쿠, 가, 목적, 이니까, 못, 찾으면, 화나서, 아마도…… 폭파……시킬, 거야……. 여기, 뿐만 아니라…… 다른, 층에도, 아직, 사람, 있을지도, 몰라……. 히나기쿠가, 남아, 있으면……."

사쿠라는 히나기쿠를 향해 그건 안 된다며 고개를 저었다.

"또 당신의 몸을 내놓아 다른 사람을 지키시려는 겁니까."

"아니야, 사쿠라. 히나기쿠가, 남아, 있으면…… 시간, 버는 것, 정도는, 할 수 있다고…… 말하고 싶은, 거야. 이제, 예전의 히나기쿠, 아니야……."

드물게도 히나기쿠의 입에서 호전적인 말이 나왔다. 하지만 표정은 불안한 듯 흔들리고 있었다.

"싸울 거야……. 더는, 자신, 을, 내놓지, 않아. 싸울, 거야."

무섭지만 힘껏 참고서 말하고 있었다.

"안 됩니다, 봄의 대행자님!"

겨울의 마을 측 경호원은 강한 어조로 말했다. 단호히 반대했다.

"하지만, 적어도, 여기 있는, 직원들, 대피시켜, 줘야 해……."

사쿠라는 잠시 고민했다.

"……히나기쿠 님, 그 고젠이라는 망할 여자와 경호원은 아마 지금 비상계단 근처에 있을 겁니다. 엘리베이터는 저희가 봉쇄했으니까요. 그리로 직원을 대피시킬 거면 유도해야 합니다. ……강하 훈련을 받지 않은 자에게 덩굴을 타고 내려가라고 하는 것도 현실적이진 않습니다."

"하지만, 하지만, 쓰러져 있는, 이 사람들, 말했어. 역시, 히나기쿠가, 목적이야……. 그렇다면, 이대로, 휴대전화, 들고서, 걷자. 그렇게, 미스즈 씨, 한테, 이쪽으로 오라고, 보여주면…… 그 자리에서, 움직일, 거야. 그사이에, 다들, 도망칠 수, 없을까……."

"……그건."

요컨대 히나기쿠가 미끼가 되어 유도하겠다는 말이었다.

"여기서, 위층으로, 덩굴, 타고, 올라가는 계획, 원래, 세웠잖아? 최후의, 요새. 히나기쿠, 도, 사쿠라, 도, 힘껏…… 싸울 수, 있으니까. 계획, 달라지지, 않았, 어. 그대로, 계속, 하자."

"……."

하고 있는 말은 충분히 이해가 갔다.

사쿠라 혼자였다면 그녀도 인명 구조를 위해 즉결했을 것이다. 힘이 있는 자가 힘없는 자를 지켜야 한다. 싸우지 못하는 자를 대피시킨다는 발상이 잘못된 것은 아니다.

다만 카요 히나기쿠의 호위관으로서는 내려선 안 되는 판단이었다.

상대방의 움직임을 알았다. 도망칠 방법이 생겼다. 자신들만이라도 탈출해야 했다. 그 결과, 누군가가 목숨을 잃더라도.

"히나기쿠 님……."

"사쿠라, 있지, 히나기쿠…… 오늘만, 이 말, 할게…… 미안, 해……."

히나기쿠는 사쿠라를 똑바로 보았다.

황금색 보석. 황수정색 눈동자가 현인신의 눈길을 보내며 가장 사랑하는 종자에게 속삭였다.

"사쿠라, 이건, 봄의 대행자, 로서, 내리는, 명령, 입니다."

사쿠라는 고양이처럼 커다란 눈을 깜빡였다.

"……미안, 해…… 하지만, 이것만큼, 은, 안 돼. 굽힐 수, 없어."

지금까지 결코 이런 말을 한 적이 없었다.

히나기쿠에게 사쿠라는 소중한 친구였기 때문이다. 명령 따위 하고 싶지 않았다. 무슨 일이 있을 때는『부탁』을 했다. 아무리 사쿠라가 경애해도 대등하게 있고 싶었기 때문이다.

"사쿠라…… 백성은, 휘말렸, 어. 이건, 우리, 의, 싸움, 이야."

그래도 지금은 군주로서 발언했다.

"이 몸, 은, 사계의 신, 으로부터, 은혜, 를, 받았습니다. 계절, 현현, 그 외, 의, 신통력, 사용, 금지되어, 있지만, 지금, 공격받고, 있는, 건……『나』입니다. 무관계, 한, 백성을, 역적으로부터, 구해야, 합니다. 백성을 대피시키는 것. 이것을, 최우선 명령으로, 삼겠습니다. 이의는, 인정하지 않습니다."

히나기쿠는 그대로 다른 자들에게도 현인신으로서 말했다.

"봄의 대행자, 의, 이름하에, 당신들에게도, 협력을, 요청, 합니다."

아련하고 연약하여 누군가가 이끌어 줘야 하는 그런 아가씨는 지금 없었다.

그곳에 있는 것은 이 야마토라는 나라에서 유일한 봄의 현인신.

까마득히 높은 존재, 카요 히나기쿠.

한 번 죽었지만, 살해당한 자신을 위해 돌아온 봄의 소녀신.

"조금이라도, 많은, 생명을, 지킬 거예요. 그걸, 도와주세요."

봄의 소녀신은 그렇게 말하고서 깍듯이 머리를 숙였다.

"부탁, 드려요. 혼자서는, 할 수 없어요……."

겨울의 마을 측 경호원은 얼떨떨해했다.

"부탁, 드려요."

나가츠키는 기적이라도 본 것처럼 감격하여 눈물을 흘렸다.

"부탁, 드려, 요."

그리고 호위관, 히메다카 사쿠라는.

"……명 받들겠습니다."

사쿠라는, 각오를 다졌다.

"안 돌아오네……."

미스즈가 무료하게 중얼거렸다.

척후병을 보내고 몇 분이 지났으나 전화해도 받지 않았다.

다시 두 명을 보냈다. 현재 미스즈, 미카미, 그 외 두 명이 비상계단 옆 엘리베이터홀에서 대기하며 경계하고 있었다.

"……완전히 게릴라전을 걸고 있군요. 이탈시킨 폭탄 설치반을 다시 부를까요?"

미카미의 말에 미스즈는 한숨을 쉬었다.

"더는 복잡하게 생각하기 싫어. 그냥 가자."

"……아뇨…… 그것에게 이런 지혜가 있지는 않을 테니 다른 누군가가 이 방법을 생각했을 겁니다. 섣부른 짓은 하고 싶지 않아요. 이렇게 시야도 안 좋고 걷기도 힘든 곳을 전진하면 어떻게 될 것 같습니까?"

"어떻게도 안 돼. 불안하면 총을 쏘면서 전진하면 돼."

너무나도 무모하고 생각 없는 발언이라 미카미는 기가 막혔다.

"……방재 시스템은 살아있습니다. 스프링클러가 작동할 테고, 애초에 어디 맞을지 모르는데 총을 쏘는 건 어리석은 계책이에요. 당신이 갖고 싶어 하는 ■■■■에게 맞아도 좋습니까? 저는 반대합니다. 그 녀석을 이용해 편하게 돈을 버는 생활로 돌아가고 싶어요."

"……."

"……왜 그러십니까?"

"■■■■의 이름은 꺼내지 마."

미스즈가 매섭게 쳐 내듯이 말했다.

"고젠이 그렇게 부르고 싶어 해서 저희에게 강요하지 않았습니까."

"……최근에는 히나기쿠라고 불렀잖아……. 뭔가, 그 아이와 똑같이 볼 수 없게 됐어……. ■■■■와 히나기쿠를 섞으면 안 될 것 같아서…….”

미스즈답지 않은 어물거리는 대답에 미카미는 눈썹을 올렸다.

“왜?”

“아뇨…….”

—생각해 보면 그런가.

미스즈는 죽은 딸의 이름을 붙인 소녀에게 죽을 뻔했다.

존재로서 집착은 하지만, 이제 대체품이라고는 생각할 수 없는 걸지도 모른다.

소중한 존재로 겹쳐 보기에는 너무나도 위험한 아이였다.

약하고, 곧잘 울고, 조금 세게 나가면 무슨 말이든 듣는 그런 아이는 사라졌다.

『어, 째, 서, 히나기쿠, 를, 죽였, 어.』

어른들이 다 같이 죽였다. 이제 그 아이는 이 세상에 없다.

“……미카미 말대로, 아이를 낳게 하는 건 안 좋은 생각이었을까…….”

미스즈는 생각에 잠겨 중얼거렸다.

지금 이곳은 녹음 속. 봄의 대행자의 영역이다. 미스즈는 만들어진 전장에 발을 들이고 마음이 약해졌는지 변명하듯 말했다.

“하지만 나도 첫 결혼은 좋아하지도 않는 남자랑 했어. 아버지 마음대로 이용당했어. 지독한 결혼 생활이었어. 걷어차이고, 맞고……아기도 유산하고…….”

"저는 말렸을 텐데요."

미카미는 떠올리기도 싫은지 짜증스레 말했다.

"더 빨리 저를 불렀어야 했습니다. 그랬다면 제가 죽였을 텐데."

"괜찮아. 이제 그 녀석은 이 세상에 없잖아."

"네."

"미카미가 없애줬어."

"네."

"그러니까 괜찮아."

"고젠……."

미스즈와 미카미는 완전히 둘만의 세계에 들어가 버렸다.

다른 구성원들은 아무 말 없이 그저 조용히 있었다. 이 정글 속에서 무슨 일이 일어날지 전전긍긍하고 있다고도 할 수 있었다.

"내가 괜찮아지려면 미카미와 히나기쿠가 필요해."

"……."

"신을 거느리게 되면……."

미스즈는 미카미에게 극상의 미소를 보여주며 말했다.

"그러면 나는 신보다 높은 존재로 돌아갈 수 있어. 쉽게 유린당하지 않아. 누군가에게 머리를 휘어 잡히는 인생은 이제 싫어. 부탁이야, 미카미. 날 위해서 히나기쿠를 되찾아줘."

죄의식이 느껴지지 않는, 소녀 같은 미소였다.

"……."

미카미가 『네, 고젠』이라고 말해야 할지 『네, 아가씨』라고 말해야 할지 망설이고 있으니 【카사이】 멤버들이 공통으로 가진 단말이 동시에 메시지가 왔음을 알렸다.

"……."

글은 없었고, 정찰하러 가서 돌아오지 않는 자들이 덩굴로 묶여있는 사진이 있었다.

"……도발하는군."

미카미는 핏대를 세우며 말했다. 역시 미스즈도 사태를 심각하게 보았는지 미소를 지우고 심각한 표정을 지었다.

"잠깐만, 위치가 움직이고 있어."

미스즈의 말에 미카미는 반문했다.

"네? 무슨 위치 말입니까?"

"위치 정보, 고정되어 있었는데 움직이고 있어. 멀어져 가……."

미스즈가 말한 대로, 위치 정보를 발신하는 단말이 이동을 개시했다고 표시되어 있었다.

"무시당한 채로 있을 순 없어. 붙잡힌 놈은 버리고, 이렇게 같이 놀자고 하는 상대에게 벌을 주자. 봄의 호위관일까? 분명 젊은 여자랬지……. 아주아주 괴롭힐 맛이 날 것 같아……."

미스즈 일행은 위치 정보가 움직인 포인트를 20층, 공중 정원이라고 짐작하고 이동하기 시작했다. 이 움직임을 위에서 내려다보는 자가 있었다면 상당히 조마조마했을 것이다.

미스즈의 움직임은 히나기쿠 일행의 손바닥 위에서 이루어지고 있었다.

우선 히나기쿠, 사쿠라 팀이 대회의실 창문으로 나가서 안전 대책 없이 덩굴을 타고 올라가 20층으로 이동했다.

겨울의 마을 측 경호원과 【히간니시】, 그리고 흩어져서 나무들과 초목 속에 숨어있던 사계청 가을 직원들이 미스즈 일행의 이동을 확인하고 비상계단으로.

겨울의 마을 직원과 감시 대상인 【히간니시】는 협력하여 폭탄을 수색하러 가고, 그 밖의 비전투원은 각 층에 대피하지 못한 사람이 없는지 확인하며 아래층으로 이동했다.

전력은 분산되었고, 대신 각자가 맡은 작업의 무게가 무거워졌다. 봄의 대행자 곁에 모였던 자들의 총력전이었다.

"괜찮으세요? 저희도 이제 1층으로 내려갈 거예요. 같이 가요."

【카사이】 멤버에게 무시당했던 다친 여성은 대피한 비전투원들에게 회수되었다.

비전투원이라는 글자만 보면 불명예스러운 묶음이지만, 그들은 모든 사람에게 계절을 전하는 사계청의 일을 동경하여 입사한 자들이었다. 미스즈가 돈을 뿌린 탓에 그 이념을 잊고 악에 물든 자도 있지만, 대부분은 순수하게 매일 누군가를 돕고 살아갈 수 있다면 행복하다고 여겼다.

"고마워요…… 고마워요……."

"천만에요, 저희도 도움을 받아 도망치고 있거든요. 아무튼 밖으로 나가죠."

히나기쿠가 끌어들여서는 안 된다고 말한 자들이 바로 그들이었다.

"맡겨 주세요. 저는 이제 완전히 히나기쿠 님의 개예요. 절대 배신하지 않아요. 이 목숨이 다 타올라 꺼질 때까지 러브 히나기쿠 님이에요."

"……입만 산 게 아니라는 걸 보여줬으면 좋겠군."

"물론이죠. 자, 다들 찾자!"

대학생 때 종교적인 권유를 받고【히간니시】에 들어온 나가츠키는 물 만난 물고기처럼 생기가 넘쳤다. 타인을 버리지 못하고 구원의 손길을 내미는 히나기쿠의 모습을 보고, 자신이 감명받고 믿은 단체와 그 이념은 틀리지 않았다며 감격하고 있었다.

보호와 폭탄 수색을 맡은 겨울의 마을 측 경호원은 질색했지만, 사쿠라에게 『이테쵸가 곧 올 거라고 단언했다』라는 말을 들었기에 이 고통스러운 상황도 어떻게든 버티고자 했다. 겨울의 마을 호위진 사이에서 이테쵸에 대한 신뢰는 두터웠다. 그가 그렇게 말했다면 정말로 그러리라는 생각이 들었다.

그리고 20층, 공중 정원.

원래 일반인에게는 1년 중 한정된 기간에만 개방되는 곳인데, 자연의 은혜와 사계의 신들을 숭상하는 의도를 담아 사계절의 화초로 꾸며진 식물원 같은 구조였다.

올해 봄의 대행자가 10년 만에 돌아오면서 이 공중 정원에 있는 봄의 화초들은 환희하듯 피어 있었다.

"히나기쿠, 히나기쿠, 어디 있니?"

공중 정원에 미스즈의 목소리가 울렸다.

"엄마야. 공격하지 마……."

미스즈는 일부러 만들어 낸 간드러진 목소리로 히나기쿠의 양심을 콕콕 찌르며 찾아왔다.

"멈춰."

미스즈를 포함한 네 명이 모습을 나타내자 이미 발도한 상태인 사쿠라가 맞이했다.

정원에 만개한 벚나무들. 거기서 쏟아지는 분홍색 꽃잎 속에 선 사쿠라의 모습은 아름다운 검사 같았다. 사쿠라 뒤쪽에 히나기쿠도 서 있었다.

2년 전, 히나기쿠의 이능으로 나무에 꿰뚫렸던 자들이 볼 때, 이 초록빛 전장에 들어온 시점에 어디서 공격이 올지 예상할 수 없는 상태였다. 사쿠라가 발도하고서 기다리고 있던 것은 근접전에 대한 견제다. 그녀를 돌파하더라도 히나기쿠가 이곳에 존재하는 갖가지 화초로 그들의 발을 묶을 것이다.

빨리 선제공격을 가하면 된다. 하지만 그녀들은 마중 나와서 멈추라고 요구할 뿐이었다.

"정말로 공격 안 해?"

미스즈가 묻자 사쿠라는 혀만 찼다.

"……무례한 아이네."

말하면서 미스즈는 내심 흡족하게 웃었다.

―아아, 그래. 알고 있구나.

시간을 끌고 있음을 알았다.

—그리고 유리한 건 우리야.

"후, 후후."

미스즈는 다른 일에는 머리가 잘 돌아가지 않지만, 이런 쪽은 바로 예상이 갔다.

"히나기쿠."

미스즈는 목표물인 아이에게 극상의 미소를 바치며 이름을 불렀다.

"……미스즈, 씨."

2년 전, 벚나무 가지로 미스즈의 배를 뚫고 도망친 히나기쿠는 전보다 조금 어른스러워졌고 더 세련된 봄의 아가씨로 성장했다. 미스즈는 단순히 기뻐졌다.

"키가 컸구나, 히나기쿠."

"……."

"그 옷은 내 취향이 아니지만, 어른스러워져서 엄마는 기뻐."

사쿠라가 골라준 옷을 폄하해서 히나기쿠는 불쾌해졌다.

이런 작은 일로 다른 사람을 슬프게 만드는 것이 특기인 사람이었다. 히나기쿠는 친구가 전통복 카탈로그를 보며 좋아하는 색과 무늬를 몇 번씩 물어보고 주문한 것을 알고 있었다. 이 옷을 좋아했다. 함께 고르는 게 즐거웠다. 그 추억까지 포함해서 좋아하는 옷이었다.

"……히나기쿠는, 지금, 이 옷이, 제일, 좋아요. 예전 옷은, 싫어요."

입술이 떨렸지만, 이제껏 한 번도 하지 못했던 말을 했다.

미스즈 옆에 서 있는 미카미는 한마디도 하지 않았으나 놀란 표정을 지었다.

그리고 동시에 경계했다.

—역시 이 녀석은 달라졌어.

그 광기, 그 외침, 그 공격. 미카미가 사육했던 아이는 갑자기 변모했다.

자신이 관리할 수 있었던 시절의 아이가 아니었다. 얕봐서는 안 되겠다고 의식을 고쳤다.

—노릴 사람은 호위관인가.

눈앞에 있는 아이가 위치 정보의 발신자일 것이다. 그리고 아마 그녀가 게릴라전을 벌이도록 한 범인일 거라고 미카미는 추측했다. 노려보자 사쿠라는 주눅 들기는커녕 혀를 찼다.

"너, 고젠의 오른팔…… 미카미지? 너에 대해서는 히나기쿠 님에게 들었어. 뭘 봐? 죽고 싶어?"

늠름한 미소녀인데 태도는 깡패 같았다.

"내가 할 말이야. 죽여버린다."

"내가 먼저 죽일 거야."

"아니, 내가 죽여."

"반드시 내가 먼저 죽일 거야."

서로 살의로 응수했다.

"……미카미, 너무 겁주지 마. 네가 너무 겁주면 내가 혼낼 때는 이미 너무 겁을 집어먹어서 재미없잖아."

"네, 고젠."

두 사람의 대화를 듣고 사쿠라는 얼떨떨해하다가 코웃음 쳤다.

"너, 『고젠』의 개인가. 그딴 정신 나간 여자를 섬기느라 고생이 많네."

"……그 말 그대로 돌려주지. 정신 나간 여자인 건 네 주인도 마찬가지잖아."

"나의 주인은 사계의 대행자, 나라에서 유일하신 존재. 10년의 공백을 깨고 백성에게 봄을 주신 기적의 현인신이야. 상놈에게 멸시당할 분이 아니야."

"……고고하게 굴어봤자, 뒤에 있는 그 괴물이 우리를 반죽음으로 만들고 나갔다는 사실은 사라지지 않아."

사쿠라는 미소를 무너뜨리지 않고 말했다.

"뭐야, 사망자는 안 나온 건가. 히나기쿠 님의 자비로군."

—이 녀석은 역시 내가 죽이겠어.

미카미는 말이 끝난 동시에 권총을 들고 방아쇠를 당겼다.

기습이라고도 할 수 있는 속사였다. 하지만 사쿠라도 그 전에 움직이고 있었다.

"내가 먼저 죽일 거라고 했을 텐데!"

탄환은 빗나갔고, 사쿠라가 총을 든 상태인 미카미에게 바싹 접근하는 계기를 만들었다.

"고젠!"

미카미는 미스즈를 밀치고 아슬아슬하게 사쿠라의 칼을 총으로 막았다.

다른 역적 두 명이 즉각 반응하여 미카미에게 가세했다.

사쿠라는 일단 뒤로 물러나 다시 숨을 골랐다. 총을 든 남자 세 명. 나가츠키 일당보다 실력이 뛰어난 것 같은 그들을 한꺼번에 상대하는 건 불리했다.

"사쿠라! 죽이면, 안 돼!"

히나기쿠가 외쳤다. 그 목소리에 호응하여 사쿠라도 외쳤다.

"이 녀석은 히나기쿠 님을 상처 입힌 녀석이에요!"

처음부터 살의가 컸던 것은 이전의 히나기쿠가 어떻게 죽었는지 들었기 때문일지도 모른다. 어린 히나기쿠에게 줬던 공포를, 슬픔을, 사쿠라는 알고 있었다.

사쿠라로서는 마침내 복수해야 할 상대의 얼굴을 지척에서 본 것이었다.

"그래도, 안 돼!"

"그럼 태어난 걸 후회하게 만들겠어요!!"

사쿠라는 어떻게 『그럼』이라는 말로 연결되는지 알 수 없는 대답을 했다.

히나기쿠가 안 된다고 해도, 한번 불이 붙은 전사들은 완전히 전투태세에 들어가 있었다.

"……계집, 죽여주마."

"아저씨, 주군의 명령이야. 봐줄 거지만, 반드시 눈물을 쏙 빼놓겠어."

3 대 1의 싸움은 맞부딪치듯 시작됐다.

미스즈는 이 싸움은 자신과 관계없다는 듯 차분했다.

"미스즈, 씨!"

싸움을 말리라는 바람이 담긴 외침이었지만 미스즈는 어깨를 으쓱일 뿐 아무것도 하지 않았다.

"서로 가세하지 말자."

"……미스즈, 씨."

"왜……? 덩굴로 목을 조를래? 매화나무로 찌를래? 안 하겠지. 아직 안 하겠지. 너는 폭탄을 어떻게든 해줬으면 하잖아? 누가 폭로한 걸까…… 싫다……."

"……."

"이렇게 떠드는 사이에 어떻게든 처리해 보려고? 하지만 아쉽게 됐네. 그렇게 바로 해제할 수 있는 폭탄이 아니야. 이걸 보렴."

미스즈는 뭔가를 들고 있었다.

"아직 시작되지 않았어. 폭탄을 해제하는 것도, 터뜨리는 것도 내 인증이 필요해. 이 단말을 부숴도 안 돼. 즉, 나를 소중히 여겨야 하는 거야. 내가 원하는 대로 해야 해. 거칠게 나오면 이대로 폭발 인증을 해버릴 거야. 안 할 것 같아? 폭발하기까지 시간이 걸리거든. 그러니까 너희도 열심히 도망치면 살 수 있어. 하지만 그 후에는 어떨까……. 빌딩이 무너져서…… 주변은 어떻게 될지 알 수 없지. 애초에 아직 건물 안에 사람이 있을지도 몰라. 어머, 어쩌지? 나는 누가 죽든 상관없어. 우리가 무사하면 그만이야. 나머지는 히나기쿠에게 달렸어. 저쪽 싸움은 재미있어 보이니까 그대로 두자. 우리는 교섭하는 거야. 알겠니?"

히나기쿠는 사쿠라 쪽을 보았다. 싸우는 와중에 사쿠라도 히나기쿠에게 한순간 시선을 맞췄다.

"……."

그 눈빛 교환만으로도 충분한지 히나기쿠는 식은땀을 흘리면서도 사쿠라가 참고 견뎌 줄 것을 믿으며 고개를 끄덕였다.

"내가 원하는 건 너의 신병이야. 돌아와 줬으면 좋겠어, 히나기쿠. 이번에는 아이를 낳으라고 안 할 테니까……. 네가 승낙해 준다면 폭탄을 해제하고 철수할 수도 있어."

"……미스즈 씨, 는……."

"응?"

"어째서, 그렇게, 히나기쿠에게, 집착해요……?"

미스즈는 고개를 갸웃했다.

"어째서? 그야…… 너는 내 딸이니까."

"[redacted]를, 겹쳐 보지 말아요. 그건, 히나기쿠가 아니야."

"……."

"누군가를, 대체품으로, 삼으면, 미스즈 씨, 의, 무언가, 해결, 돼요……?"

"딱히 해결하려는 건 아닌데, 8년이나 키워줬거늘 잘도 그런 말을 하는구나."

미스즈는 점점 짜증을 내기 시작했다.

"……."

히나기쿠는 시시각각 얼굴에 슬픔을 드러냈다.

"그렇죠…… 어머니, 보다, 오래…… 같이, 있었어요. 하지만, 히나기쿠, 조금도, 미스즈 씨를, 모르겠, 어."

부탁한다고 히나기쿠는 이어서 말했다.

"제발, 그만, 내버려, 둬요……. 히나기쿠를, 찾지, 말아요……."

미스즈가 히나기쿠에게 명확히 거절당하는 것은 두 번째였다.

"……."

첫 번째는 어째서 죽였냐며 비난받았다. 하지만 그건 보복이라기보다 당한 일에 대한 반사적 행동이었다. 거절이라고 하기에는 폭력적이었고, 대화가 이루어지지 않았다.

지금, 마침내 대화하고 있었다.

"나데시코 님을, 돌려보내, 주세요. 다른 대행자도, 해치지 마세요."

이상한 인연으로 맺어진 두 사람.

자기 자식이 아닌 아이를 망가뜨리고 사랑하고, 다시 망가뜨리려 하는 여자.

자기 엄마가 아닌 사람을 그래도 버리지 못하고 죽이지 못한 소녀.

만나지 않았으면 좋았을 텐데 만나고 말았다.

"……히나기쿠."

히나기쿠는 모른다.

히나기쿠가 로우세이를 지키려고 벚나무를 현현했을 때, 미스즈의 눈에서 자연스럽게 눈물이 났던 것을.

이렇게 누군가를 구제하려고 하는 존재가 미카미 말고도 있었다.

태어난 지 몇 년밖에 안 된 아이가 누군가를 지키기 위해 울부짖고 있었다.

깨끗하고 아름다워서 지켜주고 싶어졌다.

자신의 인생에 이 반짝임이 있었으면 했다.

이런 존재가 자신의 인생에 있었으면 했다.

하지만 미스즈는 결국 꽃을 시들게 하는 여자였다.

카요 히나기쿠란 꽃도 한 번 시들게 했다.

지금 살아있는 그녀는 스스로 접붙여서 서 있는 아이였다. 이제 미스즈의 꽃이 아니었다.

히나기쿠도 자신이 예전의『나』가 아니라고 자각하고 있었다.

마음은 한번 죽으면 돌아오지 않는다. 같은 마음은 돌아오지 않는다.

꺾인 마음을 가진 인간은 그대로 꺾여 버리거나.

"미스즈 씨가, 부르짖고 싶어 하는, 그 계기, 에, 대행자를, 이용하지, 말아요."

강도를 높여서 일어서거나. 그 두 가지 선택지밖에 없다.

이전의 히나기쿠는『참고 견디며 싸울 때를 기다린다』를 하지 못했다. 하지만 지금 여기 있는 히나기쿠는 달랐다.

"대행자, 는, 죽어도, 죽어도, 다시, 새로이, 태어나지만, 그렇다고 해서…… 이용하지, 말아요."

싸울 의지가 있었다.

"죽이지, 말아요."

타인을 지키는 강함이 있었다.

"오늘도, 모두를, 상처, 입힐, 준비, 하고 있죠."

배움을 얻었다. 고난을 극복했다.

"무서운 일, 하지 말아요……. 그게, 미스즈 씨에게, 도움이, 되더라도, 하지 말아요……!"

자신을 상처 입히는 자들에게 선전 포고를 할 용기가 있었다.

"하지 말아요, 절대, 용서 안 할 거니까……!"

그렇게 말하는 히나기쿠의 황수정빛 눈에 눈물이 차올라 있었다. 이런 말, 사실은 하고 싶지 않았다.

센 말도, 누군가를 상처 입히는 말도, 나서서 말하고 싶어 하는 아가씨는 아니었다. 설령 상대가 범죄자여도, 말하고 싶지 않았다.

"미스즈, 씨, 용서 안 해요."

하지만 반복해서 말했다.

"절대로, 용서 안 해! 하지 말아요!!"

말하게 한 사람은 미스즈였다.

"후, 후후…… 후후, 후, 아하하!"

미스즈가 참을 수 없다는 듯 웃는 것을 히나기쿠는 노기 띤 얼굴로 보았다.

"……왜, 웃어, 요?"

"……네가 말하는 게, 마치 어린 시절의 내가 말하는 것 같아서 웃겼어."

미스즈도 인생의 온갖 장면에서 자신에게 위해를 가하는 자들에게 외쳤었다.

—어째서 그런 짓을 해?

—어째서 그런 짓을 해?

—어째서 그런 짓을 해?

대답이 돌아온 적은 없었다. 그것은 악의를 뒤집어쓴 자에게 원한으로 남지만, 악의를 발산한 자는 기억하지도 못한다. 한순간의 쾌감을 위해 타인에게 고통을 준다. 그저 그뿐이었다.

"나는 말이지, 그렇게 외쳐도 세상이 전혀 좋아지지 않으니까 입장을 바꾼 거야. 입장을 바꾸면 알 수 있어. 때리는 게 더 편해. 그래서 다들 남을 상처 입히는 쪽이 되는 거야. 그쪽이 강하니까. 그쪽의 목소리가 더 크니까. 큰 목소리로 겁주듯 말하면 다~들 말을 들어. 하지만 나는 그 입장으로 더 좋은 세상을 구축할 거야. …… 너의 힘도, 다른 대행자의 힘도, 좀 더 곤경에 처한 사람들을 위해 써야 해. 도움이 필요한 사람들이 있어. 왜 무시하는 거야?"

"……."

"네가 말하는 건 어린아이의 투정이야. 그런 맹탕 같은 기도를 부딪쳐봤자 나한테는 아무런 감흥도 못 줘. ……애초에 말이지, 용서 안 한다고 했지만, 어떻게 용서 안 할 건데? 조금 있으면 저쪽 싸움도 정리되겠지. 그러면 너는 저 아이를 살리기 위해 내 말을 들을 거야. 네가 타인의 생명을 지키려고 하는 한, 승산은 없어. 잔말 말고 내 말을 들으렴, 히나기쿠. 나한테 돌아오는 거야. 너는 쭉 내 거야."

그러자 히나기쿠는 딱딱한 표정이긴 했지만 살짝 미소 지었다.

"승산, 있어, 요."

그렇게 말하는 히나기쿠의 입술은 떨리고 있었다.

"승산, 있어."

어째서 그런 말을 할 수 있을까. 어째서 사쿠라가 이길 거라고 믿는 걸까.

미스즈는 미카미의 상황을 힐끔 살폈다. 계집애 한 명에게 애먹고 있었다. 사쿠라는 물불 가리지 않고 싸우느라 의복도 흐트러졌고 숨도 헐떡거렸다. 방어 일변도로 보였다.

—괜찮아, 문제없어.

하지만 히나기쿠는 절망한 모습이 아니었다.

—뭐지?

그 미소는 미스즈의 눈에 꺼림칙하게 보였다.

"왜…… 웃어? 무시하는 거야?"

그 미소를 보고 있으니 왠지 소름이 돋았다.

"날 무시하는 건 용서 못 해!"

오싹오싹 한기가 들었다. 온몸의 체온이 갑자기 내려갔다.

"추워, 졌네요."

히나기쿠가 불쑥 중얼거렸다.

"뭐?"

"추워, 졌어."

이상한 소리를 했다. 지금 계절은, 봄. 봄의 대행자 자신이 가져온 따뜻한 계절에 휩싸여 있었다. 미스즈의 몸을 감싸는 한기는 그저 히나기쿠를 꺼림칙하게 여겨서 생겨난 것이고.

"히나기쿠, 기다렸, 어."

정말로 추워진 것은 아닐 터.

—설마.

미스즈는 자신의 숨이 하얗게 보이는 것을 깨달았다.

—거짓말.

기온이 갑자기 내려가 있었다. 히나기쿠가 말한 대로 추워지고 있었다.

—말도 안 돼. 설마.

"히나기쿠, 줄곧, 기다렸어."

미스즈의 동료들은 눈치채지 못했다. 싸움에 열중하여 온도가 이상함을 눈치채지 못했다.

"미카미!"

"히나기쿠 님!"

이것이 무엇의 전조인지 아는 사람은 사쿠라와 히나기쿠. 그리고 마침내 이해한 미스즈뿐이었다.

사쿠라가 외치자 호응하듯 히나기쿠도 외쳤다.

"사쿠라!"

두 사람의 행동은 전부 계산되어 있었다.

이 초록빛 반상을 어째서 바로 기능시키지 않았는가.

미스즈는 조금 더 생각했어야 했다. 그녀가 추측한 대로 히나기쿠가 시간을 끈 것은 맞았다. 하지만 폭탄을 멈출 교섭을 하기 위해 시간을 끈 것은 아니었다. 미스즈의 성격을 생각하면 상황이 어떻게 굴러가도 결국 마지막에는 폭파할 것이다. 구속에 성공하여 뭔가 조건을 제시하고 교섭을 시작하더라도 해제 조건을 말하지 않을 가능성이 다분했다.

애초에 폭탄은 폭탄 처리반에 맡겨야 했다. 문외한인 히나기쿠가 할 수 있는 일이라고는 그들이 와서 바로 대처할 수 있는 환경을 조성하는 것 정도였다. 그렇다면 어떡할 것인가.

우선 첫째는 전문가가 올 때까지 테러리스트들의 발을 묶고, 가능하다면 제압하는 것.

둘째는 상황을 봐서 폭탄의 해제 조건을 알아내는 것이었다.

자신의 우위성을 과시하고 싶어 하는 미스즈라면 얼떨결에 말할지도 몰랐다. 당장 공격하지 못하는 상황이라고 여기도록 만들었다. 선제공격을 못 한 게 아니었다. 방심하도록, 하지 않은 거였다.

사쿠라가 유난히 호전적으로 싸우기 시작한 것도 퍼포먼스였다.

수적으로 밀리는 상황인데 히나기쿠가 돕지 않는다. 그걸 보면 미스즈는 자신들이 이기는 흐름이라고 생각할 것이다. 확실하게 말해 줄 거라는 보장은 없었으나 조금이라도 가능성이 있다면 해야 한다고 판단했다. 어차피 폭탄 처리반을 위해 시간을 끌어야 했다.

운 좋게도 대화하고 얼마 지나지 않아 미스즈로부터 폭탄을 해제하는 조건을 알아낼 수 있었다.

해제하려면 미스즈의 인증이 필요하다는 것. 조작은 미스즈의 단말로 한다는 것. 그렇다면 기회를 봐서 단말을 뺏는다. 나중에 올 폭탄 처리반에게 판단해 달라고 하고 해결을 맡긴다. 예상한 흐름 중에서 가장 바라던 전개가 됐다.

이제 상대를 어느 타이밍에 끝장낼지만 생각하면 된다. 이건 작전이라기보다 기도에 가까웠다.

미스즈가 생각하지 못할 사람. 설마 이곳에 나타날 줄은 생각도 못 했을 존재가 와 준다면 그때야말로 적을 일망타진할 기회다.

"……미카미!! 겨울의 대행자가 올 거야!"

그리고 그들은 왔다. 그 순간, 사계청 청사 20층 공중 정원의 유리 천장을 뚫는 뭔가가 나타났다. 봄을 가르는 마술사 같은 그것은 아름다운 녹음과 꽃의 공간에 어둠과 차가움과 약간의 죽음을 휘감고서 찾아왔다. 테이토 시내에 얼음다리를 만들어 최고 속도로 달려온 철마는 마지막 얼음다리를 이 20층에 걸었다. 모두가 천장을 올려다보았다. 히나기쿠도 사쿠라도 보았다.

"히나기쿠!!"

"사쿠라!!"

겨울의 대행자와 호위관이 황당무계한 짓을 저지르며 자신들의 이름을 부르는 것을 들었다.

요란하게 돌격해온 오프로드 바이크는 우연히도 히나기쿠와 사쿠라 사이에 착지했다.

급회전하여 대형 사고가 일어날 뻔했으나, 로우세이의 얼음이 막았다.

하늘에서 나타난 겨울의 대행자를 보고 얼이 빠져 있는 지금이 기회였다.

""확보!!""

히나기쿠와 사쿠라가 동시에 외쳤다. 역할 분담은 되어 있었다. 히나기쿠가 미스즈를, 사쿠라가 다른 세 사람을 구속해야 했다. 확보라고 외친 순간, 히나기쿠는 손에 몰래 쥐고 있던 가시나무 씨앗을 발아시켰다. 번개 같은 속도로 미스즈에게 뻗어 나간 가시나무가 그 몸을 포박했고, 단말은 손에서 떨어졌다. 히나기쿠는 황급히 달려가 단말을 캐치했다. 그리고 그대로 넘어졌다.

"너! 겨울의 대행자……!"

미스즈는 권총을 들려고 했지만, 가시나무에 구속되어 팔이 생각대로 올라오지 않았다.

바이크에서 뛰어내려 달려온 로우세이는 히나기쿠의 움직임을 보고 즉각 대응했다.

"그럼 어쩔 건데. 무지렁이가 건방져!!"

한쪽 손을 들어 미스즈의 바로 위에 커다란 얼음을 만들고 그대로 떨어뜨렸다.

건방지다는 일갈을 들은 미스즈는 까마득한 존재에게 머리를 조아리듯, 얼음이 머리를 직격한 충격에 무릎을 꿇었다. 새빨간 피가 주르륵 흘렀다.

"안, 돼! 죽이, 면! 안 돼요!"

넘어진 채 일어나지 못한 히나기쿠가 비명을 지르듯 외쳤다.

"……윽."

"맞아! 날 죽이면 폭탄을 해제할 수 없어!"

미스즈는 머리에서 피가 나는데도 여전히 위세 좋게 말했다.

로우세이는 그 말을 듣고 이미 손에 만들었던 커다란 얼음칼을 하는 수 없이 분해했다.

분한 얼굴로 노려보는 로우세이의 모습이 우스운지 미스즈는 크게 웃었다.

"하하! 아하하! 분해? 응? 분해? 내가 바로 10년 전에 너의 봄을 납치한 여자야!"

"……!"

"하지만 아쉽게 됐네. 너는 이 이상 나를 해칠 수 없어. 그러면 모두 죽을지도 모르니까! 모처럼 히나기쿠가 지키려고 하는데 설마 네가 그걸 망치진 않겠지. 아니면 뭐? 같이 죽고 싶어? 같이 죽을 수 있게 해줄까? 하하하! 아하하!"

"시끄러워!!"

"아하하하! 아하하하! 아하하!!"

로우세이는 망설인 끝에 그대로 달려가 손바닥 아래쪽으로 미스즈의 안면을 가격했다. 냉기가 일며 미스즈는 소리 지를 새도 없이 기절했다.

"……."

로우세이는 미스즈라는 존재가 역겨워서 구역질이 났다. 대면하고 이야기한 것은 이번이 처음일 테지만 두 번 다시 말을 섞고 싶지 않았다. 히나기쿠는 낙법도 취하지 못하고 거의 슬라이딩한 것과 같았기에 몸이 얼얼했다. 단말을 조심조심 들고 일어났다.

"히나기쿠!"

뒤에서 다가오는 발소리와 목소리에 히나기쿠는 흠칫 떨었다.

"괜찮아?"

애타게 기다린 사람이 뒤에 있는데 돌아볼 수 없었다.

"받아 주지 못해서 미안해……. 일으킬게. 손이 닿겠지만 용서해."

몸을 긴장시켰지만, 팔을 잡아 몸을 받치고 일으켜 주는 동작은 전부 상냥했다. 히나기쿠의 눈에 그 사람의 정보가 점차 들어왔다.

커다란 손, 향냄새, 상복 같은 기모노.

"……히나기쿠…… 도와주러 왔어."

하얀 피부, 탄탄한 가슴, 단정한 얼굴. 까만 머리카락. 쓸쓸해 보이면서도 고혹적인 눈.
"……날 알아보겠어……?"
감싸는 형태로 일으켰기에 두 사람의 얼굴은 너무나도 가까웠다.
히나기쿠는 퍼뜩 놀라 몸을 뗐다. 단말을 품에 안은 채 유난스러울 만큼 뒷걸음질 쳤다.
"……히나."
거절로도 느껴지는 그 반응에 로우세이의 얼굴이 순식간에 창백해졌다. 만약 마음속에서 일어나는 일을 구현할 수 있었다면 로우세이의 심장이 파열된 모습을 확인할 수 있었을 것이다.
"히나기쿠, 괜찮아. 나는 적이 아니야!"
로우세이가 다가가자 히나기쿠는 다시 한 걸음 물러났다.
두 사람 사이에는 보이지 않는 골 같은 것이 생겨나 있었다.

"이걸로 끝이다!!"

한편, 사쿠라는 우선 공격 대상을 미카미만으로 좁히고서 움직이고 있었다.
펄쩍 뛰어서 접근하여 발끝으로 안면을 차올렸다. 비틀거리는 미카미의 몸을 거칠게 잡아 목에 칼을 대며 다른 두 역적을 견제했다.
"덤비지 마!"
잠깐 정신을 잃었다가 금세 날뛰는 미카미를 필사적으로 제압했다.
"사쿠라!"

바이크에서 내린 이테쵸는 로우세이에게 아무런 언질도 주지 않고 사쿠라 쪽으로 달렸다. 이테쵸는 남은 두 역적을 발도술로 공격하고 긴 다리로 돌려차기를 먹였다.

춤추는 듯한, 물 흐르는 듯한 움직임은 사쿠라와 같지만 그녀보다 더 격렬했고, 일격의 대미지가 컸다. 즉각 칼로 목을 베려고 했으나 사쿠라가 황급히 말렸다.

"안 돼! 살려둬!"

"……!"

그 말을 듣고 이테쵸는 베는 게 아니라 칼집으로 한 명의 정수리를 쳤고, 다른 한 명은 덤벼든 타이밍에 맞춰 업어치기로 기절시켰다. 두 남자가 땅에 쓰러지는 것은 순식간이었다. 이테쵸의 호흡은 평온했다. 사쿠라만 거칠게 호흡하고 있었다.

"사쿠라!!"

이테쵸는 퍼뜩 정신이 든 모습으로 달려왔다. 도착하고 몇십 초 만에 이런 솜씨라니.

사쿠라도 미카미를 제압하며 깜짝 놀랐다. 이건 마치 백마 탄 기사 같지 않은가.

—아아, 오지 마.

이테쵸가 다가왔다. 호흡이 더 흐트러졌다.

사쿠라는 이미 체력을 상당히 소모한 상태였다. 줄곧 3 대 1로 싸우면서 죽이지 않고 죽지 않으며 버텼다. 지금 자신의 모습이 얼마나 엉망일지 신경 쓰였다.

"……사쿠라, 괜찮아? 그 녀석을 구속하려고? 내가 대신 할게."

"그, 그래……."

"정말 애썼어. 이제 괜찮아. 겨울 쪽 경호원은 어쨌어? 그들과 연락은 돼?"

상황을 먼저 해결하려고 빠르게 말하는 이테쵸에게 사쿠라는 아무 말도 못 한 채 미카미를 뺏겼다.

"놔! 이거 놔! 아가씨!"

"이 녀석도 조용히 만들게. 괜찮지?"

끄덕끄덕 고개를 움직이는 사쿠라를 보고 나서 이테쵸는 좋은 체격을 이용해 팔로 미카미의 목을 졸라 바로 기절시켰다.

"좋아……."

너무 빨라서 지금껏 이런 일을 얼마나 많이 한 건지 무서워질 정도로 일련의 움직임은 순식간이었다.

—새삼스럽지만, 이 녀석은 적으로 돌리면 무서운 녀석이네.

자신의 검 스승이 체술도 포함해서 초일류 암살자의 소질이 있다는 것을 떠올렸다.

"이테쵸, 히나기쿠 님을."

"괜찮아. 로우세이가 같이 있어."

로우세이도 달려간 덕분에 저쪽도 구속은 끝난 것 같았다.

히나기쿠는 로우세이와 뭔가 얘기하고 있었다. 사쿠라는 그쪽에 가고 싶었지만, 지금은 방해하지 않는 게 좋을 것 같아서 그대로 떨어진 곳에서 지켜보았다.

"사쿠라……."

이테쵸가 불러서 사쿠라는 그에게 시선을 보냈다.

두 사람은 시간이 멈춘 것처럼 한동안 마주 보았다.

"……무서웠겠지. 미안해. 더 빨리 오고 싶었는데……. 하지만 네가 버텨준 덕분에 늦지 않았어."

사쿠라는 아무런 대답도 할 수 없었다. 오랜만에 보는 이테쵸의 모습이 눈부셨다.

"……."

"다음 대응으로 넘어가자. 갈 수 있겠어?"

아무런 대답도 할 수 없었다. 전화로 들었던 목소리가 그대로 지금 자신에게 말하고 있다고 의식하니 체온이 올랐고 머릿속이 멍해졌다.

"……."

계속 말을 무시하자 역시 이테쵸도 의아한 모습을 보였다.

"아까부터 말이 없는데…… 혹시 어디 아픈 데라도 있어? 보여줘 봐. 그……."

거기까지 말하고 이테쵸는 알아차렸다.

"……그게."

눈앞의 아가씨가 자신이 알던 모습보다 훨씬 크게 성장했음을 알아차렸다.

"그 뭐냐…… 어어……."

선뜻 말을 걸기 망설여지는 아름다운 아가씨였다.

"……."

이테쵸의 말도 거기서 더 이어지지 않게 되었다.

—이건, 누구지?

갑자기 그런 의문이 들었다.

조금 전까지는 사쿠라라고 생각하여 빠르게 말을 걸었다. 바라보았을 때도 사쿠라라고 생각했다. 하지만 시간이 조금 지나자 자신이 없어졌다.

—정말로 사쿠라인가?

소녀의 5년은 청년의 5년보다 훨씬 많은 변화가 있다. 열아홉 살이 된 히메다카 사쿠라의 변화는 이테쵸에게 큰 당혹스러움을 안겼다. 이테쵸가 입을 다물자 사쿠라는 자신의 얼굴이 많이 엉망인지 불안해졌다. 재회했다는 기쁨도 서서히 샘솟았다.

사쿠라의 커다란 고양이눈에 눈물이 맺히기 시작했다.

"뭐, 뭐야…… 너, 왜 이렇게…… 늦게 와……. 그리고, 한 번에 잔뜩 말하지 마!"

힘껏 짜낸 말이 그거였다.

—난 바보야.

사쿠라는 자기혐오에 빠졌다. 목소리가 울먹거려서 허세 부리고 있음을 바로 알 수 있었다.

솔직해질 기회인데 첫마디부터 퉁명스러운 말이 나와 버렸다.

헤어지기 전에는 존댓말을 써줬던 아이가 지금은 거친 말투를 쓴다.

갑자기 달라진 태도에 당황스러울 법도 하지만.

"……미안해. 천천히 말할게."

이테쵸는 사쿠라를 응시하느라 바빠서, 목숨 걸고 도와주러 온 것에 대한 감사 인사를 받지 못한 것도 신경 쓰지 않았다.

"이제 됐어! 그 녀석은 중요하니까 죽이지 마. 고젠한테 압력을 가하는 데 쓸 거야! 겨울의 경호원은 지금 아래층에서 폭탄을 찾고 있어! 바로 합류한다!"

"……알았어. 안 죽였어. 그런데."

"……뭐야."

"……정말로 사쿠라야?"

"뭐?"

얼빠진 목소리가 나왔다.

이테쵸는 얼굴을 가까이 가져와 빤히 보았다.

"무, 무슨!"

"……사쿠라, 맞지……?"

아직 믿을 수 없는지 점점 다가왔다.

사쿠라의 심장은 한계에 달했다.

사쿠라는 이테쵸의 가슴을 밀어 거리를 뒀다.

"가까워!"

그러자 이테쵸는 확연하게 상처 입은 표정을 지었다.

"……너…… 너, 너! 확신하지 못하면서 말을 걸었던 거야?"

사쿠라는 수치심에 부들부들 떨며 말했다.

"분위기는 내가 아는 사쿠라와 비슷했으니까 사쿠라일 거라고 생각했지만……."

"모르는 사람이었으면 어쩔 뻔했어?! 창피하다고!"

"사람을 착각했다면 확실히 창피했겠지. 하지만 맞았어."

이테쵸는 다시금 인사하듯 온화하게 미소 지었다.

"오랜만이야, 사쿠라…… 그, 많이 컸네?"

사쿠라는 빨개지는 얼굴을 팔로 가리며 호통쳤다.

"친척처럼 말하지 마!"

이테쵸는 호통을 듣고서도 기쁜 모습이었다.

"친척이나 마찬가지잖아. 아니, 근데…… 쉽사리 안 믿기네……. 나는 그저 늙기만 한 게 민망할 정도야……."

"믿으라고! 틀림없는 사쿠라야! 하지만 네가 아는 사쿠라는 아니야……."

"그런가……."

"그래!"

쓰러진 인간들이 발밑에 굴러다니고 있다는 것도 잊은 듯했다. 이테쵸는 아무튼 사쿠라와 이렇게 이야기할 수 있는 것이 기쁜지 줄곧 웃는 얼굴이었다.

"……그럼 호칭을 바꾸는 편이 좋을까? 히메다카 씨, 라고……. 이렇게 훌륭한 아가씨로 성장한 너를 그대로 사쿠라라고 부르는 것도……."

"그대로 불러도 돼!"

사쿠라와 이테쵸는 예전과 상당히 다른 관계성이 시작되려 하고 있었다.

두 호위관이 신경 써주긴 했지만, 현인신들은 어색한 재회를 이루고 있었다.

"……히나기쿠…… 나는, 나는, 적이, 아니야……."

그건 히나기쿠도 알고 있었다. 물러난 것은 거리가 너무 가까운

탓이었고, 성장한 로우세이의 모습에 놀랐기 때문이었다.

"……겨울의 대행자, 칸츠바키 로우세이야. 사정은 들었어. 마음의…… 그, 마음이 다른 거지? 하지만 기억은 있다고 들었어. 기억 안 나? 너한테 모과꽃을 줬잖아. 같이…… 같이 겨울 동안 잔뜩 놀았어……. 네가 살려줘서…… 나는 스무 살이 될 수 있었어……. 히나기쿠, 나는 적이 아니야. 도와주러 왔어…… 도와주러 온 거야. 도망치지 말아줘…… 제발……."

그것도 알고 있었다.

최상위 계절. 시조인 겨울. 히나기쿠가 아는 사람 중에 가장 고귀한 남자아이다.

이미 죽어버린 히나기쿠가 10년 전에 사랑했던 남자아이.

그 소년이 성장하여 지금 눈앞에 있었다.

—아아, 로우세이 님이야.

미스즈와 대치했을 때부터 흘렀던 눈물이 한층 더 넘쳐흘렀다.

10년 동안 줄곧 마음 한편에 있었던 남자아이.

—로우세이 님, 살아있어.

첫사랑 상대가 거기 있었다. 목숨을 걸고서 살려주려고 했었다. 다른 모두를 위해 죽으려고 했었다.

이제 사라져버린 예전의 히나기쿠는 그를 지키고 싶었다.

—분명하게, 살아있었어.

살아있다는 말은 들었고, 사쿠라가 대화한 것도 확인했다.

하지만 육안으로 보니 그 감동은 말로 표현할 수 없을 정도였다. 아아, 하고 히나기쿠는 생각했다.

—이 순간은.

나쁜 짓을 하는 것 같은 기분.

—원래, 그 아이의, 것이었는데.

원래 이곳에 있어야 할 여자아이의 자리를 가로챘다. 히나기쿠는 그렇게 느꼈다.

하지만 동시에 카요 히나기쿠로서 로우세이와 재회하여 가슴이 떨렸다. 지금 이 감정은 누구의 것일까. 자신의 감정인지조차 알 수 없었다. 죽은 그 아이의 잔해가 기쁘다며 울고 있는 걸까. 아니면 지금 자신의 감정일까. 어쨌든 이제는 세상에 없는 자신을 생각하며 히나기쿠는 눈물을 흘리고 말았다.

—미안, 해.

만나게 해주고 싶었다.

—미안해, 미안, 해.

살아서, 그의 곁으로 돌려보내 주고 싶었다.

—죽는 거, 막지 못해서, 미안, 해.

그가 좋아한다고 말해 줬던 여자아이는 자신이 아니다. 그런데 히나기쿠로서 이곳에 있었다.

—하지만, 다행이야. 로우세이 님, 살아, 있었어. 확실하게 지켜냈어.

그가 살아서 성장해 준 것은 기뻤다. 죽은 자신에게 바치는 헌화 같았다.

"로우, 세이, 님."

히나기쿠는 거리를 두면서도 로우세이에게 말했다.

"……미안, 해, 요."

사죄해야 한다고 생각했다.

"……그 아이를, 돌려보내 주지, 못해서, 미안해요……."

그와 재회했는데, 만난 사람은 가짜인 자신이라는 것이 너무나도 애달팠다.

"……어째서…… 사과해……?"

"……있죠…… 이전…… 히나기쿠……."

"아아…… 그 얘기는 들었어."

"죽어버린, 그 아이는…… 로우세이, 님을, 좋아, 했어, 요."

10년 만에 고백의 대답을 듣고 로우세이는 굳었다.

"마지막, 까지, 좋아, 했어요……. 미안, 해요. 돌려보내 주지, 못해서……. 로우세이 님, 도, 직접, 듣고 싶었을, 텐데…… 미안, 해요……."

다른 사람에게 전해 들었던, 히나기쿠의 내면이 다르다는 사실을 마침내 이해했다.

—아아.

지금 필사적으로 얘기하고 있는 여자아이는 로우세이의 첫사랑 아이와 똑같지만.

—정말로 다른 거야.

그러나 역시 그대로는 아니었다. 어디가 어떻게 다른지 묻는다면 명확히는 대답할 수 없다.

—하지만.

다른 히나기쿠의 바탕에 이전의 그녀가 있다는 것도 알 수 있었다.

"미안, 해요……. 대답, 가짜 히나기쿠가, 해서, 미안, 해요……."

뚝뚝, 비 내리듯 우는 히나기쿠에게 로우세이는 한 걸음씩 다가갔다.

히나기쿠도 이번에는 도망치지 않았다. 눈물 때문에 시야가 일그러져서 도망칠 수 없었다.

"……전해줘서 고마워."

"……!"

로우세이는 히나기쿠의 얼굴을 들여다보았다. 도리질 치며 손으로 얼굴을 가렸다. 로우세이는 하는 수 없이 히나기쿠의 기모노 소매를 잡았다. 붙들고 싶었다.

"줄곧, 줄곧 좋아했어. 대답을 듣게 돼서 기뻐. 우리는 같은 마음이었구나……."

"미안, 해요…… 미안, 해요……."

로우세이는 고개를 저었다.

"알게 된 것만으로도 충분히 보답받았어."

"돌아온 거, 히나기쿠라서, 미안……해요…… 흑…… 으, 으으……."

"……울지 마……. 네가…… 네가 돌아와 준 것도 나는 무척 기뻐…… 정말이야."

"……으으, ……으, 흐으…… 하지만, 히나, 달라……."

"알고 있어. 다르지. 하지만 너만이라도 돌아와 줘서 다행이야."

"……다른……데……?"

그제야 히나기쿠는 얼굴에서 손을 뗐다. 눈을 깜빡여 눈물방울을 또르르 떨어뜨리며 물었다.

"다른 너의 귀환은 기뻐하면 안 돼?"

지금 이곳에 있는 것은 올해부터 봄의 대행자로서 일하는 소녀.

"내가 좋아했던 여자아이를 지켜준 사람이야. 그게 아니더라도 우리는…… 그 아이를 공유하고 있어…… 같은 추억을 가지고 있어. 왜 사과해? 내가 너를 거절할 것 같아?"

"그치, 만……."

"나는 절대 그런 짓 안 해."

새로운 카요 히나기쿠는 지금 처음으로 칸츠바키 로우세이와 만났다.

"……살아 돌아와줘서 고마워……. 나는 그 아이를 줄곧 좋아했지만…… 그게 너의 귀환을 기뻐하지 않을 이유가 되지는 않아."

분명 그에게 이 말을 듣고 싶어서 긴 여행을 해 왔다.

"살아있어 줘서 고마워."

줄곧 긴 여행을 해왔다.

"……히나, 기쿠…… 돌아, 와서, 다행이야……?"

이번에는 히나기쿠가 로우세이의 기모노 소매를 잡았다. 그를 붙들고 싶었다.

"돌아오길, 잘했어……?"

이 순간조차도 영원히 세계에 붙잡아 두고 싶었다.

"그래, 기뻐. 무척 기뻐……."

"……다들, 다들…… 돌아오는 거, 안 기다렸, 어……."

"나는 기다렸어. 사쿠라도 기다렸어. 이테쵸도."

"……진짜가, 아닌, 가짜, 히나기쿠, 여도……?"

"아까도 말했잖아. 네가 돌아와줘서 기뻐."

"……정말, 로?"

로우세이는 10년 만에 온화한 미소를 지으며 고개를 끄덕였다.

"겨울의 신에게 맹세코 거짓말이 아니야."

그리고 히나기쿠의 손을 잡았다. 자신의 손과 달리 히나기쿠의 손은 따뜻해서 봄 같았다.

"내 말을 의심하지 말아줘. 불안해지면 몇 번이고 물어봐도 돼."

그녀를 얼리고 싶지는 않았지만, 꼭 바치고 싶은 것이 있어서 신통력을 썼다.

순식간에 얼음꽃이 생겨났다. 그리고 살며시 히나기쿠의 손에 쥐여 줬다.

처음 바쳤을 때와 똑같은 모과꽃이었다.

"하지만 대답은 정해져 있어. 네가 돌아와줘서 기뻐. 널 보고 싶었어."

두 사람은 모르지만, 그 꽃말은『유일한 사랑』이었다.

"이제 너를 누구에게도 뺏기지 않을 거고, 누구도 너를 상처 입히지 못하게 할 거야."

로우세이도 이때만큼은 눈물이 흘러내렸다.

"너는 나의 봄이야……."

"어서 와, 히나기쿠."

사계청 청사 테러 사건은 이렇게 막을 내렸다.

이후의 자세한 전말은 청사로 달려온 진짜 국가 치안 기구와 특수 부대【호저】의 폭탄 처리반에 의해 기록되었는데, 다소 비인도적 행위가 있었기에 기밀문서가 되었다.

겨울의 주종과 봄의 주종이 기절시켜 구속한【카사이】의 수장, 미스즈 헨더슨이 깨어났을 때, 그녀는 묶여 있었다. 장소는 18층의 카페테리아였다.

카페테리아의 상품인 미네랄워터가 얼굴에 뿌려져서 깨어난 미스즈는 일어나자마자 봄의 호위관 히메다카 사쿠라와 얼굴을 마주했다.

"……직접 얘기하는 건 처음이네. 나는 봄의 호위관, 히메다카 사쿠라. 잘 부탁한다."

"뭐?"

어째서 이런 상황인지. 미스즈는 둔통이 이는 머리로 생각했다.

―그래. 공중 정원에 갑자기 바이크가 돌격해왔어.

그리고 정신 차리고 보니 안면을 공격받고 있었다. 평소에는 아름다운 미스즈의 얼굴이 지금은 동상투성이가 되어 있었다.

"바로 본론으로 들어갈까. 너한테는 이것저것 묻고 싶은 게 있어."

사쿠라는 미스즈에게서 뺏은 휴대전화를 보여줬다. 그리고 겨울의 마을 측 경호원과 나가츠키 일당이 찾아낸 폭탄도. 폭탄은 카페 테이블의 상판 아래에 접착되어 있었다.

"먼저 이것의 해제 방법. 다행히도…… 아니, 안타깝게도 폭탄 처리반이 오기까지 좀 더 시간이 걸릴 것 같아. 우리는 대기하는 동안

할 수 있는 일을 최대한 하기로 했어. 혹시 청사가 폭파되면 어쩌나 하고 나의 주인이 걱정하고 있거든. 인근 백성에게 피해가 가선 안 돼. 착한 분이니까. 아아…… 너와 만날 일은 두 번 다시 없어. 안 보이는 곳에서 쉬고 계시지. 아무튼 폭탄 말인데…… 네 것을 보면 화면에 번호가 여러 개 있단 말이지……. 당연히 폭탄은 한 개인 줄 알았지만 몇 개 더 있는 모양이야. 그리고 각각 해제 코드가 존재하고. 네가 자는 동안 다른【카사이】녀석들을 패서 물어봤는데 해제 코드는 너만 안다고 했어. 역시 이건 가르쳐 줘야겠어. 한 개라면 몰라도 여러 개면…… 해제하는 데 시간이 너무 오래 걸려. 아무쪼록 가르쳐줘. 나는 나의 주인이 안심하고 겨울과의 재회를 기뻐할 수 있는 상황을 만들고 싶어."

"……하, 하하! ……너 바보야? 가르쳐 줄 리가 없잖아."

"그래?"

"당연하지! 하지만…… 그래, 나를 풀어주고 내 동료들도 도망칠 수 있게 해주면 가르쳐 줄 수도 있어. 너희는 사망자가 나오는 걸 막을 수 있고, 우리는 돌아갈 뿐이야. ……히나기쿠는 포기해줄게."

바닥에 나뒹굴면서도 위세 좋게 말하는 미스즈를 보고 사쿠라는 미소 지었다.

"이미 너를 싫어했지만, 한층 더 싫어하게 되니 오히려 기분이 상쾌하네."

눈은 웃지 않는 사쿠라의 표정에 미스즈는 조금 오싹해졌다.

"어른에게 말할 때는 말조심해……."

"너도 나한테 말조심해. 너의 소중한 것은 지금 내 손아귀에 있거든."

미스즈는 무슨 말인지 이해하지 못하고 의아해했다. 그녀의 인생에 소중한 것 따위 없었다. 굳이 찾아보자면 【카사이】라는 자신의 거처와 오른팔 남자 정도일까.

"……."

미스즈는 묶인 상태로 주위를 두리번거렸다.

"찾는 거야? 이쪽이야, 이쪽. 보여? 곧 죽을 거야. 너희가…… 히나기쿠 님에게 한 일을 생각하면 이렇게 죽이는 건 퍽 다정한 처사지. ……안 그래?"

강제로 보게 된 곳에 똑같이 구속당한 채 기절한 미카미가 있었다.

미스즈는 비명을 질렀다.

"하하!"

사쿠라는 웃었다.

상대를 방심시켜서 폭탄 해제 방법을 듣는다. 그리고 그들을 구속하고 폭탄 처리반을 기다린다.

말하자면 히나기쿠를 위한 작전이었다.

실제로 폭탄 해제 방법을 듣지 못해도 좋았다.

어떻게 흘러가든 최종적으로 미스즈를 무력화할 수 있다면 그걸로 좋았다.

말을 듣지 않을 것 같은 상대라면 말을 듣도록 만들면 된다고, 사쿠라는 생각했다. 처음에는 미스즈 자신의 목숨을 저울에 올릴까 했었다.

폭탄 처리반이 바로 와준다면 그걸로 좋다. 오지 않는다면, 기다리는 동안 태어난 걸 후회하게 만드는 고통을 주면 된다. 그러면 입을 열 것이다. 구체적으로 말하자면 손가락을 하나씩 부러뜨리면 되지 않을까 생각했었다.

하지만 마음씨 착한 주인에게 『녀석들을 반죽음으로 만들어서 폭탄 해제 방법을 알아내죠』라고 말해도 히나기쿠는 거부할 것이다. 더 온건한 방식으로 이야기를 듣자고 말할 것이 눈에 보였다.

그래서 우선은 히나기쿠의 의향에 따르는 흐름을 만들었다. 사쿠라로서는 불만스러웠다.

사태가 해결됐어도 뭔가 복수하고 싶었다.

사법에 맡기기 전에 뭔가 할 수 없을까. 어떻게든 복수하고 싶다. 아니, 반드시 하겠다. 그렇게 굳게 결심했던 사쿠라 앞에 그것이 나타났다.

미카미가 동행하고 있었다.

사쿠라는 미카미가 미스즈를 소중히 여긴다는 것을 히나기쿠에게 들었다.

또한, 과거 이야기를 통해 미스즈가 히나기쿠의 짝으로 미카미를 내주지 않은 것도 알고 있었다.

미스즈가 미카미를 데려올지 알 수 없었으나 그는 나타났다.

미카미를 봤을 때, 사쿠라는 생각했다.

정말 운이 좋다고.

그를 제압하면 미스즈를 효과적으로 협박할 수 있다.
한 방 먹일 수 있다.
무사히 확보하면 어떻게 요리해 줄까?
그러던 때, 악마의 속삭임이 들렸다.

『복수할 방법이라면 이미 알고 있잖아.』

미스즈가 히나기쿠에게 실컷 해왔던 일이다.
히나기쿠는 사쿠라가 다시 습격받지 않도록 감금 생활을 견뎠다고 했다.
몇 번이나, 몇 번이나, 몇 번이나, 몇 번이나, 몇 번이나, 미스즈는 히나기쿠를 협박했다고 했다.

말을 안 들으면 너의 소중한 것을 망가뜨려버릴 거라고.

처음 그 얘기를 들었을 때는 분노로 몸이 떨렸다. 용서할 수 없었다.
인간의 심리를 이용한 잔학한 행위였다. 이 얼마나 극악무도한가.
하지만 지금은 그 발상을 준 것에 감사하고 있었다.
상대를 복종시키려면 무엇보다 소중히 여기는 것을 볼모로 잡으면 된다.
인간의 소중한 것은 뭘까. 대부분의 사람은 자신의 목숨이 소중하다.
그리고 또 다른 패턴이라면 사랑하는 누군가일 것이다.
그것을 빼앗고 망가뜨린다고 하면 사람은 어떻게 될까.

"하하!"

그래서 지금, 사쿠라는 웃고 있었다.

다행히도 폭탄 처리반이 오기까지는 좀 더 시간이 걸린다. 그럼 할 수밖에 없지 않겠느냐며 사쿠라는 열심히 복수의 무대를 준비했다. 훌륭한 협력자도 와줬다.

테이토의 거리를 내려다 볼 수 있는 커다란 창문에 미카미의 몸을 반쯤 내놓고 발을 잡고 있는 사람은 겨울의 호위관, 칸게츠 이테쵸. 일견 다정해 보이지만 그도 주인을 위해서라면 뭐든 하든 남자다.

"뭐, 뭐야……? 잠깐만! 미카미를 놔줘!"

이테쵸는 난처한 듯 웃었다.

"놔주면 떨어질 텐데?"

"그야 당연하지! 바닥에, 바닥에 내려놔!"

미스즈의 외침이 카페테리아에 울렸다. 사쿠라는 노골적으로 시끄럽다는 표정을 지었다.

"이테쵸…… 이 여자, 상황을 이해 못 했어."

사쿠라의 말에 이테쵸가 고개를 끄덕였다.

"그런 것 같아. 이해시켜 줘야겠네. 아슬아슬한 수준까지 가 볼까."

창밖으로 점점 몸이 빠져나가는 미카미를 보고 미스즈는 다시 비명을 질렀다.

"안 돼! 그만둬, 그만둬, 그만둬, 그만둬! 무슨 짓을 하는 거야?!"

"……놔주라고 한 사람은 그쪽 아닌가? 안 그래? 사쿠라."

"그러니까 말이야. 무슨 짓을 하는 거냐는 말도 우스워. 10년 전에 겨울의 마을을 습격했으면서 이럴 때는 남에게 올바름을 요구하는 건가?"

망연자실하여 입을 벌리고 있는 미스즈에게 이테쵸는 조용히 말했다.

"자기소개가 늦었지만 나는 겨울의 호위관, 칸게츠 이테쵸. 내 주인도 10년 전에 고통받았어. 다양한 단체가 너희를 올바르게 심판하러 오기 전에 죽여두고 싶다고 진심으로 생각한다고 말하면…… 원한의 깊이를 알려나. 폭탄 처리반의 일이 빨리 끝나도록, 우리가 이곳에서 빠르게 해방되어 안전한 곳으로 이동하기 위해 꼭 해제 코드를 가르쳐줬으면 해. 안 가르쳐 주겠다면…… 어쩔 수 없지. 너의 소중한 사람을 망가뜨리겠어."

"이테쵸는 한다면 하는 남자야."

"맞아. 나는 한다면 해."

"미카미는 관계없어! 미카미는 관계없잖아!"

"아니, 관계있어. 너의 오른팔이야. 히나기쿠 님도 분명 똑같이 애원하셨겠지. 하지만 너희는 들어주지 않았어. ……가여우시게도. ……우리가 원수를 갚아야 해."

"떨어뜨리기 전에 깨우기로 하지. 잠든 채로 보내는 건 재미없으니까."

"그러게…… 하지만 이 상태에서 깨우면 날뛰어서 혼자 떨어지지 않을까?"

주륵, 주르륵, 창문이 미카미의 몸을 삼켜 나갔다.

—뭐야.

미스즈는 이런 상황은 이상하다고 생각했다. 이런 일을 하는 것은 언제나 미스즈였다.

자신은 안전한 곳에서 명령하는 것이 당연했다. 그래서 입장이 역전된 이 상황을 받아들일 수 없었다. 애초에 폭탄 해제 방법과 또 다른 설치 장소를 알기 위해 사계의 대행자의 호위관이 인질을 잡을 거라고는 생각도 못 했다.

"그만둬, 그만둬, 그만둬, 그만둬! 거짓말이지? 정말로 죽이려는 건 아니지……? 너희, 범죄자가 되려는 거야……?"

사쿠라와 이테쵸는 얼굴을 마주 보았다.

"주인을 위해서라면 그 정도는 당연하지? 이테쵸."

"그럼, 사쿠라. 새삼 그런 말을 해도 곤란한데? 나는 이미 역적을 수없이 처형했고……."

"왜 우리한테 청렴함을 바라는 거지?"

"……백성에게는 청렴해야 하지만, 역적한테까지 청렴할 이유는 없지."

미스즈의 등에 식은땀이 흘렀다.

"참고로 이 녀석을 떨어뜨린 다음에는 너를 뒤따라 보낼 거야. 같은 창문으로 같은 장소에 떨어지는 거지. 남자의 얼룩을 보며 태어난 걸 후회해라. 다음 교섭 재료는 너의 목숨이야."

그들은 진심이다.

그리고 이 상황을 조금 즐기고 있다.

"미스즈 헨더슨. 다시 한번 잘 생각해. 너는 어차피 감옥행이야.

네 세계는 이제 다시 오지 않아. 하지만 좋아하는 남자가 살아있는 세계와 죽은 세계, 어느 쪽이 좋겠어? 설령 두 번 다시 만나지 못하더라도 살아있다는 사실은 마음을 위로해줄 거야. 이건 실제 경험담이야. 나는 새로운 봄의 대행자가 태어나지 않는 8년을 그렇게 받아들였어."

"우리 마음이 바뀌면 선택지는 하나 없어질 거야. 사쿠라는 이렇게 말하고 있지만, 나는 이제 슬슬 힘들어서 선택지를 주기보다 너에게 지옥을 보여주고 싶다는 마음이 더 커."

"안 돼, 이테쵸. 사후 처리를 빨리 끝내지 않으면 히나기쿠 님과 로우세이가 기다리게 되잖아."

"……그렇지, 두 사람이 안심하고 쉬기 위해서도 역시 폭탄은 해결해두고 싶어. ……좀 더 힘낼까. 잔업이네."

"기분 좋은 잔업이야. 지난 10년간 줄곧 이러고 싶었어."

"그건 그래. 즐거운 방향으로 가자."

"오늘은 좋은 날이야. 복수하기 최고로 좋은 날이야. 콧노래를 부르고 싶어졌어."

두 사람은 음산하게 대화를 이어 갔다.

미스즈가 체념하기까지 조금 시간이 걸렸지만, 최종적으로는 모든 폭탄의 설치 장소와 해제 코드를 자백했다. 폭탄 처리반이 도착했을 때, 미스즈는 살려달라며 그들에게 매달렸다고 한다.

어쨌든 사계청 청사는 무사히 지켜졌다.

히나기쿠와 로우세이는 격리되어 있었기에 이 사실을 모른다.

종 장
봄의 춤

팔랑, 팔랑.

찰랑, 찰랑.

팔랑, 팔랑.

또, 찰랑찰랑 소리가 났다.

물소리다, 하고 히나기쿠는 멍한 머리로 생각했다.

자신이 있는 곳은 해변도 아니고 강변도 아닐 텐데, 왜일까.

—사쿠라, 어디 있어?

시야는 마치 어슴푸레한 봄밤 같았다. 또렷하게 보이지 않았다.

뭔가 아주 오랫동안 잔 것 같다. 아직도 잠이 부족하다. 잠들어 있고 싶다.

이대로 눈을 감고 있고 싶은데.

어째선지 반드시 봐야만 한다는 생각이 들어서 몸을 일으켰다.

둥둥 떠 있었다.

—어라? 이거.

거기서 히나기쿠는.

—여기, 알아.

현재의 히나기쿠는 그 광경을 보았다.

나룻배가 벚꽃이 떠 있는 수면을 나아가고 있었다.

연분홍색 꽃잎이 무리지어 둥실둥실 떠다녔다.

나룻배가 그것을 가르듯 나아갔다.
갈라진 꽃잎들은 배가 지나가자 다시 바람에 흔들리고 모여서 물가에 벚꽃 융단을 만들었다.
깜빡 잠이 들 것 같은 부드러운 햇살이, 색을 입기 시작한 나무들의 색채가, 새들의 지저귐이 전부 완벽한 조화를 이루어 행복하기 그지없는 봄날을 만들어내고 있었다.
—아아, 잠깐만, 이거.
온 세상이 벚꽃으로 가득했다. 이곳이 어디인지 모른다면 꿈을 꾸고 있거나 현세가 아닌 다른 곳에 잘못 들어왔다고 생각하는 자도 있을 것이다.

배에 탄 손님은 너무나도 아름다운 자연에 도취되어 감탄의 한숨을 쉬었다.

―이거, 옛 기억. 이전 히나기쿠의, 기억이야.

손님은 두 명이었고, 둘 다 여성이었다. 한 명은 『아련함』이라는 단어를 그대로 아름다운 여성으로 만든 것 같은 사람으로, 봄의 세계에 동조하듯 존재하고 있었다.

―어, 머, 니.

단아한 기모노 차림이었고, 묶어올린 침향색 머리에 매화꽃 비녀가 꽂혀 있었다.

―어머, 니.

얼핏 보이는 목덜미가 하얗고 요염했다. 나이는 20대로도, 30대로도 보였다. 청초한 소녀의 얼굴을 간직한 채 그대로 성인이 된 것 같은 사람이었다.

―어머니, 아직, 살아있어.

다른 한 명은 네다섯 살쯤 되어 보이는 여자아이였다. 아마 친딸일 것이다. 고운 아이였다. 모친이 『아련함』이라면 아이는 『가련함』이라고 할 수 있었다.

―저 아이도, 안 죽었, 어.

얼굴은 닮지 않았지만 머리카락과 눈의 색은 비슷했다. 모친의 머리가 침향색이라면 딸은 호박색. 모친의 눈이 노란 지르콘이라면 딸은 황수정. 그렇게 나란히 보면 모녀지간임을 알 수 있었다.

뱃사공에게 이 계절의 풍경은 익숙했다.

—아아, 이거, 꿈?

현실 같은 꿈이었다.

히나기쿠의 몸은 투명하여, 과거의 모녀 바로 옆에 있는데 간섭할 수 없었다.

히나기쿠는 이제는 세상에 없는 자신과 이제는 세상에 없는 모친을 바라볼 수밖에 없었다.

"어머니의 봄이에요."

아직 아무것도 모르는 예전의 자신을 보고, 히나기쿠는 눈물을 흘렸다.

"어머니는 봄의 대행자님이야. ……굉장하죠……?"

—있지, 너도, 될 거, 야. 『봄』이, 돼.

"네. 저는 유키야나기 히나기쿠. 아케보노에서 왔어요. 유키야나기 코바이의 딸이고, 올해 다섯 살이 돼요."

—카요 성을, 아버지의, 카요 성을 받게, 돼.

필사적으로 말해도 반응은 돌아오지 않았다.

자그마한 『그 아이』. 아련하여 당장에라도 사라져 버릴 것 같지만 아직 체온이 있는 엄마.

그 모두가 반가웠으나 몹시 잔혹했다. 세상이 아름다운 만큼 잔혹함이 두드러졌다.

"어머니…… 이 사람…… 제 아버지예요?"

—이때, 좀 더, 아버지의, 호감을, 샀다면.

"아니, 아무것도 아니야……. 내가 사라진 세계에서 너를 지켜 줄 거야……."

—그랬다면, 가족끼리, 살 수, 있었을, 까.

시간은 무정히도 흘러갔다. 마지막으로 엄마를 본 장면까지.

"항상 곁에 없었어. 할머니가 히나기쿠를 키운 것과 같아. 나랑 같이 안 있는 게 나아."

—그런, 말, 하지 말아요.

"아니, 그래. ……엄마는 나쁜 여자라서 같이 있으면 히나기쿠까지 나쁜 말을 들어……."

—그래도, 좋았어.

"엄마가 싫어. 날 욕하는 건 괜찮아. 하지만 히나기쿠가 나쁜 말을 듣는 건…… 너무너무 슬퍼……."

—혼자, 남는 게, 더, 슬펐, 어.

"그래. 힘든 순간이 있어도 살아남는 거야……."

—어머니, 그 아이, 는.

"살기 위해 도망쳐도 돼. 도망치는 건 지는 게 아니야."

—살았어, 요.

"아무튼 사는 거야. 그리고 다시 싸울 날을 기다리는 거야. ……마음에 칼을 품고서……."

—열심히, 살았어, 요.

"사는 건 너만 할 수 있는 일이야. 히나기쿠."

—거기, 있어요?

히나기쿠는 눈물을 흘리며 지켜보았다.

엄마와 떨어진 예전의 「그 아이」가 열심히 버둥거리는 모습을 볼 수밖에 없었다. 필사적으로 저항하며 엄마한테 가고 싶다고 손을 뻗었지만, 어른들은 아무도 허락해주지 않았다.

엄마조차 허락해주지 않았다.

—더는, 만날 수, 없어.

"착하게 있을게요. 착한 아이가 될게요. 그러니까…… 다음 보름달이 뜨기 전에 만날 수 있어요?"

—더는 만날 수, 없어.

"좋아, 그럼 같이 가자."

거기서, 히나기쿠는 눈물을 흘리며 숨을 멈췄다.

"그래도 돼요……? 어머니."

노파에게 구속된 몸을 빼고 뛰쳐나가 엄마 곁으로 달려갔다.

히나기쿠가 줄곧 지키다가 죽게 한 『그 아이』가 다른 미래를 그리기 시작했다.

—아아, 거짓말.

"나 있죠, 아주아주 착하게 지냈어요."

코바이에게 안긴 그녀는 활짝 웃으며 말했다.

"열심히 살았어요."

"그래, 알고 있어, 히나기쿠. 엄마는 보고 있었어."

—이건 꿈. 좋을 대로, 만들어 낸, 꿈일, 뿐이, 야. 알고, 있어.

"뒷일은 맡겨도 되죠? 열심히 살았는걸."
"……."
—알고, 있어. 이건, 진짜가, 아니, 야.

"괜찮을까? 히나기쿠."

꿈속의 코바이가 『그 아이』가 아니라 히나기쿠에게 말했다.
울고 있는 히나기쿠를 코바이가 똑바로 보고 있었다. 『그 아이』도 미안하다는 눈으로 이쪽을 바라보고 있었다.
"히나기쿠만, 조금 더 힘내 줄 수 있을까……?"
—이게, 진짜, 가, 아니어, 도.
"힘든 역할을 맡겨서 미안해…… 히나기쿠. 조금만 더 힘낼 수 있겠니……?"
—진짜가, 아니, 어도, 대답은, 정해져, 있어.

"응. 히나기쿠, 는, 더, 힘낼 거야……!"

의식은 거기서 현실로 돌아왔다.

꿈에서 깼음을 알아차렸다. 아침에 일어났을 때 울고 있는 것은 히나기쿠에게 드문 일이 아니었다.
인생 대부분을 울며 살았다. 웃는 시간이 더 적은 아가씨였다.
"……."

평소에는, 그래, 평소에는 외로움을 얼버무리듯 자기 자신을 끌어안아 슬픔을 달래지만.

"……응."

오늘은 이미 끌어안겨 있었다.

그녀의 종자가 같은 침대에서 히나기쿠의 배에 얼굴을 묻고 있었다. 베개 같은 취급이었다.

주인을 인형처럼 끌어안은 사쿠라를 보고 히나기쿠는 자연스럽게 미소 지었다.

"사쿠, 라."

웃으니 눈물이 흘러내렸지만, 그렇게 싫은 눈물은 아니었다.

"……."

히나기쿠는 실내를 보았다. 숙박한 방의 창문은 컸고, 차광 커튼 사이로 아침 햇살이 들어오고 있었다. 새벽의 사수가 책무를 다한 것이다.

—좋은, 날이, 될 것, 같아.

오늘은 히나기쿠에게도 사계 전체에도 중요한 식전이 거행되는 날이었다.

"……사쿠, 라."

"으……음……."

"히나기쿠의, 사쿠, 라."

"으, 음……."

히나기쿠는 아직 잠에 취해 있는 종자의 머리를 쓰다듬으며 노래하듯 이름을 불렀다.

"사쿠라, 아침, 이야."

새로운 나날의 시작이 기다리고 있었다.

그해 여름, 야마토는 약 10년 만에 사계 회의를 열었다.

엄중한 경비 속, 테이슈 테이토의 야마토 신사 본전에서 의식이 거행되었다.

참례하는 것은 한정된 관계자뿐이었다. 사계의 대행자의 호위관들은 명예로운 행사를 치르는 주인의 모습을 자랑스럽게 바라보고 있었다. 식전 예복을 차려입고서 노래하고 춤추는 것은 춘하추동의 대행자.

화창한 날, 아침부터 거행된 의식은 정오에 접어들었을 무렵 끝을 맞이했다.

사계의 시조인 겨울, 그 현인신인 칸츠바키 로우세이가 마지막으로 마무리 창화의 구령을 내렸다.

"24절기, 창화."

봄의 대행자, 카요 히나기쿠가 앞으로 나왔다.

"입춘, 우수, 경칩, 춘분, 청명, 곡우."

다른 대행자가 이어서 똑같은 말을 읊었다. 그다음은 반복이었다.

여름의 대행자, 하자쿠라 아야메, 그리고 기적적으로 생환한 하자쿠라 루리가 앞으로 나왔다.

“입하, 소만, 망종, 하지, 소서, 대서.”

가을의 대행자, 이와이즈키 나데시코는 자신의 호위관을 힐끔 보고 나서 미소 지으며 말했다.

“입추, 처서, 백로, 추분, 한로, 상강.”

칸츠바키 로우세이가 낭랑히 최후의 창화를 선도했다.

“입동, 소설, 대설, 동지, 소한, 대한.”

전원이 나란히 서서 사계의 모습을 본뜬 조각상에 인사했다.

“계절은 이곳에 있습니다.”

총 **다섯 명**의 사계의 대행자는 네 가지 계절이 차질 없이 건재함을 사계의 신들에게 보고하고 기도를 올렸다.

사계 회의 후에는 야마토 신사 내에서 매번 축하연이 열린다.

식전 예복을 벗고 다른 옷으로 갈아입은 사계의 대행자들은 호위관들과 합류하여 신사의 복도를 줄줄이 걷고 있었다. 사계절의 현인신과 호위관이 모두 모인 모습은 아주 화려했다.

"있지, 아야메, 봤어? 나 춤추다 한 번 틀렸어……. 여름의 신님이 화내시면 어쩌지?"

"……그래서 어제도 좀 더 연습하고 자라고 한 건데……."

현재 하자쿠라 루리와 하자쿠라 아야메는 사상 첫 쌍둥이신으로 활약하고 있었다.

루리는 한 번 죽었고, 언니인 아야메가 그때 가장 적합한 자로 선택되어 여름의 대행자의 이능이 양도되었지만, 가을의 대행자의 힘으로 생환. 어째선지 대행자의 이능을 보유한 상태로 되살아났다. 쌍둥이 신의 탄생은 약혼자와의 연애에 변화를 가져왔으나, 그건 또 다른 기회에 이야기할 일이다.

"죄송합니다…… 아야메 님……. 어제 제가 말렸어야 했는데……. 같은 호텔이라 무심코 방에 찾아가서……."

아자미 린도우는 새로운 호위팀을 짜서 매일 가을을 경호하고 있었다.

동료였던 나가츠키는 현재 국가 치안 기구에 구류 중이지만, 사계청 상층부에서 이중 스파이로 키우자는 이야기가 나오고 있는 모양이라 머리가 지끈거렸다.

"아뇨, 아자미 님을 비난하려는 건 아니에요. 저도 그…… 같이 카드 게임을 했으니까요."

"아냐, 아냐. 내 잘못이야……. 맨 처음 카드 게임 하자고 말한 사람은 나인걸……. 설마 루리 님이 그렇게 열을 올릴 줄은 몰랐어……. 아주 늦게까지 안 잤구나?"

가을의 대행자 이와이즈키 나데시코는 가을 별궁이 무너져 버렸기에 가을의 마을에서 생활 중이었다. 유괴 사건 해결의 인연도 있어서 여름의 대행자와는 이전보다 더 양호한 사이를 구축하고 있었다.

"나데시코, 그거, 승자의 여유야? 10전 10패의 패배자가 할 소리는 아니지만, 다음번엔 절대 안 질 거야. 진짜 무진장 연습할 거야."

"그, 그럴 수가…… 루리 님, 있잖아…… 나는 카드 게임을 잘하는 것 같아. 루리 님이 이길 수 있는 걸로 놀자. 가여워져서……. 뭐가 좋을까……? 린도우."

린도우에게 찰싹 붙어 지내는 것은 변함없지만, 연상의 동성 친구가 생긴 것은 그녀에게 좋은 영향을 줄 것이다. 이번에 루리에게 강아지를 받기로 했다.

"동정받았어! 어린아이한테! 연민의 눈길을 받았어! 잠깐만요! 호위관 씨! 어떻게 교육하고 있는 거예요? 이 아이, 정신적으로 되게 후벼 파는데요!"

"……죄송합니다, 루리 님. 나데시코에게 악의는 없어요……. 정말로, 어제도 루리 님이 이기게 해주고 싶다고 몰래 얘기했거든요. ……그치? 나데시코."

"괜찮아요. 이 아이는 우대해줘도 지니까. 두 분 다 신경 쓰지 마세요."

"이익~! 모두의 상냥함이 되게 짜증 나!"

왁자지껄하게 떠드는 여름과 가을 뒤에는 비교적 차분하게 대화

중인 봄과 겨울이 있었다.

겨울의 대행자 칸츠바키 로우세이는 봄의 대행자 카요 히나기쿠의 작은 손을 잡고서 에스코트 중이었다.

그녀의 일거수일투족을 한순간도 놓치기 싫은지 히나기쿠만을 보고 있었다.

봄을 아끼는 그 모습은 신화 속 겨울의 신 그 자체였다.

"히나."

로우세이는 고집스럽게 이전의 자신과 지금의 자신은 다르다고 주장하는 히나기쿠를 배려하여 『히나』라는 애칭을 붙였다. 히나기쿠라고 부를 때마다 미안해하는 얼굴을 보는 것이 괴로워진 탓이기도 했다.

"네, 로우세이, 님."

새로운 호칭은 로우세이에게만 허락되었다. 그의 입속에서 달콤하게 굴러가는 그 애칭은 히나기쿠의 귀에 다정한 울림으로 전해졌다. 히나기쿠는『히나』라고 불리는 것이 무척 마음에 들었다.

"걸을 때 조심해. 복도는 미끄러지기 쉬워."

"네."

"……저 녀석들, 시끄럽네."

"하지만, 루리 님, 건강해서, 다행, 이에요."

히나기쿠는 기쁘게 중얼거렸다.

"맞아, 나데시코도."

로우세이는 그렇게 말하면서 루리도, 나데시코도 별로 보고 있지 않았다.

새 기모노로 갈아입은 히나기쿠의 모습에서 눈을 떼지 못하고 있었다. 평소 부드럽게 펼쳐져 있는 긴 머리는 귀엽게 땋아서 히나기쿠가 걸을 때마다 흔들리고 있었다.

로우세이는 그 머리를 너무나도 만져 보고 싶었지만 꾹 참으며 말했다.

"사계 회의 이후의 연회는 처음이지? 그보다 사계 회의 자체가 처음인가……."

"네, 로우세이 님. 처음, 이에요."

"연회는 밥이 제법 맛있어. 네가 좋아하는 음식이 있으면 좋겠는데……."

"전통식…… 양식……."

"전통식이야. 그 점은 그냥 포기해. 이럴 때는 항상 전통식이야. 아아…… 오렌지 주스는 준비해 두라고 했어. 그건 괜찮아, 히나."

아이 취급을 받고 있는 것 같아서 히나기쿠는 쑥스러워하며 대답했다.

"주스, 없어도, 히나기쿠, 괜찮, 아요."

"하지만 좋아하잖아?"

"……조, 좋아, 해요."

"네가 좋아하는 걸 먹는 모습을, 내가 보고 싶어서 그래."

젊은 두 사람의 훈훈한 대화. 남들 눈에는 그저 흐뭇하게만 보이는 광경이었지만.

"……추잡해."

봄의 호위관 히메다카 사쿠라만큼은 엄격한 눈으로 두 사람을 보고 있었다. 로우세이는 사쿠라의 말에 기모노 자락을 밟을 뻔했다.

"야, 사쿠라. 지금 뭐라고 했어?"

"추잡해."

"뭐?"

나이가 비슷한 두 사람은 옛날부터 사이가 좋은지 나쁜지 알 수 없는 관계였다.

원래 같았으면 봄의 호위관인 사쿠라는 겨울의 대행자를 형식적으로라도 공경해야 하지만, 사쿠라에게 그럴 마음은 없었다. 로우세이도 나무라지 않았기에 입이 험한 두 사람은 곧잘 충돌했다. 불씨가 되는 것은 주로 히나기쿠였다.

"뭔가 방금 그 행동은 내 기준에 걸렸어!"

"뭐야, 그게. 네 안의 풍기위원 따위, 알 바 아니야."

"내 기준은 엄격해! 일부러 좋아한다고 말하게 한 것 같았어. 그 부분도 역시 걸렸어!"

"아니, 그런 의도는 없었어."

"정말로? 겨울에 맹세코 말할 수 있어?"

"히나, 히나도 오해하지 마."

"야, 맹세하라고."

"나는 추잡하지 않아."

"……."

히나기쿠는 얼굴을 붉히고서 입을 다물고 말았다.

로우세이와 히나기쿠는 현재 친구 관계지만, 로우세이가 히나기쿠를 사모한다는 것은 누가 봐도 명백했다. 미숙한 정신을 가진 히나기쿠에게도 그건 전해졌다.

그가 새로운 히나기쿠를 포함해 존재 자체를 사랑해주려 한다는 것은 말로 표현하지 않아도 이해할 수 있었다. 그 감싸는 듯한 사랑을 거부할 수도 없어서 점점 마음이 끌리는 나날이었다.

로우세이도 한동안은 발전 중인 관계로 있으려는 것 같았다. 관계의 재구축을 서두르지 않았다.

지금은 그저 만났을 때 그녀의 옆자리를 양보하지 않을 뿐이었다.

그리고 호위관인 사쿠라는 그게 마음에 들지 않았다.

"애초에…… 호위관인 나를 제치고 에스코트라니…… 뭐 하자는 건데?"

"허락받았잖아!"

"……칫."

"혀 차지 마! 너 진짜 나한테는 태도가 나쁘단 말이지……."

"그런가? 히나기쿠 님 말고는 어찌 되든 좋으니까."

"이테쵸한테는 다정하잖아! 다 알거든?!"

그 말에 사쿠라는 옆에서 젊은이들의 대화를 묵묵히 듣고 있던 이테쵸를 올려다보았다.

이테쵸는 일부러 허리를 숙여 눈높이를 맞췄다.

"……다정하게 대해주고 있었어? 영광이네."

"……."

여전히 사쿠라의 연심을 모른 채 퍼스널 스페이스를 성큼성큼 침범

하는 이 남자를, 사쿠라는 지금 별로 생각하지 않으려 하고 있었다.

“그런 거 아니야. 이테쵸는…… 너처럼 히나기쿠 님을 에스코트하겠다며 한 달 전부터 나한테 끈질기게 문자를 보내는 남자가 아니니까 엄격히 대하지 않는 거야. 이테쵸도 어찌 되든 좋아.”

두 사람의 사이는 완전히 풀리진 않았지만, 처음 재회했을 때보다는 의사소통이 잘 이루어지고 있었다. 로우세이가 히나기쿠와 연락하고 싶어 했기 때문이다. 필연적으로 사이에 있는 자들이 함께 협력하게 되어서, 지금은 자연스럽게 단순한 동료 같은 사이가 되어 있었다.

“오늘 정도는 괜찮잖아. 허락해. 그나마 널 생각했으니까 먼저 말한 거지, 당일 말했으면 무조건 거절했을 거잖아.”

“당연하지. 웃기지 마. 이것저것 밑작업까지 해두고, 거절할 수 없는 조건을 제시하면 받아들일 수밖에 없잖아.”

“좋아, 똑똑하네. 오늘 인사하러 다니는 건 귀찮지만, 친분을 만들어 두면 손해는 안 보는 상대도 있어. 몇 명 소개해 줄게. 사쿠라, 호위관으로서 처신하는 걸 배워. 그리고 히나의 경호원으로 추천하고 싶은 자도 합류할 거니까 얼굴 익혀 둬. 좋은 조건이지? 전부 최종적으로 히나에게 도움이 돼.”

“뭐야, 너? 네가 뭔데?”

“너희보다 훨씬 선배인 사계의 대행자님이지.”

“로우세이, 사쿠라를 괴롭히지 마.”

“괴롭히는 거 아니야. 친절하게 대하고 있잖아?”

“로우세이, 님. 사쿠라한테, 심술, 부리면, 미워요.”

"아, 안 부렸어. 히나, 얄밉게 말했을 뿐, 심술은 안 부렸잖아?"
"좀 더 말해 주세요, 히나기쿠 님."

네 사람 사이에는 올해 봄에 있었던 일이 거짓말처럼 느껴지는 평온한 시간이 흐르고 있었다.

야마토 신사의 정원에서 열린 축하연은 처음에야 격식을 차렸지만, 시간이 지나자 각자 자리에서 일어나 정원을 산책하거나 다른 자리에 섞여서 환담하는 등 온화한 식사 풍경이 되었다.

여기에 오기까지, 사계청에서는 그야말로 대대적인 인사 개편이 일어나서 직원의 거의 절반이 교체되었다.

청사 폭파 테러를 일으키려고 했던【카사이】의 멤버들은 투옥되었다. 하지만 기존 역적 조직이 이 테러에 감화되어 불온한 움직임을 보인다는 소문도 있었다.

로우세이 측에 붙은 이시하라는 현재 국가 치안 기구의 보호하에 있었다.

그녀에게서 들을 수 있는 정보로 다른 역적의 움직임이 조금이라도 파악된다면 좋겠지만, 가망은 별로 없을 것이다.

지금 이곳에 있는 자들이 맛보고 있는 평화도 언제까지 이어질지 알 수 없었다.

결국 태곳적부터 줄곧 이어지고 있는 악순환이다.

사계의 대행자와 역적의 싸움은 끝나지 않는다.

"히나기쿠 님, 얼굴이 빨갛네요……."

"감주, 마셔 버렸어."

얼굴에서 열이 난다는 히나기쿠와, 슬슬 로우세이한테서 히나기쿠를 떼어 놓고 싶어진 사쿠라는 둘이서 잠깐 자리를 벗어나 정원을 산책하기로 했다.

"정원을 산책하고 올게."

일단 로우세이와 이테쵸에게 말해두자 과보호하는 두 사람도 일어나려고 했다.

"안 일어나도 돼. 둘이서 걷고 싶어."

"사쿠라, 랑, 산책, 하고 와도, 될까, 요?"

따라오지 말라고 넌지시 못을 박았다는 걸 알았는지 로우세이와 이테쵸는 마지못해 고개를 끄덕였다.

"……너무 멀리 가지 마."

"곧 있으면 루리 님과 아야메 님이 여름의 사계 노래를 선보일 거야. 준비되면 부르러 갈게."

히나기쿠와 사쿠라는 손을 잡고 자리를 벗어났다. 돌아보니 겨울의 주종이 걱정스럽게 이쪽을 보고 있었다. 두 사람은 키득키득 웃으며 걸었다.

돈을 들여 관리한 야마토 신사의 정원은 작은 마을 같았다.

개울과 다리도 있었고, 조금 걸으니 밭과 꽃밭이 보였다. 일반인에게 공개되는 것은 1년에 한 달뿐.

이렇게 정원을 걷는 것만으로도 하기 힘든 체험이었다.

히나기쿠와 사쿠라는 빨갛게 칠해진 나무다리 위에서 발을 멈췄다.

"로우세이, 노골적이네요."

"응?"

나란히 개울을 내려다보며 이야기했다. 개울의 흐름에 따라 물고기가 헤엄치고 있었다.

"히나기쿠 님에게 반했잖아요. 숨길 마음이 없어요."

"……."

"받아주실 건가요?"

"……으음……."

쑥스러워하며 곤란한 표정을 짓는 히나기쿠를 사쿠라는 귀엽다고 생각했지만, 동시에 쓸쓸한 마음도 들었다. 언젠가 로우세이는 지금 여기 있는 히나기쿠와도 맺어질 거라고 확신했다.

두 사람은 마치 필연처럼 서로에게 끌리고 있었다.

겨울과 봄이라서 그런 걸까. 아니면 로우세이와 히나기쿠라서 그런 걸까.

"……환영하진 않을 거지만, 반대하지도 않을 거예요."

이전과 달리 사쿠라도 큰 거부감은 없었다.

"그것이 대단히 노력하고 있다는 것도 알고 있어요. 히나기쿠 님을 지키기 위해 갖가지 수단을 쓰고 있죠. 그 녀석이라면…… 언젠가 히나기쿠 님의 아버지조차 아군으로 만들지도 몰라요."

"……."

히나기쿠는 사쿠라의 말에 흠칫 반응했다.

이번에 벌어진 일련의 소동에 대해 봄의 마을은 역시 침묵했다. 히나기쿠와 사쿠라는 다른 대행자와 결속하여 사건을 해결했다. 그에 대해서도 아무 말이 없었고, 자신들이 버렸다는 사실을 계속 외면하고 있었다. 다만 부친에게서는 전화가 왔다.

몸은 괜찮은지 확인하는 전화였으나, 소원한 부모 자식 사이에서는 큰 진보였다.

"……사쿠라."

달라지는 것을 어려워하는 사쿠라에게 히나기쿠는 말했다.

"네, 히나기쿠 님."

히나기쿠는 말을 흐리듯 속삭였다.

"히나기쿠, 로우세이, 님을, 좋아, 해……."

"……네."

확실한 말이 히나기쿠의 입에서 나온 것은 이때가 처음이었다.

"……그런가요."

사쿠라는 생각보다 상처받지 않았지만, 역시 가슴이 조금 따끔거렸다.

—이건 연정이 아니야.

연정은 아니지만, 역시 연정과 비슷했다.

누군가에게 뺏기기 싫을 만큼 가장 사랑했다.

이 소녀를 좋아했다. 이 봄의 현인신을 경애했다.

그건 아마 영원히 변하지 않을 것이다.

10년간 줄곧 변하지 않았다.

—저는 당신을 좋아해요.

사랑하는 방식은 달라도, 로우세이보다 못하지는 않다고 사쿠라는 자부하고 있었다.

—좋아해요.

그런 사쿠라에게 히나기쿠는『하지만』하고 말했다.

"아무리…… 좋아하는 남자가 있어도."

히나기쿠는 사쿠라의 손에 자신의 손을 포개고 따뜻하게 쥐었다.

몇 번을 잡았는지 알 수 없는 서로의 손.

분명 앞으로도 히나기쿠가 직접 손을 잡으러 가는 여자아이는 사쿠라뿐일 것이다.

히나기쿠는 전에 없이 행복한 얼굴로 미소 지었다.

"히나기쿠가, 세상에서 제일, 아끼는, 여자아이는, 사쿠라라고, 정해져 있어."

그건 영원히 변하지 않을 거라고 히나기쿠는 속삭였다. 줄곧 변하지 않을 거라고.

여름 바람이 불어와 두 소녀 사이를 지나갔다.

"히나기쿠 님……."

곧 있으면 초여름이 끝난다.

"마지막까지, 함께, 있는 것도, 사쿠라, 야."

한여름이 지나면 가을, 가을이 지나면 겨울.

"할머니, 가, 되어도, 지금처럼, 좋아할 거야."

히나기쿠의 연심이 다른 사람의 것이더라도, 곁에서 계속 보좌하는 것은 봄꽃의 이름을 가진 이 아가씨뿐이다.

내년에도, 내후년에도, 몇 년 후에도, 몇십 년 후에도.

서로가 늙어서 움직이지 못하게 되어도.

"사쿠라, 정말 좋아해."

변치 않을 사랑을, 봄의 현인신은 이 종자에게 바칠 것이다.
"……제일요?"
"제일, 좋아해. 죽을 때까지…… 죽고 나서도, 반드시, 좋아해."
사쿠라의 시야가 일렁거렸다. 눈물 때문에 일그러지고 말았다. 이 신 앞에 서면 사쿠라는 울보가 되어 버렸다.
"다시 태어나도?"
누구보다도 어리광을 부리게 된다. 솔직해질 수 있었다.
"다시 태어난다면, 히나기쿠, 이번에는, 사쿠라가 키우는 꽃, 같은 게, 되고 싶어."
"……싫어요. 얘기할 수 없잖아요."
"하지만, 사쿠라에게 사랑받고, 싶어."
히나기쿠가 사쿠라를 사랑해주고 있기 때문이다.
"사랑해요, 어떤 모습이어도."
사쿠라는 이토록 신에게 사랑받고 있다면 이제 뭐든 좋다고 생각했다.
"히나기쿠 님, 저는, 언젠가 당신을 지키고……."
거기서 말이 끊겼다.
"……."
죽고 싶다, 라고 말을 이으려다가 역시 그만뒀다.

"아뇨, 언제나 당신을 지키겠습니다. 그리고 둘이서 살겠어요."

히나기쿠는 그 말을 듣고 역시 기쁘게 미소 지었다.

"응. 살 거야."

"저희 둘이 함께라면 강해요."

"응."

"내년에도 내후년에도…… 둘이서 봄을 바쳐요."

"응."

"분명 할 수 있어요."

"응, 안심해, 주세, 요."

히나기쿠는 설탕 과자처럼 달콤한 외모에 약간의 요염함을 가미하고서 말했다.

"봄, 현현, 훌륭하게, 완수해, 내겠어요."

멀리서 두 사람을 부르는 소리가 들려서, 히나기쿠와 사쿠라는 손을 맞잡은 채 다시 걷기 시작했다.

태초에 겨울이 있었다.

세상에 계절은 겨울밖에 없었고, 겨울은 고독을 견디다 못해 자신의 생명을 깎아 다른 계절을 만들었다.

그것은 봄이라고 불리게 되었다.

봄은 겨울을 스승으로 따르며 늘 그 뒤를 쫓게 되었다.

겨울은 봄이 보내는 경애에 부응하듯 가르치며 이끌었고, 두 계절은 사이좋게 번갈아 계절을 되풀이되었다.

하지만, 두 계절만이 반복되어 전혀 쉴 틈이 없다며 대지가 비명을 질렀다.

동물이 자손을 늘리며 잠들고, 나무들은 푸른 잎을 틔우나 싶더니 얼어붙는다.

이런 순환을 반복하느니 그저 가만히 견디기만 하면 되는 겨울뿐인 세계가 나았다.

하지만, 대지의 생명은 봄을 알아버렸기에 겨울뿐인 세계를 버틸 수 없다고 했다.

겨울은 그 말에 슬퍼했으나 대지의 소원을 들어 자신의 생명을 더욱 깎아 다른 계절을 만들었다. 그것이 여름과 가을이었다.

무더운 여름은 자신을 꺼린 대지를 향한 한탄.

생명이 죽어가는 가을은 자신을 다시 받아들이게 하는 시간으로서.

대지는 새로운 계절을 받아들여 계절은 봄, 여름, 가을, 겨울의 사계절이 반복되게 되었다.

사계절은 다른 계절의 뒤를 쫓으며 세계를 돌아 계절의 순환을 가져왔다.

봄은 겨울을 쫓고, 여름과 가을이 그 뒤를 따랐다.

돌아보면 봄이 있었지만, 두 계절만이 있을 때와는 달랐다.

봄과 겨울, 둘만의 계절은 이제 존재하지 않았다.

겨울은 봄을 사랑했다.

동물들이 부부가 되어 살아가듯이 봄을 사랑했다.

봄도 운명처럼 겨울을 사랑했다.

그 은밀한 사랑을 알고 있었던 가을과 여름은 그들을 위해 제안했다.

대지에 사는 자에게 자신들의 역할을 맡기면 어떻겠느냐고.

계절의 힘을 나눠받아 1년간 대지를 순회하는 그 이름은 사계의 대행자.

처음에는 소에게 역할을 부여했지만, 걸음이 느려서 겨울뿐인 1년이 되었다.

다음으로 토끼에게 역할을 부여했지만, 도중에 늑대에게 잡아먹혀서 임무를 완수하지 못했다.

새는 훌륭하게 역할을 완수했으나, 이듬해에는 자신의 역할을 잊어버렸다.

고민하는 사계절 앞에, 마지막으로 사람이 나타나 말했다.

"저희가 사계의 대행자가 되겠습니다. 그 대신 대지에 풍요와 안녕을 내려 주십시오."

봄과 여름, 가을과 겨울은 일부 인간에게 힘을 나눠주었고, 겨울은 영원히 봄을 사랑할 시간을 얻었다.

이리하여 세계에는 사계의 대행자가 생겨났다.

이야기는 다시 여기서부터 시작된다.

■작가 후기

안녕하세요. 어떻게 지내시나요? 춥지는 않으신가요?

이야기가 끝난 후 당신에게 건네는 편지가 이걸로 좋은지 고민하며 보냅니다.

당신에게 뭔가 멋진 것을 선물하고 싶었다고 이전에 말씀드렸는데, 어쩌면 꿈처럼 밝은 세계를 상상한 분이 있을지도 모릅니다. 죄송합니다. 제가 말하는 멋진 것은 조금 쓸쓸한 것입니다.

외투도 입지 않고 밖에 나가서 추위와 외로움을 견디기 힘들어 눈물짓고 있을 때, 똑같이 추워하는 사람을 발견하고 생각하는 겁니다.

『아아, 나는 혼자가 아니었구나』 하고.

그 사람 곁으로 달려가는 그런 마음을 말한 거였습니다. 비슷한 사람이 있으니까 괜찮다는 그런 마음은 아닙니다. 담요를 들고 달려가서 『저도 추위 속에 있어요. 아직 힘내고 있어요』 하고 말해 주는 것 같은. 아무튼 모든 슬픈 순간을 조금이라도 보듬고 싶었습니다.

바깥은 너무나도 춥고 외로우니까요.

이 이야기는 다른 누군가가 원해서 태어난 이야기가 아닙니다. 자그마한 자신을 품고서 살아가는 모든 사람에게 제가 보내는 글입니다. 무정한 누군가에게 생존이나 삶의 자세를 부정당하더라도, 포기하지 않는다면 언젠가는 같은 추위를 품은 사람이나 작품과 눈

내리는 밤에 만날 수 있을지도 모릅니다.

그리고 다시 싸우자고 생각하게 되는 날이 올 겁니다. 그런 희망을 전하고 싶었습니다.

당신을 상처 입히는 무언가가 나타나더라도 끈기 있게 살았으면 좋겠습니다. 싸울 때를 기다리며.

저는 담요는 드릴 수 있지만 같이 있을 수는 없다는 것도 사과드립니다. 당신의 인생을 사는 것은 당신뿐이니까요.

나의 싸울 때란 무엇일지 생각하는 당신을 눈의 나라에서 응원합니다.

이 책을 집어 들어 주셨죠. 그저 그것뿐인 인연이지만 응원하고 싶습니다.

아무쪼록 건강하세요. 멋진 것을 많이 접하셨으면 좋겠습니다. 하지만 너무 무리하지는 마세요.

바라건대 이 이야기가 당신을 감싸주는 긴긴밤의 담요가 되기를 바랍니다.

마무리 인사입니다. 많은 분께 감사드립니다.

서점, 출판사, 담당자님, 장정가님, 당신에게 이 이야기를 전하기 위해 함께 달려주신 모든 관계자 분에게 감사드립니다.

그리고 아름다운 표지를 그려 주셔서 진심으로 감사드립니다. 등장인물들을 세상에 내보내 주신 스오우 님, 정말로 정말로 고맙습니다. 이 책을 손에 든 모든 분이 멋진 그림 세계에 두근거리고 마음을 빼앗기는 순간을 만들어 주셨습니다. 함께 일할 수 있어서 좋았습니다.

마지막으로 읽어 주신 당신에게. 지금 이 순간, 제 곁에 있어 주셔서 고맙습니다.

책을 덮은 후, 다음에는 당신이 누군가의 담요가 되어 주기를 기도합니다.

춘하추동 대행자
봄의 춤 下

초판 1쇄 발행 2023년 4월 20일

지은이_ Kana Akatsuki
일러스트_ Suoh
옮긴이_ 송재희

발행인_ 신현호
편집장_ 김승신
편집진행_ 권세라 · 최혁수 · 김경민 · 최정민
편집디자인_ 양우연
관리 · 영업_ 김민원

펴낸곳_ (주)디앤씨미디어
등록_ 2002년 4월 25일 제20-260호
주소_ 서울시 구로구 디지털로 26길 111 JnK디지털타워 503호
전화_ 02-333-2513(대표)
팩시밀리_ 02-333-2514
이메일_ lnovellove@naver.com
L노벨 공식 카페_ http://cafe.naver.com/lnovel11

ISBN 979-11-278-6813-0 04830
ISBN 979-11-278-6811-6 (세트)

값 11,000원